小説

明恵《みょうえ》

寺林　峻

大法輪閣

小説

明恵《みょうえ》

【目次】

装丁……清水良洋（Malp Design）
題字・挿絵……柿木原くみ

第一章

聖と俗のはざまで

一

今朝は庭のあやめが白い花を咲かせているかもしれない。

そう思って一奈《かずな》は起き出してすぐ、玄関口へ駆けて表戸を引き開けた。そこで表へ出ようとした足が、思わずすくんでしまった。東南の方角に異様な光景を目にしたからである。

――黒い雲が地面から湧き上がってる。

七歳の一奈にはそう見え、思わず内に向かって「お父上っ」と悲鳴に近い声を上げてしまった。

「変な娘ね、一奈は。お父上はこのところずっと高倉上皇《たかくらじょうこう》さまをお守りする武者所《むしゃどころ》に詰めっきりと、よく知っていように」

こう言いながら一奈に近づいたの母の汀子《みぎわこ》は、開かれた表口から外を見てあっと驚きの声を呑んだ。

大火の煙がもくもくと広がっており、南東の風に煽《あお》られた火の手は汀子ら平家《たいらけ》の住む京の四条坊門《ぼうもん》高倉の宿所へ近づいて来る勢いなのだ。

治承《じしょう》元年（一一七七）四月二十八日の朝である。

「桂《かつら》をしっかり見守っておるのぞ」

汀子は長女の一奈と薬師丸《やくしまる》にこう命じ、急いで避難の準備にかかった。

薬師丸は五歳で早くも母と姉の混乱ぶりに、いま何をするのがいいかを察しようとする利発さを見せているが、次女の桂は二歳、歩きまわるのが楽しい頃だから目が離せない。

そのうち、表の道がしだいにざわついて来た。とりあえず広い五条の大通りを西へ向かって避難しようとする者が群れをなして通り過ぎていく。荷車がきりきりと車輪の軋《きし》む音を響かせながら何台も通り過ぎて行く。

「大変なことになりおった」

家人の身を案じた夫、平重國《たいらしげくに》が避難の人の流れをかき分けるようにして駆け戻って来た。

「家財など燃えても構わぬ。持ち出す品は汀子が背負えるだけにし、早くここを出て有田（紀伊国有《あり》田《だ》郡）へ避難せよ。長旅だが、とくに子らを何としても無事に頼むぞ」

「避難先は洛中《らくちゅう》に求められませぬか」

幼い桂まで連れて紀伊国へ帰る道中に汀子は自信がない。

「これだけの大火だ。洛中は火の海になり、復旧にかなりの歳月がかかろう。すまぬが有田湯浅庄《ありだゆあさのしょう》のそなたが生まれた湯浅家を頼らせてもらうしかない」

「ならば、あなたさまは……」

せめて有田まで同行してほしい。

「高倉の武士は、かような時にこそ留まって役立たねばならぬ」

汀子の気持ちは、やはり届かない。

「とくに平家につながる平姓《たいらせい》を頂くわしは身を捨てても上皇さまを守らねばならぬ。なにしろ、此度《こたび》の火事は樋口《ひぐち》富小路《とみのこうじ》の旅芸人の宿から出火したらしいが、ただの失火ではなき具合いじゃ」

「やはり平家への反発……。それゆえの放火にございまするか」

汀子はこう直感し、夫の目をまじまじと見つめて返事を待った。

「そうかもしれぬ。近時、禿《かむろ》が見回りをしておるであろう。六波羅殿《ろくはらどの》は市中の穏やかな暮らしを守ろうとしてなさるが、市中の者はそれをなかなか分かろうとせぬ」

重國はそれが無念でならないように下唇を噛む。

平氏の多くは京の六波羅蜜寺《ろくはらみつじ》周辺に邸宅を構えるので六波羅といえば平家を指し、六波羅殿と口にすれば平清盛《きよもり》のことだった。その六波羅殿が十代半ばの少年を二、三百人も集め、髪を短く切り揃えさせ、赤い直垂《ひたたれ》の異様な禿の姿で洛中を巡回させている。

平家でないと人にあらずとばかり、一門の驕《おご》りがこのところ特に目立つので、ほかの貴族や庶民が平家に向ける悪口や非難が多くなっている。すると清盛はそれを抑えようと禿に巡回させて平家の悪口を言う者らを捕らえさせたり、その者の家へ押し入って乱暴をさせたりし始めていた。

「妾《わらわ》も禿は嫌にございます」

汀子の口からわれながら意外なほどきりっとした言葉が飛び出した。

「何を申す。高倉の武士の妻がさような口をきくでない。わしらは同じ一門として平家の安泰を図らねばならぬ」

重國はもと伊勢の武士で有田の平家へ養子に入り、湯浅家の汀子と結ばれた。平家一筋で来て、平家に殉《じゅん》じて悔いないと常から口にしている。

「子らを連れて早く避難しろ。桂に長旅は無理なら、嬰児《えいじ》をよく扱い慣れた高倉の乳母《うばあ》上がりに預かってもらおうぞ」

「頼みまする。湯浅家からすぐに迎えをよこさせまするから」

火災が気になる重國は帰りを急ぎ、慌《あわ》ただしく薬師丸を抱き上げた。

「有田は遠いゆえ、しばらく会えなくなる。母御《ははご》の言い付けをよく守り、しっかりと育つのぞ」

もう死ぬ覚悟をしているような言動を残し、重國は桂一人を大事に抱いて持ち場へと去っていく。

「無理をなさらぬよう。どうか、御身《おんみ》に気をつけて下さいませ」

汀子には言いたいことが山ほどあっても、緊迫した中では、夫の背にこう言葉をかけるのが精いっぱいだった。なにしろ、ゆっくりしていては火煙にくるまれてしまう。住み慣れた宿所を慌ただしく立ち去るしかなかった。

朱雀大路《すざくおおじ》を下って九条の東寺辺りまで逃れて来ると、ようやくひと安心となった。

汀子は子らと道ぞいの堤《つづみ》に腰を下ろして、高倉の宿所辺りへ目をやった。すでに煙に包まれ、所どころに赤黒い炎が高く揺らぎ立っている。煙火は住まいを奪うだけでなく、一門の凋落《ちょうらく》をあらかじめ告げているように思えてならない。平治《へいじ》の乱（一一五九）でのしあがった平家は、まだ二十年と経ってないのに、はや揺らぎ始めた気配があった。

命をかけて平家一門を守る重國の気持ちは尊い。ただ、今のように平家の横暴が目立つと、高倉の忠実な武士でも上層部の判断に時には異論を挟《はさ》む勇気を持たぬと平家の政権は脆《もろ》くありませぬか。本気でこう言いたかったが、夫は振り向きもせず人込みの中に紛《まぎ》れてしまった。

案じるときりがない。しばらくとはいえ、桂を安全にかくまってくれるだろうか。炎の犠牲になってしまうのではないか、それを思うと涙が滲《にじ》み出てくる。一奈も妹を案じているのか、黙って母と同じ向きに視線を投げていた。ところが薬師丸一人、東の高台へ目を凝らしている。

「あれ、薬師丸や。高倉の宿所とは異なる東山《ひがしやま》辺りを眺めおるぞな。一体、何が心配なのぞ……。お、もしかすれば、その方角は清水《きよみず》さんかいの。乳母に抱かれてあの寺へ参詣したのを覚えおるのか、たった二歳だったに」

「無理ですよ、母上。二歳といえば桂の歳ですよ。何も覚えるはず、ござりませぬ」

「でも母は薬師丸を清水寺へ伴った乳母から、その時のことをよう聞いておりますのぞ。薬師丸は面白そうな猿楽《さるがく》を見せようとしても好まず、それより、その先にある御堂《みどう》へ行きたいと泣いてせがんで、ずいぶんと乳母を困らせたらしい」

「そうです、母さま。その御堂へ入ると大勢が居て、ある者は読経し、ある者は祈っておるのを見て、

なぜか引き寄せられたのを、ちゃんと覚えてる」

薬師丸は思い出をこう紡《つむ》ぎ出して、一奈に逆《さか》らってみせた。

「それは聡《さと》いぞ。薬師丸はたった二歳で早くも仏法を尊きものと思うたのよ」

汀子は一瞬、まぶしいものを見るような目を長男の横顔に向けた。

この薬師丸の幼名で呼ばれる平家《たいらけ》の長男が後の明恵《みょうえ》である。

――この子、先には大きく自分を弾《はず》ませるやもしれぬ。

これは母だから閃《ひらめ》いたことである。

それでも薬師丸が明恵と名を改めて京の神護寺《じんごじ》で祈りを重ね、さらに高山寺《こうざんじ》を再興して華厳の教えを広め、後の世にまで清澄《せいちょう》な異彩を放つ僧になるとは思ってもみない。

京の都から汀子の生国《しょうごく》有田は遠く、四十里余り隔たっている。二人の子の足を思うとなお先は遠いが、向かって行くしかない。

鳥羽から船で淀川を下って難波《なにわ》（天満橋付近）の窪津《くぼのつ》で陸へ上がると、汀子はここが起点の熊野詣《くまのもう》での道を二児を伴って歩き出した。めざす汀子の実家は熊野詣での大事な拠点の一つ、紀伊湯浅庄である。

「この道を辿《たど》って行きさえすれば薬師丸や一奈の祖父、祖母の家に着けるのだからね」

子らにこう諭《さと》した。確かにこの道は懐かしい顔の揃っている里へ続いていた。

歩きだすと薬師丸はいつも先に立って進んで行くが、ただ、一奈の脚が長い道を歩くのにか弱すぎた。その上、珍しい野の花を見つけると駆け出して摘《つ》んで来ては、母にその名を訊《き》いたりするものだから、疲れが早く、次の宿まで汀子が背負うのがしばしばになった。

それだから京から四、五日で着くはずの和泉《いずみ》山脈の雄《お》ノ山《やま》峠を、汀子らは八日目にやっと越えることになった。

「この難所を越えれば紀伊国じゃ。湯浅庄も近い。頑張ろうぞの」

汀子は二人の子を励まして信達宿《しんだちのしゅく》を出て歩きだすと、同じ宿だった五人連れの男組が後から来て、たちまち追い越して行った。

汀子は歩き始めから疲れが残っていた。しかも登り始めて間もなく、雨になってしまった。この時期の雨は濡《ぬ》れるとたちまち体温を奪っていく。

「寒い……」と一奈が母にすがって来る。無理に歩かせると、二度、三度と足をすべらせて転がるのを見ると背負ってやるしかない。

「引き返したい」

なかなか峠の頂上が近づかないので、頑張り通して来た薬師丸まで弱音を吐《は》きはじめた。引き返すといっても、雨に濡れた下り道は足をすべらせて、かえって危ない。熊野三山は女人の入山を禁じないから、京の高貴な女人らも女官《にょかん》を従えて、この峠道を登り下りしている。

そんなに難路であるはずがない。汀子は自分を励まして登り続けるが、そのうち疲労の極に達して眠くなり、足をすべらせて倒れたまま意識が朦朧《もうろう》として立ち上がれなくなった。

薬師丸と一奈が「母者、母者……」と、声高に叫ぶのに答えねばと思いながら、汀子は声が発せられない。

それからどれほどの時間が経ったのか。気がつくと汀子は屈強な男に背負われ、茅編《ちあ》みの蓑《みの》を背に付けられていた。ところが子らの姿が見えない。

「薬師丸っ、一奈――」

汀子のいきなりの大声に、「おお、気づきなさったかな」と、男は道を下りながら声をかけて来た。

「二人のお子は心配いらぬ。もう関所に着いて温かい飲み物をもらってなさろうぞ」

「関所とか。で、そなたは何者か……」

「この峠を下った先の白鳥《しらとり》の関に詰めてましての。峠越えに難儀する老人や女人を後ろから押し上げて楽に登らせる尻押しにございます」

白鳥の関所があるのも、さような稼業があるのも汀子は知らなかった。先を越して行った男らが母子の雨中の峠越えを案じて関所に助けを申し出てくれていた。

関所に着くと薬師丸と一奈が元気に飛び出して来て、その後ろから背の高い関所守が現れ、丁重《ていちょう》に頭を下げた。

「湯浅家出のお方《かた》さま、ご無事で何よりにございました」

「何ゆえ妾《わらわ》が湯浅家の者と分かりましたのか」

「お子方からお父上が平重國どのと聞きましてな。ならば奥方は紀伊湯浅家のご息女のはずと。はい、湯浅家のことを知らずに紀伊国で公職は勤まりませぬ」

人の良さそうな関所守《もり》は部屋に母子を招いて温かい湯漬《ゆづ》けをふるまってくれた。それが汀子には生まれた土地の温かさに思えた。

関所が用意してくれた牛車《ぎっしゃ》仕立ての車に乗り込んで汀子らが告げた行く先は田殿庄《たどのしょう》の崎山良貞《さきやまよしさだ》の館（有田郡吉備町井口）だった。そこの当主良貞の妻詩乃《うたの》が汀子の実の姉だから、にわかに帰郷して落ち着くには、どこよりも気兼ねがいらなかった。

「よう無事に帰られましたの。いや、もしやと心配しておったところだったわい」

当主の良貞がこう言って、奇跡に助けられて汀子母子が無事に帰り着いたほどの大仰《おおぎょう》な迎え入れようだった。

そのはずで汀子らが避難してきた京の火事の被害が大変なものと知らされた。民家二万戸が焼け、数千人も亡くなったと有田に伝わっていた。汀子が特に気がかりになったのは火が御所にまで及び、大極殿《だいごく》や内裏《でん だいり》などの建物が焼失しただけでなく、公家の邸宅も十数家が失われたということだった。

「重國どのは大丈夫でござるか」

良貞が案じてくれる。

「それに次女の桂を夫に託して来ましたので、それも心配でありまする」

「そりゃあ、早う迎えに行ってやらぬと。母に別れてさぞ不安なことじゃろう……」

そう言うなり、詩乃は疲れきっている汀子に代わって桂を迎えに京へ上ろうと、早くも身支度《みじたく》を整え始めた。

すぐ近くで瀬音が響いている。

夜が白み出した頃に汀子は一度目覚め、その音を聞きながらまた寝込んでしまった。

――ああ、これは有田川《ありだがわ》の流れ……。

明け切って再び目覚め、ようやくこう自分に確かめた。

有田川は高野山上の隠所川《おどがわ》を源流とし、蛇行しながら流れ下り、もう紀伊水路の河口に近い。水量の少ないこの時期、川は耳に届くほどの音を立てずに流れるものだが、ここでは小川のようにはしゃいだ軽い瀬音を届かせて来る。

京の大火から逃れて来た平《たいら》汀子母子が宿る崎山家は、それほど有田川に近い丘の上にあった。表の間で当主崎山良貞の大きな声がするのは、誰か客人を迎えているからだろう。もう起きねばと思いながら、汀子はからだが重い。京から湯浅までの長い旅の疲れは一晩休んだぐらいでは取れそうにない。

寝返りを打つと、枕元で声がした。

「目覚められましたか」

幼い明恵、薬師丸である。縁側の戸を開き、敷居に座って川を見ていた。

「早よう起きてるのね」

あわてて起き上がった母が言葉を返した。

「靄《もや》が上流から晴れて来て、川の流れがだんだんはっきりしてくるのが面白いですよ」

「そうかい。その有田川を渡って、南へ向かうとすぐ、母の生まれた湯浅家だからね」

「早く湯浅の祖母《ばあ》さまに会いたい」

「ああ、きっと喜んで迎えてくれるよ」

汀子にしても父も母もまだ健在なので、本当はすぐにも、湯浅家へ子らを伴いたい――。こう思ったところで、懐かしい声がはっきりと耳に届いて来た。

「あれ、もう湯浅の祖父《じい》さまがここへ来てなさる」

表の間で良貞と話している相手の声は確かに汀子の父、湯浅宗重《むねしげ》なのである。汀子らが崎山家まで帰って来た知らせを受けると、夜が明けるのを待ち兼ねて馬を駆ってやって来ていた。まだ眠り足りない一奈を揺り起こし、身づくろいさせると汀子は二人の子を伴って表の間へ出た。

「おお、汀子、よう戻った。それに二人の子とも大きゅうなったぞ。どれ、薬師丸。祖父が抱いて進ぜよう」

宗重は薬師丸を高々と抱き上げた。

「よし、重くなったな。京にてしっかり学ぶのぞ。さすれば薬師丸には湯浅のいずこの庄なりと好み通りに任せてやるからの」

湯浅宗家《そうけ》の宗重は湯浅一族の総領《そうりょう》として湯浅湾に面した広大な屋敷を構え、保田庄《やすだのしょう》のほかに阿氐川《あてがわの》庄《しょう》、藤並庄《ふじなみのしょう》、石垣河北庄《いしがきかほくのしょう》など、いくつもの荘園を抱え、それぞれの地頭職《じとうしき》にわが男子か、女子の夫かを充《あ》てていた。

その一つ、この田殿庄の地頭職には長女詩乃の婿《むこ》崎山良貞を充てている。

――そうじゃ、この田殿庄を薬師丸にやろうか。

機嫌のよさから、父の口からうっかりこんな言葉が飛び出しそうで汀子は気が気でない。

「お父上。折角《せっかく》ですが、この子は京の六角堂へ千日詣での願《がん》をかけて、ようやく授かっておりますれば……」

「おお、だから汀子としてはこの子を、そなたの兄上覚《じょうがく》が籠《こ》もる京の高雄《たかお》、神護寺の薬師如来のもとで仏弟子にしたい。よって幼名を薬師丸にした。そういうことであったの」

「さようにございます」

「それも結構じゃが、名にふさわしい薬師丸の思いやりは、むしろ世俗の場で活かしてやりたい気がするぞ」

いくつもの荘園を統《す》べる宗重としては地頭職ら、多くの配下の和を保つ上で薬師丸に役立たせたい。

「されど、総領どの。母御《ははご》さまが仏さまのご意志としか思えぬ珍しき夢を見て、薬師丸さまが生まれなさってござれば、ぜひに仏弟子の道を歩ませてやりとう存じまする」

何事も総領宗重に従って、娘婿としてよき腹心ぶりを見せる崎山良貞もここは譲りたくない。

「おお、さような珍しき夢の話は聞いたような気もするの」

宗重が汀子の顔を見た。

「もうお忘れですのか。詩乃姉を高倉の宿所へ迎えて枕合わせに休んだ夜、二人ともが土器《かわらけ》に載せられた大きな蜜柑《みかん》二つを貫き方の手より差し出された夢を見まして、夢の中で厚かましくも妾《わらわ》がそれを奪うように頂戴してしまったのですよ」

「おお、思い出したぞ。それで汀子がこの薬師丸を授かったというのであろう」

「ですからこの子、み仏さまにお返し致したいのですよ」

汀子は姉婿崎山の弁に勇気づけられ、こう加えた。ところが薬師丸が母の語る夢の出来事を不思議そうに聞いているのに気づき、急いでそちらへ向き直った。

「薬師丸を仏さまにお返しするのはずっと先のことだからね……。きっとこの母者が死んで後のことになろうぞ」

不安がらせまいとする母の顔をしばらく見つめていた薬師丸は、

「母上が死ぬるは嫌《いや》です」

叫ぶようにこう言うなり外へ駆け出して行った。一人では危ないと、一奈がすぐ後を追う。

薬師丸と一奈の二人は大人たちから離れ、丘の道を早足で下って有田川の河岸に立った。そこで薬師丸はしばらく怒ったような顔で小石を川に向かって投げる。汀子がもらした死の言葉が薬師丸の気持ちを波立たせていた。

それでも、まだ五歳。一奈が一緒になって石投げを始めると、姉に負けるものかと、小石を遠くへ投げる競争に、すぐ夢中になってしまった。

十日ばかり過ぎて、姉の詩乃が桂を京から連れ戻ってくれた。母と離れていたのは短い期間だったが、この間に桂がしっかりしたようで頼もしい。

汀子は三人の子が揃ったところで崎山の家を出て有田川に沿って上流へ歩き、有田郡石垣庄《いしがきのしょう》東吉原（金屋《かなや》町歓喜寺《ちょうかんぎじ》）の私宅へ帰り着いた。汀子が重國と結婚する際、父の宗重がわざわざ建ててくれた新居である。

わりと早く京へ出ることになったが、それでも三人の子とも、この家へ帰って出産しているから思い出深い。これまでも有田へ帰ると必ずここへ立ち寄って、留守居を頼んでいる老夫婦に謝意を伝えることにしていた。

「ようお帰りなさいました」

この時も夫婦がそろって老いた穏やかさで迎えてくれた。夫重國の縁者で、やはり伊勢からやって来て主のいない家をしっかり守ってくれている。

「なかなか戻って来れぬに、庭木も気持ち良く手入れされてあり、本当にありがとうね」

「そう慰労して頂くのが嬉しく、いつお帰りになってもいいように庭もお屋敷も手入れを欠かしておりませぬ」

「京に帰って、夫によく伝えますよ」

「久しぶりですのに、はや京へお帰りの話など止《よ》して下さいませ」

老夫人にこう言われてしまった。

掘立柱《ほったてばしら》の建物が昔ながらに四棟《むね》連なっているのを前にすると、ここで若い時期を共に過ごした夫重國との思い出が甦り、夫の姿がここにないのがもの足りない。

それどころか、夫の重國は京へ出て高倉の武士となってから一度も有田へ帰ってないのに改めて気づく。三度の出産のたびに湯浅庄へ戻ったのも、いつも汀子一人だった。

「できれば、伊勢のお二人には妾どもがここに暮らしている頃から居てほしかった」

「なぜでござりまするか」

「夫は伊勢から一人やって来て、湯浅では孤立した感じが抜け切らなかったから」

「でも重國どのの父上、伊藤左衛門宗國《むねくに》さまはつよい結束を誇る伊勢平氏、伊藤党の要人だったのですよ」

「湯浅も同じ平氏側だから、多少は気持ちが和《なご》んでいたかしれないけれど……」

「そう思われるなら、奥方さま。まだ遅うはありませぬ。どうか、もっともっと重國さまに優しゅうになさってあげなされませ」

老夫がちょっとおどけて見せた。

一奈はこの土地に何度か来てなじみがあるので、桂を導いて庭の一隅で摘み草を始めた。老夫人が側へ寄り、これは葉、これは茎《くき》、これは根っこと野草の食せる部分を教える。

「早速、今夜は摘み草の煮込み汁にしましょうぞ」

汀子もそこへ加わるが、薬師丸は一人、その場を離れ、奥まったところにある一棟の建物へ近づいて行く。二間四面《にけんしめん》、板葺《いたぶ》き寄《よ》せ棟《むね》の小さい仏殿である。

——あれっ、あの子……。

引き寄せられるように仏殿へ近づいて行く薬師丸を目にして、汀子はあっけに取られた。

この仏殿は汀子が二人目の子を宿して有田へ帰った時、重國が伊勢の知り合いの大工に頼んで建てさせていた。妻が雨の日も凪の日も六角堂へ日参《にっさん》して宿した子だけに、こんどはぜひ男の子であってほしいと願ってのことだった。

その願いが叶《かな》って薬師丸がこの地で誕生した。

承安《じょうあん》三年（一一七三）一月八日の朝である。

暖かい有田の地にしては珍しく前夜半から雪になり、夜の明ける頃には一面が新雪に包まれていた。そんな清新の朝、薬師丸は元気な呱々《ここ》の声をあげた。夫の嬉しそうな顔が浮かび、汀子も身をよじて仏殿に向かい、感謝の掌《て》を合わせたものだった。

それだけでなく薬師丸の誕生前後、仏の加護《かご》があったと思わせる現象がいくつか重なった。だから誰もがいつの間にか薬師丸と呼ぶようになっていた。しかしそうではあっても、五歳の子が本当に仏の気

一体、
この子は
これから
どのよう
に育って
行こう
として
いるの
だろう
か。

持ちにそった行いをするものかどうか、汀子には確かめようがないままだった。まして仏に仕えて過ごすようになるかどうかも定かでなかった。

ところが仏殿に近づいた薬師丸は汀子の目の前で格子戸《こうしど》に手をかけ、身をせり上げるようにして内部の荘厳《そうごん》な飾りにじっと魅せられているではないか。

一体、この子はこれからどのように育って行こうとしているのだろうか。

母の本心から生じた問いだった。

二

迎えの牛車《ぎっしゃ》に乗せられて、汀子が子らと一緒に生家の湯浅家へ移ったのは、同じ治承元年の六月に入っていた。

生家近くで細い道が熊野詣での街道と重なる。

都から来た熊野詣での客は糸我峠《いとが》を下って吉川《よしかわ》の逆川王子《さかさがわおうじ》で湯浅庄へ入り、街道を南下して別所《べっしょ》の久《く》米崎王子《めさきおうじ》で同庄をぬけ出る。この間にあって、東から西の湯浅湾へ流れ出る山田川と広川《ひろかわ》に挟まれた地帯が湯浅庄の最も繁華な街となっていた。

秋口から年を越えて晩春までは熊野詣での客が行き交い、道沿いの休み処は食事し、買い物する人らで賑わう。

この先から熊野を往還する間は精進を覚悟し、熊野帰りにはここで精進落《しょうじんお》としを図ろうとしたりもする。いずれにしても聖域と俗世のはざまの感じが湯浅にあって、街をやや外れた先では夜更けまで客待ち顔にかがり火が明々と燃えていたりする。

中でも、昼も夜も賑わうのは汀子の生家、湯浅家のある一帯である。というより、湯浅家が湯浅御《み》宿《しゅく》と呼ぶ路次《ろじ》の宿として街の賑わいをつくり出していた。上皇や皇族の熊野詣でも多く、そのために院の宿も用意して落ち度のないように送り迎えするのも湯浅権守《ごんのかみ》を兼ねる宗重の欠かせない任務だった。

さすがにこの季節、道中の暑さが加わるために人の行き来も一段落していた。

「京の大火は無念じゃったが、物ごとは悪いばかりではないってことよ。思いがけず、こうして孫らの顔が見られたのじゃでの」

宗重はにこにこと上機嫌である。

汀子の母、園《その》も三人の孫に、何からどう機嫌を結ぼうかと迷うほど嬉しい。

「薬師丸は男の子じゃ。五つでも六つでも、おなかがぱちんとはじけるまで食べんされ」

まずは焼いたよもぎ餅を鉢に盛り上げ、薬師丸に差し出した。

「これっ。薬師丸は聡《さと》く、濃《こま》やかな神経を持っておる。もの言いには気をつけねばならぬ」

宗重が園にこう注意したので、汀子はある一件を思い出し、面を伏せて笑いを隠す。

「大丈夫ですよ。今は初夏、火鉢も火箸も物置にしまい込んでおりますから」

園が生真面目にこう言い返したのを聞いて、汀子はもう笑いを押し殺すのに困り、あわててよもぎ餅を一つ、口にほお張った。

その一件は一年半前、桂を出産するため、薬師丸を連れてこの家へ帰っていた時に起こった。数え四歳を迎えて間もない薬師丸に、園は子ども用の烏帽子《えぼし》を着けさせ、思ったままのことを口にしたのである。

「ほんに薬師丸は顔かたちも姿も可愛いのう。末は宮中にて大臣《おとど》の側にお仕えする身としてやろうかの」

薬師丸はそれを嫌い、とっさに縁先から転がり落ちてケガし、醜い顔になってやろうとしたが園に引き留められてしまった。すると次に薬師丸は火鉢に熾《お》こる炭火で火箸を赤くなるまで熱し、それを持って外へ駆け出した。

「何をするのぞ」と、園が驚いた。

「焼け火箸を顔に当て、宮仕えできぬよう醜《みにく》うなります」

「これっ、焼け火箸がどんなに熱いか知っておるのか」

「熱いから、それで顔を損ねるのです」

「焼け火箸は熱くて、やけどし、痛くて痛くてならぬのぞよ」

祖母の園はこう叫びながらはだしのままあとを追いかけて行く。ところが、祖母からやけどの痛さを告げられた薬師丸は、どれほど痛いものか、焼け火箸を軽く左腕に近づけてみたところ、余りにも熱かったので思わず火箸を地面に投げ、泣き出してしまった。

「よし、よう分かった。もう薬師丸を大臣の側へ侍《はべ》らせたりせぬ。そなたの母者の兄、上覚坊行慈《ぎょうじ》に頼んで神護寺で仏さまに仕えて過ごせるようにしようぞ」

園は薬師丸をしっかりと抱きしめてこう約束したのだった。その時は汀子もはらはらしたが、今となるとはだしで薬師丸を追いかけた時の母の格好を思い出し、おかしくてならない。宗重が薬師丸へのもの言いに気をつけよと妻に注意したのも、この一件があったからだった。

湯浅家の庭に一本の大きな欅《けやき》が育っている。

盛り上がった根を四方へ長くのばし、幹回りも大人一人ではとても抱えきれない太さである。大枝に至っては空を覆うのに十分で、薬師丸らが治承元年（一一七七）五月の初めに帰り着いた時には新葉《しんよう》の黄緑《きみどり》が日差しに溶けるほど瑞々《みずみず》しかったが、一月余り過ぎると、もう濃い緑葉を重ねて広がっている。何度か熊野詣でした者は有田郡の湯浅へ入って、この大欅を見上げるといよいよ熊野入りが近くなったと実感する。

そのように街道沿いに湯浅家があるというより、湯浅家の敷地を街道が通っているといった感じさえあった。

「実家では何ごとも熊野詣でのお客人優先で暮らしてるからね。泊り客の多い日など、家族は廊下の隅に詰め合わせて寝たりもするのよ」

汀子は子どもの一奈らにこう語って聞かせてある。

湯浅家そのものが湯浅御宿《みしゅく》という熊野詣でに欠かせぬ中継処《どころ》と一体になっていたから、しわ寄せがどうしても家族に及んで来る。

「今でも奥の間には緋毛氈《ひもうせん》が敷き詰めてあって、とても高貴なお方が宿をとられる。母も子どもの頃には様子を見たくて、そっと近づいて、よく叱られたものよ」

こんな話を聞かせるときの汀子は顔つきも楽しげに映える。熊野詣での客人が汀子を親戚の娘のように親しく接してくれた思い出が快く甦《よみがえ》るからである。

湯浅家の総領である宗重は湯浅権守という官位を持ち、湯浅御宿の主なのだが、官職ぶったり、宿や食事を提供して利を得る意識が薄い。何より当人が熊野三山への信仰が篤《あつ》いせいだった。道中の苦行を重ねながら詣でる人は誰もが同志といった気がある。

その宗重が六月半ばの夕刻、欅の大枝の下に茣蓙《ござ》を敷いて内輪《うちわ》の者を慰労することになった。この時季は天候が不順で、しかも晴れると日差しが強い。それに加えて農耕の忙しい季節に入っているから、熊野詣での客が減り、賑わいが常の湯浅御宿も一息つけた。

宗重はその機に、帰って来て二カ月近くなる汀子の子らを家の子郎党《ろうとう》らに紹介しようとしていた。

「これから夏にかけて、熊野詣での長い道を汗を拭きながら歩いて来た者には、この欅の枝をそよがせる風が極楽から吹いて来るほど、ありがたい思いをさせるのじゃ」

茣蓙敷きの真ん中にどっかと胡座《あぐら》を組んだ宗重が語り出すのも、まず大きな欅の効用だった。薬師丸ら三人の子を伴って座している汀子には何度も聞かされてきたことである。その場には二十人ばかりが、輪をつくり、すでに和やかに酒を酌《く》み交わしている。明かり取りの篝火《かがりび》が照らし出すのは、汀子にもなじみの顔ばかりである。

長男の宗景《むねかげ》と次男の宗正《むねまさ》が父の両脇を固めている。

「この欅を湯浅にしっかりと根づかせたのは、わしの父宗長《むねなが》がまだ若い頃だった。木は根を張るまでなかなか太らぬものだ。わしが父より家督《かとく》を譲られた時でも、まだ両腕で楽々と抱えられたのぞ」

——それが今はどうじゃ。いや、欅のことだけでござらぬぞ。

父が言葉にしない心情も汀子には伝わって来る。

——一抱えほどの郎党を持つ藤原氏の一土豪《どごう》であった湯浅家も、今ではかくも枝を大きく張ったではないか。

こう言いたいのも分かっている。明恵の母方の実家となる湯浅家に残る古い書き付けには、藤原秀郷《ひでさと》という初代の名が出てくる。藤原氏といえば大化改新に功績のあった鎌足《かまたり》が藤原朝臣《ふじわらのあそん》の姓を賜ってから連綿と続く名家の一つだが、湯浅先人の藤原氏がいつ頃、どのような業績を残した人かとなると判然としない。

秀郷の子に千常《ちづね》がいて、その三代後の宗道《むねみち》が藤原氏につながったという伝聞もあるが、これも漠然としていて確かめにくい。結局、不明の期間が長く、実在がはっきりするのは宗重の曾祖父《そうそふ》直道《なおみち》、祖父師《もろ》重《しげ》、父宗長の三代である。ただ、その三代の頃に湯浅家がぐっと根を張った形跡もない。そうなると湯浅欅は宗重の代になってにわかに根を張り、幹を太らせたことになる。事実、そうだったと実証できる、はっきりした史実が一つある。

話は宗重が湯浅家の当主になって間も無い平治《へいじ》元年（一一五九）までさかのぼって行く。それは十八年前のことだから明恵、薬師丸は、もちろんこの世に生まれていない。汀子もまだ平重國と結婚してない。それでありながら、後に明恵の生涯に深くかかわる舞台が、この頃に早くも用意され始めていたのである。

きっかけはその平治元年十二月半ば、激しい勢いで駆け下って来た五騎の早馬が湯浅御宿には目もくれず、熊野へ向かって行ったことにある。

「都に何かの異変があって、熊野詣でに来てなさる清盛どのへ急報されているのだろう」

宗重はまだ若かったが、こう直感して近くの家の子に告げた。

わずか三日前、平清盛が三男宗盛《むねもり》らわずかの身内を率いて熊野詣でにやって来て湯浅御宿の客となっていた。今どき、のどかに熊野詣でなどしていていいものかと宗重が不審がったばかりだった。朝廷や院を武力で守るのは源氏と決まっていた時代が終わり、伊勢を根拠地にする平氏が都へ入って頭角《とうかく》を表し、三年前の保元《ほげん》の乱《らん》で後白河《ごしらかわ》天皇を勝たせた源義朝《よしとも》と平清盛が、その後、しだいに競《せ》り合うようになっていた。熊野詣での御宿主として貴族にかかわることの多い湯浅宗重も、これからは武家の世に移っていくと思わせられていた。

そんな折り、早馬が武家の一方の平清盛を追って熊野へ向かって行ったのだ。

――この際、いっそ清盛に賭《か》けて武門の世に湯浅家ありと存在を見せつけるか。

その時、宗重がとっさに思ったことである。

この判断のよさが今の湯浅家の繁栄につながっていた。しかも宗重は、こう思っただけでなく、その時、持っている荘園のすべてに使いを走らせ、馬術と武術に秀でる者を呼び寄せた。急ぎ都へ帰る清盛を護衛させようとしたからで、すぐに三十七騎が集まった。が、鎧《よろい》が揃わない。手を尽くして熊野全山を管理する別当《べっとう》の湛快《たんかい》らより借り受けていると、三日後、すでに熊野口の田辺《たなべ》まで進んでいた清盛が案の定《じょう》、急ぎ引き返して来た。

じつは清盛が熊野詣でに出た留守をねらって都では源義朝らが後白河上皇の御所に火を放って上皇を幽閉《ゆうへい》し、内裏《だいり》を制圧して二条天皇まで監視下に置いてしまった。いわゆる平治《へいじ》の乱が始まっていたのである。

そう告げられた平清盛が湯浅御宿まで急いで帰って来た頃には、宗重が鎧に身を固め、武具を持ち揃えた武者《むしゃ》三十七騎を引き連れて待ち構えていた。

「この荒くれの武者ども、せめて道中の護りになりとお召し下さいませ」

「わしらの留守を狙う都の卑屈《ひくつ》な決起に敗れるわけに参らぬ。湯浅一族のかように敏捷《びんしょう》なる助力《じょりょく》、何より嬉しゅう思うぞ」

身辺の護りさえ十分でない清盛には宗重の配慮が身に染《し》みる。

「はい。身は熊野詣での一宿主《やどぬし》にございますれど、時至れば決起して世を改める気構えに揺るぎはございませぬ」

「その言やいさぎよし。これよりわしが湯浅一族を引き立てるにより、武門の棟梁《とうりょう》たる平氏を全力にて守護致せ。よいか」

「はい。湯浅家一統、この時あるを待ちかねておりました。身命を投げうって平氏隆盛の礎《いしずえ》となりましょう」

こんな言葉が清盛と宗重との間に交わされ、ゆっくりと太り始めていた湯浅欅の紀伊湯浅氏は、これを機に平氏一党として大いなる枝葉を天空へ広げることになった。汀子が伊勢平氏の平重國と結ばれたのも、こうした湯浅氏と平氏のつよい繋《つな》がりが底にあって実現したことだった。

じつは清盛を迎えた場に、もう一つ、見落とせぬ事が起こっている。宗重の揃えた湯浅三十七騎が清盛を警護して出立しようとしたとき、三十八騎目の志願侍《ざむらい》が現れ出たのである。

「もう一人、わたくし奴《め》をお連れ下さいませ」

この年、十三歳になる宗重の四男である。早くから別注してあった小ぶりの鎧兜《よろいかぶと》に身を固めている。が、宗重は「まだ足手まといになるだけだ」と参加を認めない。

「いくさの場にはさまざまの用向きがございますれば、わたくしにしか果たせぬ役をこなし、きっとお役に立ちまする」

こう食い下がる四男に清盛が近づいた。

「その意気は尊い。いずれ身近に招きたいが、今はそなたの身代わりを出陣させてくれぬか」

「身代わりと申されまするか……」

「わしの三男宗盛《むねもり》がいずれの鎧も大きすぎて身に合わぬ。よってこの通り平服《へいふく》でしかないが、道中、危のうてならぬ。四男どのの鎧兜なら身丈《みたけ》にぴったり合いそうだ。貸し与えてやってくれぬか」

とりあえず鎧兜だけを出陣させてほしいとの申し出に四男は渋ったが、断り切れるものでない。宗重がわが四男の鎧兜を有無を言わせずに剥《は》いで宗盛に着けさせた。二人は偶然にも同い年で、鎧の紫革《むらさきがわ》の小腹《こはら》巻《ま》きも誂《あつら》えたように身についた。こうして湯浅家が集めた三十七騎に身辺を固められて、無事に入京した平清盛は源氏追討《ついとう》の宣旨《せんじ》を受けてますます士気《しき》あがり、源氏を壊滅的に打ち倒したのだった。

こんな平清盛との出会いがあったから、この十八年、湯浅家は栄華を誇る平氏一門とぴったり一つになって栄えて来たのだった。

ここで大欅の下の宗重が莫蓙《ござ》の上でいずまいを正した。

「一同、よう集まった。京の四条坊門に住んで高倉上皇さまをお守りしておる平氏の重國どのと娘の汀子の間に生まれた、三人のわが孫が、かくも立派に育ちおるのを披露《ひろう》致したい」

宗重の一言を受けて、まわりから汀子に一斉に声がかかった。

京の大火で大変だっただろうと慰め、離れていると主人が心配だろうと同情する。次には三人の子をほめる言葉が交じる。そんな言葉に囲まれ、汀子もはしゃいだ気分になっていく。

湯浅家の庭は日没を境に篝火《かがりび》が明るさを増し、輪になった一族と郎党を照らした。

「さあ、祖父《じい》のところへ来い」と、薬師丸が招かれて宗重の膝へ移った。

「身内が一人出家すると九族《きゅうぞく》天に昇るといわれるほどめでたい。ただ、わしの四男はすでに上人《しょうにん》となって上覚坊を名乗っておるが、どうも穏やかに読《ど》経《きょう》三昧《ざんまい》とは参らぬらしく、未《いま》だ天に昇るほどの功徳をわしに届けて来よらぬわい」

思いがけず、話は上覚坊のことになった。

人の転変は分からぬもので、十三歳の時、自ら平清盛を警護して上洛しようとしたが、鎧兜だけを乞《こ》われて宗盛に貸した宗重の四男は京都高雄の神護寺で文覚《もんがく》を師として出家し、今は上覚坊行慈を名乗るようになっていた。

ところが師の文覚が神護寺再興の資金集めに力が入り過ぎ、後白河上皇に荘園《しょうえん》を寺へ寄進するように求めて断られると、さまざまな悪口雑言《あっくぞうごん》を吐《は》いてしまった。そこで北面の武士に捕らえられる。そうなると文覚の一の弟子、上覚も連座《れんざ》となって、二人は伊豆へ流されてしまっていた。

「兄者をそんなに責めないで下さいませ。何の罪も犯《おか》しておられませぬ」

汀子は師の文覚と共に伊豆に流されて四年になる上覚を庇《かば》った。

上覚は汀子の実の兄であり、久安《きゅうあん》三年（一一四七）の生まれだから、薬師丸には二十七歳上の叔父《おじ》にあたる。それが今も流刑《るけい》のままなのが哀れでならない。

「わしは上覚を責めてなぞおらぬぞ。文覚どのに連座する身から早う逃れて、この薬師丸の出家に力を貸してやってほしいと思うておるのぞ」

「ならば兄の無実の罪を解くよう平家の頭《かしら》に願い出て下さいませ」

十八年前に湯浅家は熊野帰りの平清盛に力を貸したではありませぬか。

汀子は口にしないが、こう訴えたい。

「時が来れば、そういうこともあるかもしれぬ」

宗重はそれだけ言うと口をつむんで、篝火をじっと見つめる。

汀子はその横顔を見て、あっと声を発しそうで、思わず右掌《て》で口を塞《ふさ》いでしまった。

これまで快活に湯浅家の代々を語り、しかもこの栄華を築いたのは平清盛との奇遇《きぐう》を得た、この宗重一代だと言外《げんがい》に誇って見せた。あの誇らかな語りを見せたのと同じ父とは思えぬほど、淋しさの影が横顔に宿っている。

——もしかすると、この淋しさを隠すためのあの強気な言辞《げんじ》だったのかしら。

そう思う汀子の目の前で篝火の燃え尽きて炭火になった薪《まき》が二、三本崩《くず》れ、無数の火花が闇の空へ舞い上がった。その薄明かりに浮かび上がった宗重の顔が、汀子にはやや歪《ゆが》んで見えた。

——一体、どうしたというの。

汀子の懸念を知りながら、宗重はしばらく何も語ろうとしない。祖父と母の黙り込んだのを見て、

「もういいよね。さぁ、お家《うち》へ入ろう」

一奈が薬師丸を誘って玄関へ向かって小走りに去り、桂が汀子の膝に寄って来た。

また一本、篝火の薪が崩れると、こんどは一気に夜の闇が深くなる。郎党はこれでお開きと察し、それぞれに引き揚げ、あとに宗重と汀子の父娘が残った。

「世が変わっていく」

宗重が低い声だが、言葉にしっかりと力を込めた。

汀子は大きく一つ、頷《うなず》いた。おごる平家が落ち目になっていくのは以前から感じていたが、この六月一日には平家討滅の密議が京都郊外の鹿《しし》ケ谷山荘で行われた。発覚して謀議に加わった者が捕らえられたが、この動きはこれから一気にうねりを高めそうである。

「これから、どうなっていくのでしょう」

「よう分からぬ」

平家に凋落《ちょうらく》の時が来るなど、まだ信じられない口調である。

汀子は都の重國のことをしきりに思う。大火の後片付けがすめば、近く京都で一家揃っての暮らしが出来るものと思っていたが、この分では難しくなりそうである。

三

庭に面した部屋で小袖をたたんでいた汀子が右掌《てのひら》を軽く額に当てた。発熱を感じるほどでないが、なんとなくからだがだるい。

治承三年（一一七九）節分の翌日。春の立つ日だった。

「どこか具合でもお悪いのですか」

昨晩催した鬼追いの面を木箱にしまい込んでいた薬師丸が、素早く母のしぐさに目を留めた。

「いいえ。何というほどのことはありませぬ」

「でも用心してお休み下さい。きのう、お宮の物忌《ものい》みの時、かなり冷えていましたから」

長男がそうまで気のつくようになってくれたか。床につくほどでないと思いながらも、汀子は薬師丸の言に従って横になった。ところが十日を過ぎる頃から本当に起き上がるのが大儀になる。胸奥あたりにどんよりしたものを抱えているようで、全身に力が入らない。これまでにないことだった。

「何事にせよ、案じたからといって、成り行きがようなるとは限らぬものぞ」

父の宗重は汀子の枕辺《まくらべ》に来ると、気に病むのは程々《ほどほど》にせよとしきりに口にする。医者もとくに病名を告げないから、汀子自身も気を病み過ぎているせいかと思う。事実、夫の重國が遠い下総国《しもうさ》へ派遣されたまま、消息がつかめないのが気になっていた。

重國が出兵している下総は国守《こくしゅ》藤原氏が平氏側なのだが、そこでも地元武士団の千葉氏が反平氏の動きを強めているらしい。伊勢平氏なりの負けず嫌いの気質が脱けない夫である。危ない戦いに進んで加わっているのではないだろうか。気にするまいとしても汀子は胸を締めつけられそうになる。

夏近くなって、父が嬉代《きよ》という地元の女を汀子に付けようと言い出した。まだ介護がいるほどでないが、三人の子に手をかけてやりたいことを代わって果たしてくれるのならいいと汀子も受け入れた。気づかいはあまり出来ないが、里で起こった出来事を伝えては自らけらけらと笑い出す。そんな屈託のなさも病の床にあると気晴らしになる。

ところが嬉代が来て一月あまりたった朝、ひと悶着《もんちゃく》が起こった。汀子の床に近づいて「若奥方さま」と、嬉代はいつもの快活な声を上げた。

「今朝方、目覚める前に珍しき夢を見ました。薬師丸さまが白い着物に白い足袋《たび》の白づくめで、一人どんどん西へ向かって行ってしまわれまする。わたくし、急いで白い布でお坊ちゃまを柱に縛りました。はい、夢の中で」

「それで……」

話が薬師丸のことだけに、汀子は心持ち身を持ち上げるようにして聞き耳を立てた。

「ところが薬師丸さま、白布を引きちぎって西へ行ってしまわれたのです」

そこまで聞いて汀子は頭からふとんを被り、抑えようがないように嗚咽《おえつ》を漏らし続ける。いつもでない様子に、宗重が嬉代を呼んで事情を聞いた。

「気づかいが足りぬにも程があろう」と、宗重は嬉代を一喝《いっかつ》した。

――可愛い長男が幼くして死の国へ向かう夢を、病む母にべらべら告げる者があるか。

「愚か者め」と宗重はその場で嬉代に暇《ひま》を与えたが、この件は汀子の衰弱をいく分、早めたようだった。

「薬師丸はの、湯浅家の宝じゃ。末々までいささかも疎《おろそ》かにいたさせぬぞ」

宗重は様子を見に来るたび、汀子にこう告げて安心させた。夏ふとんの上から薄くなった背を黙って撫でて去ることもある。もちろん、気力を取り戻して早く立ち直れとしばしば励ます。

「汀子よ、出家方《がた》の頭の中はどうなっておるのじゃろうの」

つい先頃はこんな冗談めかした話を、いきなり持ち出して汀子を戸惑わせた。

「そなたの兄の上覚じゃが、伊豆の配流《はいる》から六年ぶりにやっと放たれておりながら、神護寺へ帰ると間を置かず、こんどはわれから進んで配流の地へ舞い戻っておるのじゃ」

久しく会ってない兄の上覚を汀子に会わせてやろうと、宗重は迎えの使者を神護寺へ遣《や》って不在を知った。

「きっと、また文覚さまとご一緒でしょう」

「配流地の伊豆へ自ら立ち戻られるなど、文覚どのは何を考えてござるのか」

宗重はこう言って、一瞬、沈黙していたかと思うと、何かを思いついたらしく、いきなり「船だ、船だ」と憑《つ》かれたように同じ言葉を繰り返し、部屋を飛び出して行った。そのようすに汀子は思わず吹き出しそうになったが、すぐ真顔《まがお》に返った。

――殿方が脈絡のない言動を重ねて口走ると、時代はきっと穏やかさを失っていく。

これは汀子が三十年余り生きてつかんだ感触だったが、のちに起こる平氏と源氏の長い覇権争いの始まりを言い当てていたことになる。

その秋、百石《ひゃっこく》積みと思える一隻の船が湯浅湾に浮かんだ。丸木を刳《く》りぬいた船底に船室部がしっかりと組み合わされ、三十人がゆっくり座れる屋形《やかた》も設《しつら》えてある。それを十数人で漕《こ》ぎ進む。この頃にしては大船である。

「関東のどなたが供を率《ひき》いて乗り込まれるのかいの」

よほど高貴な向きが熊野詣での帰りを船にしようとしていると、浜に集まった土地の者らは思い込んだ。ところが乗船のためにやって来たのは嫡男《ちゃくなん》の宗景ら湯浅家の見なれた顔ぶれだった。汀子の前で宗重が「船だ、船だ」と憑かれたように繰り返した、その船が半月後の今、こうして伊豆へ向けて出航しようとしていた。

「先の見えぬ時節じゃ。湯浅さまはどこかの浜で鎧《よろい》や武具を積み込んで、いよいよ乱世に乗り出されるのだろうよ」

浜辺の噂《うわさ》はいろいろに広がるが、船を見送る宗重の後ろに控えている七歳の薬師丸には、誰もとくに視線を向けない。

一人の少年の命運は、こんな形で決められるところがある。

この船を出す宗重のもともとの目論《もくろ》みは、文覚と一緒に再び伊豆へ引き返した上覚をこの船に載せて湯浅へ連れ帰り、妹の汀子をねんごろに見舞って元気づけさせることにあった。その上で薬師丸を京都高雄の神護寺へ入寺させる話を煮詰めたいことも、しっかりと文《ふみ》にして託した。だからこの船の進水とともに「明恵」の誕生が約束されたようなものなのである。

ところが浜辺の者は誰一人、そう思っていない。船の異様な大きさが、そうした私的な用向きを連想させないのだった。たしかにこの大きな船を調達した宗重には、もう一つ別の目論みがあった。

話は伊豆での文覚と源頼朝のことになる。

六年前、神護寺を再興する資金集めで後白河上皇に暴言を吐いた文覚が、上覚と共に伊豆へ流された。そこに平治の乱に敗れた源頼朝が東国へ逃れる途中に捕まって流され、十六年目を迎えていた。文覚はいつまでも幽閉される不当さをまくし立てて頼朝と意気投合し、ついには平氏を倒すために棟梁《とうりょう》として決起せよと盛んにけしかけたのだった。

折角《せっかく》、釈放された文覚と上覚が慌ただしく伊豆へ舞い戻ったのも、頼朝が決起する膳立てをするためである。

離れた湯浅の地にいても、それが察せられぬ宗重でなかった。

——ならば決起する頼朝の支援者に紀伊の湯浅ありとつよく印象づけておきたい。

宗重が大きな船に秘した意図である。湯浅家安泰のために、宗重は一つの賭けに出ていたのだった。

やがて船の漕ぎ手が位置につき、湯浅家の郎党《ろうとう》が船に乗り込む。その時になって宗重は嫡男に近づいた。

「よいか、宗景。頼朝どのに会う時も威風を損ねるな。そちがこれからなそうとしているのは、一湯浅家の安泰を図ることに非ず。有田郡《ありだのこおり》のためだ、いや熊野、紀伊の安泰のためなるぞ」

「心得ておりまする」と、宗景の返す言葉は短かったが、頬に緊張を走らせていた。

「役目を果たして帰って来れば、湯浅家の総領も湯浅権守の官位もそちに譲ろう。平氏に繋《つな》いでこの地に二十年の安泰をもたらしたわしが去り、新しく源氏に繋いで、この地の領民の安泰を取り付けて来たそちが次の世に責任を持つ。世代が変わるのは、本来、そういうことであるはずなのだ」

宗重はわれの賭《か》けが必ず功を奏すると確信したのか、頭を二、三度、小刻みに振って一人頷《うなず》いた。

「よし。さあ、行け」

大事に
守るものと
新しくする
ものとを
区別して
生きるご
こと

嫡男に命じた宗重は、ゆっくりと漕ぎ進み出した船を同じ場所に立って、じっと見送った。

「佳《よ》きことであるわい」

船がさざ波の一つほど小さく見えるようになって、宗重はぼそりとつぶやいた。

「何が佳きことなのですか」

「おお、薬師丸――」

宗重は孫の薬師丸が自分の右腕に寄りかかっているのに、改めて気づいた。

「薬師丸もこうして新しい時代が波立つ時に世へ一歩を踏み出すことになる。時代の子として生きるのが佳きことなのぞ」

「ならば、本当に神護寺へ入れるのですね」

「あの船はきっと神護寺の上覚叔父の了解を取って帰って来ようぞ」

「すると何が去り、何が来るのですか」

薬師丸は先ほどの宗重と宗景父子の会話をしっかりと耳に入れていた。

「というより薬師丸はの、大事に守るものと新しくするものとを区別して生きることだ」

「どう区別するのですか」

「大勢を幸せにすることは大事に守り、自分を大事にする気持ちはこれでいいのかと、いつもわれに問い直していく、そういうことかな」

「あの船が出て行ったのも、大勢のためだから佳きことなのですね」

「偉いぞ、その通りなのだ。薬師丸は神護寺の山門の内に暮らすようになっても、時代を生きるしかない大勢の苦しみを見逃さぬようにせねばならぬ」

宗重には浜の風がこの時期にしては珍しくさらっと感じられた。


すぐにも引き返して来るはずの船が湯浅の湾に姿を見せぬまま、年号が治承四年（一一八〇）に変わった。

「何をぐずぐずしおるのか。元旦にも顔が揃わぬではないか」

宗重は年頭の行事にも力が入らない。

汀子の病が前年の秋口から悪化し、痛みが膈《かく》（胃）のあたりに転じて激しくなっていた。一奈、薬師丸、桂の三人の子は気がきでなく、少しでも長く枕辺に居たいが、すぐに祖父の宗重が来て座を外《はず》せと命じる。

苦しむ姿を子らに見せまいと我慢するのが、汀子に二重の辛さを強いることになるからという。それでも薬師丸は祖父の目を盗んで母の枕辺に座る。

「母さま。痛い時は我慢せず、どこがどんなに痛いか、痛い、痛いと叫んで下さい。そうでないと、どこをどれほどつよく撫《な》でればよいか分かりませぬ」

「ああ、そう言ってくれるだけで痛みが和《やわ》らぐ。きっと気持ちが和《なご》むせいだろうね」

「いっそ、母さまの痛みが薬師丸にうつるといいです」

そう言われると、汀子は両手を差し伸べて黙って薬師丸の掌《てのひら》を包み込んだ。人の辛さを代わろうとする気持ちの芽生えが何より嬉しい。

七草かゆの朝も、薬師丸は一人でかゆを椀にすくって母に届けた。

「食べて下さい。いえ、食べられなくとも、匂いを嗅ぐだけで、きっと元気になれまする」

汀子が半身を起こして粥の椀を顔に近づけた。

「ああ、よき香りだよ。七草にもう一品、香りが加わったみたい。きっと薬師丸の心のやさしさが香るのよね。このよき香り……、ずっと大事に持って行くね」

汀子はこんな言葉を笑みに乗せた。

「香りはどこへも持ち運べませぬ。でも、そう話される母者《ははじゃ》のお顔、どこかのお寺で見た微笑仏のようです」

「これ、冗談はよしなさい。こんな病み疲れた仏像なんかあるはずがないじゃないの」

母は咎《とが》める口ぶりを見せながらも、薬師丸をしっかり抱きしめた。一瞬、薬師丸は甘い匂いに包まれる。遠くから届いてくるような快い匂いだった。

そのうち母の泣く気配が伝わり、薬師丸はあわてて母と向き合った。

「何か、母者を悲しませましたか」

「いいえ、嬉しいのです。母はこれまで長く寿命に逆らって苦しみながら、お前を神護寺へ確かに迎えるという文覚さまのご返事を待って来ました。でも、もう大丈夫。お前がよき出家さまになってくれると、はっきり信じられましたから」

「もう苦しまずにすむのですか」

「ここまで頑張ったから、もういいだろう……」

横になった汀子の短い言葉の端が早くも崩れ、薬師丸にもよく聞き取れなくなった。いずこかの仏が母と薬師丸の二人に与えた、最期のとっておきのいい時が逝く。

「母者《ははじゃ》が、母者が……」

非常を告げる薬師丸の声が広い湯浅館《やかた》に響き渡った。

宗重ら居合わせた者が汀子の枕辺に駆け集まるが、汀子は程《ほど》なく昏睡状態に陥った。

そんな頃、宗重が嫡男に託して上覚に届けた文《ふみ》の返事が急ぎの小舟で運ばれて来た。

文覚殿の言によれば湯浅家の雇女《やといおんな》の見し夢は瑞兆《ずいちょう》なり。彼《か》の玄奘《げんじょう》も白き服を着て西方《さいほう》へ飛び去る姿を夢に見し女あり。それが尊き三蔵法師《さんぞうほうし》となりし機縁《きえん》という。薬師丸も同様の夢に現れたるは尊きことなり。文覚殿は早々に弟子に迎えたしとの御意《ぎょい》なれば薬師丸の神護寺入りの準備おさおさ怠りなかるべし。

上覚

「汀子、喜べ。分からぬものよ、嬉代なる女の夢はまれに見る尊き夢だったとある。よって薬師丸の神護寺入りの準備を急げってよ」

宗重が文を握りしめて汀子の枕辺に駆けつけ、耳元で大声にてこう伝えた。その瞬間、昏睡を続ける汀子の顔がにわかに安らいで見えた。

「おお、汀子さまの口元が心持ちほころんだようではないか」

よかった、よかった。これで汀子さまの来世も安穏だとほっとする声が、いくつも重なった。

ただ、薬師丸は母と二人だけの最期の会話に大勢がどやどやと割り込んで来る気がして、一瞬、ややつまらなさそうな顔になった。

白梅が南紀ならではの早い開花を見せ始めていた。

治承《じしょう》四年一月（旧暦）十日、八歳の薬師丸は強力《ごうりき》に背負われた母の柩《ひつぎ》の前を歩きながら、時折、後ろを振り返る。ゆるい登りの坂道を今にも父の重國が駆け上がって来そうだからである。

「葬列の時は後ろばかり振り向かないものなの」

一奈が薬師丸の背を突っつき、大人びた口調を見せた。眼は泣き腫《は》らして真っ赤だが、姉らしく背を伸ばして悲しさにじっと耐えて歩いている。妹の桂は祖母園に手を引かれ、うなだれて付いて来ていた。

「薬師は父上の分まで気持ちを込めて、しっかりと母を見送るのだよ」

昨夜、園が薬師丸の名前から子どもらしい響きのある「丸」をわざとはずして語りかけてきた。しかしこの日の薬師丸は、人は一人で死に行くしかない厳粛な事実に胸を締めつけられながら、母を葬る高台への道を登った。寒い。薬師丸は思わず胸の前で両の腕を組み、心持ち背を丸めた。

湾は早くも春色に染まっているのに――。

寒風は湯浅湾から吹き上って来くると思い込んでいたが、見下ろすと湾の水面は淡紅《あわべに》に黄みの暖色《だんしょく》を帯びている。この時、薬師丸の身を凍らせるような寒い風は湾からではなく、自分の胸内に湧いて、立ち騒いでいた。自分の身辺から母が居なくなるなど、これまで一度として思ったことがなかった。ところが母は薬師丸からすっぽり抜け去ってしまった。今までしっかりと胸内に居てくれた母が抜け出てしまった、その空洞に寒い風が吹き荒れている感じなのである。

葬列が墓石のいくつも並ぶ高台に着くと大きな縦穴が掘られてあり、そこに納められた柩《ひつぎ》の母は土をかけられ、たちまち地中に埋もれていく。瞬《まばた》きもせず、それを見つめる薬師丸の肩に布が掛けられた。ふり向くと崎山の叔母詩乃が立っていて、自分の肩掛けを貸してくれていた。

「寒いからね」

「うん、寒い……」

こう答えたとたん、薬師丸の頬《ほお》を涙が走り、思わず肩掛けの端で涙を拭いて、また叔母詩乃を振り仰いだ。

「いいんだよ、何で涙を拭いても。こう寒いんだから」

薬師丸の心の冷えを察していた詩乃は、口にする言葉がちぐはぐになった。やはり父の重國はやって来なかった。

ところが九月に入って、その父重國が戦死した。

湯浅家に届いた知らせでは、下総《しもうさ》国にいるはずの重國が上総《かずさ》国で亡くなったという。反平氏の勢力は下総一国を占めただけでなく上総国北部へも勢力を広げていたというから、平氏を貫く重國はそれを追って上総国へ攻め入って戦死したようだった。

「薬師丸や。まこと無念じゃが、父御《ててご》は戦死なされた」

崎山良貞に連れられて湯浅館へ駆けつけて来た孫に、宗重はさらりと伝えた。

母の死に打ちのめされた薬師丸だったが、父への情愛は薄いと思い込んでいた。ところが父の訃報《ふほう》を知らされたとたん、薬師丸はにわかにうろたえ出した。

しばらく広い板の間を行ったり来たりし、時に立ち止まって祖父の顔をじっと見つめる。

「母と父を失うても、そなたへの恩愛《おんない》の絆《きずな》は断たれておらぬ。叔母の詩乃はすっかりお前の母親になりきっておる。湯浅家もそなたが可愛くてならぬ者ばかりだ」

薬師丸の激しい動揺にとまどい、宗重があわてて気持ちを鎮《しず》めさせようとした。ところが薬師丸は何も答えないまま、屋敷の奥へ駆け込んでふとん部屋に籠《こ》もってしまった。

なぜこんなに気持ちが揺れるのだろうか。

誰より薬師丸が自分の心の揺れるわけをつかみかねていた。確かに母と違って父の思い出は淡かった。自分に語りかけてくれた父の言葉を思い出そうとしても、何一つ思い出せない。抱き上げられて、いきなり視界が広まったことは確かにあったが、それがいつ、どこでだったか明瞭でない。それでいて父の死を知った瞬間、足元の地面がいきなり陥没《かんぼつ》してわが身が宙に浮いた気がした。その感覚がまだ抜け切らず、板の間にごろりと転がっていてもからだに安定感がない。

母が居なくなった時の心もとなさとは、全く別の感覚である。

まわりの一切との関わりがきっぱりと切り断たれてしまって、手がかりにするものがなく、寄りかかるものもない所に薬師丸は投げ出された不安にとらわれ続ける。

家の中でも口数が少なくなり、日が過ぎても以前の子どもらしさが戻って来ない。湯浅家や崎山家の者の目には、それがひどく落ち込んで見えた。

「よし、ここは闊達《かったつ》なる文覚どのに弟子入りさせ、昂然《こうぜん》の気を養ってもらうほかあるまい」

宗重がたまりかねてこう結論を出したのは、同じ九月の末だった。

第二章

十三歳で老いたり

一

双ケ岡《ならびがおか》の丘陵が視界から消えたあたりで、道は京の街を離れて山間へ向かう気配を濃くした。すぐ近くまで迫《せ》り出して来た杉林の中を、清滝川《きよたきがわ》の分流が縫うように流れていく。

養和《ようわ》元年（一一八一）八月半ばである。母を送って一年が過ぎ、九歳になっている薬師丸《やくしまる》は叔父の湯浅宗景《むねかげ》に連れられて神護寺《じんごじ》に入る途上にある。

「このあたり、鳴滝《なるたき》だ。少し馬を休ませようか」

手綱《たづな》を引いて歩いていた宗景が馬上の薬師丸に声をかけた。

「はい。わたしばかり馬上で申し訳ありませんでした」

答える薬師丸の声がひどく潤《うる》んでいる。

山里の風景一色になると、いよいよ高雄《たかお》山中の寺で暮らすことが実感として胸に迫り、もう湯《ゆ》浅庄《あさのしょう》には戻れないと思うと、わけもなく涙が滲《にじ》んできた。

「さあ、わしの背を踏《ふ》んで馬から降りろ」

宗景は薬師丸の涙顔を見ないようにして、両手を膝《ひざ》に当てて腰を折り、低くなった背を薬師丸に向けた。その背を踏んで道へ跳《と》び降りた薬師丸は、そのまま川岸へ向かって駆け、両手で川水をすくって顔にぶっつけるようにした。

幼い頃からずっと願ってきた神護寺入りなのに、どうしてこんなに涙が滲んでくるのか。この涙め——。口の中でこうつぶやきながら、川の水を手で掬《すく》っては涙を滲ませる目にぶっつけ続けるようにして顔を洗った。

祖父の宗重《むねしげ》が薬師丸を神護寺へ入れる時が来たと判断してから一年近くの空白があって、今やっと念願の寺へ近づいていた。

こうまで延引《えんいん》したのは源頼朝《よりとも》が文覚《もんがく》を手放さなかったからで、そうなると上覚《じょうがく》も一族の都合のために別行動が取りにくい。ようやく盂蘭盆会《うらぼんえ》を修するのを口実に、上覚一人が神護寺へ帰って薬師丸を迎えることになった。

「神護寺へ入るのを待たされたこの一年、二親を失って落ち込んでいるなどと見られ、薬師丸は辛かったろう。が、わしは違うぞ。年若いお前は少しばかり重すぎる問いを背負い込んだと見ておった」

——宗景叔父さん。

思いがけず温かい言葉に触れ、薬師丸また涙があふれそうになった。

「わしは凡人《ぼんじん》じゃで、何の助言もしてやれなかったが、そなたが生きる心もとなさを紛《まぎ》らせず、じっと背負っておるのを偉いと思うて見ておった」

「今のわたしは、それしかすべがありませぬ」

「いいんだ、それで。じっと背負っているだけで、やがて人を虚脱感から立ち直らせる力が光り出すことがある」

薬師丸が神護寺入りを待たされたこの一年にしても、人を虚脱感で骨抜きにする事が多過ぎたではないかと、宗景が言う。まず去年、西日本がひどい旱魃《かんばつ》に悩まされた。秋の収穫ができず、京都の左京《さきょう》だけで二カ月に四万二千人余りの餓死者が出てしまった。それでも平氏は国司を通さず、わが一族だけの糧《かて》を求めて直接、産地へ乗り込んで米を勝手に徴発《ちょうはつ》していった。

これではもう神仏に頼るしかない。誰もがこう思っていた頃、平氏に逆らう僧兵《そうへい》を圧《おさ》えようと奈良へ派遣された清盛《きよもり》の子の重衡《しげひら》が、民家に火を放った。すると火は折りからの風にあおられて燃え広がり、東大寺と興福寺を炎上させてしまった。

「畏《おそ》れを知らぬ仏敵《ぶってき》の振る舞いではござらぬか」

「この正月には清盛さまの味方だった高倉《たかくら》上皇さまが身罷《みまか》られ、潤《うるう》二月には清盛さまが病死なされました……」

「ああ、そういうのを仏罰というのだろう。大かたの者は多少、溜飲《りゅういん》を下げたかもしれぬ。が、それで虚脱感から抜け出せただろうか」

宗景はこう言ってじっと薬師丸の顔を見すえ、それから大きく首を横に振った。

「東大寺と興福寺はいずれ再興されよう。だがな、薬師丸よ。人を虚脱感から立ち直らせるのは、お前が背負っておるような生きる問いを光らせることでしかないのぞ」

宗景は改めて薬師丸に出家の心構えを固めさせると、さあと立ち上がって手綱《たづな》を握り、薬師丸を再び馬上に促した。

「いえ、馬がかわいそうですから」

つい馬を庇《かば》う言い方になったが、もう行く先は余り遠くなさそうだった。薬師丸は何より神護寺へは自分の足で一歩一歩、近づいて行きたかった。

人の歩行は先を急ぐには遅すぎるが、なぜ今、自分がそこへ行き着こうとしているかをはっきりさせながら進むには、じつに頃合《ころあ》いの速さなのである。九歳の薬師丸は、早くもそのことを察していたところがあった。急ぐでもなく登り坂を進んで、御経坂峠《みきょうざか》に着いた。

「清水が湧いていますよ。少し休みませぬか」

「よかろう。まだしばらく空は明るいようだ」

宗景が薬師丸に応じた。

湧き水は峠の山側にあって、旅の者が両の掌《て》に受けて口へ運びやすいように竹の樋越《ひご》しに流れ来るようになっていた。薬師丸は両掌いっぱいに受けた清水を一気に飲み干すと、宗景に向かって声を弾《はず》ませる。

「御経坂峠の名の由来が分かりましたよ」と、岩に滴《したた》り落ちる清水を指した。

「お経は速くなく遅くなく、雨垂れのように淡々と誦《とな》えるものと聞いたことがあります。だからこの岩場を打つ清水の音にお経の響きを感じ取った人がいたのですよ」

そう話す薬師丸の顔を、宗景はまぶしいものを見るような目で見つめる。神護寺で学ぶことを余すところなく吸収するため、早くも薬師丸の全身が稼働《かどう》し始めているようなのだった。


御経坂の峠を北へ越えると周山《しゅうざん》（京都府京北町）への道は清滝川に沿うようになり、やがて一軒の茶屋の前に出た。紀伊国《きいのくに》湯浅庄《ゆあさのしょう》を発って五日が過ぎている。

高雄山《たかおさん》神護寺参詣口御休處《おやすみどころ》。こう大書した標板《ひょうばん》が茶屋入口に掛けられてあるが、もう休むまでもない。清滝川に架かる橋を渡ると、幅広い参道が深い谷沿いに延びていた。かなりの登り坂で、とくに傾斜の急な場所には川石を並べて短い段が築かれてある。

参道の山側に目立つ杉、檜《ひのき》などはいずれも年数を経て太く、深々と枝を張り、仏法を護る傭兵《ようへい》のように立ち並んでいる。谷の側は日差しがなくて薄暗く、堆積《たいせき》した落葉の発する匂《にお》いは深い山で嗅《か》ぐのに似ていた。

いずれも祈りの歳月を重ねた山の風情である。

その時、山側に人の気配があり、一人の老境の男が参道に姿を表した。

「紀伊湯浅のお方でございまするな。上覚さまが今日か明日かと、ずっとお待ちにございまするぞ」

男は河内《かわち》から来た元久《もとひさ》と名乗り、神護寺で寺男《てらおとこ》を勤めているという。言葉の端々《はしばし》に人柄の良さを感じさせた。

「仏花《ぶっか》切りまでご苦労にございまするな」と、宗景は元久が手にする樒《しきみ》の切り花を見て話しかけた。

「だが、山中は足場が危のうござる。明日からは身の軽い、この薬師丸にお任せなされ。上覚の甥《おい》でござる」

「それはならぬ。神護寺金堂の薬師さまのお花替えはわしでなけりゃなりませぬのじゃ」

元久はきっぱりと断り、参道を登りながらそのわけを話し始めた。

神護寺は平安京づくりに功績のあった和気清麻呂《わけのきよまろ》によって創建され、最初は山の名にちなんで高雄山《たかおさん》寺《じ》と呼ばれていた。やがて平安仏教の道場となるにつれ、天長《てんちょう》元年（八二四）、和気一族は清麻呂が河《かわ》内《ち》（大阪府）に建立《こんりゅう》していた神願寺《じんがんじ》をゆかりの高雄山寺に併合することになり、その際、正規の寺の名が「神護国祚真言寺《じんごこくそしんごんじ》」と改められた。神仏の加護によって国の福運を高める真言の寺といった意味で、これを略して神護寺と呼ばれるようになり、それに高雄山の名が山号として生かされ、「高雄山神護寺」となって定着した――。

元久はこんな来歴をひとしきり語ったが、本当に言いたいのは別にあった。

「こうして二つの寺を一つにする時にの、河内の神願寺から遷《うつ》して来ましたのが神護寺金堂に安置されてなさる薬師さまでしてな。よって、その薬師さまにご供養するのは河内者《もの》の勤めとする習わしが、途切れながらでもまだ続いておりまするのじゃ」

「ほう、三百年続いた伝統の上に、いま、元久どのがいなさるか」

宗景は感激の面持《おもも》ちである。元久が仏花切りを人に任せようとしないはずだった。

薬師丸らが着いたと知らされた上覚が表へ飛び出して来た。

「おお、薬師丸。大きゅうなって。よう来たぞ、そなたの薬師さまがお待ち兼ねじゃ」

上覚が身につけた墨染《すみぞ》めの法衣《ほうえ》の袖《そで》で薬師丸を包み込むようにして迎えた。ところが宗景は憮然《ぶぜん》として立ち尽くし、上覚と薬師丸の会話が一段落すると間を置かず弟の上覚に食ってかかった。

「神護寺が潰《つぶ》されて三十年が過ぎても、まだ復旧されぬままだと、なぜわしらに告げなかったのか。これでは仏道修行どころでない」

宗景は薬師丸をすぐにも紀伊へ連れ帰る気配を見せた。

「相変わらず兄者《あにじゃ》は気が短い。帰るにしても、白湯《さゆ》で喉《のど》を潤《うるお》してからにしなされ」

二人は上覚の私室へ招かれた。

「兄者の怒りはあえて引き受けましょう。が、神護寺が壊滅させられたのは文覚さまとわしが関わるよりずっと昔のことでござった。宮中深くの争いが発端だったらしく、寺としては惧《おそ》れ多くて騒ぎ立てるわけにいかず、落雷に遭うたものと思うて諦めて来たようです」

「うわさ通り、神護寺の建物はやはり鳥羽上皇《とばじょうこう》の怒りに触れて潰《つぶ》されたのか」

「真相は薮《やぶ》の中です。ただ、世間からは上皇さまに逆らった神護寺が悪いように見られ、それで復興の募財《ぼざい》が出来ず、荘園《しょうえん》もすっかり取り上げられました。再興しようにも手がつけられなかったのでしょう」

上覚も無念さを隠しきれない。

「そなたの師匠文覚どのが再興に奔走されたと聞いたが、その成果も目に見えぬではないか」

「いいえ、文覚さまの神護寺再興の熱意は並のものではありませぬ。仮設ながら必要な御堂《みどう》はよう整えられました。ただ、あのお方は向こう意気がつよく、相手に結論を強いられまする。だから後白河《ごしらかわ》上皇さまにも強訴《ごうそ》したと伊豆へ流されましたぐらいで……」

上覚が苦笑する。

「さような事情が重なっておったか。そなたの話を聞くと責めてばかりおれぬ気がして来た。先ほど荒い言葉を吐《は》いたのは許せよ」

「許すも許さぬもありませぬ、兄者ですから。文覚さまの胸には今も神護寺復興の火は高く燃え続けておりますれば、近いうちに思いがけぬ展開になりそうです」

「そりゃあ、もしかすると薬師丸をここに留めたいからの強がりでないのか」

「いいえ、本当です。伊豆で源頼朝どのに決起を促《うなが》されたとき、文覚さまは成功すれば神護寺再興に尽力するという確かな約束を頼朝どのから取っておられます。それがどうですか。この二月には清盛が死に、もう源氏の世は目前なのですぞ」

上覚は神護寺にようやく本格復興の時が近づいたと力《りき》んだ。すると、それまで黙って話を聞いていた薬師丸が、突然、口を開いた。

「なんで建物の話ばかりなされますのか、よう分かりませぬ。母とわたくしで決めたことは一つです。神護寺薬師さまのもとで上覚さまの指導を得て、わたくしが僧にならせてもらうことなのでした。もし建物が不都合で変更されるのなら、母の了解を取って来て下されれ」

何のたくらみもなく、思ったままをすらっと口にした。

それを聞いて宗景が背を反らせて呵々《かか》と笑った。

「これは参ったぞ。神護寺のほかで修行させたいなら、あの世へ行って汀子《みぎわこ》の了解を取って来いってよ」

つられて上覚も笑いを隠しようがない顔になった。

「そう、まさに仏心《ぶっしん》は建物に宿らぬのでござった。誰だったかの。ついさっき、金堂が仮設だの、道場の整いがないなどと建物に難くせばかりつけておったのは」

「上覚こそ師匠でありながら、迎えた新弟子に仏心の宿り所を教わったではないか。いや、結構でござった」

大人の二人はおどけた口調を装いながら、心底では薬師丸のもの言いのしたたかさに感じ入っていた。叔父たちが雑談を始めると、薬師丸は座をにじり出て広い境内へ走った。

薬師丸の視線の先で
大蜻蛉は
急旋回
して飛
び
去っ
て行
った。

早く薬師さまを拝したい。が、境内を見まわしても、薬師丸の低い視野にはめざす金堂が入って来ない。その時、蜻蛉《かげろう》が薬師丸の頭上すれすれに飛んで来た。有《あり》田川《だがわ》の河原で見かけるのよりずっと大きい。

高雄山の蜻蛉はこんなに大きいのか……。

そう思った時、薬師丸の脚はもう蜻蛉を追って駆け出していた。大人をだし抜く言辞を口にすることはあっても、根は九歳の少年である。

大蜻蛉は庭の松をかすめ、思いがけない方角にある石段すれすれに突き昇っていく。それを追って薬師丸も石段を駆けて、登りつめてみると蜻蛉はもう正面にある建物の高い屋根上にいた。逃げられたか。悔しがる薬師丸の視線の先で、大蜻蛉は急旋回して飛び去って行った。

このあと薬師丸は目前の建物に惹きつけられる。

神護寺には仮設のお堂しかないような話だったが、

目にする建物はとくに凝《こ》った造りでないが檜皮葺《ひわだぶ》きで、御堂らしい風格がある。

これが神護寺の金堂に違いない。薬師丸は草履《ぞうり》を脱いで前縁《まええん》の板張りへ上がり、そっと表戸《おもてど》を引き開けて思わず後ずさりした。人の気配がないのに燭台《しょくだい》の大きな蝋燭《ろうそく》二本に火が点じられ、その明かりが厨子《ずし》に収められた等身大の仏像を浮かび上がらせているのだ。

「おっ、薬師さま……」

薬師丸は奥へ駆け込んで跪《ひざまず》き、燭台の近くまでにじり寄って薬師像を仰ぎ見る。薫香《くんこう》に燻《いぶ》された姿の重々しい存在感に圧倒され、礼拝するのも忘れ、なお身を迫《せ》り出し、薬師像の顔にじっと目を凝《こ》らした。

そのうち、薬師丸の目に涙がにじんで来た。薬師像の右腕が失われているのに気づいたからで、それが痛ましくてならない。

左の太い腕は法衣《ほうえ》の袖《そで》から突き出て、薬壷《やっこ》を手のひらに載《の》せている。が、右の手は肘《ひじ》から先が見えないのだ。法衣の内に納めていなさるのか。薬師丸が再び近づいて確かめると、肘の付け根に木組《きぐ》み穴が目についた。何かのはずみに肘から先が外れて落ちたままなのだった。

「右のお手を無くされ、どんなにご不自由でございますることか」

薬師丸は額《ひたい》を床に擦《す》りつけたまま、涙ながらにこうつぶやく。

外へ出ると元久が金堂へ近づいて来ていた。

「皆さん、お揃いでお参りなさると思うて灯明《とうみょう》を点《てん》じておきましたが、薬師丸さまお一人でしたか」

「それよりも薬師さまの右のお手が……」

「おお、お気づきなさったか。この寺が潰された時、薬師さまはもったいなくも外に投げ出され、両手とも肘から先が失われておりました」

「両手とも無《の》うなっていたのですか……」

「さよう。わしは河内者ですからよ。来る日も来る日もお手を探し、やっと左手は見つけたが、右手はどんなに探しても見つからなかったですわい」

そう聞いて薬師丸の目にまた涙が盛り上がる。それを見られるのがいやで、元久から離れ、涙をふき取って住坊へ帰った。

「おう。薬師丸、どこへ行っておったか」

「はい、宗景叔父さま。ぜひ、金堂へお参りして建物を見て下さい。檜皮葺きのしっかりした建物なのです」

「金堂へ参って来たのか。寺男の元《もと》さんに案内してもらったのだな」

「いえ、大きな蜻蛉に導かれました……」

「ほう、薬師丸は冗談が好きなのだな」

「そうではないのだ、上覚よ。薬師丸には時に常人と違う細かな感覚の働くことがある。それを承知でいい方へ導いてやってくれ」

「なるほど。蜻蛉に導かれて薬師さまともしっかり初対面して来たようじゃの」

こう見通した。薬師像の右手が欠け落ちているのを見て悲しんだ跡を、上覚は薬師丸の目元にしっかりと認めていた。

その夜、薬師丸は住坊に一室を与えられた。

床に身を横たえ、長かった一日を振り返ろうと目を閉じた途端、昼間の蜻蛉が頭に浮かんだ。あの時、思いがけず頭上に現れ、薬師丸が行きたい金堂へ導くように石段上を一直線に飛んだ。蜻蛉は金堂の屋根上から薬師丸が登って来たのを確かめて用がすんだとばかり、水のある谷へ姿を消してしまった……。

蜻蛉には人の意志が宿ることがあるのだ。あの大蜻蛉はきっと母の意志を受けて薬師さまのもとまで先になって飛んで行ってくれたのに違いない。そう思うだけで薬師丸は気分が安らぎ、すぐ深い眠りに落ちていった。

二

あくる朝、薬師丸は神護寺でどう過ごすようになるかを朝粥《あさがゆ》の場で、しっかりと聞きとめることになった。

「昨夜、そなたが眠った後で、これからのことを上覚とよう話し合うた」

宗景が薬師丸に向かって改まった口調を見せた。

「そこで決まったことの一つは、昨夜、眠った一室をそなたの住房《じゅうぼう》とし、房の名を明恵房《みょうえぼう》とすることだ。よって薬師丸なる幼名は今のいまより使わぬようにせよ。代わって明恵房の主ということで、そなたは明恵の号で呼ばれる、よいな」

こう念を押され、薬師丸、いや明恵は神妙にはいと答えた。そういえば叔父で薬師丸の師となった上覚も上覚房行慈《ぎょうじ》だが、僧名の行慈ではなく、かつての住房名の上覚で呼ばれている。

「つぎは得度《とくど》じゃ。これはそなたの精進しだいなので、いつになるか分からぬ。が、その時、上覚さまは師としてそなたに高弁《こうべん》という僧名を下さるようじゃ。明恵房高弁、輝くようによき名じゃぞ」

よって名に負けぬよう修行を怠るでないと、宗景は父親のような口ぶりを見せた。明恵は口の中にて「みょうえ」の言葉を何度か舌の上に転がしてみた。響きがよくて、すぐ気に入った。

「あとひと言申しておく。上覚はそなたの母汀子の兄じゃが、ここは世間から外れた道場だ。叔父と思うて毫《ごう》も甘えるでないぞ」

こう言われて、明恵が改めて上覚に向き直り、床に両手をついて深く頭を垂れた。

「精いっぱいに勤めまする。ご教示のほど、よろしゅうに願い上げまする」

「よかろう。道を求むるは楽でないが、真実は仏道の中にのみある。これよりはよう励むがよいぞ」

上覚と明恵の師弟としての初めての言葉が二人の間を行き交った。

神護寺で明恵に与えられた住房の縁長押《えんなげし》に真新しい「明恵房」の札が掲げられた。

そこは本坊の集会所《しゅうえしょ》から内縁を進んだ先にあって、六坪ばかりの板の間が板戸で大小二室に区切られてある。奥の広い間の外障子を引くと、すぐ前に松の庭があり、その間から金堂の屋根も望める。広さといい、外の景観といい、明恵には申し分ない。隣の住房には寺務をこなす役僧の浄永《じょうえい》が入っている。四十歳代半ばだが、気さくで神護寺の何ごとにも通じているから、いろいろと教わることができそうである。

宗景を見送って住房へ帰ると、浄永が早速、黄色い布に包んだ品を捧げるように持って入室して来た。

「まだ九歳のお方が入房なさると聞き及んで、入山されるとすぐ着用できますよう、白衣と略法衣《りゃくほうえ》、それに作務衣《さむえ》の縫製《ほうせい》を早目に頼んでおきました」

「手回しよく、恐れ入ります」

「寸法は年齢から察して仕立てさせたものだが、袖《そで》を通してみて下され。都合悪ければ直すと縫製の者が申しておりますれば」

明恵はこう促されて白衣に袖を通し、黒の略法衣をまとった。

「おお、測って注文したようにぴったりでござるな。ただ、折角《せっかく》の僧衣も頭髪を剃らねば似合いませぬわい」

浄永は湯布《ゆぬの》で明恵の頭髪を蒸し、わが子の頭でも剃るように無造作に剃刀《かみそり》を当てて剃り上げた。

「さあ、これでもう一度、僧衣をまとって阿闍梨《あじゃり》さまに見て頂きましょうぞ」

浄永は明恵を本坊の阿闍梨の間へ導き、机に向かって書き物をしている上覚に呼びかけた。その声に振り向いた上覚が弾《はじ》かれたように立ち上がって明恵の前に立ち、うんと納得したように一つ頷《うなず》いた。

「こんな可愛い新発意《しんぼっち》さん、見たことがございませぬ」浄永がすかさずこう言い、「出家なさるために生まれついていてなさるようではございませぬか」とつけ加えた。

「明恵がこうして僧衣《そうえ》を着けて神護寺に住むようになろうとはのう」

感慨が尽きぬといった、上覚の一言だった。

「墨染めのそなたの姿を、母者はあの世でどれほどか喜んでいようぞ」

何げなく言葉を発した上覚に、明恵が不思議そうな目を向けた。

「そのように母者があの世で喜んでいなさるのなら、仏法は人が死後にまで命をつないでいると教えるのですか」

「いや、命はつなげぬ。だが、この世で願い、行ったことがどんなふうに成満《じょうまん》するか、それとも満たされずに終わるか。そうした結果への執《とら》われを人はあの世までも引きずっていくとわしは見ておる」

「それは恐ろしきことに思えます。亡くなって後まで願いの満たされぬ人はいつまでも苦しむばかりで、救われようがないではありませぬか」

明恵の目が脅《おび》えの色を帯びている。思いがけない明恵の反応に上覚が戸惑い、言葉を和らげて分かりやすく説こうとする。

「明恵よ。人の死んだ後のことは誰にも分からぬのじゃ。ただ、人の行いは必ず、それにふさわしい結果を生じると仏さまが説いていなさる。よき原因を積めば、後にきっとよき結果が生じるとされた。しかもその結果は死後にまで及ぶものと思われておる」

「死んで地獄の怖い目に遭わないように、生きている間によい行いをせよということですね」

この時の明恵なりの了解である。

「そうではあるが、地獄という苦境がとくに死後にあるわけでない。地獄の苦しみという特別な苦痛があるわけでもない。確かなのは、地獄が人それぞれの人生を誤らずに生きさせる方便《ほうべん》ということなのじゃ」

「ならば極楽も方便なのですか」

「そうじゃとも。死んでから極楽へ行けるなら、少しは辛くても生きている間は頑張《がんば》って正道《せいどう》を生きようと決意する。そうした方便を生きるのなら、地獄も極楽も結構ではないか」

この世と死後の世界のつながりを上覚は方便ということでつないで、明恵を納得させようとした。

「仰《おお》せのこと、これからよう学んで行きまする」

明恵は師の上覚に深く頭を下げた。

手燭《てしょく》の明かりをもとに、明恵が住房へ引き下がって来ると、真新しい寝具一組が運ばれてあった。やはり浄永さんの親切なのだ。そう思いながらふとんを延べてごろりと横になった。長く望んで来た神護寺の暮らしが、いよいよ始まったのだ。その初日を無事に過ごした充足感が明恵にあって、快い眠気に襲われ、程なく眠りに落ちた。

ところが寝込んで間もなく、明恵は異様な胸苦しさを覚えて目を覚ました。

——ああ、あの胸苦しさは夢のせいだったのか。

ひどく気味の悪い夢を見て、大声で何かを叫んだ気がする。そのわれの声で目が覚めたのだった。まるで自分が苦しんだようにひどく汗ばんでいた。

夢と分かってひと先ず、ほっとした。が、夢の中身が思い出されるにつれ、明恵はまた重苦しい気分になっていく。夢に現れたのは、明恵がまだ京都高倉に住んでいた二歳の頃の乳母だった。幼なかったので顔は覚えてないが、その人らしいしぐさから、自分を抱いて京都東山の清水寺へ連れて行ってくれた乳母に違いなかった。その乳母が明恵の夢の中で身を切り裂かれて、ひどい痛みと苦しみに呻《うめ》き続けていた。

どうしてあんな怖い夢を見てしまったのだろう。明恵は布団の上に座って、しばらく考え込んだ。すると昼間、上覚に小僧姿を見せに行った時のことが頭に浮かんだ。明恵の小僧姿を亡くなった母の汀子があの世で喜んでいるだろうと上覚が言ったことから、話は地獄のことにも及んだ。

だから怖い夢を見たのかもしれない。そのあたりのことを上覚に確かめたくなった。

「夜分遅くにすみませぬ、明恵です。お尋ねしたきことがございます」

上覚はまだ起きていて快く室内へ迎えてくれた。

そこで明恵は、夢に見た乳母の苦しみようをありのまま上覚に伝え、自分が思ったことも付け加える。

「極楽も地獄も今をよく生きさせる方便だと昼間にお聞きしました。でも、乳母が苦しむのは生きている間によい行いをしなかったせいと見なしては、あまりにかわいそうです」

明恵がこう言うのを上覚は黙って聞いている。燭光《しょっこう》に照らされる、その顔がしだいに和《なご》んでいくのが分かった。

「まことに明恵はやさしいの。本当はあんなにやさしく健気《けなげ》だった母者《ははじゃ》が、もしかすれば夢に見た乳母のように死後、苦しんでいないかと案じておるのでないか。そうなのであろう」

「はい、確かに。でも、いずれ得度を受けて明恵坊高弁となる身ですから、わたし一身にこだわるまいとは思います。生きて一途《いちず》に精進して来た人でも、何かのはずみで死後に思いがけず身を切り刻まれる苦しみにさらされると夢の中の乳母に教わりました。そのように死後にも報われぬ人を救うのが出家者の勤めと思うようになりました」

「おお、その言やよし」と、上覚が大声を張り上げた。

「ただ、そなたの齢《とし》ではやむを得ぬが、一つ、早合点しておるところがある」

お祖師方が
時を越えて
そのあたりを
散策されて
いそうな気が
してならぬ

「それは何でございまするか」

「母を思う余りだろうが、そなたは死後を苦しみなく安楽に過ごさせるのが仏の教えだと思うておることだ」

「でも夢とはいえ、あのように死後に地獄の苦しみを受ける者を見過ごせませせぬ」

「確かに、明恵よ。一途に精進しながら身を切り刻まれる痛みにさらされるのは、そなたの言うように例外にござらぬわい。だが、それは死後よりも生きている身の上を痛打してくる。この世に生きて、こと志《こころざ》しと異なって身を切られるほどの辛さを味わう。それが生きるということなのだ、明恵よ」

そこが大事な押さえどころだと言いたい。

「なしたことの結果を思い煩《わずら》うなということにございますか」

「それもある。さまざまの手入れの果て、やっと実を結ぶのが果実であろう。人もまたさまざまに命を育て、わが人生を実らせるのが大事でござろうぞ。どうして、いつまでも地獄や極楽が死後にあるかないかを詮索《せんさく》しておれようぞ」

上覚がこう告げた時、障子がにわかに明るくなった。それに促されて、上覚が手を伸ばして障子を開く。十三夜らしい月がようやく杉木立の上に現れ、澄み切った大気を経て来た月の明かりは神護寺の境内に届いて、光と陰をくっきりと染め分けている。

「わしはとくにこの時季の月の境内が好きじゃ。この寺にゆかりのお祖師方が時を越えて、そのあたりを散策されていそうな気がしてならぬのよ」

「お祖師さまがですか……」

「そう、最澄《さいちょう》さま、空海《くうかい》さまじゃ。お二方が唐より帰られた頃、新寺の建立が認められなかったから、最澄さまはこの寺で密教の結縁灌頂《けちえんかんじょう》を開かれ、空海さまは同志を集めて新しい教えの門を開く足場を固めなされた」

「お二人とも、やはり今を生きる教えを世に広められたのですね」

「そうなのだ。報われずに生きる者の苦しみをわがことと受けとめ、陰《かげ》りの無いつよい生き方へと導きなさった」

こう言って上覚は月光に映える庭に目を投げたまま、しばらく沈黙する。慕って、跡に続くに値するのはこの祖師方なのだと、明恵にはっきり告げたい気になっていた。

明恵の一日は金堂《こんどう》の薬師像に供える閼伽《あか》を汲むことから始まる。

神護寺に来て半年が過ぎると、それにもすっかり慣れ、寿永《じゅえい》二年（一一八三）早春の朝も桶を手に閼《あ》伽井《かのい》への坂道を早足で下っていく。すると背後から霜柱を踏む音が近づいて来た。振り向くと旅支度《たびじたく》の上覚である。

「毎朝、目覚めのよいことだのう」

望郷の思いが高《こう》じて紀伊へ帰りたいとわがままを口にするでもない明恵に、上覚はいたわりの声をかけた。

「夜は早く休みますから、早起きも辛くありませぬ」

「これからも頑張るのだぞ。わしはにわかに師の文覚どのと鎌倉へ向かうことになった。よってその前に一つ、告げておきたきことがある」

閼伽井への道は二人がようやく並んで歩ける幅である。

「狼藉者《ろうぜきもの》に神護寺の建物は潰《つぶ》されても金堂の薬師さまと、そなたがこうして毎朝、浄水を汲む閼伽井だけは壊されずに残った」

「その二つ、唐から帰られた空海さまが神護寺に居られた頃のままなのですか」

「そうだ、三百七十年も経ていながら、よう残っておるものだ。毎朝、浄《きよ》らかな閼伽を本尊の薬師さまに差し上げ、一途《いちず》に薬師さまに帰依《きえ》する。これは祈りの初めであり、終《つい》の姿でもある」

「ならば密教という新しい教えを唐から持ち帰られた空海さまの心も、薬師さまと閼伽井に留められているかも知れませぬね」

明恵の言葉が弾《はず》む。生まれ育った紀伊湯浅《ゆあさ》の地は高野山に近いだけに、その山を開いた空海に特別の親しみがあった。

「そうなのだ、明恵よ。今朝、わしが旅立つに当たってお前に告げたいのも、じつはそのことだ」

何を言い出そうとするのか。明恵は上覚の横顔に熱い視線を向けたが、すぐには語り出さない。

閼伽井への山道は明け初めた朝に逆らうようで、谷間の薄暗さはなかなか薄らがない。それでも木立のまばらな所まで下ると、朝の光に羊歯《しだ》の緑が瑞々《みずみず》しさを際立《きわだ》てていた。そこの山側斜面の裾《すそ》に高さ四尺ほどの洞窟がぽっかりと口を空けており、底の小池に清水が湧いている。

そこが神護寺の閼伽井である。明恵はいつものように一礼して、備え付けの柄杓《ひしゃく》で清水をすくって閼伽桶を満たしていく。それを見ながら上覚が口を開いた。

「明恵よ。そうして柄杓から桶に移される閼伽は美しく透《す》けていよう。それじゃ。わしはの、仏はその清冽《せいれつ》さを何より好まれると思えてならぬ」

「はっ」と、明恵は思わず柄杓の手を止めて上覚の顔を見上げた。大切なことを告げられているようだが、意味がよく通じない。

明恵よ
そなたの
仏道が
この閼伽の
ように
清々と
あって
ほしい

「わしが言いたいのは、そなたの仏道がこの閼伽のように清々《せいせい》とあってほしいことなのじゃ」

上覚がわざわざ閼伽井まで明恵を追って来たのは、清々さを閼伽にからめて印象づけたいからだった。

「明恵をこうして仏門に導いたわしとしては、そなたがまじめな求道僧《ぐどうそう》となってくれねば郷里湯浅の者に顔向けならぬのじゃ」

「はい。閼伽汲みに限らず、薬師さまへのどのような供養にも心を込めるようにしまする」

「それもよきことじゃ。が、しばらく別れるのを機に、もっと大事なことを告げておきたい」

上覚は懐中《かいちゅう》から紙片を取り出して明恵に手渡した。

およそ出家修道《しゅどう》は、もと仏果《ぶっか》を期《ご》す。豈《あに》いわんや、人間少々の果報《かほう》をや。発心《ほっしん》して遠渉《おんしょう》せんには、足にあらざれば能《あた》わず。仏道に趣向《しゅこう》せんには、戒《かい》にあらざれば、いずくんぞ到らんや。必ずすべからく顕密《けんみつ》の二戒堅固《にかいけんご》に受持《じゅじ》し、清浄《しょうじょう》にして犯《ぼん》なかるべし。

〈空海「弘仁《こうにん》の遺誡《ゆいかい》」〉

「空海さまが、この神護寺におられた四十歳の時に弟子を戒《いまし》められた遺誡じゃ」

「遺戒と申されても、空海さまのご入定《にゅうじょう》は確か六十二歳だったはずですが……」

「そうではあるがの、空海さまは唐《とう》から帰られて八年。ようやく真言門《しんごんもん》を樹立《じゅりつ》し、道場を高野山に開くのを前に、世俗からきっぱりと身を離す覚悟で弟子たちにこう戒められた」

「だから、ご遺誡と呼ぶのですね」

「そうだ。出家したのだから、世間的な成果など求めるでない。仏さまとの約束事を犯《おか》さず清らかにあって、わが足で遠くまで歩く覚悟をかため、密教と異なる顕教《けんぎょう》にも目を届かせての。二つの教えのズレを言い募《つの》るのではのうて、二つの違いに恐れず立ち向かえと、空海さまは命を賭けて、お弟子方にこう告げてなさる」

「わたくしもお言葉に従いとう存じます」

「ぜひ、そうあってほしい。わしが留守の間も、心してみ仏の道を清々と歩むのぞ」

こう告げると上覚は山道を引き返して行く。一人残された明恵は手渡された紙片を読み直し、とくに最後の文言は低く声を出して読んだ。

――顕密の二戒堅固に受持すべし。

これは密教と顕教の華厳世界《けごんせかい》を一つに溶け合わせた祈りへ明恵を向かわせる梃子《てこ》となっていく。天性《てんせい》のまま、わが道を進んでいるような人でも、いつか誰かに、つい知らずその道を進むように軽く背を押されていることがある。

この朝の明恵が確かにそうなのだった。

洛北《らくほく》の高雄山に遅い気味の春が訪れると、神護寺の山門をくぐって来る僧が目立つ。わりと近い仁和寺《にんなじ》の人が多いが、醍醐寺《だいごじ》など少し離れた真言の寺からわざわざやって来る人もいる。いずれも空海の住した頃からしだいに増えている経典《きょうてん》、経論《きょうろん》などの書物に学ぶのがねらいで、なかには長く留まって経典を丁寧に書写して帰る者も珍しくなかった。

そうした人の何人かに、上覚は暇が出来れば明恵の学問を見てやってほしいと頼んでいた。だから写経の合間などに明恵の室にやって来て、学問のよき師となってくれた。

明恵の学識の下地は、そんな形で固められていく。

なかでも仁和寺の尊印《そんいん》からは熱心に悉曇《しったん》を学んだ。

五世紀頃の天竺《てんじく》で流行《はや》った文字の読み方、書法《しょほう》、文法がすでに日本へも伝わっていたから、尊印がそれを分かりやすく教えてくれた。その関わりで経文《きょうもん》に節《ふし》をつけて称《とな》える声明《しょうみょう》も習うことになる。海の向こうから渡来した文字を和製の筆で習い、どこか異国の響きが伴う節まわしの曲が高雄山の自然にしみ込んでいく。明恵にはそれが不思議だった。

「悉曇も声明も異国に育ちながら、どうしてわたくしの気持ちや高雄山の自然にこんなに滑らかに溶け込むのでしょうか」

こうした疑問を尊印に投げたことになった。

「そう受け止めた、そなたの感覚が細やかだからだ、明恵よ」

分別《ふんべつ》ざかりでも答えにくい問いに、尊印はとりあえずこう応じて答をまとめる間をとった。その上で十一歳の明恵にこんな答え方をした。

「悉曇にはの、自分を意志的に表して生きようとする気迫が宿り、声明には心を豊かに生きる情感の響きがこもる。そのようにして己《おのれ》の生き方を深める道が国によって異なるはずがなかろう」

「ならば悉曇や声明はいずこの国でも習うのですか」

「少なくとも東方《とうほう》の国々は、お釈迦さまの教えで生き方を深めようとしておる」

「わたくしもそうです。千数百年の長い時を超えて、お釈迦さまを今ここに居なさるように感じ取りたいのです。お釈迦さまのご本を、ぜひ貸して下さいませ」

体当たりして来るかのような少年の気鋭《きえい》だった。

「よし、気をつけて読みやすい本を探しておこう」

心持ち身を引く気分で、尊印はこう答えた。

このように明恵にとっての仏教は仏心《ぶっしん》を養う糧《かて》でも、知識でもない。明恵をとり巻く時と空間を限りのないところまで、どんどん押し広げてくれる弾《はず》みそのものが仏教なのだった。たしかにどこかで心《しん》ノ臓《ぞう》と連動しているように、明恵の仏教伝受は高い気味の鼓動とともに始まった。


こうして明恵が時と空間を超える学問の魅力にとり憑《つ》かれた頃の四月二十六日、上覚と師の文覚は逆に平家の凋落《ちょうらく》する今の時にこだわり、鎌倉の源氏方にしっかり腰をすえて神護寺再興の目処《めど》をつけようとしていた。

「さすが頼朝さまの邸宅。多くの源氏ご家人《けにん》に囲まれ、いつ幕府の中枢となっても不思議ではございませぬ」

頼朝に対面した時の文覚の弁である。

――流された伊豆の地で愚僧《ぐそう》が頼朝さまに決起を促《うなが》しましたから、この日がございまするのぞ。

文覚は言外《げんがい》に自分の存在を強調した。

この人は貴人《きじん》とか覇者《はしゃ》を前にすると巨漢《きょかん》が、なお膨《ふく》らんで見える。

「源氏の世になれば、そなたも神護寺で心おきのうに過ごせよう」

「はい、頼朝さまが約束下さった神護寺の再興が成れば、もう他に望みは何もありませぬ。頼朝さまの世の安泰《あんたい》を祈りながら弥陀《みだ》のお迎えを待ちましょうぞ」

頼朝は四十三歳の文覚より八歳下である。立場をわきまえながらも、文覚は約束を果たすよう頼朝に迫る。

「神護寺再興の約束は忘れておらぬが、いま少し時を貸せ」

このもの言いでは神護寺再興は難しいか。そばで聞いていた上覚は悲観的になったが、文覚は違う。

「いいえ、時を逸《いっ》してはなりませぬ。即刻、後白河法皇さまに接近なされよ。頼朝さまのためにございまする」

「またもわしに決起を促すか」

「此度《こたび》は武力を要しませぬ。後白河法皇の懐《ふところ》に入って頼朝さまの東国《とうごく》行政権を認めさせるのです。そうでないと、折角《せっかく》、東国を占領なされても朝廷の一反逆者でしかありませぬぞ」

「屈服せよとか」

「いいえ、日本の重要な地を占める鎌倉殿《かまくらどの》として堂々と向き合って頂きたい。さすれば明日にも滅びる平家の広大な荘園《しょうえん》が、源氏側へ転がり込んで来ましょうから」

「またも文覚どのに恩義をこうむるか」

「そんな、お気づかいはいりませぬ。平家から受け取られる荘園の爪先《つまさき》ぐらいを神護寺に付け替えて下されば——」

こう言うと文覚は頼朝の歪《ゆが》んだ顔から目をそらし、庭先に咲く杜若《かきつばた》に移して、色合いのよさを上覚に向かってしきりにほめそやした。

このあたり、文覚のしたたかさである。なにしろ経《へ》て来た道が並でない。二十歳頃に同僚の妻を恋し、その女人を誤って殺してしまったのがきっかけで出家したと、自ら口にしてはばからない。

そうかと思うと、ある出家者が修行のきびしさを口にすると、敗けじと若き日の文覚は奇妙な修行に入った。

真夏の炎天下、薮《やぶ》の中に八日間も伏せて全身を虻《あぶ》や蚊《か》が刺すのにまかせ、九日目にやっと立ち上がると、修行など何ほどのこともないわ。こううそぶいて見せた。

文覚にはこのような一風変わった話がつきまとう。

上覚も当人からそうした話をよく聞かされたが、面白おかしく話して聞く者を楽しませてやろうとするふうがある。そうかといって作りごとだと思っていると、型破りの話がさも真実のように響いてくる。文覚の巨岩のような風体《ふうたい》と貴人ぶる者の気位を粉々《こなごな》にせずにおれぬ気性の荒さが、そう思わせるのだった。

そんな異端の文覚が、いま神護寺再興の鍵を握っているのだった。

「神護寺では、わたしの甥《おい》が明恵の名で修行を始めましてございます」

頼朝の邸宅を出たところで、上覚は文覚にこう告げた。

「そちの甥では融通《ゆうづう》が利《き》きそうにないの。いくつだ」

「やっと十一歳にございます」

「それはよい。近く、会おう。それまで叔父風《おじかぜ》を吹かせて、純なる心に頑迷《がんめい》な枠《わく》をはめるでないぞ、よいか」

文覚は割れるような声を上覚の耳にぶっつけてきた。

この時から上覚に気がかりが一つ増えた。いずれ神護寺の山門をくぐって来る磊落無頼《らいらくぶらい》の文覚が、なるほど仏道を歩む上覚の師だと明恵が納得するように、どう印象づけておくか。こればかりは、かなりの難題だった。


秋風の立つ頃、見覚えのない一人の中年僧がいきなり明恵を訪ねて来て、玄関で仁和寺から来た尊実《そんじつ》と名乗った。その名を聞いて、神護寺詰めの浄永は空海の著作に惹《ひ》かれて研究を重ねている僧と分かった。

「突然ながら、拙僧、このところ特に打ち込んでおる倶舎頌《くしゃじゅ》を明恵に伝えたい一心で参上いたした」

五世紀頃、天竺《てんじく》で世親《せしん》の編んだ『倶舎論《くしゃろん》』が中国を経て七世紀の日本へ伝えられていた。その『倶舎論』の中でも、そのよさを口になじみやすい偈頌《げじゅ》（歌）とした部分が倶舎頌なのだった。

「折角《せっかく》ですが、明恵がもう少し仏書《ぶっしょ》になじんでからでも遅うはありますまい」

尊実の申し出を、浄永はこう婉曲《えんきょく》に断った。

「難しいと案じなさるか。かつてこの教えをもとに南都《なんと》六宗の一つ、倶舎宗《くしゃしゅう》が門を開いておりましたから、大衆を拒む難しさがあるはずがござらぬ」

「されど空海上人《しょうにん》の著作ご研究が本分の尊実さまには、ぜひ『三教指帰《さんごうしいき》』を説いて仏教が儒教、道教と違うところを明恵にお教え下さらぬか」

浄永がこう頼んでも、尊実は首を横に振った。

「頼まれもせぬのに、わしが倶舎頌を明恵に説きたいのは、仏教の根っこを明恵にしっかり身につけさせようとなさる上覚どのに共鳴したからでござる」

たしかに『倶舎論』は仏教の基礎学と呼ばれてきた。

倶舎宗は後に法相宗《ほっそうしゅう》に含まれ、『倶舎論』はしだいに学問の対象になっていくが、倶舎頌だけは宗教らしさを留めるものとして伝わっていた。

尊実が明恵に教えたいのが、その倶舎頌だった。

「そういえば、倶舎は苦しみの根っこにある煩悩を安らぎの力に転じる道も説くようですな……」

なおためらいながらも、浄永は金堂にいる明恵を招いた。

「天竺で編まれた『倶舎論』の偈頌を、このご仁《じん》はそなたに講じたいと申して下さっておる。お受けするか、どうかだ」

「難しそうですが、天竺に興味がございますれば、お願い申します」

明恵はその場で床に手をついて深く頭を下げた。

「よし、一つ一つの頌《じゅ》を大事に学んで行こう。きっと明恵の将来に役立とうぞ」

こうして明恵は密教の寺で、しかも空海の密教を研究する尊実から、まず顕教の倶舎頌から学び始めることになった。一見、ねじれて見えるが、いつも一緒にいる浄永は、いかにも明恵らしいと思った。

空海が「弘仁の遺戒」で「すべからく顕密の二戒、堅固に受持し」と告げている深い意味を明恵はまだ十分に察しられないまま、早くも実践しようとしているからだった。

――明恵の未来は、この純な少年体験の中に芽生えることになるのかもしれぬ。

浄永はしばらくこの思いに囚《とら》われることになった。

三

またも源平の合戦が激しくなりそうだった。元暦《げんりゃく》元年（一一八四）八月初旬である。

源氏は一ノ谷の鵯越《ひよどりご》えで大勝してから、平家の得意な瀬戸内の海戦を前にしばらく鳴りをひそめていたが、ようやく決戦に向けて重い腰を上げた――。

そんな噂《うわさ》が風に乗って戦場から遥かに遠い高雄山神護寺まで届いてきた。

「いくらつよい源氏でも、海戦上手の平家を瀬戸内の海でやっつけるのは楽でないだろうよ」

「いや、源氏は得意の陸路を進んで先に九州を占め、平家を瀬戸内海に封じ込めるのではあるまいか」

厨《みくりや》で寺男の元久と手伝いの男が源氏の勝ちいくさをさかんに讃えている。明恵も厨にいて、根菜《こんさい》を茹《ゆ》でる竈《かまど》の燃え木に火吹きの竹で風を送りながら、二人の話を遠い他国の合戦のように聞いていた。

「だけどよ。一ノ谷で負けた平家も、半年、休んで兵力を立て直しておりますのぞ」

「ということは源氏が敗れて、神護寺の再建がならずともよいと、そちは言うか」

「とんでもございませぬ。源氏方にはぜひ今の勢いで勝ってもらわねばなりませぬ」

伊豆に流されていた源頼朝に、やはり伊豆流罪となった文覚が決起を勧めたのが、いまの源氏の隆盛につながっている。だからこのまま源氏が政権を握れば、文覚にゆかりの深い高雄山神護寺は源氏の支えで、ようやく本格的な復興ができるのだった。事実、源氏の世を見込んで、早くも神護寺へ荘園《しょうえん》の寄進申し出が始まっていた。藤原中将《ちゅうじょう》泰通《やすみち》が先帝高倉院《たかくらいん》を弔うために紀伊国真国庄《まくにのしょう》を寄進すれば、頼朝も亡き父義朝《よしとも》の領地だった丹波国宇都郷《うとのごう》を納めた。こうして荘園の寄進が始まると神護寺は活気づいて源氏の勝ちを祈り、どこそこで源氏が勝ったと喜ぶ。平氏の父を持った明恵にすると源氏、源氏の声が神護寺の境内に渦巻き、いつも耳底で源氏の名が響き合っている気がして、時には両の手で耳をふさぎたくなる。いくら寺に都合よくても、殺戮《さつりく》に気負っていては奇妙なことになってしまう。とくに負けていく平氏の屍《しかばね》の山に思いを向けようとせず、源氏、源氏と勝ち誇るのから明恵の気持ちは、しだいに離れていく。

そのうち明恵は奪われる命の痛みが、自分の痛みと感じるまでになる。このあたりが明恵の人並みでないところである。

とくにこの十二歳から十三歳にかけて、並の少年とかなり違う思考と行動を明恵は見せるようになっていく。

むやみに命を奪うのを、荘園が元に戻る喜びと相殺《そうさい》にしていいとは思えず、明恵一人、源氏がいくら勝っていると聞いても浮かれた気分にはなれない。

——早う、この騒々しい山を去らねばならぬ。

明恵はこう思うようになっていった。

そんな明恵の鼓膜《こまく》を震わせるのは近くの音声《おんじょう》だけでなく、届くはずのない遠くの声まで、騒がしい声量感となって明恵の耳を襲うようになった。

八月終わり頃、明恵の幻聴する音声はしだいに高まるばかりで、もうやむにやまれぬ気持ちから神護寺を下《くだ》ろうと、明恵は足を下山口へ向けた。暮れるのに早い秋の空は、もう東方が月の出を予告して白んでいる。明恵が初めて神護寺へ来たのも空が似た色に染まる秋口だった。あれから、ちょうど三年が経っていたが、この時の明恵に過ぎた時を振り返るゆとりはとても持てない。

幻聴に追われるようにして明恵が清滝川への坂道を下り始めると、黒衣姿《こくえ》の二人が逆に登って来ていた。

「どうした、明恵ではないか」

先頭の黒衣姿は上覚で、近づいてこう呼びかけて来た。

「なにっ、これが上覚の甥《おい》っこというか……」

後ろの大きな塊《かたまり》が声を放つ。上覚の師の文覚である。こうして疑いを発する時でも、声は野太い。しかも押し出しの強さは、眼光の鋭さと歯切れよく発される大声にも現れている。

「はい、明恵にございます」

答える明恵の声は文覚の耳に自信なさそうに響く。

「誰であれ、空海さんのこのお山から逃げ帰ろうとする者にわしは用などないぞ」

明恵を文覚が一旦《いったん》、突き放した。文覚は勘《かん》のよさもあって、この時も明恵が高雄山を下ろうとしていると、とっさに見ぬき、上覚を促《うなが》して明恵を神護寺へ連れ戻させてしまった。

文覚がいると高雄山上が不思議といつもと異なる山になる。

神護寺境内の至るところで地熱《じねつ》が噴出する感じになるのだ。なにしろ仮堂の神護寺を本格復興する取り組みからして、文覚の手法はありきたりでなかった。荘園の寄進を頼むにも、文覚がまず声を掛けたのは十年前、やはり文覚が寄進を頼んだ後白河法皇その人だったから、そのことを知った者は唖然《あぜん》とした。

「分からぬのう。文覚どのは伊豆へ島流しにされた後白河さまに、またも荘園寄進を頼みなさったらしい」

「法皇さまも今度は待ってたとばかり神護寺へ荘園を寄進なさった。これがもっと分からぬ」

世間がこう首をひねった。

此度《こたび》も文覚の頼みようは穏やかでなかった。京の蓮華王院《れんげおういん》に御幸《みゆき》して御堂《みどう》の内陣まで進んだ法皇の袖《そで》を、文覚は無理に引っぱって頼み込んだのだった。やはり無礼この上ない。が、今回はその強引さが功を奏し、紀伊国桛田庄《かせだのしょう》が神護寺に荘園として提供され、それが次々と新しい荘園が寄進される突破口となっていた。

「この文覚の他に誰が神護寺復興をなし得ましょうぞ。法皇さまも空海さまゆかりの名刹《めいさつ》を仮仏殿のままでよいとは思われますまい」

文覚は法皇の袖を握ったまま、わが眼球を法皇の眼球に据《す》えつけるようにしてこう迫ったのがよかった。一途《いちず》な意図は一度挫《くじ》かれたからといって、それで取り下げてしまうのが文覚には屈辱《くつじょく》なのだった。挫けるのを知らぬ文覚にとって、今回の神護寺再興も仮堂しかできなかった前回の屈辱を晴らすことに思えていた。

「一分の隙《すき》も、手抜きも相成《あいな》らぬぞ」

連れて来た工人にこう命じ、金堂《こんどう》、竜王堂《りゅうおうどう》、五大堂《ごだいどう》と一つ一つの建物の建つ場所で、文覚は頭の中にある造形を工人の頭の中に移し切るまで何日でも同じ場所で語り続けた。だから、そこに地熱が湧く感じになる。

ところが明恵一人、文覚のそんな熱い復興作業から外《はず》れていく。

「明恵よ、仏法の教えの火を胸に静かに燃すのも悪うはあるまい。されど執《と》われを捨てようとして、己《おのれ》への執われをかえって増幅《ぞうふく》させてはおらぬか」

金堂で朝の勤行を終える明恵を待ち兼ねていた文覚が、こう意見した。初めは乱暴な言葉で明恵を突き放した文覚も、経典に取り組む明恵のまじめな姿勢に接してからは、丁重な言葉づかいに変わっていた。

明恵は黙って頷いたが、そう言われるといよいよ山上に留まれない気分になってしまう。先には源氏、源氏と平家倒しを促す音声に迫られ、こんどは建物づくりの騒々しさに巻き込まれそうなのだ。先の下山は登ってくる文覚と上覚に鉢合《はちあ》わせして引き返すしかなかったが、こんどこそこの山を離れ、どこか静かなところで、偽りのない正しい判断ができる修行に励みたい。それを決行するのを明朝と決めた夜、明恵は早い目に床についた。

ところが寝入るとすぐ、奇怪な出来事に遭遇《そうぐう》した。もちろん夢の中である。

明恵は高雄山を駆け下って清滝川を渡った。山を下りたい強い願望を表すように、山の木立《こだち》が後ろへ飛び去るほど明恵の脚は速かった。たちまち御経坂峠に着いたが、その峠道に太い木の枝が横たわっている。まるで自分の峠越えを塞《ふさ》ごうとするように落ちているではないか。明恵がそう思いながら近づくと、にょろっと動いた。見かけたことがないほど太い蛇で、明恵が近づくと鎌首《かまくび》をもたげ、赤い舌を出してさかんに動かした。

この峠を越える気なら、すぐにも巻きついてみせようぞ。今にも襲いかかって来そうだった。明恵はあわてて後ろへ下がろうとするが、こんどは足がまったく動かない。絶体絶命と思ったところで、谷側から雀が一羽、飛んで来て明恵に近づく。いや、実体は三、四寸もある、雀ほどに大きい蜂なのだった。

こんな大きな蜂がいるのか。驚いていると巨大蜂は明恵の頭上で旋回しはじめ、奇妙なことが起こり始めた。蛇の姿がかき消え、巨大蜂が人の言葉を発して来る。

「わしは高雄山の鎮守《ちんじゅ》、八幡《はちまん》大菩薩さまの使いよ。お前は高雄山から出て行ってはならぬ。おのれを大きく育てる旅立ちの時は、誰にもきっとやって来る。が、そなたは未《いま》だその時に非ず。もし無理に立ち去ると前途に大いなる難儀《なんぎ》が待ち構えていようぞ」

まことにございますのか。

こう問いかけようとしたが声が出ず、助けを求めるような奇声が明恵の口をついて出た。

そこで明恵は目が覚めた。自分の発した奇声で夢から覚めたようで、高雄山中の夜は、もう冷えを感じるほどなのに、明恵は首筋あたりにべっとり汗をかいていた。

夜明けを待って、いち早く鎮守の八幡大菩薩の前へ詣《もう》でて半刻《はんとき》ばかり読経して過ごした。そのうち、夢の中の巨大蜂が天空の声のように語ったことにも、きっと深い意味があったと思えるようになった。

このあたりも、明恵らしい。教義の深いところにまで通じる理《り》の人の一面と、このように仏に純朴《じゅんぼく》になれる信《しん》の人の一面を備えていた。

明恵の純にして朴《ぼく》な心といえば、鳥や犬を見ても父母の生まれ変わりではないかと思い、うっかり子犬を跨《また》いでしまうと引き返して、その子犬を拝むことがあった。父母が三途《さんず》で苦しんでいるなら、それを救うまではふざけて笑う不謹慎なことも避けようとした。

この時も明恵は夢の中で八幡大菩薩の使者が発した声をそのままに信じ、神護寺を出るのをはきっぱりと諦《あきら》めたのだった。

明恵が十三歳になった文治《ぶんじ》元年（一一八五）の春、いよいよ神護寺のお堂が復興され始めた。文覚も寺に留まって、ご機嫌で陣頭《じんとう》指揮に当たっている。ご機嫌なのはつよい力を持つ後白河法皇が全面的に支えてくれるせいで、神護寺をかつてない規模と格式を備えたものにできるからであった。

文覚はわざわざ起請文《きしょうもん》をつくって、新しくなる神護寺がいつまでも栄えるよう、守るべき四十五箇条を定め、これにも後白河法皇の手印《しゅいん》を得ていた。

すべてが順調で、文覚は鼻が高い。が、じつはそれが上覚の心配の種となっていた。折角《せっかく》、神護寺に留まった甥の明恵が、文覚の強引なふるまいになじめず、嫌気を起こして、また神護寺を離れようとするかもしれないのだ。なにしろ明恵は仏典のなかに生きる道を求めようとするが、文覚は山伏のような荒行《あらぎょう》の人だから、仏典に学んだり、御堂《みどう》の内で次第書《しだいしょ》にそって密教の行法《ぎょうほう》しているのを未《いま》だ見たことがない。

こんなに気質の違う文覚が伽藍《がらん》復興という得意の事業を目の前にして気負い込むと、静かに思索する内向《ないこう》の明恵をますます追い詰めることになりかねない。

そう案じる上覚に、事実、どきりとすることが起こった。

「明恵さんの部屋に、こんな一文が書き付けられてありました」

浄永がこう言って一枚の紙片を上覚に見せた。

喉《のど》の調子がよくないという明恵に糖蜜湯《とうみつとう》を運んだが、部屋に当人は居なくて、机上《きじょう》のこの書き付けが目に留《と》まったという。

——早《はや》十三歳になりぬ。すでに年老いたり。死なむ事近づきぬか。

あまりに異様な文言に、浄永は急いで別の紙に書き留めて来て、それを上覚に見せたのだった。

「何だこれは。十三歳で老いただの、死が近づくだのと、一体、明恵は正気なのか」

上覚は悪ふざけと思って腹立ちを言葉にしたが、次の瞬間、顔を蒼《あお》ざめさせることになった。

明恵は死ぬ覚悟ではないのか、上覚はそう思うに至った。

こんなことで心配せずにすむように、数日前、朝食の場で上覚が明恵に説得したことがある。

「明恵よ。僧の本分は祖師方《そしがた》の教えに学ぶことだが、文覚どのは違う。仏像や伽藍《がらん》を守るのをわが祈りと心得ていなさるのじゃ」

教義を伝えるのと伽藍を整えるのは車の両輪であろう。こう言って文覚と明恵のよさを生かしながら復興の大事業を完遂《かんすい》させようとした。

「はい。文覚さまでないと神護寺は甦《よみがえ》りませぬ。わたくしは文覚さまを敬うておりまする」

明恵がこう歯切れよく答えたものだから、上覚はそれで安心したところがあった。が、神護寺は昼過ぎから大騒ぎになった。

「境内のどこにも、明恵さまの姿が見つかりませぬ」

工人も含めて、居合わせた者が手分けして探した結果が、夕刻にはこの報告ばかりになった。上覚は明恵の「死なむ事近づきぬか」の言葉が気になって沈み込んでしまった。

その頃、明恵は高雄山を下って、清滝川を溯上《そじょう》するように川沿いの道を歩いていた。

小さな集落を過ぎ、少し行くと高台に墓地が見えた。集落の小ささのわりに共同墓地はかなり広い。そこに春先らしい日差しがあって心地よさそうなので、明恵はそこへ足を向けた。草むらにごろりと転がると空の淡い青さが夕焼けに染まり始めていた。

もう当分は高雄山を下りないつもりでいたのに、どうしてこんなことになったのか。

明恵房にいて十三歳の年齢を持て余し、考えているうち、「すでに年老いたり」の言葉が湧くように頭に浮かんで、書きつけてみると自分に最もふさわしい言葉に思えてきた。十三歳の自分の育ちぶりに明恵は戸惑《とまど》っていたのだった。身長にしても伸びが早く、それだけ視界はたちまち広まるが、だからといって新しいものが見えたわけでもない。考えもどんどん先へ伸展《しんてん》するが、それを捉えようとすると茫《ぼう》漠《ばく》としてしまう。

自分が自分について行けないもどかしさがあって、何もかもが素早く通り過ぎ、後に考えの残滓《ざんさい》が堆《たい》積《せき》していくのを明恵は意識する。長く生きて来た記憶の茫漠とした堆積にとらわれる老いの感覚は、あるいはこのようなものではないだろうか。ああ、すでに年老いたり――。これが明恵の正直な実感なのだった。そんな事を思い返していると、眠気が襲って来て、いつの間にかすっかり寝込んでしまった。

だから野犬の群れが明恵のまわりをうろつき出したのに全く気づかなかった。

やがて、獣《けもの》らしい匂いのある風を顔面に感じ、明恵は眠りから覚めた。

清滝川沿いの墓地の草原に横たわってかなり長く寝込んでいたらしく、まわりは月光を白々と照り返す墓石の林で、明恵は四、五匹の野犬に囲まれていた。文治《ぶんじ》元年（一一八五）八月半ばのことである。

そのうちの一匹がとくに飢えているらしく、明恵に鼻息の吹きかかるまで近づき、今にも襲って来そうなのだ。

――咬《か》み殺される。

そう思ったとき、明恵の脳裏に「捨身《しゃしん》」の言葉がちらついた。

悉曇《しったん》を習っている仁和寺の尊印から他の生きものの命を生かそうとして、わが身を投げ出す捨身が布施のうちで最も尊いと教えられたのを、瞬時に思い出したのだ。金光明経捨身品《こんこうみょうきょうしゃしんぼん》の文を読んでいて薩《さっ》埵《た》王子が飢えた虎に身を施した話に感銘を受けたこともある。

十三歳にして老いた気がして、死が近く感じられた明恵である。そのようなわが身は飢えた野犬の前に投げ出すのがふさわしいのではないか。そう思いながらも、明恵は恐ろしくて背筋が凍《こお》り、それが全身に及び、びくとも身動きできない。閉じた両の瞼《まぶた》と握りしめた拳《こぶし》に力を集中し、じっと死の恐怖に耐えた。

そのうち他の犬も明恵に迫って来た。もう死しかない。野犬に咬み裂かれ、血が流れ、身の肉がはみ出す、そんなわが身の変容を思うと、明恵の口から、あ、あっ、と大きな叫び声が飛び出した。

すると、とり巻いていた犬が一斉に明恵から離れ、清滝川の上流へ走り去って行く。明恵の叫び声におののいたかと思ったが、野犬の群れは一頭のどう猛な獣に追われていた。

獣の背筋が黒と灰褐色《はいかっしょく》の混ざった松の皮模様なのが月明かりでもくっきりと見え、尾が太く、肩は怒らせたように高い。

——狼《おおかみ》だ。

明恵はとっさに逆の下流側へ駆け出した。

狼は犬を追い払うと、飢えを癒《いや》そうとして、きっと明恵を襲いに引き返して来るだろう。浅瀬を選んで清滝川の向こう岸へ渡り、神護寺境内に続く近道の谷を息せき切って直登《ちょくとう》し始めた。

寺男の元久に伴われて仏花《ぶっか》切りに通ったことのある険しい谷の道である。夏から野分《のわ》きの頃にかけて多い豪雨で山上の雨水が滝となって流れ落ちて谷を抉《えぐ》っているもので、常には谷筋に水はない。傾斜が急で足を滑らせそうになるが、幸い十三夜の月が足元を照らしてくれた。

ようやく狼の追って来る気配がなくなったあたりで、明恵は岩に腰かけ、二、三度、胸を張って深い息をした。そうしてやや落ち着くと、明恵を戸惑わせるのは頭の中で捉《とら》えた捨身の美しさと、身を咬み裂かれる無残な死の現実との、あまりに大きな落差だった。

——さあ、あとは一気に山上だ。

捨てられなかった無念の身を、もう一度、急傾斜の道へずり上げようとして、岩の根方《ねかた》に木片らしきものがあるのに気づいた。手で腐葉土を払うと太い古枝の切れ端のようだが、つかむと加工された物の触感《しょっかん》があった。

「おお、これは。もしかすれば……」

明恵は思わず声をあげ、腐葉土をはがしていくと、予見した通り狼藉《ろうぜき》に遭って失われていた神護寺本尊薬師仏の右手の肘《ひじ》から先である。外に投げ出された仏像から外《はず》れ、豪雨時の滝水にここまで押し流され、この岩にさえぎられて留まり、長い歳月、落葉をまとって時を経ていた。あんなに探しても見つからなかったはずである。薬師仏の手の部分が新しく彫り直されたこともあって、明恵さえ手が失われたのを忘れかけていた。腐葉土に包まって乾燥し過ぎなかったのが幸いしたのか、材質感が損なわれず、右手の五指を立てて、薬指だけを少し倒した掌《てのひら》を外へ向けた施無畏《せむい》の印《いん》もしっかりして見つかったのだった。

十日ばかり過ぎて、明恵の見つけた仏の手は新しく装いされて薬師仏の肘《ひじ》に付けもどされ、その奉告《ほうこく》法要が文覚の導師で勤められた。

「明恵よ、よき晴れ仕事をしたぞ。こんな事がなけりゃ、工事の騒音がうるさくなるばかりの高雄山からそちを避難させる策を、講じてやろうと思わなかったぞ」

法要を終えた文覚は感激で両の目元に涙の跡を留めていた。平氏一門を壇《だん》ノ浦《うら》に沈める勝ちいくさに酔ったのもつかの間、源頼朝と義経《よしつね》の仲がおかしくなって調整に乗り出していた文覚は、薬師仏の右手が見つかったと告げられ、神護寺へ駆けつけて来た。文覚にとって薬師仏は祈りの対象というより、血が通って、生きている。だから、これまで義手の不便をかけているのが辛くてならなかった。

文覚ならではの信仰の熱さである。

「みなの者、施無畏の印を結ばれた薬師さまの指のふくよかさを見よ。これを拝むだけで人は一切の恐怖が無くなった気がして安堵《あんど》し、勇気を取り戻せよう。そんな薬師さまの尊い生身《しょうじん》のお手を見つけた明恵は、ぜひ自ら施無畏の人となるよう修行に励むがよいぞ」

文覚はこう声を弾《はじ》けさせ、よいなと念を押す。横に座る叔父の上覚が深く頭を下げたので、明恵もあわててそれに従った。

第三章

華《け》厳《ごん》の海に花の舞う

一

文治二年（一一八六）が明け、やや寒気のゆるんだ頃、明恵《みょうえ》は神護寺《じんごじ》から清滝川《きよたきがわ》に沿って都賀尾《とがのお》（栂尾）の十無尽院《じゅうむじんいん》に居《きょ》を移した。

薬師仏の手を見つけた功績として、明恵が神護寺の本格復興で騒がしい間、静かなこの寺で過ごせるよう、文覚《もんがく》がわざわざ修繕《しゅうぜん》して与えてくれた。

そこは縁先から手が届くほど近くまで、庭の紅葉が枝を延ばして来ている。絶えず瀬音《せおと》の微《かす》かな響きもある。

明恵は間がとれるとそこに座って、心を澄ませる。

すると山の深い自然から湧《わ》くようにして届いて来る、静かでありながら圧倒的ないのちの気配が明恵の濃《こま》やかな意識に余すことなく捉《とら》えられ、自然と感応《かんのう》できた歓びが胸に脈打ってくる。微《かす》かでしかない風の気配にも明恵は時に深く共鳴できる。そんな時、静寂の中に無数の命と共に生きてあるのが嬉しくなって、明恵の気分が浮き立ってくるのだった。

「どうですか。山の呼吸を目と耳で感じ取れましょう」

しばしば食材を運んで来てくれる元久《もとひさ》をつかまえて感想を強いる。

「わっしなど、さような雅趣《がしゅ》は楽しめませぬが、昼間に梟《ふくろう》や狐の声を耳にできるなど高雄山《たかおさん》でも無理

どう
ですか
山の呼吸を
目と耳で感じ
取れましょ
う

ですから」

神護寺より一段と山深くへ踏み込んだ地の特徴を、元久なりによくつかんでいた。

都賀尾十無尽院は山間の苦行が盛んに好まれた頃の宝亀《ほうき》五年（七七四）、光仁《こうにん》天皇の勅願《ちょくがん》で開かれた神願《じんがん》寺都賀尾坊《じとがのおぼう》が始まりと伝えられるが、明恵が住み着いた頃の都賀尾十無尽院は今の石水院《せきすいいん》の斜向かいの茶園の場所にあって、神護寺の別所《べっしょ》、つまりこの世離れした坊舎《ぼうしゃ》とされ、あまり使われていなかった。そこを手直しして明恵に住まわせたあたり、文覚の慧眼《けいがん》の冴《さ》えを思わせる。

この地が明恵の気に入り、あちこちへ行脚《あんぎゃ》し、仮住まいする地は少なくないが、わが住まいに戻った落ち着きは、やはり都賀尾で得られるようになっていく。

それでも都賀尾に「栂尾」の文字が当てられ、明恵がこの地を後鳥羽《ごとば》上皇から賜って、日出先照高山之寺《ひいでてまずこうざんをてらすのてら》、つまり高山寺《こうざんじ》の勅額《ちょくがく》を掲げて華厳宗《けごんしゅう》興隆の道場とするのはまだ二十年ばかり先で、明恵が三十四歳の建永《けんえい》元年（一二〇六）のことになる。

十無尽院に住まいを得た明恵は十四歳の初夏、進む道にふっとおぼつかなさを覚える。日々、写経をし、経本を読み解いて充《み》ち足りた時を持っていたが、それは多分に都賀尾山中の草木の茂る自然と心が通うことから来ており、肝心《かんじん》の仏と感応《かんのう》する本来の道はなかなか定まって来ない――。

そこで折から上覚《じょうがく》が神護寺に留まっていると聞いて、意見を求めようとした。

神護寺では金堂《こんどう》を本格復興する木づくりの段階を終え、いよいよ柱立てに取り掛かろうと礎石《そせき》を置くための地搗《じつ》きが行われていた。組み丸太に掛けた太綱で大きな石を結《ゆ》わえ、それを数人の工人が引き上げては地面へ搗《つ》き下ろしている。そのかけ声が威勢よく境内に響く。

「仏の道を歩いておりましても、未熟にて行く手に明かりが見えませせぬ」

本坊に上覚を訪ね、明恵はこう悩みを打ち明けた。

「祈りの道に迷いが生じたか……」

上覚が明恵の真意をつかみ兼ねた。

「はい、道を失ったと申すべきかもしれませせぬ」

明恵はこう答え、清滝川沿いの墓地で野犬に囲まれて捨身を願いながら果たせなかったことを話した。

「明恵や。そりゃ、仏の道を確かに歩み始めたから生じた迷いのようじゃぞ」

上覚はこう切り出し、さらに続ける。

「祈りによって得られる利益《りやく》は一面的でござらぬ。例えば捨身は何よりの布施というが、命を捨てるのだから一度きりじゃ。それより次善《じぜん》の布施を何度か重ねるほうが多くの人を生きさせることにもなろう。そうでないかの」

「でも文覚さまから施無畏《せむい》の人になれと励まされていながら、何よりも自分がさまざまの畏《おそ》れを抱え、捨てられませせぬ」

こうも告げる。

「明恵よ、そうわれを責めるな。迷いは仏への近道なのだ。とくに密教《みっきょう》はふつうの顕教《けんぎょう》のように仏の世界から離れて迷いの世界があるとはしない。迷いのこの世に苦しむ者を加護《かご》しようとする仏の力が息づいておる。だから、わしらはその力に護られて畏れを減らしておる」

「はい。そうして加護してもらえる仏の力をしっかりと受け止めて保つ力も、もともと人に与えられていると聞いたことがあります」

「その通りだ、明恵よ。人は仏から加護力をもらい、それをしっかりつかんで活かす保持力をわが身の内に備えておる。行者はそれぞれの人のこの二つの力を一つに結んで、願い事を叶《かな》える加持力《かじりき》となしていく。だから行者だけが熱く祈って人をどうとか救ってやろうとするは、傲慢に過ぎぬのよ」

「でも、……」

「そう、行者の熱い祈りは利益《りやく》を生じよう。が、それも相手に保持力がないと現実の力とはならぬ」

「見るがいい」と、上覚はここで明恵の目を境内の作業場に向けさせた。「さかんに金堂《こんどう》用地を地固めしていよう。大柱にかかる重さを千年支える礎石を置くには、地面をどれほど搗き固めれば十分なのか……」

「それは分からぬことでしょう」

「そうよ。だから棟梁《とうりょう》は石槌が何度搗き下ろされたかなど数えない。ただ、搗く力で変わる地面の固まりようをじっと見つめ、保持力の整い具合を見計らっておる」

「あの人らは柱が千年揺るがないでほしい願いだけで、地面を搗き続けているみたいです」

「それは皆の願いでもある」と上覚は明恵の反応に満足し、「柱を千年加護したい願いで工事が始まり、その加護にふさわしい頑丈さを地面が保てるまで工人が搗き続ける。あの工事現場にもお加持《かじ》の加と持の道理は生かされておるのじゃ」とつけ加えた。

明恵はそれに納得し、深く頷《うなず》いた。

数日を経て、こんどは明恵が上覚から呼ばれた。

何の用なのか。神護寺に着くと、上覚がいきなり明恵を本坊脇の仮金堂へ導いて経机《きょうづくえ》の前に座らせた。机には『金剛界念誦次第《こんごうかいねんじゅしだい》』の綴本《つづりほん》が用意されてある。

「まだ仏道に脈絡《みゃくらく》がつかぬなら、金剛世界で一切がどのように関わり合い、どんな究極の整いを見せるか、そなたにこの修法《しゅほう》を通して体験させてやりたい」

上覚は言葉に親切心をあふれさせたが、明恵の顔はうかない。

「どうしたのだ」

「はい。この作法は真言の僧が高い位に就く前方便《まえほうべん》と聞いておりますれば、わたしになじみませぬ。密教は学びたいのですが、一宗に片寄りたくないのです」

「明恵よ。わしはそなたを一宗に縛《しば》りつけようと思うたことはない。東大寺にも籠《こ》もらせて華厳《けごん》世界を学ばせたいが、あいにく平家の狼藉で焼かれ、大仏さまの開眼《かいげん》はすんでも、大仏殿がまだ出来上がらぬ。よって今はここで仏の加《か》と大衆の持《じ》が感応《かんのう》しあう、すばらしき祈りの世界を体験致せ」

明恵に密教を根っこから学ばせたい上覚の気持ちに、今も少しの揺れもない。

「さよう思うていて下さるのも察せられず、詫《わ》びるしかありませぬ」

明恵が頭を下げ、早速、上覚から密教作法の手ほどきを受けることになった。

それが一通り終わると夜明け前から午過《ひるす》ぎまで日々三回、斎戒《さいかい》して心を清め、沐浴《もくよく》して身を洗い、薬師仏の前で修法に励むことになった。一日の休みも許されない。

この間、明恵は作務《さむ》の手伝いがあると神護寺に泊るが、それ以外は都賀尾の十無尽院から真言呪《しんごんじゅ》を口に唱えながら山越えの道を辿《たど》って来て、また十無尽院へ帰る。道中の一歩一歩が修法という力の入れようだった。

ところがこの年の秋頃、奇妙な一件が起こった。

文覚が原因の分からない奇病に罹《かか》って、にわかに言葉が発せなくなったと洛中《らくちゅう》から神護寺へ急報が届いた。


因《ヨ》リテ平癒《ヘイユ》ヲ願イ、明恵師ノ加持祈祷《カジキトウ》ヲ所望《ショモウ》スルコト切《セツ》ナリ。


見慣れた文覚の直筆でこんな依頼状が添えられてある。しかし明恵は上覚から加持を教わってから、今の加持が一人の利害に関わり過ぎて見えた。だから加持を頼まれても人としての完成度を高めるものでない、と断ろうとわが身に誓っていた。

そんな明恵の決意をわざと揺さぶるように、文覚が奇病平癒の加持祈祷を命じて来たのだ。

「病気を治す祈祷など、わたしにはとても出来ませせぬ」

と言っても、名指しだから誰も代わりに修せられない。

「文覚どのの恩恵を思えば、とても断れたものではあるまい。心を込めて祈祷いたせ」

上覚にこう促されてやむを得ず、明恵は加持祈祷の作法を仮金堂で行い、読経し、最後に文覚の病いを治す祈願の文を薬師仏に向かって読み上げた。

すると三日後、また文覚から急報が届いた。

明恵師ノ加持、其《ソ》ノ効《キ》キ目頗《スコブ》ル顕著《ケンチョ》ニシテ、忽《タチマ》チ言語ヲ回復シ、歓喜頗《スコブ》ル也。御師《オンシ》、三国一ノ加持祈祷師ノ道ニ精進有《ア》ラバ支援《シエン》惜シム事ナシ。

この文面に神護寺内で明恵は「大祈祷師どの」と揶揄《やゆ》され、いろいろな噂が飛び交う。明恵の加持で文覚どのの奇病が治ったと思えぬ。そうだ、治ったとしても別人の加持の成果やもしれぬなど、噂はさまざまで、そのうち上覚までがつり込まれ、「真相はこうではあるまいか」と話に加わって来た。

「文覚どのは加持による病気平癒の利益を信じ切ってなさるから、最近、明恵がそうした加持を好まぬのを持ち前の鋭い勘《かん》で察せられた……」

「なるほど、さようかもしれぬ」

「そこで文覚どのは奇病を装い、明恵の加持で治ったと大芝居を打ち、それを明恵が真《ま》に受けて自分に不思議な加持力があると信じて祈祷師の大道《だいどう》を進むようになってほしい。こんな算段《さんだん》があってのことに思えてならぬ」

「豪気な文覚どのとは思えぬ、いじらしいまでの気の配りようでないかの」

浄永《じょうえい》はこう言って、やや疑問を残したが、上覚のうがった見方は真相に近いと神護寺の大かたに受け入れられた。ところが肝心の明恵は文覚の病気平癒の加持をしたのが噂になっても、他人事のように聞き流し、なんの反応も見せなかった。明恵のこのそっけなさは、後に華厳と密教を一つにする厳密《ごんみつ》一体の教えを開くとき、密教の一人の利害に深く関わる部分をあっさりと遠ざけてしまうことの予告だった印象がある。

栂尾の坊舎を出た明恵は歩きながら東の空が明け行くのを見る。文治四年（一一八八）二月半ばである。淡い紅色に黄味を帯びた曙《あけぼの》の色がしだいに濃くなっていく。それは長く厳しかった洛北の冬が去る兆《きざ》しだけなく、今年こそいいことがきっと起こりそうだ。こう明恵に予感させる。

十三歳の秋、後に栂尾高山寺となる十無尽院の坊舎を得てから、毎日、欠かすことなく高雄山の神護寺へ通って本堂で修法《すほう》を重ね、これで三年目の春の曙である。その朝に限って神護寺へ着くと、本堂の前で上覚が明恵が来るのを待ち構えていて、こう告げた。

「明恵よ。紀伊の湯浅《ゆあさ》を出て、もう七年、よう頑張ったぞ。気候がようなりゃ、得度《とくど》を受けさせよう。よって、その心つもりでいるようにの」

今朝の空の曙色が呼び込んでくれたのは得度の知らせだったのか。明恵の嬉しさを確かめるように、消え残った空の曙色が中天《ちゅうてん》にまで及んでいた。

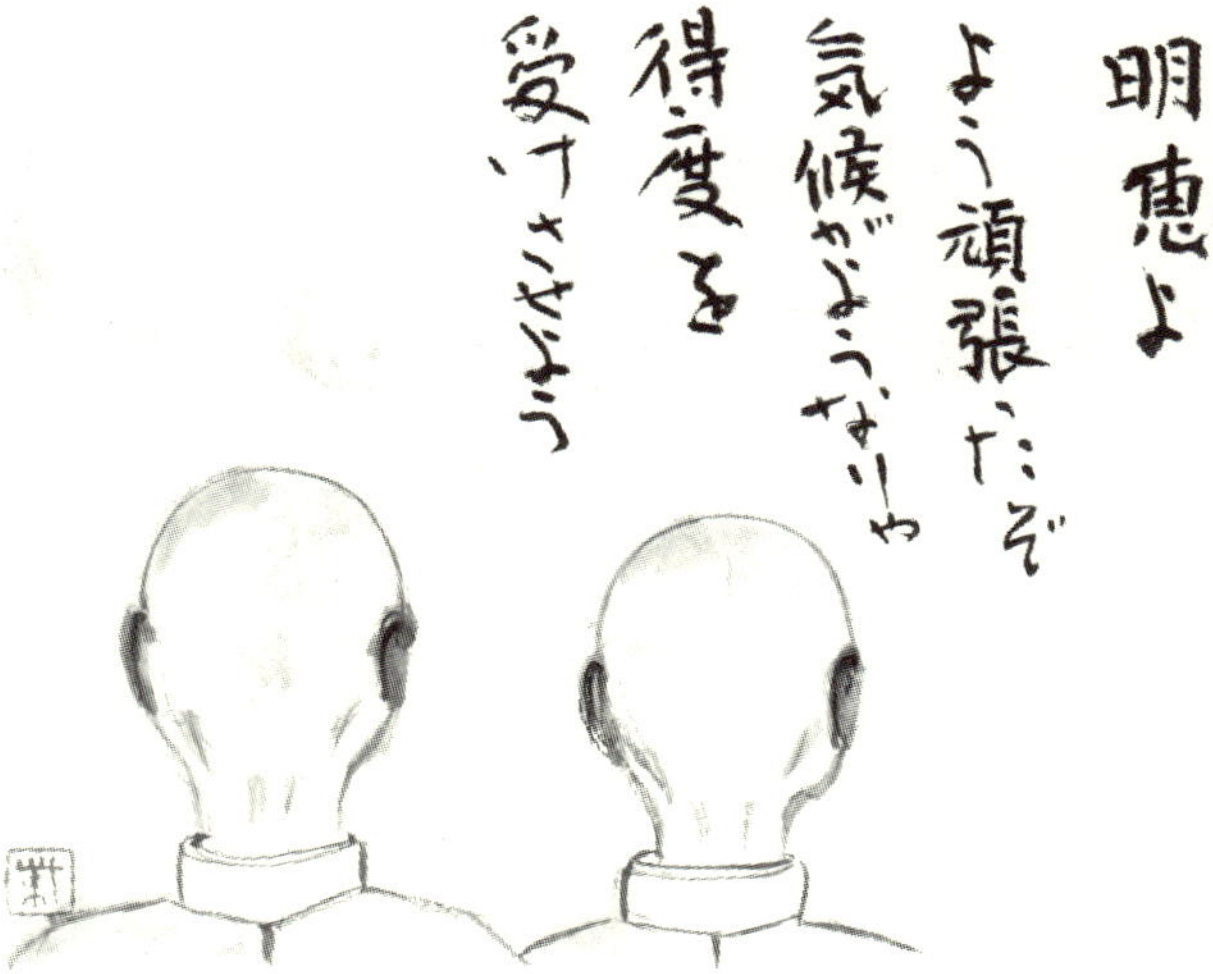
明恵よ
よう頑張ったぞ
気候がようなりゃ
得度を
受けさせよう

「本当ですか、嬉しいですね」

その場にいた、もう一人の修行僧がまるで明恵の胸中を代弁するような言葉を口にした。

その名を平六代《たいらのろくだい》という。

「おお、六代よ。そなた、まこと得難い奇縁によって当寺へ入って来ておる。いずれ文覚どのがそなたの得度も許されよう。それまで明恵を見習ろうて、よう励むのぞ」

上覚の六代を思いやる言葉にいくらかの哀れみが籠《こ》もった。

なにしろ父が平清盛《きよもり》の孫維盛《これもり》であり、母は鹿ケ谷《ししがたに》の謀議に加わって清盛に殺された藤原成親《ふじわらのなりちか》の娘なのである。それだから源氏方に残る平家への根づよい恨みを一身に受けやすい立場に生まれている。そんな清盛直系の六代が殺されもせず、神護寺でこうして明恵と共に仏道に励むようになって三年が過ぎていた。

明恵が正規の得度を受けるように上覚から告げられた朝も、六代は本堂内陣で仏花《ぶっか》を整えながらが改めてその時のことを明恵に話した。

「文覚さまはわたくしと乳母の命のために、大変な力を尽くして下さいました」

六代は明恵より一歳だけ年若い。

「そうでしょうとも。文覚さまは人の命が故《ゆえ》なく曲げられたり、断たれたりするのを見逃せないお方なのです」

明恵がふだんから思っていることだった。

「捕らえられたわたくしの命は、駿河にて断たれるところでした。そこを文覚さまに救われ、こうして神護寺にて静かで、充ちた日々を送らせてもろうております」

六代がこう語る。合戦で源氏が平家を倒した三年前、勝利に酔う頼朝は憎い平氏一門の子どもを根絶やしにしようと子孫捜しを命じ、大覚寺《だいかくじ》北の菖蒲谷《しょうぶだに》にひそんでいた六代も北条時政《ときまさ》に見つけられ、捕らえられてしまう。その時、六代の乳母は狂ったようになって京の街を駆けた。

「不憫《ふびん》な十二歳を殺させないで下されっ」

こう叫び続ける声を偶然、文覚が聞きとめて六代の素性を聞き、「よかろう、引き受けた」と、その場で乳母の頼みに応じると、その時の文覚の行動は迅速で、しかも激しかった。一人の武者に馬を駆けさせ、その背にしがみつくようにして鎌倉へ入り、頼朝に六代の助命を頼み込んだ。

その熱い頼みを頼朝は断り切れず、六代の命を助けると御教書《みきょうしょ》を書いて文覚に渡した。その後の六代は文覚に導かれるまま神護寺に入り、こうして明恵と共に祈るようになった。仏法に触れたのは明恵がやや早かったが、平家の滅亡という波乱をくぐった六代が仏法を受けとめる感度のよさは明恵に迫るほどで、二人はよき同志として過ごしていく。

春の気配が強まった朝、明恵は上覚の間へ呼ばれた。

「明恵の得度のことだが、戒師《かいし》に迎えたい文覚どのの都合を確かめていると、いつになるか見通しが立たぬ。よって戒師はわしが勤めることにした」

こう告げられる。

その日、神護寺本堂の裏山の随所に薄紫のかたまりが淡く浮かんで見え始めた。藤花である。その花の盛んな頃、十六歳の明恵は上覚を師として得度を受けることになった。早朝から証人、賛助の僧、祝いの客らが次々と神護寺の山門をくぐって来る。

悉曇《しったん》を習っている尊印《そんいん》、倶舎頌《くしゃじゅ》を教えてくれた尊実《そんじつ》、折にふれて明恵に助言してくれる景雅《けいが》ら仁和寺《にんなじ》の僧が知人を伴ってやって来てくれている。明恵のほうから仁和寺を訪ねて親しくなった若手の聖詮《しょうせん》、慶秀《けいしゅう》も賛助の僧として加わってくれている。京洛の僧に限られているとはいえ、顔ぶれからして早くも明恵の同志が育っている感じである。

初めて明恵と対面する客もかなり含まれていて、そうした人は一見して文覚と印象が違い過ぎるので、戸惑いの声を発した。

「ほう。文覚どのも感心じゃな。あの厚かましさを孫弟子に遺伝させなかったは上々じゃな」

こうした言葉はいずれも文覚の居ないのを残念がって発されているふうだった。

やがて本堂の鐘が打たれ、戒師の上覚が礼盤《らいばん》に座すと、剃髪《ていはつ》したばかりの明恵がその前に座し、その頭に改めて剃刀《かみそり》が当てられ、沙弥《しゃみ》の戒律を守るかどうかの問いに、一条ごとによく守ると明瞭に答える。

やがて出家名が明恵に授けられる。

――明恵房高弁《こうべん》。

この声が堂内に響き、儀式を終えると、上覚が座を立って一同に明恵を紹介した。

一見してひ弱に思えるが、明恵の澄んだ双眸《そうぼう》と意志の固さを思わせる口元に、清新な僧らしさが漂《ただよ》う。

こうして明恵の出家儀式が滞《とどこお》りなく終わると、上覚は次こそ大事だというように東大寺で具足戒《ぐそくかい》を受けるように急がせ始めた。

「この際、間を置かず大戒《だいかい》を受けねばならぬ」

上覚は具足戒をあえて大戒と呼ぶ。

東大寺の戒壇院《かいだんいん》で特別の受戒《じゅかい》作法によって授かる厳しいもので、男僧は二百五十の戒律を授かる。上覚が具足戒をあえて大戒と呼んで重視するのは、この戒律を受けて初めて仏教教団を構成する僧となれるからだった。

「明恵には広く普遍的な場に立たせてやりたい。それまでがそなたの両親から託されたわしの仕事と心得ておる」

上覚にすると、これまで明恵を一宗一派に片寄らせまいとして来たことの総まとめが大戒なのだった。

「大戒さえ受けてくれりゃ、その後、どう羽ばたくか。それは明恵の器量にまかせようぞ」

こう言って上覚は明恵の顔を見てにこっとした。わが甥《おい》であり、わが弟子を信頼し切っている笑みだった。

二

東大寺の南大門をくぐると大仏殿再建の資材が境内の至るところに積まれてあった。それを肩で運ぶ人がせわしなく行き交い、木造りの工人も休む間がないとばかり手斧《ちょうな》や鑿《のみ》をふるっている。

「邪魔をしますが、通して下されいよ」

文治四年（一一八八）の初秋、上覚はこう詫《わ》びながら後ろに続く明恵を庇《かば》うようにして前へ進む。

上覚の言葉は丁寧だが、再建の作業場をすり抜ける進む足取りには遠慮がない。本尊毘盧遮那仏《びるしゃなぶつ》の開《かい》眼法要《げんほうよう》はもう三年前にすんでいるから、東大寺としては何よりも参拝が優先されるはずと思っている。

ところが大仏殿は当分、再建できそうにない。

落慶《らっけい》まで待ち切れない上覚は、得度をすませた十六歳の明恵に具足戒《ぐそくかい》を受けさせようと、こうして東大寺へ伴っている。

修復されて金色に輝く大仏は仮屋根の下で、台座《だいざ》もにわか造りで坐り居心地よくなさそうだ。が、あふれるほど捧《ささ》げられた生花《せいか》は、大仏に再会できた人の安堵《あんど》感の大きさを表している。

「広大なる蓮華蔵世界《れんげぞうせかい》を照らしなさる、なむ大毘盧遮那仏さま、お釈迦さま」と、上覚は釈迦と一体の東大寺大仏を崇《あが》める。その上で、「美しゅうなって、よう戻って来られましたぞな」と本心をもらした。

治承《じしょう》四年（一一八〇）、南都《なんと》を攻めた平家の兵火で東大寺は法華堂《ほっけどう》と二月堂《にがつどう》を残して焼失し、大仏も無残な姿になってしまった。もう再現は無理だろうと噂《うわさ》された大仏がこのように甦《よみがえ》った嬉しさが上覚にある。

「大仏さまが災難に遭《あ》われましてから、世の中は戦乱、飢饉《ききん》が絶えず、大地震まで起こりました。これよりはどうか皆の者を大難《だいなん》からお守り下さいませいよ」

こう願いをかけると、上覚はまだ大仏の前から離れたくない明恵を無理に促して山内の戒壇院へ向かった。

この時、明恵は別のことに感銘していた。華厳教主《けごんきょうしゅ》の大仏のけたはずれの大きさと、蓮弁《れんべん》の一つ一つに刻まれた細密な無数の小釈迦の姿の取り合わせに着目し、その壮大さと細やかさの調和に華厳の説く世界の奥深さを感じ取っていた。

「あの輝かしい毘盧遮那仏さまの世界なら、さぞ花々はきらびやかに咲き揃うておりましょう」

「ああ。みごとに咲いて、しっかりと祈りの実を結ぶ。あす、明恵も具足戒を授かりゃ、蓮華蔵世界を飾る花となる。慶《よ》きことじゃわい」

こう話しながら、二人は翌日、具足戒を受ける大仏殿西南の戒壇院の前に出た。この建物も全焼させられたが、いち早く立派に再建されてある。

「なるほど、平家が奈良の寺と仏を焼いて世間から非難されたで、源氏の頼朝さまは仏像と戒律を授かる大事な戒壇院をいち早う復旧させて大衆の人気を得なさった。このあたり、やはり文覚さまの知恵かもしれぬ」

上覚は独《ひと》り言《ごと》をもらした。

が、明恵はこうした詮索《せんさく》におよそ関心がない。むしろ戒壇院に何となく漂《ただよ》う異国風情に一人、感じ入っている。

天平勝宝《てんぴょうしょうほう》六年（七五四）に初めて東大寺大仏の前に戒壇を設けたのは、唐から招かれた鑑真《がんじん》だったことが戒壇院の風情にこうまで反映するものかと明恵は思う。いずれにしても、日本で一般が受戒《じゅかい》できるのはここか下野《しもつけ》薬師寺か、筑紫《つくし》観世音寺《かんぜおんじ》かのどれかしかなかった。

あくる日、戒壇院では受戒する十数人を前に顎《あご》に白い髭《ひげ》を蓄えた戒師《かいし》が言った。

「具足戒は五戒や十戒のように不十分な戒律でのうて、完全にして円満な戒だと思われておる。確かにこれから比丘《びく》は二百五十戒、比丘尼《びくに》は三百四十八戒の多くを授ける。よって具足戒は欠けたる戒条《かいじょう》はないと思うて間違いない。が、具足戒の意味は、本来、別にある」

戒師はここでやや間を置いて加えた。

「じつは具足というのはお釈迦さまとの距離感覚を指しておる。お釈迦さまにぐんと近づいて僧伽《さんが》に加わる、その状態が具足なのじゃ」

こう言われ、明恵がはっと戒師の顔を見つめ直した。新しい発見をさせられた気がしたからである。

「では、戒を授けよう」と、戒師は受戒の者を整列させた。そうして授けられる戒の一条、一条ごとに五体を床に投げ、釈迦の御足《みあし》を両手のひらで頂くように受け止める。そのうち明恵の身を流れる汗も涸《か》れ、もう無意識に近い状態で最後の二百五十戒目を授かった。

「比丘《びく》らよ」と、戒師は一同に具足戒を授けられ終わった一人前の僧侶たちよという意味の呼びかけをした。

「よう頑張ったぞ。これで仏教教団に入り、涅槃《ねはん》に近づける。よって空海《くうかい》どのが告げられているように、戒律を守り、清浄にして犯《ぼん》なかるべしの言葉に託された心を大切に保ち、清々に生きよ。戒を授かったからには悪事をやめようなどと低い次元の止持戒《しじかい》に留まるでない。今日よりは進んで善をなす作持《さじ》戒《かい》の人たれ、よろしいかな」

低い声ながら、ずんと肚《はら》に応える師の言葉だった。

控えの間に帰ると上覚が待ちかねていた。

その前で明恵は両手をついて、「よくぞ、戒壇院へお連れ下さいました」と声を弾《はず》ませた。

「どうした。改まって……」

「はい、戒師さまより具足戒を授かってお釈迦さまとの距離が縮まったと申され、たしかにわたしの前にお釈迦さまの地平が開けた感じが嬉しいのです」

「そうか。ただ、広い地平を一人行くのは心もとなくあるぞ」

「心もとなさに耐《た》えます」

「厳しゅうもあるぞ」

「厳しさも力に変えて一人、行きます」

覚悟を問うと、明恵が打てば響く感じで応答してくる。叔父の上覚は、一瞬、明恵が遠くへ行ってしまうような惧《おそ》れを抱いた。

「しばらく戒壇院に留まってはなりませぬか」

具足戒を授かった翌日、神護寺へ帰ろうとする上覚に明恵が遠慮がちにこう申し出た。

「ここの書棚に遺教経《ゆいきょうぎょう》を見つけました」

「おう、お釈迦さまが滅《めつ》される時、弟子たちに与えられた最後の教誡《きょうかい》だ」

「はい。仏の道を歩む上で多くの示唆《しさ》に富んでおりますれば、それを書写させてもらうため、その間、戒壇院に留まりたいのです」

「うむ」と、上覚は一瞬、返事につまった。

遺教経を学ぶのが悪いはずがない。大部《たいぶ》なものでないから数日で書写できるだろう。それなのに上覚は即座によしと言えない。

いよいよ、わが道を行く気なのか。こう問いたい気分だった。

真言の教えに生きる上覚だが、甥の明恵には早くから一つの教えに固まらせまいとしてきた。具足戒を授かれば、あとの進路は自分で決めよと告げたばかりでもある。そのせいなのか、具足戒を授かった明恵は上覚から離れ、釈迦の統《す》べる蓮華蔵世界へ翔《と》ぼうとしている。

――明恵をこのまま放して悔いは残らぬか。

上覚はこうも思ってみる。が、黙っているのも限度があって口を開いた。

「よかろう。ただ、遺教経を書写させてもらえばすぐ高雄《たかお》へ帰ってくるのぞ」

「はい。もともと、そのつもりですから」

結果はごくありきたりの会話となった。が、上覚はひと言《こと》、つけ加えた。

「神護寺へ帰ってくれれば見せたき寺宝《じほう》がある」

上覚は師僧らしく言葉に少し威風《いふう》を加えた。その寺宝が何なのか、明恵は問わない。沈黙の間、叔父なりに自問自答したふうが伝わっていたので、うっかり踏み込めない。

明恵は上覚より五日日遅れの夜半、神護寺へ帰って来た。

「お暇《ひま》を頂き、ありがとうございました。戒壇院にて遺教経を漏《も》らさず書写し、ただいま戻りました」

上覚の就寝する間の外で明恵が低い声でこう帰山の挨拶をした。上覚が眠っているなら起こしたくないからである。しかし上覚は今夜あたり明恵が帰山して来そうで寝つけないでいた。

「よし。明朝、本堂の勤行《ごんぎょう》が終わればわしの部屋へ来るがいい」

上覚は天井の闇を見つめて告げた。

翌朝、言いつけを守って明恵が入室して来ると、上覚はその顔をじっと見つめて問う。

「どうだ、一人で戒壇院にて遺教経を書写して成果はあったか」

「はい、大いに」と、明恵は晴れやかな声を返す。

「とくに遺教経の説法で〈自ら生活を清めよ〉と持戒《じかい》のありようを説かれている個所に感銘を受けました」

明恵はこう言ってそこに書かれてある語句の二つを暗誦《あんしょう》して見せた。

〈身《み》を節し、時《とき》に食し、清浄自活《しょうじょうじかつ》せよ〉〈まさに自ら端心正念《たんしんしょうねん》して、度《ど》を求むべし〉

身を節して清浄に生きる大切さを、正午を過ぎて食すると非時食《ひじしき》として罰される戒律の厳しさに象徴させ、さらに自ら身を正し、心を調えて悟りを目ざせと説く。

「この文言通り、これから行じようと決意しました」

こう言って、明恵はわずかなためらいも見せない。ところが上覚はそんな明恵がまた一歩、自分から遠ざかっていくと感じた。その上で、前もって予告していた通り、寺宝の高雄曼荼羅《たかおまんだら》を明恵に見せることになった。

高雄曼荼羅は二幅《ふく》ともとくに大きい。

胎蔵《たいぞう》曼荼羅は左右が二間《けん》半、天地もそれよりやや短い程度である。比べて金剛界《こんごうかい》曼荼羅はやや小ぶりだが、二幅とも広い神護寺本堂に掛けても十分な存在感を示した。

「これが話に聞いてました高雄曼荼羅なのですね。金と銀の粉を膠《にかわ》でといた金銀泥《きんぎんでい》だけの淡彩《たんさい》の落着きが、多くのみ仏らの一体感をよう表しています」

曼荼羅を掛ける手伝いをした六代が素直に感銘する。明恵はとくに曼荼羅の仏に着目した。

「ほかの曼荼羅と違って、いずれのみ仏も細身でしなやかな躍動感があります」

「二人ともよう見たぞ。み仏の一体感と躍動感は、唐から帰られた空海さまが神護寺で仏師に直接、指示して描かせられた成果だ。明恵よ、そなたに見せたいと言うた寺宝はこの曼荼羅だった」

えっ、と明恵が曼荼羅から目を離して上覚を見た。

――戒壇院で見せた、短いが重かったあの沈黙の意味を上覚が自ら話そうとしている。

「いま、明恵は一人歩きを始めた。具足戒を授かって、十六歳。時宜《じぎ》も得ておるによって祝うのにやぶさかでないが、お釈迦さまの統《す》べられる世界への、そなたの熱い思い入れに、わしは正直、突き放されてしもうた」

「待って下さい、御師《おし》さま」

「いや、言っておくが、わしは淋《さび》しゅうなどないのぞ」

「そうではのうて……」と、明恵は上覚が叔父と師僧とを混然とさせて言い募《つの》るのに困惑する。

「わたしは東大寺で大仏さまを拝し、蓮華蔵世界に花々の多彩さを連想して確かにつよく惹《ひ》かれました。今もそうなのですが、ただ、そこの花々がきらびやかに咲いていましょうとわたしが言ったのは間違いと気づきました」

「ならば蓮華蔵世界の花はどう咲いておると思うのか」

こう問う、上覚の声が固い。

「はい、華厳経の題からして本来は雑華厳飾《ぞうげごんじき》と漢訳すべきだったようなのです。つまり元は雑華経《ぞうけきょう》だったと聞いて納得したことがありました。華厳の花園には牡丹《ぼたん》のように美しい花だけでなく、名もない花とか、匂いのつよすぎる花、茎《くき》に刺《とげ》を持つ花……。そうした花も含んで花園なのです」

明恵が写経のために奈良に留まったのは短期日だったが、華厳経の中味に立ち入って語れるまでになって帰って来ている。上覚はそのことに密《ひそ》かに驚く。

「戒壇院でよく学んだようだが、さようなことを誰に教わったのか」

「はい、東大寺尊勝院《そんしょういん》の聖詮《しょうせん》さまでございます。たまたまお弟子さまに具足戒を受けさせるために戒壇院へ来られましたもので」

「そうか。そなたを引きつけた華厳の教えに造詣《ぞうけい》のあるお方だ。それにつけても、わしはそなたを一つの教えに固まらせまいとして来たのが、やはり失敗じゃったと思うしかない。さようにさっぱりと空海さまの道を離れるのなら、ちっとはご主著《しゅちょ》の『十住心論《じゅうじゅうしんろん》』でも読み聞かせておけばよかった」

「いえ、空海さまを敬う気持ちに少しの変わりもありませぬ」

「まことか。そなたが東大寺で蓮華蔵世界に魅せられ、その上、遺教経が説く、戒律を大事にした清浄自活の暮らしにひどく惹《ひ》かれたようじゃ。さようなことは、空海さまもきちんと『弘仁《こうにん》の遺戒《ゆいかい》』で諭《さと》していなさる」

「はい。『仏道に趣向《しゅこう》せんには、戒にあらざれば、いずくんぞ至らんや。必ずすべからく顕密《けんみつ》の二戒堅《にかいけん》固《ご》に受持《じゅじ》し、清浄《しょうじょう》にして犯《ぼん》なかるべし』と……」

「わしが教えたのを、よう覚えておるではないか。それでいてそなたは戒律を大事にする生き方を、空海さまのお心から出発させようとせぬ。そなたを一宗一派に片寄らせまいと、わしが甥のお前に甘か

ったせいじゃ」

——何を言い出されますのか。

明恵はどう答えようもない。

「華厳蔵世界の花々がきらびやかに咲いているとか、そうでないとかまで言い出しおる。さようなことも空海さまは絵師に描かせなさった高雄曼荼羅の中できちんと告げていなさる」

こう言うと上覚は胎蔵曼荼羅に近づいて絵図の南面西寄りの一画を指さした。

そこには死の相をあらわにした死鬼《しき》が横たわっており、毘舎遮《びしゃしゃ》と呼ばれる飢《う》えた食血肉鬼《しょくけつにくき》の八体が人の手足を食している。その間にはさまれて拏鬼尼天《だきにてん》という一見して仏らしい姿の三人が描かれてあるが、やはり人間の足を食している……。

「ここにも現実のきびしさが表れておる」

こう言って上覚は明恵が返してくる言葉を待った。

「はい。目をそむけたくなります。けれど美しい花だけでない雑華厳飾の世界と、どこか似通って感じられます」

「察しがいいぞ、明恵よ。わしもそのことをお前に知らせようとこの曼荼羅を見せたのじゃ」

「よきものを見せていただきました」

「曼荼羅の一画に描かれた者らは平気で人の手足を食しておる。が、自らの手で命を断った者の肉を食らっておらぬのが救いだ。それに今は無残な姿をさらしておる者らも、後には主仏の大日如来に咎《とが》められて善神《ぜんしん》になると予言されておる。そこも見てやらねばなるまい」

「ですから、蓮華蔵世界に咲く花がきらびやかと言いましたのは、咲こうとする意志においてきらびやかだと言い直したいのです」

「そう、密教曼荼羅の仏も人も、雑華で飾られた世界も生きるこころ根において、それぞれきらびやかなほど美しい……、つまりそれぞれが仏なのでござるわい」

「そうなのです、御師《おし》さま。華厳経はじつは雑華経だと言われ、わたしがすぐ納得できましたのは曼荼羅の無数とも言えるみ仏の姿を思い出したからなのです」

「ようし、わかった。明恵にそうした柔軟な心を持たせようと秘蔵の曼荼羅を見せたのじゃから」

まだ幼さも留《とど》める明恵だが、祈りの方向をしっかりと定め始めたのを上覚は見逃さない。

「これも御師さまに一つの教えを押し付けらなかったお陰《かげ》と感謝しています。だからわたしはこんなに自在《じざい》に真実に惹《ひ》かれるのです」

こんな会話が、後の明恵に華厳と密教の一体化した仏教世界を開かせる初めての一歩となった。

三

明恵は平六代を誘って、文治五年（一一八九）三月の初め、高雄の神護寺から栂尾への道を辿《たど》った。神護寺の本堂が改修されていた頃は、日々、行き来した道である。

「十無尽院裏の高峯《たかみね》から流れる小川の水が、この時期、庭先の原野に草花を賑《にぎ》やかに育てる。鳥や栗鼠《りす》なども現れて、一日見ていても飽《あ》きぬよ」

「そういえば、明恵さまも改修が終わってからずっと神護寺詰めですね」

「だからこうして、時に栂尾へ来てみたくなる」

やがて明恵の足が早まったと思うと、坊舎《ぼうしゃ》前の野が見えて来た。一面に春の若草が茂り、朝の日差しを喜ぶように随所に白や紫の小花が咲いている。

「ああ、分かりましたよ」と、六代が大声を上げた。

「ここへ伴って下さったのは、こんなにさまざまの草花の咲くのが華厳《けごん》の世界だと見せるためでしたね」

「いまも仁和寺華蔵院《けぞういん》の景雅さまから『華厳五教章《けごんごきょうしょう》』を習うているが、奥深いね。そこに咲くスミレの葉に一滴の露が落ちて、折からの朝日に光っているだろう。小さい露に宇宙そのものの命を映している」

「一滴のしずくに宇宙が宿るのですね」

「華厳経にはそんな発見の喜びがいっぱいなのだよ」

「さように感動できる明恵さまがうらやましいですよ」

六代がやや寂しげにこう言うのを明恵は聞き逃さなかった。

「ここまで連れ出したのは、六代よ、そなたの本心が聞きたいからだ」

「明恵さまからそう言われますと、身を守るためだけに出家したのを責められている気になります」

運命に翻弄《ほんろう》される六代の頬《ほお》がこわばった。

「そんなことあるものか。案じるのはただ一つ、頼朝どのと溝《みぞ》ができた文覚さまに頼れない今、どうすればそなたのいのちを守れるかなのだ。京を離れるのも一策だと思うが、どうだろうか」

明恵は十七歳のこの春、一時、生まれた紀伊国湯浅庄《ゆあさのしょう》へ帰ろうとしていた。頼朝の殺意から守るすべのなくなった六代を、その時、一緒に連れ帰って、湯浅家を継ぐ叔父の宗景《むねかげ》に身を預けるのが安全ではないか。同じように平氏を父にした明恵の思案だった。

二人は坊舎の縁に腰掛け、湯浅家のことを話して聞かせたが、六代の気持ちは揺らいで、なかなか定まらない。

「老いた母者をいまさら知らぬ土地に住まわせるのが可哀想でなりませぬ」

六代の気がかりはこの一点にあり、結局、それが越えられず、神護寺に留まることになった。湯浅庄へ明恵一人の旅となる。姉の一奈《かずな》がこの秋に嫁ぐことになっていた。

「妹の桂《かつら》も十四歳、いつ他家の嫁になるか知れぬ。三人揃って母汀子《みぎわこ》の墓に詣《もう》でてやれ」

上覚はこう言って、明恵にいきなり湯浅庄行きを命じたのだった。

多感な年代なのに経典の世界へ一途《いちず》に自分を追い詰めていくような明恵に一息入れさせようと、わざわざ帰郷を勧めたふしがあった。

神護寺を出る朝、上覚が紫の袱紗《ふくさ》に包んでずっしりと重い品を明恵の片掌《かたて》に載せた。包みを広げると白鞘《しろさや》の宝剣《ほうけん》が現れた。

「これは要《い》りませぬ。未熟とはいえ出家にございますれば、この命、逆らわず、欲しき者に捨てやりましょう」

「経典に溺《おぼ》れておると、さように捨身《しゃしん》と犬死《いぬじに》を混同してしまう。短剣をそなたに持たせるのは、万一、出家の本意に背けば潔《いさぎよ》くわが命、断つためなるぞ」

鋭い上覚の言葉だった。

長い道を歩いて帰省する途中、繁華な宿で道沿いにうずくまって物を乞う一人の男が明恵の目に映った。露宿《ろしゅく》の修行者かと思ったが、体が不自由なようで、よく見ると顔にも少し変形した跡らしいのが目につく。もう夕刻で、折よく一食の飯が頭陀袋《ずだぶくろ》にあったので、明恵は桜皮《おうひ》の面桶《めんよう》（輪《わ》っぱ）に入れて差し出した。

「さあ、一口でも食べて下さらぬか」

明恵が差し出しても反応が無い。よく見ると両眼とも瞼《まぶた》が下がって、ものが見えないようだ。手に面桶を持たせようとしたが、腕が外へ反り気味である。この頃、癩《らい》と呼ばれている病と明恵は察した。

「ご不自由でございまするな。無作法じゃが、わたしの手から食べて下さるか」

飯を握って口に届けると喜んで食べる。何日か食べてないようだった。

そのうち数人が明恵の後方を囲んだ。

「えらく親切ぶってるでないか」と揶揄《やゆ》する声に交じって、「そんなことしておると、菌《きん》がうつるぞ」と言う声が飛んで来た。とっさに明恵は立ち上がり、声を発した男を睨《にら》みつけた。

「このお方は菌が飛んでうつる病でござらぬ。さような偏見が、このお方を病よりもきつく苦しめるのが分かりませぬか」

「そうまで言うなら、お主、治《なお》してやれ」と、一人が逆らって来た。「生きた人の肉を切り取って、それで患部《かんぶ》をこすると治るというぞ。偽善者にゃ、そりゃあ出来まいて」

そうよ、出来るはずがない。一緒の者が囃《はや》し立てた。通りがかりの者が何事かと集まって、明恵の後方からようすを見守っている。どうしたものか。明恵が病の男を振り向くと、その場の様子を察したのか、首を右に左に振った。そんな出鱈目《でたらめ》な話に乗るでないという意思が伝わって来た。もちろん明恵もそれで病を治せるとは思わない。が、上覚さまが旅立ちに持たせて下さった宝剣は、こんな時に使うためではなかったのか。

「よし、そなたらの言う通り、わたしの生き身の肉を切って治してみせよう」

明恵はこう言って着物の裾《すそ》を払うと、抜き身の短剣を右股に当てた。その瞬間、病の男が呻《うめ》きとも悲鳴ともつかぬ声を上げ、不自由な右腕をさかんに振る。何か言いたいそぶりを感じて明恵が耳を近づけると、嗄《しわが》れた声で途切れとぎれにこう言った。

「わっしのために身を傷つける者など、一人もつくりとうない。どうか、この者らの狼藉《ろうぜき》、許してやって下され」

明恵はこう聞くと胸が熱くなって黙っておれず、集まって来た者らに、こう声を張り上げた。

「わたしは紀伊へ向かう修行の者にござる。京の神護寺を出る時、師匠が出家の身にもとるようなら己《おのれ》を刺せと、この宝剣をわたしに持たせてくれました。ところが今、このお方の治療にならと、宝剣の鞘を払うてわが肉片を切り取ろうとして、思いがけず生きた菩薩の声を耳にしました」

こう言って、いま聞いたばかりの病の男の言葉を、取り囲む人らに大声で聞かせる。「おおっ」と人《ひと》垣《がき》に声が起こり、拍手も加わった。

「どうか。ご一同。このお方はわが身の辛さに耐えても、人に辛さを与えまいと願い、わが身に苦しみを加える狼藉者《ろうぜきもの》まで助けようとなさる。わたしは街で菩薩に会うた思いがしておりまする」

こう言って、明恵が病の男を背負って歩き出すと、この人の寝ぐらはこちらですと先に立ってくれる者が現れる。

「命を殺《あや》める短剣ですが、今は人を生かし、人を許す力を感じておりまするぞ」

誰にともなく明恵は言葉をもらした。背の人は何も言葉を返さないが、嗚咽《おえつ》のような声がかすかに耳に届く。

街道が夕映えに染まった。きっと自分の背にある人も紅黄色《べにきいろ》に染まっているはずだ。明恵は重みを感じさせない背の人にやはり菩薩を感じながら歩いた。

明恵が湯浅家に帰り着くと、大欅《おおけやき》が早くも新葉《しんよう》を広げ始めていた。京へ出てから初めての帰郷だが、湯浅家のあたり、少しも変わっていない。その敷地の離れに明恵の姉と妹は住んでいる。

「あれっ」と一言、庭で干し物を取り入れていた妹の桂が明恵を見て驚き、

「姉上、お経虫《きょうむし》さまのお帰りよ」

こう内に向かって声を張り上げた。

「ほんとかい、明恵が帰って来たのね。でもお経虫ではないはずよ。叔父上の文《ふみ》によると明恵は本の虫らしい」

こう言いながら表へ飛び出した姉の一奈は明恵を見て思わず足を止めた。

「よう帰って来たね、明恵。お経虫でも本の虫でもないよね。小さい時のまんまよ、眼を輝かせて。何かを求めてるのよね」

さすが姉である。言葉にこもる優しさが明恵に嬉しい。

自分より背丈の伸びた明恵を抱えるようにして居間に迎えると、神護寺の暮らしぶりを根掘り葉掘り訊《き》いてくる。修行は厳しくないか、食べ物は片寄ってないか、まるで母のように問い質《ただ》して来た。姉の話に出てくる明恵の知人も懐かしく、すぐにも会いたい気がしてくる。

このように明恵は帰郷してしばらく、何につけても懐かしさの気分に包まれた。それでも叔父の宗景が仕立ててくれた牛車《ぎっしゃ》で里の外れにある母の墓所へ向かうと、さすがに歳月の流れを感じさせられる。

高台《たかだい》の道にさしかかると、強力《ごうりき》に背負われた母の柩《ひつぎ》の前を泣きながら登った九年前のことが幻のように遠く思えた。その後、間もなく神護寺へ入って、湯浅にいる時と暮らしが一変した。その激しい変わりようが明恵の記憶に一つの断層を刻んだようだった。

そのせいか、母の墓所から見ると湾に向かって広がる浜と野と山は折からの日差しに映え、どの光景もかえって新鮮に見えた。

「いつ来ても心の休まる光景ね」

「そうね、母さまはいつもこんな光景に包まれて眠ってなさるのよね」

一奈と桂がこう言い、「ねぇ、明恵もそう思うでしょう」と一奈が明恵を振り返った。

「はい、よく見なれているはずなのに、初めて来たみたいに、海の光景にも花の舞う気配が感じられますよ。華厳の海みたいに」

明恵はこう感じたままを口にした。

「そういえば、兄さまは和歌を詠《よ》むのだってね。早速、母の眠る岡の歌が出来そうね」

桂がこう言葉を加えた。

「だけど、この光景、母の眠りを守るというより、母のまなざしを受けて景色がさざめいてる感じがある」

「そう、歌人さまは受けとめ方が違うのねぇ」

一奈のちょっとおどけた受け答えで、その場の会話は終わったが、母の墓所から湯浅周辺の光景を見渡した明恵の実感はこの後も変わらない。


半月を経て神護寺に帰り、まず上覚に告げたのも、そのことだった。

「母の墓所にお参りして、そこから見える光景がそれぞれにさざめいている感じでした。まるで母のまなざしを受けて息吹いているように」

「ほう、母のまなざしを感じたというか」

「はい。海面が波立つと、それにつれて鷹島《たかしま》と刈藻島《かるもしま》がゆっくりと位置を変えるように見えました。

母の墓所にお参りして
そこから見える光景がそれ
ぞれにさざめいている感じでした。
まるで母のまなざしを
受けて息吹いているように

有田川《ありだがわ》の流れが春日に白く光って流れていたのですが、そのしぶきと瀬音《せおと》が響き、山並みの谷に育つ木々がざわめくのまで感じ取れました」

一気に熱っぽく語る明恵の話が一区切りつくと、上覚は、

「よき体験をして来たぞ。しばし、ここで待て」

と言い置き、一幅《いっぷく》の仏画を宝蔵《ほうぞう》から持ち出して来て床に広げた。そこには獅子冠《ししかんむり》を戴いて白蓮華《びゃくれんげ》の台座にすわる白衣《びゃくえ》の清楚な女人仏《にょにんぶつ》が描かれてある。

「これは仏眼仏母像《ぶつげんぶつもぞう》ではありませぬか」

「そうだ。諸仏の母であられるから、そなたの母でもある。そなたの念持仏《ねんじぶつ》として大切にお祀《まつ》り致せ」

「この眼から鼻、口へと流れる感じはわが母を見る思いがいたします」

「そなたは早くに母と死別し、もっともっとほ

しい母の温かいまなざしを受けられずに育った。だから母の墓所を囲む景色の輝きまで母の視線を浴びているせいに思えたのだろう。これよりは仏眼さまの視線を母のまなざしと思うて落ち着いて修行に励むがいい」

もう経典の中へ無理やり自分を追い込むでないぞ。

そう言いたげな上覚に、分かりましたとばかり、明恵は深く頭を下げた。

このあと明恵は十八歳になると、滅罪《めつざい》修行の十八道《じゅうはちどう》を授けられ、あくる建久《けんきゅう》二年（一一九一）には山科《やましな》勧修寺《かしゅうじ》の興然《こうぜん》から密教の金剛界《こんごうかい》と胎蔵《たいぞう》の二つの世界に通達《つうだつ》する奥義《おうぎ》を伝授された。仏の智火《ちか》で煩悩を焼き除き、息災《そくさい》を祈る護摩《ごま》法《ほう》も伝授された。

部屋の壁に掛けた仏眼仏母像に明恵は朝、夕の供養をし、その前で仏眼法《ぶつげんほう》を修《しゅ》し、部屋を出る時、帰って来た時には短くても呪《じゅ》を唱える。そうしていると、ふっと母と居る感じになれた。

そうなると身にも思索にも、静かに満ちて来るものがある。経典に向かっても、ゆっくりと思索し、自分の言葉に変えて受け入れようとする。そんな試みが二十歳で初めての著作『倶舎論講略式《くしゃろんこうりゃくしき》』を著《あらわ》すまでになった。

思春期の不安定さを脱したのと、亡き母のまなざしを得たことが重なって、この頃、明恵は己《おのれ》をめざましく充足させていく。

そうなると明恵を慕って訪れる者も現れた。

華厳の分野では五歳下の義林房喜海《ぎりんぼうきかい》が現れ、前後して上覚が霊典《りょうでん》を連れて来た。ともに生涯の同行《どうぎょう》となる。密教系では定真《じょうしん》が現れたかと思うと、後に明恵の口述筆記をしたり、明恵の和歌や遺訓《ゆいくん》を集めて刊行するなど、いかにも忠実な弟子らしい高信《こうしん》も出入りするようになった。

この四人を指して明恵の四高弟と呼ばれるようにまでなる。

こんな顔ぶれが身辺に集まるのは明恵の言行《げんこう》に安定感が増して来たわけで、そこにも仏眼仏母像の発する母のまなざしが効《き》いているのかもしれなかった。

しかし、明恵は異能《いのう》の人である。神護寺の門を叩《たた》いて教えを乞う者もうっかりしておれない。

「おっ、裏の竹藪《たけやぶ》で小鳥が何者かに蹴《け》られて死にかかっているから助けて参れ」

講読《こうどく》の最中に、こう命じられた者がいた。まさかと思いながら薮に入ってみると、たしかに鷹《たか》が足の爪で雀を蹴《け》り殺そうとしていたので、あわてて救い出した。

また修法《しゅほう》の最中、雑務をこなしていた若僧が呼ばれた。

「手洗いの桶《おけ》に小虫が落ちて死にかかっている。助けて参れ」

こう命じられて、まさかと思ったが断れない。やむなく行って見ると、やはり蜂が手洗い桶に落ち込んで死にかかっていた。

だから後に高弟として長く師事する面々は、こんな師の異能ぶりを学問の息抜きとして楽しむ、広い雅量《がりょう》の持ち主だったはずである。

どことなく一皮剥《は》がれた。そんな感じで明恵が周りから見られるようになった。

明恵があまり経本にのめり込むので、叔父で師の上覚は声を荒げ、もっと外の世界に関心を広げよと促《うなが》した。それが効《き》いたこともあって、二十歳を過ぎた頃から周りの人のなかへ進んで入って行こうとし始める。そうすると相手方もゆったりした気持ちで明恵を迎え入れてくれるようになる。年下の者が明恵を慕ってくるのも目立った。

四

とくに十代半ばから二十代初めの門弟らにとって、年上の明恵はなにより論争の調停役だった。

密教寄りの霊典と定真の二人と華厳寄りの喜海は、どうしても意見がぶつかって、遠慮なく相手方をやっつけようとするから、かえって小気味よいばかりに非難の声が飛び交う。激しい言い争いが極点にまで進んで、もう互いに折れ合う余地は一分もなくなったところで、

「明恵さん、なんとかなりませんか」

こう論争の落とし所を求められる。

仲間のうちでは年長であり、華厳と密教の両方に通じて自ら厳密《ごんみつ》派を名乗っているから、どうしても調停役を勤めさせられる。

「いい加減にしてほしいよ」と、そんな時の明恵は言う。

信ずれば密教も
華厳もない
一如と
なっていく

「わたしの厳密は華厳と密教の折れ合えるところを求めているのではないんでね。また、そんなこと出来るはずもない」

「でも、両方の教えのいいところをとって一つにするのでしょう」と、喜海も乗り出す。

「それも実際には難しいね。だからあえて言えば華厳と密教の共通するところを重ねて、深みのある厳密教をつくりたいんだよね」

明恵がそう言うと、三人は先ほどの言い争いを棚に上げて、こんどは明恵に矛先《ほこさき》を向けて来た。

「そう言われる明恵さんも、華厳か密教か、どちらかに片寄ってるはずでしょう」

定真が明恵の本心に迫ろうとする。

「もちろん、明恵さんは密教の人だ。密教の神護寺で、日々、真言《しんごん》の勤行《ごんぎょう》をされているんだから」

霊典は即座にこう言う。

「いや、そう見えるが、具足戒《ぐそくかい》を受けて僧になられたのは華厳の東大寺だし、部屋での自習はもっぱら華厳だから、明恵さんの本心は華厳の教えなのですよ」

喜海が自信ありげに言う。

「それは察する通りに任せよう。皆もそれぞれの機縁《きえん》でどちらかに傾いている。それが互いの刺激になることもあるのだから」

この頃の明恵は教義についてもこのように鷹揚《おうよう》に対応する。それでも本心はそれほど平穏とは限らない。同じ道を行こうとする同行《どうぎょう》なのに、密教に近いか、華厳に近いかを無理に測ろうとするのも、明恵には面白くない。

密教が包括的《ほうかつてき》なら、華厳は全体を象徴させる面を際立《きわだ》てる。ともに天地の混沌とした中に真実が宿るとして敬《うやま》う。だから信ずれば密教も華厳もない一如《いちにょ》となっていくのだが、親しい三人がそこに立ってくれないのが無念で、そんな時は明恵の心にふっと陰《かげ》りが宿った。

明恵の身辺が表向き穏やかだった建久四年（一一九三）の初夏、神護寺の玄関に東大寺の塔頭尊勝《たっちゅうそんしょう》院《いん》の弁暁《べんぎょう》と名のる僧が姿を見せた。

「突然でござるが、明恵どののことで住持殿《じゅうじどの》に格別願い上げたきことがございまする」

「それは遠路、ご苦労さまにございました。わたくしが明恵にございますが……」

応対に出た明恵が戸惑《とまど》いながら名乗った。

「おお、そなたが明恵どのか。華厳への並々ならぬ熱意、よく聞き及んでおりまするぞ」

「いえ、尊勝院さまの豊富な蔵書を拝借して、華厳の学問を少しずつでも深めさせてもらっておりまする。ありがとうございます」

こう礼を述べ、上覚に取り次ぐため奥へ下がった。

尊勝院は東大寺塔頭の中でも華厳教学を研究する中核で、その方面の蔵書が多い。明恵が東大寺戒壇院で具足戒を授かった時、遺教経を居残ってまで写経したものだった。その後も時折り、尊勝院に出掛けては、華厳関係の本を借りていた。

「さて、明恵の事でわしにご用とは何事にございましょうぞ」

上覚はこう言いながら弁暁を客殿《きゃくでん》へ丁重《ていちょう》に迎え入れた。

自分のことで、一体、何用なのか。明恵も気になって茶を運び、茶菓子を持ちがてら話を伺《うかが》おうとするが、その都度、神護寺のたたずまいのよさに話を逸《そ》らされてしまう。そうなると弁暁の持ち込んだ話は明恵に不都合なことかと思えてくる。茶を替えに行くと、秋の紅葉はことさら結構でしょうなと、また話を転じられた。

一刻ばかりして、弁暁は帰って行った。明恵には「いずれ、また」と一言、声をかけただけである。

「何用でございましたのか」

不安が高まるばかりの明恵は上覚の袖《そで》を引くようにして問うた。

「寺男に命じ、そちのふとんと日用の小物をまとめて、すぐに尊勝院へ届けさせよ」

えっ、と明恵の胸がどきんとなった。

「それなら、わたしはどうなりますのか」

「ふとんと日用の品を放《ほう》り出しておいて、そちだけここで暮らしようがあるまい」

こう言われてしまった。

上覚が尊勝院弁暁との話を明恵に伝えたのは翌朝の勤行《ごんぎょう》が終わった後だった。

「いまの東大寺は学僧の学問道場となっているのを朝廷が懸念《けねん》し、仏教の殿堂《でんどう》らしくもっと人が生きる教えを伝えねばならぬと示唆《しさ》されたようなのだ。それに沿って院内で相談した結果、それならば華厳の教えを生きている明恵を招こうとなったらしい」

「ならばわたしは朝廷の命に従うしかないのですか」

叔父として甥《おい》の意向を確かめてほしかったという気が明恵にある。

「公請《くしょう》というから朝廷に招かれることになる。断りようがない。それに東大寺の内にもそなたを招くのに一つの異論もないと弁暁どのは申されておった」

「で、期限はいつまでなのですか」

「それは決まっておらぬらしい。万一、明恵がそぐわないと思えば、いつでもここへ帰ってくればよい」

上覚は軽々しく言うが、朝廷の命で東大寺へ行けば、もう神護寺には当分、帰れないだろう。明恵に聞かれたくない話をしていた気配からして、何か内密《ないみつ》の取り決めがなされたのかもしれない。

「いずれ、そなたに神護寺を継いでもらいたい。が、まだしばらくわしは大丈夫だ。それまでずっとわしと一緒では善くも悪くも叔父と甥でしかない。しばらく外の飯《めし》を食う場として東大寺なら不足はなかろう」

「長らくお世話になりました」

両手をついて頭を下げたが、声は低くしか響かない。

「このところ明恵も開放的になった。わしは何も心配しておらぬ。向こうの毘盧遮那仏《びるしゃなぶつ》さまはわしらの大日《だいにち》さまと一体じゃ。その点で祈りにも矛盾はござらぬ。しっかり学んで来るがいい」

上覚は努めて晴れやかに明恵を送り出そうとしているようだった。

明恵が東大寺へ入るというのは、その日のうちに山内に広がった。驚いて駆けつけて来たのは六代だった。別れるしかない辛《つら》さを早めに処理しておこうとするようだった。

「わたしども母子は高雄の地から離れると殺される身ですから。年に二度でも三度でも、ぜひ帰って来て、安心させて下さいませ」

こう訴えて来る。

「分かったよ。そうしているうち、六代らも自由にどこへでも行き来できるようになるだろうよ」

明恵はこう励ますしかなかった。

話は喜海へも伝わり、息せき切って部屋へやって来た。

「東大寺へ行かれるのなら、このわたしも同行させて下さいませ」

明恵が自《みずか》ら選んだ道と思ったらしい。

「いや、こちらから何かを頼める立場にない。いつ帰れるかさえ分からぬ。かえって喜海が頑張《がんば》って神護寺に腰を据えていてくれないとね」

明恵は励ましたつもりだが、喜海の顔は晴れない。むしろ明恵が居なくなると、華厳を仏道の入口とした喜海は居づらくなると案じていた。

やがて明恵が東大寺に向かう日が迫って、喜海の部屋に霊典と定真が集まって、ささやかに明恵を送る会を開く。そこで異変が起こった。密教方の霊典と定真は華厳に惹《ひ》かれている明恵が東大寺へ身を移すのは当然と、淡々《たんたん》と送り出すのかと思っていたら、そうでなかったのだ。

「お役目大変でしょう。いっそ、続けられないふりをしてでも早く神護寺へ帰って来て下さいよ」

霊典がこう言い、定真がそれを補足した。

「そうですよ。お加持《かじ》や祈祷《きとう》で信者の心身の健《すこ》やかさを保つのもよろしいが、ここには空海さまの書かれたご本がたくさん残されています。それをもとに生き方を満たせる道も広めねばなりますまい。それが明恵さんの仕事ですよ。煩雑《はんざつ》な華厳の書物につよい明恵さんなら、空海さんの難しい表現も読み下せましょうから」

明恵はそう言う二人の顔をまじまじと見つめた。いつもは華厳経に走るのを非難する口で、今は明恵に期待を寄せて来るのだった。


東大寺塔頭の尊勝院は明恵にとって、相変わらず魅力の寺だった。招かれて訪れた日も、どこよりも先に書庫に入った。

ぎっしり詰まった古い本の発する匂いまで明恵には懐かしい。ここは常に新しい本も補充されているから、明恵の足は自《おの》ずとそちらへ向かう。

「おお、こんな所に居たのか。明恵の仕事は書庫係ではない」

声に振り返ると神護寺に来たことのある弁暁だった。

「仕事の分担を間違えないようにしてほしい。明恵の仕事は東大寺本坊《ほんぼう》に詰《つ》めて、一切の法要《ほうよう》を滞《とどこお》りなく進行させることなのだ」

「いえ、華厳の教えを広めるのが任務と承《うけたまわ》って来ました」

「だから法要の進行係を勤めてもらう。法要こそご本尊、毘盧遮那仏さまの広大なお徳を讃え、厳《おごそ》かに読経《どきょう》し、晴れやかな散華《さんげ》をして参詣《さんけい》の者に仏の世界に居るような感銘を与える。これに勝《まさ》る寺の教化がござろうか」

「いえ、師から告げられましたのは東大寺が学問に傾いているので、もっと人の生き方に直接、関わる教えを整えるのが仕事だと……」

「それは明恵どのの聞き間違いだ。上覚どのも東大寺が学問の伝統を大切にしておるのは百も承知のはずじゃ。学問の裏付けのない教えをこの寺が求めるはずがござらぬ」

すべてが事前に上覚から知らされたのとずれている。神護寺に来た弁暁が明恵の入室する度に話をすり替えたのは、こんな仕事の実際を事前に知られたくないからだったのか。それにしても上覚が、そんな不向きな仕事に明恵を就《つ》かせようとしたとは思えない。

「もしよろしかったら、どなたがわたしを弁暁さまに紹介下さったのか教えて下さいませぬか」

「そなたが東大寺で具足戒を受けた時の一途《いちず》さを見ていた人の紹介だった」

「もしかすれば聖詮さまでしたか」

「そうかもしれぬが、その方はすでに自分の寺へ帰られておる。わしを東大寺の師と心得て作務《さむ》に励《はげ》むように」

こう言い置いて弁暁は立ち去った。

明恵には一室が与えられたので、そこに入って見ると東大寺の一年間の法要と行事概要の綴《と》じ込みが机に置かれてあった。小さなお堂の法要まで含めると、三日に一つは法要が行われているようだ。明恵は自分の気持ちを抜きにして周りが動き出した、と思うしかなかった。

第四章

思い天竺《てんじく》へ翔《かけ》る

一

明恵《みょうえ》が東大寺へ来て一年が過ぎた。

建久《けんきゅう》五年（一一九四）の秋、着工してから十五年もかかった再興の大工事がいよいよ終盤を迎えていた。大仏殿を始め、数多い棟《むね》のどれもが慌《あわ》ただしく仕上げの工事に取り掛かっている。それだけに夕暮れて工事が終わると、境内はすっぽりと静寂に包まれる。まだたき火があかあかと燃え、最後の木造りをしている建物も二、三あるが、その炎はまわりの闇をかえって濃く感じさせた。

明恵の仮寓《かぐう》する尊勝院《そんしょういん》もそんな夜の闇に包まれるが、一室だけぼんやりと明かりが点じられている。それが明恵の居室である。

落慶法要《らっけいほうよう》が翌年三月十二日と定まってから、明恵はその準備の真ん中に身を置くことになった。尊勝院主の弁暁《べんぎょう》が中軸になっているから、雑務はすべて明恵のもとへまわって来る。落慶法要の次第《しだい》、高官への参列依頼状など同じ文面を何百枚も筆で手書きするしかない。どうしても残った仕事を自室へ持ち帰ることになる。大変なことなのだが、夜の残務を明恵は、結構、楽しんでいるふうがある。残った作《さ》務《む》を自室でこなすため、普通なら手に入らない灯心《とうしん》と菜種油《なたねあぶら》が存分に割り当てられるからだった。

だからこの夜も残り仕事を手早くすませると、明恵は灯心明かりを小皿に移して書棚の部屋へ持ち込み、華厳《けごん》の書物を選び出し、居室の灯火のもとでゆっくりと夜更《よふ》けまで読み進む。そんな刻《とき》の東大寺境内は昼間とは別世界のような静けさで、明恵の頁を繰《く》る音だけが異様に大きく耳に届く。

それが明恵の至福《しふく》の刻なのである。

霜月《しもつき》半ばのその夜も、このところ数夜かけて読み続けてきた華厳の大系書を読み終えたい。そう思っていた時、いきなり外で大声が響いた。

「明恵っ、明恵。わしだっ」

聞き間違えるはずもない師の文覚《もんがく》の声である。

明恵の居室の明かりを目指しているようで、割れ鐘のような大声はどんどん近づいて来た。

「よう頑張っておるではないか。弁暁も頼りになると喜んでおるぞ」

居室へ入るなり胡座《あぐら》を組んで、いきなりこう言った。文覚にかかると尊勝院主も呼び捨てだ。

「いえ、すべては大勧進重源《だいかんじんちょうげん》さまのお力です。七十四歳のご高齢ながら大きな工費を寄せて下さいました」

「そうではあっても、明恵よ。最後にわしが募財《ぼざい》に立ち上がらねば大仏殿の大屋根は葺《ふ》き切れなかったのぞ」

文覚が重源への対抗心を露《あらわ》にする。

大金を集める東大寺再興の大勧進は世間に顔の広い自分しか勤まらぬ。文覚はこう自負していたが、その任《にん》を地味だが粘りのある念仏聖《ねんぶつひじり》の重源にあっさりと奪われてしまった。それでも文覚は大勧進への意欲を持ち続け、終わり近くなって大口の寄進を東大寺につないで見せた。それが誇りで、このところ文覚はしばしば東大寺へやって来る。

「御師《おし》さま」と明恵が文覚に呼びかける。するとごろりと横になった文覚は咄嗟《とっさ》に意図を察した。

「そうか。来春、落慶法会が終われば明恵は東大寺を去り、神護寺《じんごじ》へ帰りたいというのだな」

「はい。東大寺は去りたいのですが、神護寺へも帰りませぬ」

「うむっ」と、文覚が身を起こして坐り直した。

「神護寺へ帰らず、どこへ行くのか」

「郷里の紀伊、湯浅《ゆあさ》へ行きます」

なぜだと文覚に切り込まれても気持ちが揺らがないよう、明恵はあえて言葉をきりっと発した。東大寺で人から人に押し流されたので、繊細な明恵はしばらく人から離れたくなったのか。だから人の出入りが多い神護寺も避けたいのかもしれぬ。文覚はこう思った。

「紀伊、湯浅にも人はいるぞ」

「はい。紀伊、湯浅には人もいます」

明恵が文覚の言葉を微妙にずらせて答える。すると文覚はまたごろりとなった。

――一体、明恵はどんな状態にわが身を置こうとしておるのか。

灯心皿の黄色い炎は時にチリチリと音を立てる。それをじっと見つめ、文覚は口はつむんだままである。

その口が今にも割れて怒声《どせい》が飛んで来そうで明恵は身構える。いや、怒声を待っているところが、この時の明恵にあった。が、文覚の口は割れない。

「じつは……」と明恵は正座し直し、わが膝《ひざ》に両腕を突き立てる。黙っているのに耐えられなくなっていた。

「わけなど聞きとうないわ。明恵がそこまで本気で考え尽くしたことじゃ。わが道を行くしかあるまい」

文覚はそう言って目を閉じると、とたんに高いびきの嵐を巻き起こした。明恵は苦笑しながらも、この時、初めて文覚に師を感じた。

年が明けると、東大寺の落慶《らっけい》を祝う日が駆け足で近づいて来た。

この頃になって明恵がとくに意欲を見せはじめたことが一つある。古い記録の中に華厳海会《けごんかいえ》という法《ほう》会《え》が、かつて東大寺で営まれた記述を見つけたからである。

それによると集まって来た大衆に華厳経を説いていた仏がとくに意図するでもなく、ごく自然に三昧《さんまい》の境地に入ったので、居合わせた者たちがそれを讃《たた》えて営んだのがこの法会の始まりとある。

ぜひこれを落慶の記念法会の一つに加えてみたい。

明恵がこう思ったのは法会内容から浮かび上がる華厳世界の印象の鮮やかさのせいだった。無限に広がる海上に多彩な花がそれぞれの色合いの美しさを競うように浮かび、波のままに揺らいで行きつ戻りつする花の幻想が、法会内容を読み進む明恵の頭の中に映し出された。海に漂《ただよ》う花々はそれぞれ過去、今そして未来にわたって在り続ける一切の事物が姿を変えたもので、それが波のままに漂って参集した者の心をしっかりとらえ、深い感銘《かんめい》へ導いていく……。

この法会にこだわる、もう一つのわけが明恵にあった。

空海の主著《しゅちょ》『十住心論《じゅうじゅうしんろん》』にこの法会が取り上げられてあるのを、以前、読んでいたからだ。すぐそれに気づかなかったのは、この華厳海会を空海は海印定《かいいんじょう》という別の呼び名で書きとめていたからだった。空海もこの法会から華厳経の説く宇宙の無限に近い広がりと整いが感じとれると称賛《しょうさん》している。

明恵はじっとしておれず、尊勝院の長い回廊《かいろう》を駆けて弁暁の室へ向かった。

「院主さま、どうしても晴れの落慶に加えたい法会が見つかりましてございます。花の季節の落慶らしく、東大寺の法《のり》の海に花の波がひたひたと寄ってくるような法会にございます」

「華厳海会をやれというか」

落慶にかかわる文書に埋もれている弁暁が首を突き伸ばして、明恵の顔を見る。

「はい、ぜひに……」

「折角《せっかく》だが、出来ぬわ。落慶期間中、法会がぎっしり詰まっておるのは、そちが一番よう知っていよう」

「その通りですが、華厳海会一つも加えられぬほどなのか、公正な見方のお方に判断を求めてみましょう」

いつもは柔順な明恵が、珍しくこう逆《さか》らって引き下がる。この時、明恵にとって公正な見方のお方とは文覚しかなかった。見方の公正さはともかく、落慶の予定を変えられる力があるのは、差し当たって文覚しかいない。

幸い、文覚は宮廷や権門筋《けんもんすじ》の落慶法会への参列予定を取りまとめて東大寺へやって来ると明恵の華厳海会に賛同し、実現へ働いてくれた。

湯浅の浜が大きく湾曲《わんきょく》したあたりから丘陵地《きゅうりょうち》のゆるい坂をしばらく登ると、道は急傾斜の尾根伝いになる。この辺りから白上峰《しらがみのみね》の東までのおよそ七町、明恵も少年の頃には仲間と健脚《けんきゃく》を競ったものである。

その道を二十三歳の明恵は、いま一人で登る。

建久六年（一一九五）十一月の初旬、明恵は東大寺の落慶法要の後片づけがすむと、文覚に告げていたように生まれ故郷の紀伊国湯浅郷へ帰って来た。

明恵はここで生まれるとすぐ、父の任務の都合で京へ移ったが五歳で再び湯浅郷へ帰り、九歳で神護寺へ移るまできらきらと輝いた日を過ごした。とくに今、登り始めた湯浅湾岸の高台あたりは子供らのよき遊び場だった。だから今回も明恵は湯浅家に帰り着くと、どこよりも先にこの高台に来て山の道に取りついた。

今は峰までの速さを競う相手もいないが、山道を登る明恵の脚は少年の時のように弾《はず》んで軽々と身を押し上げていく。

幸い東大寺の落慶法会は盛り上がり、裏方として働いた明恵も内に充足して来るものを感じ続けてきた。が、それが終わる頃から、しきりに白上山に登りたくなっていた。人の係《かかわ》りの中で働くのに、明恵は疲れたところがあった。

だから今も、湯浅郷に帰り着くとこの道を登っていく。

山と森と野と。そんな自然が届けてくれる安堵感《あんどかん》の中で、もう一度、世間の価値の真偽《しんぎ》を確かめ直し、それでも残ったものを大切にして生きたい。

それに、湯浅のこの海――。

明恵は後方を振り返ると、海面が視界に飛び込んで来て、思わず立ち止まって見とれてしまう。折りから海面に風が立ち、さざ波が中天《ちゅうてん》の太陽の光を受けて白い無数の波の花びらを撒《ま》き散らしたように眩《まぶ》しくきらめている。

――華厳海会の海の景色そのものではないか。

湯浅の
この海ー
ー華厳海
会の海の景
色そのもので
はないか。

陽光が海面に散って白くきらめく断片が連なって揺《ゆ》らぎ続け、東大寺の落慶を祝って営まれた華厳海会の荘厳《そうごん》さをそのまま明恵の脳裏に甦《よみがえ》らせてくれた。

あの時、文覚は明恵の意を受けて華厳海会を営むように東大寺の首脳《しゅのう》らをつよく説得してくれた。

「東大寺はかように再生し、新しい世の海へ教化《きょうか》の船となって進み出そうとしておる。それなのにどうして未来を生きる若き者らの声に耳を傾けませぬのか」

文覚は明恵を伴って尊勝院主の弁暁を訪ねて、こう持ち前の大声を張り上げた。

「文覚さまの言い分は結構なこと。が、日程を組んだ後にそれを加えまするにはあれを削《けず》るか、これは縮《ちぢ》めるかとなって収拾《しゅうしゅう》がつかなくなります。何卒《なにとぞ》、ご寛《かん》容《よう》の程《ほど》を願い上げまする」

弁暁が頼み込む。それを聞いた文覚は東大寺本坊《ほんぼう》がだめなら、尊勝院で営ませようとする。

「ならば弁暁どの。そなた、華厳海会に値打ちを認められませぬのか」

「いいえ。明恵どのの言《げん》の通り、華厳世界を讃える大いなる詩編《しへん》ともいえる、よき法会にございます」

「さすが尊勝院の院主どの、もの分かりがよいわ。それで決まりじゃ」

「と、申されても……」

「華厳の教えを守る伝統の尊勝院で詩編の趣《おもむき》のある斬新《ざんしん》な法会を営めば、華厳世界の未来は確かなものとなる。それでこそ此度《こたび》の落慶大法会は成功となるのですぞ」

文覚にこう決めつけられると、弁暁はもう反論のしようがなかった。そうして華厳海会が営まれると尊勝院の山内に入り切れないほどの人があふれた。

翌朝、明恵は尊勝院の院主室に呼ばれた。

「明恵が発願《ほつがん》した華厳海会の法会があまで人の心を打つとは思うてなかった」

「いえ、華厳教学の本道場《ほんどうじょう》を開放して下さいましたから、教えの伝統に支えられて深い感銘を与えることが出来たのです。ありがとうございました」

明恵が深く頭を下げた。

「ところで、今後のことじゃ。神護寺もそなたの帰りを待っていようが、当院に留まって、誇りの華厳蔵書を宗門の未来のために活かしてもらえまいか」

弁暁が丁重《ていちょう》にこう頼んできた。

もう少し前なら二つ返事で引き受けるところだったが、この時の明恵は違っていた。これまで学んだことをゆっくりと発酵《はっこう》させていく時期に入っている。湯浅郷へ帰って来たのは、そのためなのだった。

いま目の前に広がる湯浅湾の海原《うなばら》が明恵の胸中で華厳海会の海と重なり、最も心にかなう光景なのだった。

それに見とれていると、いきなり背後に人の気配がした。振り返ると大きな竹籠《たけかご》を背負った若い男が勢いをつけて駆《か》け下って来ていた。

「よき天気で何よりじゃ」

男はこう声をかけて明恵の脇を駆け下っていく。その横顔に明恵は覚えがある。

「待たれよ」と明恵が声をかけると、男は両足を下り坂に突っ立てて止まると、後ろを振り返った。

「やはり、壱冬《いっとう》でないか……」と明恵が言っても、相手はまだ声をかけたのが誰か分からない。

「わしだ、薬師丸だ」

「おう、あの湯浅家の薬師丸か。すっかり日焼けが褪《さ》めて色の白い都人《みやこびと》になっておるから分からなかったぞ」

「いや、気持ちは変わらぬよ」

「さようなことはあるまい。東大寺の此度の落慶大法会を薬師丸が取り仕切って成功し、高僧への道を歩み出したというではないか」

「とんでもない。ただの手伝いをしただけだよ。それより、わたしはやはりこの湯浅が好きだ。海を見下ろせる白上峰あたりで瞑想《めいそう》して純《じゅん》にわれを見つめ直したいのだ」

「なに、この白上峰で修行し直したいとか……」

「すまぬがこの山頂あたりに、雨風を避ける修行小屋を造ってくれぬか」

「それ、本心なのか……」

壱冬は信じられないという顔である。高僧の道が約束されたという噂《うわさ》の明恵と、目の前にいるなつかしい明恵が一つに重ならないのだった。


草庵のすぐ近くでホオジロが鳴き続けている。

ようやく春も本格化するか。

建久七年（一一九六）二月の初め、明恵は思わず写経の筆を止め、しばらくさえずりに耳を傾ける。もう外は明け初めているらしい。

この草庵は紀伊国有田《ありだ》の湯浅浜から突き上げるようにそびえる白上山西峰の山頂にある。そこで明恵が過ごすようになって間もなく四カ月になる。というより、やっとひと冬を過ごしたというのが明恵の実感だった。

いくら暖かい紀伊でも真冬には湯浅湾を渡って来た冷たい風が容赦なく吹きつけて来た。その寒気がようやく緩《ゆる》んで来る。こうした山上にあって読経と瞑想に過ごし、早朝からこうして写経の清々しい時を持てるのが明恵には嬉しい。

まだ薬師丸と呼ばれていた頃、有田川の河原で石投げして遊んだ幼《おさな》なじみが力を貸してくれたからである。

——おい、薬師丸が得度《とくど》して明恵の名で戻って来たぞ。しかもこの地で、修行に励むらしい。

この話はたちまち幼なじみの間を駆けた。

ならば力になろう。有志が二十人ばかり名乗りを上げたが、明恵の選んだ修行地が白上山西峰の、しかも山頂あたりと聞いて一様に首を傾《かし》げた。

「山中で仏道修行したいのはよう分かる。が、白上山西峰の山頂あたりとはどういうことぞ。あそこにゃ、腰を下ろして一休みするだけの平地もないのぞ」

「しかもその辺は岩場が多い。修行道場など建てられるものかよ」

そんな声が高まって、改めて明恵の真意を確かめようとなった。

「なんと言われようと、白上山が目当てでわたしは京から戻って来た。そんなに嫌なら手伝ってくれずともよいわ。四本柱に茅《かや》の束を載せりゃ、雨露ぐらい防げよう」

明恵の意志はぐらつかない。それを聞いて、仲間の一人がこう反応した。

「そうじゃ。出家するのを出世間《しゅっせけん》というて世間から出ることらしい。薬師丸ほど鮮やかに世間離れすりゃ、きっと先には大仏さんみたいになろうぞ」

こう言った男は幾分かの皮肉を込めたつもりだったが、仲間の誰もがその言葉を真《ま》に受け、早速、動き出した。

幼なじみさえたじたじさせるほどの道心《どうしん》を、明恵は二十四歳のこの時、すでに備えていたのだった。

山頂の岩盤まじりの傾斜地を無理にならし、そこへ建物の資材も運び上げてくれた。こうして出来上がった草庵《そうあん》は二間《にけん》ばかりの狭さだったが、湯浅家に出入する棟梁《とうりょう》が腕をふるったから、浜からの強風にさらされてもびくともしない。ただ、風の通り道をふさぐように建てられたせいか、冬には吹き上がって来る寒風に草庵そのものが包まれ、床下から刺し上がって来る冷気も容赦なかった。

明恵は床の真ん中に掘られた一尺角の炉に火持ちのよい樫炭《かしずみ》を細々と継ぎ足しながら、それに耐えてきた。

ホオジロの声に誘われ、明恵は立ち上がって草庵の東の引き戸を開ける。朝の日差しはすでに草庵前の樅《もみ》の梢《こずえ》まで届いて来ていた。

「もう光に力がありますよ。こんなのを光の春というのですかね」

明恵は同室の者に声をかける風情を見せる。が、草庵の内に他の誰が居るわけもない。といって、ただの独り言《ひとごと》というのでもない。炉の前にもどった明恵は鉄瓶《てつびん》にたぎる白湯《さゆ》を湯飲みに注ぎ、汲み置きの湧水《わきみず》を少量加え、草庵の西面に掛けた仏眼仏母尊《ぶつげんぶつもそん》の大軸《たいじく》の前に供える。この仏画の軸を上覚《じょうがく》から初めて見せられた時、明恵は仏眼仏母にわが母の面影を直感した。だからそれ以来、この仏眼仏母を密《ひそ》かに母御前《ははごぜ》と呼んで念持仏《ねんじぶつ》としているのだった。誰もいない草庵で明恵が独り語りしているようでも、じつは幼くして失った母に語りかけていた。

「暖《あたた》こうなると熱いお湯はすぐ冷《さ》めませぬ。飲み頃にまで冷ましてありまする」

画像の前で合掌してこう告げる。供えるお湯を飲み頃に冷ますのも、亡き母、汀子《みぎわこ》への思いやりにほかならなかった。

草庵の内がしだいに明るくなるにつれて、仏画の淡い色合いがはっきりとする。すると白月《はくげつ》の明るさに照らされたような仏眼仏母の柔らかい輝きが明恵の気持ちを泰然《たいぜん》とさせていく。輪郭が際立《きわだ》たない、やさしい色合いなのに、それを前にすると明恵は母の膝《ひざ》にあった遠い日を思う。恐れるものが何もかも後《あと》ずさりしていく気配を感じるからだった。

明恵は仏眼仏母像の目にも引き寄せられる。まなじりをやや引き上げた、細い両の目は世のすべてを見通す知恵をたたえて感じられる。

しばらく仏眼仏母像と母との一体感を懐かしんでいる明恵の目の先で、母の印象だけが、程なく薄まって元の仏眼仏母像に返っていく。開け放した東の窓から射し込んだ朝陽が、仏画の仏眼仏母像の金色仕上げした獅子《しし》冠《かんむり》や身を飾る瓔珞《ようらく》などをまばゆく光らせるからである。

二

夏になると、涼風に恵まれる山上の快さが際立つ。

いまは信証《しんしょう》の名で尼となっている崎山家《さきやまけ》の叔母が精進食を五日目ごとに使いの男に持たせてくれるから、明恵に食事の心配もない。明恵の繊細なからだを思って、塩、味噌の類をほとんど使わない気の配りようである。

その食事を運んで来た男が風の心地よさを楽しみながら、しばらく里の出来事を話してくれる。時には明恵の幼なじみのことに触れたりもする。そういえば入山当時は、あれこれと気づかいを見せてくれた幼なじみが、このところやって来ない。明恵との間に隔たりを感じたふうだった。

郷里に帰りながら人の訪れを拒むような白上山の頂きにどうして住み着くのだろう。帰って来たばかりの明恵に抱いた仲間らの、こんな疑問は消えるどころか、極寒の季節でさえ一度も下山して来なかったこともあって、いよいよ明恵が理解しにくくなっている。

「明恵さまが白上山頂に籠《こ》もられたわけを、里のお仲間は三つに絞ったようにございまするぞ」

明恵が求めもしないのに、男は幼なじみが取り沙汰《ざた》している話を告げる。

高雄山神護寺《たかおさん》で何かの失策をしでかして謹慎を求められているのか。極度に人に会いたくない心情に落ち込んでいるのか。これまでにない教えを開こうと、密《ひそ》かに新しい教義を整えているのか。こんな三つの理由を耳にし、明恵は「ほう」と人ごとのように感嘆した。

「どれもわたしの本心から外《はず》れているが、全く間違いだと退けられぬのが一つ混ざってござる」

「どれなのか、教えて下され。決して口外《こうがい》しませぬ」

「いや。あれこれ推理する愉《たの》しみを奪うまい」

明恵は笑みに包んでこう言って、答えを聞きたがる男を引き取らせた。

もちろん、いまの明恵に近いのは極度に人に会いたくない心情である。神護寺でも東大寺の再建落慶の場でも明恵はしばらく人の思惑《おもわく》の渦巻くところに身を置くことが多すぎた。何事かなすには人の力の結集が大事と分かっていても、人の渦の中にわが身を置くのをためらってしまう。いっそ、そうした人の渦から身を遠ざけたい。

白上山の西峰に草庵を構えた半分の理由は、確かにそこにあった。人に煩《わずら》わされずに、わが心を一途《いちず》に耕して過ごしたいのだ。

が、もう半分はふるさとの湯浅に眠っている母のまなざしの届く白上山で、日々、祈りを深めたいのだった。

華厳《けごん》の復興という大きな命題は捨てられないが、郷里の山にあっては母にもらった一つの命になりきって仏道を深めてみたい。明恵が草庵にあって、しきりに母の汀子を思うのもそのせいだった。母恋しさの思慕《しぼ》に溺《おぼ》れるのでなく、短く終わった母と向き合うと、わが命を瑞々《みずみず》しくする祈りができそうなのだ。

それには静かな瞑想が欠かせない。

ところがそれを邪魔する騒々しさに災いされることになった。草庵の向こう側が切り立った断崖で、その直下が海浜だから水がぬるむにつれて貝拾いだ、水遊びだと、人が集まって賑やかに騒ぎ立てる。漁船が大漁で帰って来た時など、夜昼に関わりなく酒盛りで大騒ぎだ。そんな騒音がじかに精舎《しょうじゃ》に届いて来るから瞑想どころでない。とんでもないことだ。明恵は湯浅家に頼み込んで、こんど西峰から一里近く離れた白上山東峰に新しい草庵を建ててもらった。

その東峰が思いがけず明恵の気に入った。なにより静寂だった。すぐ近くに清水《しみず》も湧いている。もう一つ、嬉しいのは自然の風情が楽しめることだった。北の谷は木々が茂って、風が起こるとさわさわと心を励ますような音を送ってくるので、明恵は早速《さっそく》、鼓谷《つづみだに》と名づけた。

精舎入口近くに枝ぶりのいい古松《こしょう》もある。

明恵はふっと神護寺の一角を思い、手製の縄床《なわゆか》を作って写経に疲れた時など、そこで憩うことにした。それに新しい草庵の裏手には苔《こけ》むした大きな岩の塊《かたまり》がある。その上に立つと淡路《あわじ》から四国に及ぶ海の遠景がこの世離れした美しさを見せてくれる。そんな風景も明恵の疲れた心を癒《いや》し、新しい創造へと向かわせてくれる。

こんな地の利を得て明恵の祈りも広がりと深さを見せるようになった。


秋が深まると、明恵は山を下りて托鉢《たくはつ》しようと思い立った。

湯浅の叔父に頼って草庵を築いてもらい、崎山の叔母の好意にすがって空腹を免れている。血縁の助けを得ながら華厳経を誦《とな》え、般若《はんにゃ》経典を写経し、仏眼仏母の修法を重ねても、ほんとうに釈迦さまの心に叶《かな》っているだろうか。ふっとそう思った。するともうじっとしておれず、首から頭陀袋《ずだぶくろ》をかけて山麓の人里を経を誦えて托鉢に歩くことにした。

歩き始めると次々に呼び止められた。

「清々しいお読経でございますな。どちらの坊さまでございますのか」

表戸を開けて出て来た老婆が喜捨《きしゃ》して、こう問う。

「いえ、未だ寺を持ちませぬ。白上のお山で修行しております」

「おお、聞いております。あたなさまでございましたか。ご不自由なことがござれば何でも申し付けて下されよ」

その親切に礼を述べて先へ進む。このあたり家は途切れとぎれである。留守の家もある。

「もしや、湯浅さまの甥御《おいご》さまにございませぬか」と問われた家がある。そうだと答えると、「おお、何不自由ない身で、ご奇特《きとく》にございまするな」と、不相応に多額の喜捨を頭陀袋にいれる。

「それは困ります。ただの托鉢ですから」

「何を申されます。うちは代々、湯浅さまのお世話で暮らさせてもろうております」と熨斗袋《のしぶくろ》を押しつけるようにした。

やや、歩くと中年の主婦が戸口に現れ、「まあ、美しいお坊さま……」と、まじまじと明恵を見て喜捨してくれた。そこを立ち去ると、後ろから駆け足で近づいて来る人の気配に振り返った。娘がうつむき加減に小走りで近づき、「ほんとうにお美しくあられる。噂《うわさ》通りですね」と、まぶしそうに明恵を見た。

「何かをして差し上げとうなります。ご法衣《ほうえ》の綻《ほころ》びを直すとか……」

「結構にございます。出家して長《なご》うなりますれば、なんの不自由もございませぬ」

明恵は若い女を邪険《じゃけん》に振り切った。

わずか七、八丁歩いただけで、こうである。出家の明恵をつかまえて娘は美しいと声を掛けて何かの関わりを持ちたいような気配を見せた。また叔父の湯浅家の世話になっている者は恩義《おんぎ》だといって法外《ほうがい》の喜捨をして来た……。いずれも報償を求めない喜捨の心に反している。これではいくら歩いても托鉢する意味がなさそうだ。明恵は喜捨してくれた人の無作法を思って重い気持ちで引き返し、草庵への山道を登った。

ところが草庵に近づく頃には、明恵は托鉢で関わった人を無作法と責められない気になっていた。相手に喜捨する心を歪《ゆが》めさせてしまったのは、ほかでもないこの自分ではないか。自分こそ誰よりつよく責められることではなかったかと思えて来た。自分が誰よりも釈迦の心に背《そむ》いているではないか。これでは、折角《せっかく》、托鉢に応じて喜捨してくれた人が受けられる功徳《くどく》も与えられないかもしれない。それもまた自分のせいに思え、明恵はしきりに悔やむことになった。

だから草庵に帰り着くと、明恵は頭を剃《そ》る剃刀《かみそり》を手にして仏眼仏母像の前に坐り、母の面影《おもかげ》に語りかける。

——母上より頂戴《ちょうだい》したわたしの顔かたちですが、一人の娘に美しいと思わせたがために、折角、喜捨してくれたその娘に喜捨の功徳を与えられぬように思います。よって、わたしはそう思わせないように醜《みにく》うなります。

明恵は剃刀をわが顔に近づけて、仏眼仏母の顔をじっと見つめる。懺悔を込めて醜く傷つけるのはわが目か、いや、それでは経文が読めなくなる。わが鼻か、それも鼻汁で経典を汚してしまう。ならば手先を切るか、いやそれでは印《いん》を結べなくなる……。

いろいろためらったところで、明恵は右耳を切り落とそうと一気に剃刀を振るった。が、耳朵《じだ》は柔らかくて剃刀が滑り、耳朶の右上の一部を抉《えぐ》り切るだけになった。が、その時、飛び散った血が仏眼仏母像の座す大白蓮華《だいびゃくれんげ》の上にまで飛び散った。

明恵は耳に鋭い痛みを感じながら、こんな目に遭わないと釈迦の心に近づけない人間の業《ごう》を思い、感極まって亡き母の力を得たいと仏眼仏母の画軸の左右に筆を走らせた。

モロトモニ、アハレトヲホセミ仏ヨ、キミヨリホカニ、シルヒトモナシ、无耳法師之母御前也《みみなしほうしのははごぜなり》、哀愍我《われをあいみん》、生々世々《ししょうじょうせせ》、不暫離《しばらくもはなれず》、南無《なむ》母御前、々々々々々、（右側）

南無母御前、々々々々々、釈迦如来滅後遺法御愛子《めつごいほうおんあいし》高弁《こうべん》、紀伊山中乞者敬白《こうものけいはく》（左側）

今や耳無法師《みみなしほうし》の母となられた母御前さま、釈迦の心に背いた哀《あわ》れをわたしと共に出来るのはあなただけです。わたしを哀れみ、ずっと一時も離れずにいて下され。母御前に帰依《きえ》します、南無母御前……。

こう書き終えた明恵は、表へ飛び出して大岩の上に坐り、切った耳の痛さに耐えながら華厳経を声の限りに空に向かって誦《とな》え続けた。できれば、この声が釈迦さまのもとへ届いて、母より戴いた身を損ねた罪を、どうか哀れみによって許されたい。

その切迫した願いが天に通じたのか。一瞬、明恵の読経の声が途切れた。

――おお、文殊《もんじゅ》菩薩さま。

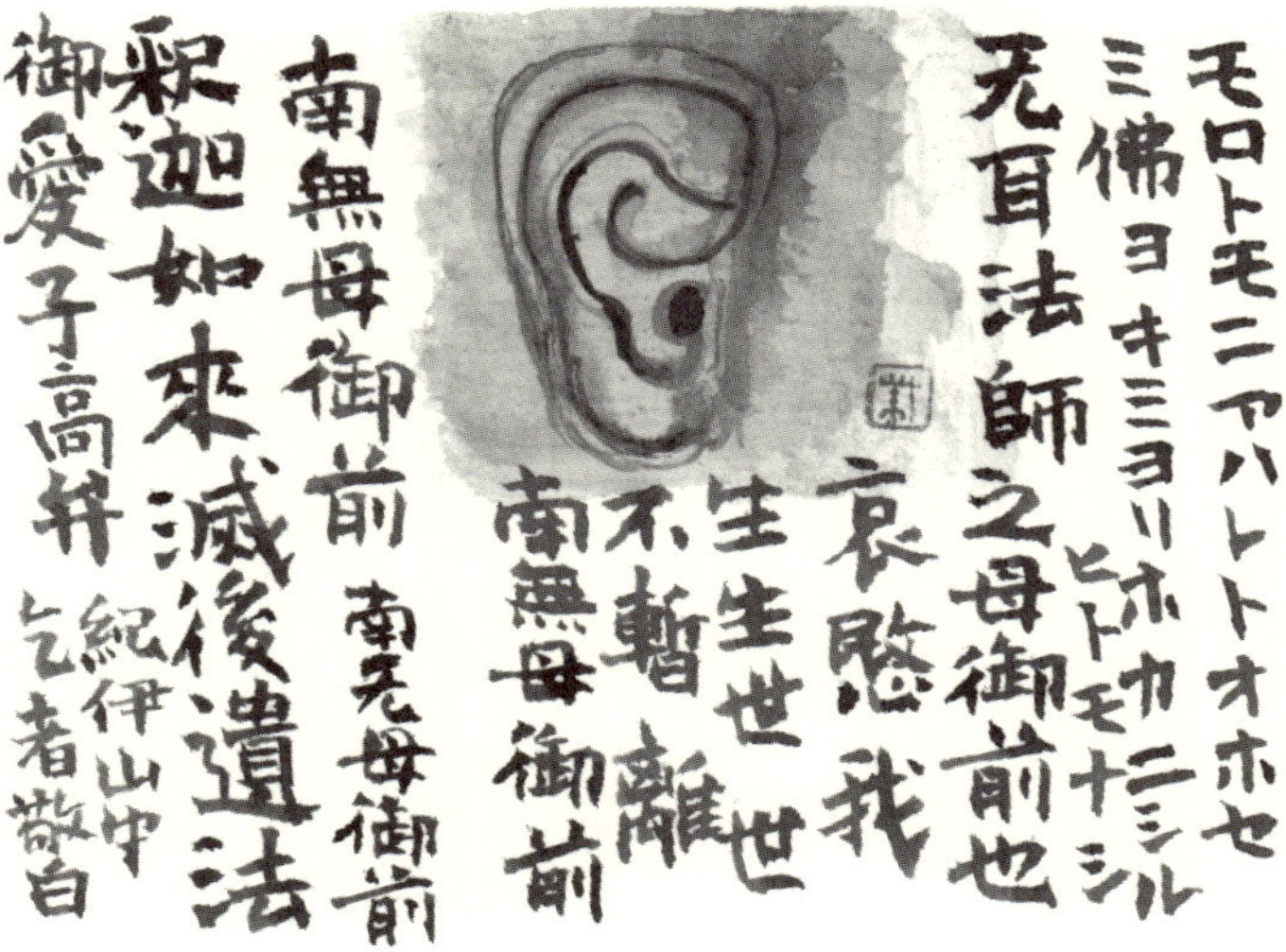
モロトモニアハレトオホセ
ミ佛ヨ キミヨリホカニシル
ヒトモナシ
无耳法師之母御前也
哀愍我
生生世世
不暫離
南無母御前
南無母御前
南无母御前
釈迦如來滅後遺法
紀伊山中
御愛子高弁
乞者敬白

明恵の目に文殊菩薩が瑞雲《ずいうん》に乗って影向《ようごう》してくる姿を網膜《もうまく》に映した。きっとこれは釈迦さまのお許しが得られたことの現れだろう。

明恵は岩上で目を凝《こ》らすようにして天空を眺めてひとり安堵《あんど》するのだった。

明恵が自ら切った耳の痛みはなかなか治《おさ》まらない。とくに山を下り、紀州海岸の草洞《そうどう》に籠《こ》もって写経して過ごすようになると潮風にさらされ、時に傷痕《きずあと》がぴりっと痛んだ。

それでも痛みによる不快さは不思議と感じない。耳切りに及んでしまった後、明恵はまるで幼子《おさなご》のように、亡き母と離れずにいることでしか衝撃に耐えられない気がして、仏眼仏母像の前で一心不乱に読経して過ごした。ところが数日を経た頃から、耳を切った直後のことが二つばかり新鮮に甦《よみがえ》った。

一つは白上山東峰（和歌山県有田郡湯浅町栖原）で耳を切ったすぐ後、痛みをこらえて読経しながら、ふっと説法している釈迦の温顔が浮かんだことである。

二つ目は耳を切った夜、明恵の夢に人の善行を記録する天竺僧《てんじくそう》が現れたことである。その僧は明恵が釈迦を慕う余り、命をかけて耳を切り、それを如来に供養しようとしたのをほめて、そのいきさつを分厚い調書に詳しく書き込んでいくのだった。

明恵は十九歳の時から自分の見た夢を『夢之記《ゆめのき》』として書き残すようにしていたから、この夢も早速、そこに書き加えることにした。

こうして釈迦にまつわる二つのことが甦ると、明恵はひどく気持ちが和《なご》んだ。幼くて顔も覚《おぼ》えないまま父を戦場で失った明恵には、いつの間にか父と釈迦が一つに重なっていた。だから夢の中で釈迦の祝福を受けたのが、父にほめられたように感じられて快《こころよ》かった。時に耳の傷痕《きずあと》に痛みを覚えても不快感が伴わないのは、そのためだった。

そんな明恵に文覚の噂《うわさ》が飛び込んで来た。建久九年（一一九八）八月のことである。体調を崩した文覚が神護寺で静養しているという。人並みを遥《はる》かに超える荒行《あらぎょう》をこなし、荒聖《あらひじり》と讃えられた文覚も六十歳を迎えている。その無理が今になって師の身を攻めているのかもしれない。

二十六歳の明恵は急ぎ神護寺への道を辿《たど》った。

「よお、紀伊湯浅の若高僧どの」

文覚は明恵の顔を見るなり、こんな奇妙な呼びかけをしてきた。頬のあたりの肉が落ち、一見して病み細った感じもあるが、人を射る目の鋭さに衰えはない。

「天空を飛び来なさる文殊さまをしっかりと目で捉《とら》えたというではないか。なかなか出来ることでない。なのにどうした、顔に晴れやかさがないではないか」

「御師《おし》さまのよくない噂を耳にしたものですから」

「心配いらぬわ。不治の病だ、いやこんどは流刑《るけい》だと、でたらめな噂でわしを失脚させたがる卑屈者は、己の墓穴を掘っておるだけのことよ」

こう口角泡《こうかくあわ》を飛ばすあたりも、以前のままだ。

「御師さまのお変わりのなさに安堵《あんど》しました。もし寝込まれると、折角《せっかく》、大詰めを迎えた神護寺の大修理が頓挫《とんざ》します。大勧進《だいかんじん》の代役を弟子のわたしに割りふられましても非力でございますれば……」

明恵のこの言葉に文覚がいきなり大口を開けて愉快そうに笑った。

「さような汚れ役を割り振ろうと誰にも思わせぬところに明恵のよさがあろうぞ。肩で風を切って権《けん》勢《せい》の門をくぐり、雲上人《うんじょうびと》に脅《おど》しをかける荒仕事をこなして来たわしにゃ、粛々《しゅくしゅく》と祈りの大道を歩む明恵を弟子に持っておるのが唯一の誇りなのよ」

かつての文覚ならとても口にしない率直な言辞が、一瞬、明恵を戸惑わせた。

「わたしこそ、よき師を持った誇りを感じております」

「無理をせんでもよいわ。ただ、わしが大風の吹き寄せるように大枚の資金を集めて荘重《そうちょう》な伽藍《がらん》を築いて来たのは、ただ一つ、み仏を光らせたいためだったと知っておいてくれ」

「もちろんです。み仏が輝いてこそ人は結縁《けちえん》を喜べまする」

「そうではあるが、明恵よ。わしはこの頃になって思うことがある。弟子が増えるにつれて屋根を折々に継ぎ足して雨を避け、信徒が増える分だけ御堂の広間を広げながら法縁を喜ぶ。そんなのが寺らしくてよいと思えてならぬ。かえって難しいかもしれぬが、明恵ならやれよう」

文覚に円熟《えんじゅく》の時が訪れているのを明恵はもう疑わなかった。

「そう申して下さっても……」

「お隣の栂尾《とがのお》に願うてもない寺があるではないか。明恵も一時、そこの十無尽院《じゅうむじんいん》に住んだことがあるからよう分かるであろう。それをさような寺にいたさぬか。志《こころざし》のある者が相集《あいつど》うて共々に心を洗い、仏法の興隆に身《み》を挺《てい》して行く。そんな寺にしてはくれまいか」

思いがけず、栂尾復興の話になった。

「よきお話にございます」

明恵も即座に声を弾《はず》ませた。数年前の春、改めてその寺を訪れ、坊舎《ぼうしゃ》の前庭の随所に白や紫の小花が咲いており、まさに華厳《けごん》の世界を目にする思いになったものである。といって栂尾の本格的な復興は文覚や明恵が願ったからといって、すぐ着手できるものでなかった。

ふだんは静けさを好んで、しばしば山林修行の者が住み着き、それぞれが好みの修行をするから、あえて力を集めて一宇《いちう》を復興する必要も意欲も感じない。

文覚も度重なる火災で荒れた頃の栂尾へ入って復興ののろしを上げたことがある。ところがやはり山林修行者のわが道を行く気質に遮《さえぎ》られて思うように進捗《しんちょく》せず、さすがの文覚も苦《にが》い思いを残していた。

だから文覚も栂尾の復興をさあ、とは急がせない。

この時も文覚はもっぱら明恵が話す耳切りした体験の聞き役だった。耳の痛みに耐えていると笑みを浮かべた釈迦を身近に感じたことも話した。すると文覚はその話にも興味を示した。

「その時、釈迦さまの笑顔は明恵に向けられていたのじゃあるまいかの」

「嬉しいことを言うて下さいますね。わたしにとりまして釈迦さまは慈父のように近しいのです」

「明恵らしいのう。そこまで思うのなら、いっそ釈迦さまの天竺《てんじく》へ行くようにすればどうなのだ」

——天竺へ行けるのですか。

明恵は文覚の目を見つめた。

老境に入った文覚の印象は以前とかなり変わっていたが、目には仏法の真意を見抜く鋭さを残していた。その目が明恵の無言の問いを読み取ったように、一つ、大きく頷《うなず》いて見せた。

その上で文覚は弟子の明恵にこう諭《さと》した。

「人それぞれ、われでないとなせぬ生き方を抱えておるものよ。そうあるべきように生きてこそ得難い命に花が咲くのぞ」

いきなり、師は何を言い出したのか。明恵が見つめる中で文覚は再び口を開く。

「神護寺の大修理はもう八分《はちぶ》通り出来ておる。もうわしがどうなっても、結集した総力の余り分だけで完遂《かんすい》し、この寺から空海さまの教えが輝き続けよう。そこまでするのがわしのあるべきようだったのよ」

「つぎは、わたしがあるべきようを生きることなのですね」

「そうなのだ。わしは空海さまにとことんぞっこんだった。が、明恵はわしの弟子だからといってそうなることはない。世の一切が無心で整う世界を尊び、すべての人が命を満たせる道を空海さまに学べば、あとは明恵のあるべきようを生きればよいのだ」

ずいぶん磊落《らいらく》に振る舞う印象の消えない文覚だが、今は全身が明恵の得難い師なのである。さあ行けと背を押し出される温かさが明恵に残った。

文覚との話が終わるのを待って、叔父でもある上覚が明恵を自室へ招いた。

そこには明恵の帰りを待ち兼ねていた定真《じょうしん》、喜海《きかい》、霊典《りょうでん》の三つの顔も揃っていた。共に神護寺に暮らした仲間で、華厳と密教を溶け合わせた厳密一如《ごんみついちにょ》の道を深めようと結束している。

それぞれが近況を話し、しばらく和やかに過ごしたが、そのうち明恵が何を考え、これからどう動こうとしているのかに話が絞られていった。

「いちど紀伊湯浅へ訪ねて行こうかと相談していたところだったのですよ」

「一体、明恵さんはわしらを置いてきぼりにするつもりなのですか」

霊典と定真が遠慮のない言葉を発した。

それに応じて明恵は紀伊での修行ぶりをさらに詳しく話して聞かせた。すると厳密一如といいながらも、明恵が釈迦仏教を背景とした華厳の再興に傾いているのが明らかになっていく。とくに密教系の霊典と定真にはそれが無念でならない。一方、もともと華厳系の義林坊《ぎりんぼう》喜海は明恵との距離がぐっと縮まり、できればすぐにでも神護寺を出て共に行動しようとした。

「明恵さま、もしお力になれるのなら紀伊路でも伊勢路でも、ぜひお供《とも》させて下さい」

早くから明恵を先達《せんだつ》として華厳を深めたいと言い触《ふ》らしていたので、喜海の言葉にためらいがない。

「わたしは今、文覚さまから人はそれぞれにあるべきように生きるのが望ましいと聞かされたばかりです。われら四人、いずれは京で厳密一如の道を盛り立てるようになろうが、しばらくわたしは喜海と一緒に釈迦を慕い、華厳の教えを見直し、今の世に仏法の真髄《しんずい》がもっと光るように修練《しゅうれん》したいと思う」

明恵がこう態度を明らかにすると、霊典と定真もかえってさばさばして、この時期、お互いに足元を固めようと互いの精進《しょうじん》を誓い合うことになった。

こうして明恵より五つ年若い喜海一人が、付かず離れずの距離を保ちながらも、明恵に随従《ずいじゅう》していくことになり、二人は連れ立って紀伊へ入った。

喜海は明恵の没後も十八年生きて、正確な伝記の『明恵上人行状記《みょうえしょうにんぎょうじょうき》』を著す。また喜海が明恵の紀伊修行の八所《はっしょ》遺跡ごとに卒塔婆《そとうば》を立てて顕彰していなかったら、明恵が内なる祈りを深めた修行の軌跡《きせき》を後の者が辿《たど》ることができなかった。

その点で明恵と喜海の二人は師と高弟という関係に違いないが、古記録には「明恵の同朋《どうぼう》喜海」という言葉が使われていたりする。さらに言えば喜海は明恵の内面までをみごとに彫り上げた明恵像彫塑《ちょうそ》の名工といった印象まで残すことになった。

その明恵と喜海は一旦《いったん》、紀伊の白上山東峰に落ち着くが、程なく有田川《ありだがわ》中流域の石垣庄筏立《いしがきのしょういかだて》（有田郡金屋町歓喜寺）へ下っている。そこは亡き母の弟、湯浅宗光《ゆあさむねみつ》の領地なので、わざわざ庵室《あんしつ》を築いて明恵を招いていた。

明恵はここを紀州筏師《いかだし》庵室と表記しているから、まだ材木流しの筏師の姿が見かけられたのかもしれない。この庵室はやはり湯浅の丘に眠る母のまなざしの届く範囲内であり、相変わらず人里からかなり離れている。それでもこれまでの白上山に較べると、ここにはなんとなく人の暮らす温かさが伝わって来る。

筏立へ下っても、明恵が坐禅と瞑想に時を過ごすのは同じだったが、叔父宗光の招きに応じて、あっさりと白上山を下ったあたり、明恵の内面に何か微細な変化が生じていた気配がある。

それが何なのか。明恵が里へ下った理由はいくつか考えられるが、それを解く決め手は一つ。喜海の存在なしには考えにくい。

なにしろ今までと違うのは、語りかければ喜海が横からすぐに応じて来ることだった。もちろん、喜海が語りかけて、明恵が応じることもある。そうして明恵は喜海を相手に私感をどんどん口にしながら暮らすようになると、自分の内心の模様もごく自然に大勢に伝えたくなったのではないだろうか。とくに華厳の教えに満たされていく自分の内面を誰かに語りたい衝動に駆られていたのは間違いない。

そんな変化を喜海がいち早く察した。

「どうでしょう、明恵さま。衆生縁《しゅじょうえん》に結ばれた場でしか仏法は光らぬのではありますまいか」

「そうかもしれぬ。釈迦さまの唯我独尊《ゆいがどくそん》という言葉でさえ、一人ひとり、まずわが尊さに目覚めて生き、ついで相手の衆生一人ひとりの尊さを敬おうと呼びかけられていなさるのだからね」

こんな何げない雑談も、失われていた世間を明恵の中で結び直して行くきっかけとなる。

この頃、明恵は喜海を伴って湯浅湾に浮かぶ刈藻島《かるもしま》へ渡り、頼みの漁船に五日後に迎えに来るよう命じると、その間、島の南端にある洞穴《どうけつ》に板張りの仮庵《かりあん》を造り、海の西方遥かに目を凝らすようにして昼夜にわたって熱祷《ねっとう》し続けた。

「何かを念じていなさるのですね」

遠慮気味に問う喜海に明恵が答える。

「そう、この海原《うなばら》の遥か彼方に天竺がある。釈迦さまのご在世当時に生まれていたら、どんなにか親しく教えを授かることが出来たであろうに……」

明恵のあとの言葉は涙によって途切れがちになった。

教えに帰依《きえ》するから釈迦を追慕《ついぼ》するというより、肉身の仏を失ったような悲しみを露呈する明恵を喜海は呆然《ぼうぜん》として見つめた。

同じ湾に浮かぶ、もう一つの鷹島《たかしま》にも漁船で渡ると、西の方角から寄せてくる波に洗われた渚《なぎさ》の石を一つ拾い上げ、この石を洗う海水も釈迦の遺跡を洗う水と一つなのだと、感慨深そうに見つめて持ち帰る。明恵にとって釈迦の教えは、血の脈動を伴うものなのだった。

三

年が変わった正治《しょうじ》元年（一一九九）、明恵は進んで神護寺へ帰り、華厳研究の入門書とされる探玄記《たんげんき》を講じるようになった。

初めはかなり長期に及ぶつもりだったが、その最中に文覚が検非違使《けびいし》によって捕らえられ佐渡へ流されたと知らせが届いた。文覚は相変わらず頼朝《よりとも》とのつよい絆《きずな》を誇ってわが意を通そうとして来たが、肝心《かんじん》の頼朝が死すと、早速に流刑《るけい》にされた。明恵にすると文覚との思い出の濃い神護寺に留まるのが忍びず、一人、筏立へ帰って来た。さらに明恵が二十八歳になると筏立の庵室に里の人が、二人、三人とやって来るようになる。明恵を相手に日頃の愚痴《ぐち》をこぼし、相談事を持ちかけたりするようになった。ま

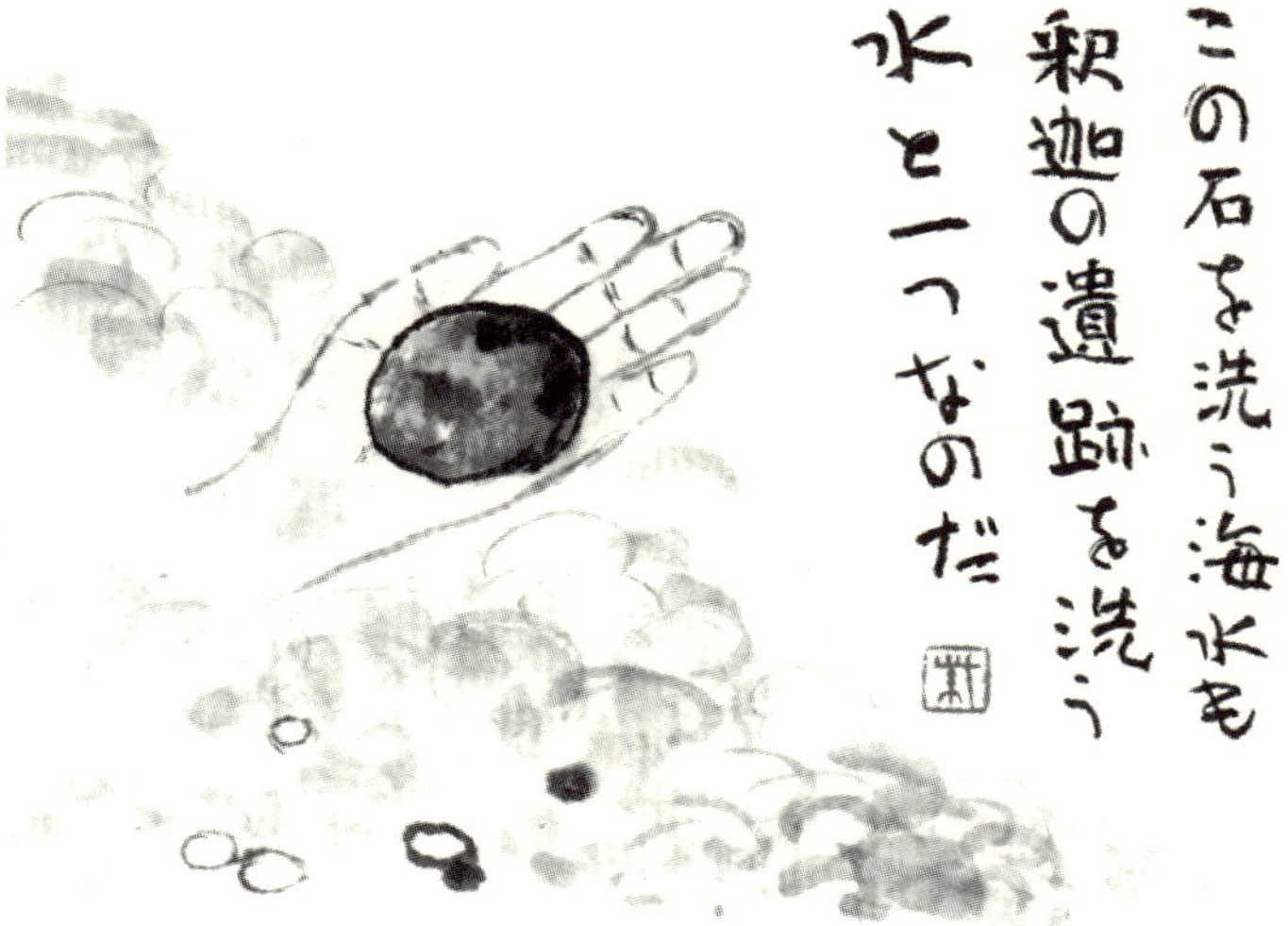
この石を洗う海水も
釈迦の遺跡を洗う
水と一つなのだ

た数人が明恵を囲み、説法をねだったりすることもあった。

いずれも初めは喜海が仕組んだことなのだが、いつの間にか明恵が人の輪のなかで和《なご》やかに話す光景が珍しくなくなった。こんな明恵の変わりようを喜んだのが、誰よりも叔父の宗光だった。

「明恵よ、里の評判がなかなかよいぞ。わしも鼻が高い。いや、一族から明恵のような出家僧が現れて湯浅家のご先祖が一番に喜んでいなさろう」

そう言って筏立から有田川をやや下ったあたりの糸野《いとの》（有田郡金屋町糸野）の宗光邸に近い丹生池《にういけ》の脇に仏殿を築いてくれた。小さいながらも、これでようやく儀式も行えるようになる。それを知った上覚が明恵に密教を正規に学べる受明灌頂《じゅみょうかんじょう》を授けようとしきりに申し出て来る。それだけでなく神護寺から霊典ら明恵なじみの者がやって来て、多いときには十人もが寝泊りするようになった。

それは明恵にとって嬉しい反面、いつもの瞑想行が出来にくいので、建仁《けんにん》二年（一二〇二）の冬、星《ほし》尾《お》（有田市星尾）にも別の庵室を築いてもらう。そこには気心の知れた者数人だけが集い、静かに瞑想にふけることが多くなっていく。それが一段落したところで、ある夜、いきなり明恵が口を開いた。

「どうだろう、天竺へ行って釈迦さまの遺跡を巡拝したくてならぬ。みんな同行したいだろうが、路《ろ》銀《ぎん》のこともあるので二人に絞りたい」

ところが誰一人、声を上げない。

「どうしたのだ」と、明恵は不審がる。

「折角《せっかく》ですが、その問いは明恵さんに返させてもらいましょう」

「天竺など、とても行き着けませぬ」

こんな声が三十歳の明恵を包んだ。天竺は地の果てほど遠い印象があったから、いくら師の意向でも弟子としては乗れる話でなかった。

ただ、明恵が釈迦を慕う余り、天竺の仏跡を巡りたいと望むのは同輩や弟子らにはよく分かっていた。

まだ白上峰の草庵に籠《こ》もっていた頃にも『大唐西域記《だいとうさいいきき》』や『慈恩寺三蔵法師伝《じおんじさんぞうほっしでん》』などの本から釈迦の遺跡にまつわる記事を拾い集め、『金文玉軸集《きんもんぎょくじくしゅう》』と題する一冊の手製本にして手元に置き、時々、読みふけっては釈迦の遺跡への思いを熱くしてきた。

大事そうに文机《ふづくえ》に置いている二つの小石も、明恵なりの釈迦への帰依《きえ》の深さを物語っていた。四年前、紀伊湯浅湾に浮かぶ刈藻島《かるもじま》と鷹島《たかしま》の渚《なぎさ》でこれを拾って来ると、大きめの石は鷹島石と名づけ、小さめの石には釈迦遺跡《ゆいせき》の集中する北天竺を流れる蘇婆卒堵河《そばそっと》（インダス河上流）にちなんで蘇婆《そば》石《いし》と名づけた。

しかも近年、その小石に埃《ほこり》がついてはよくないと宝珠型《ほうしゅがた》の小箱を作らせて収め、蓋裏《ふたうら》にこんな自作の歌一首を金色文字で書きつけている。

遺跡《ゆいせき》を洗へる水も入《い》る海の石と思へば
　むつまじきかな

釈迦を慕っていると、天竺の釈迦遺跡を洗った水が海に入れば鷹島の石を洗う海水と仲良く一つに溶け合っていく。そう思うだけで、もう明恵の胸に弾《はず》んで来るものがあった。たった一つの石にも天竺が含まれ、無数の世界が宿り、一切がその一つの石に含まれる。文机に置かれた小石は華厳《けごん》世界そのものであり、今では釈迦へのつよい憧憬《どうけい》の形代《かたしろ》ともなっていた。なまじっかでない釈迦への思いである。

それでも明恵が天竺へ行きたいと口にしても、弟子らは明恵の果たしたい夢の一つとしか受け取らなかった。

ところがこの日、星尾の庵室で明恵が天竺行きを口にしたとき、弟子らは唖然《あぜん》とした。路銀《ろぎん》の都合で弟子は二人しか連れて行けないと話した上で、明恵は弟子ら一同の顔を見まわした。

——同行したい者は早い目に申し出るように。

こう言いたげだった。これでは近々に天竺めざして出発すると決まっている、そんな感じを弟子らに与え、明恵にとっての天竺行きはもう現実のことなのだと思わせた。だから誰もうっかり同行したいと声を上げない。

「どうした。誰も天竺へ行きたいと思わないのか」

「行きたいと思うても、天竺は余りに遠くありましょう」

どんな術《すべ》を使って行き着くおつもりなのですか。こう問いたいのが弟子らの本心だった。

「いかに遠く離れていようと、行き行けば、どうして行き着かぬことがあろうぞ。もし道が険しければ命を賭《か》けよう。死に勝《まさ》る苦しみが人を襲うことはないのだ」

明恵は弟子らの反応に、間髪《かんぱつ》を入れずこう切り返す。

すると弟子らは急に用向きを思い出したように一人、また一人と席を外《はず》していく。価値をわが命に置くか、価値あるものに命を惜しまぬか。似て非《ひ》なる二つの生きようが、このあたりで画然とした。

明恵より八つ若い霊典も、さりげなくその場を離れようとするのを、明恵が「待て」と引き留めた。もともと古くからの仲間だったから明恵と親しいが、この頃は華厳経《けごんきょう》を学ぶ同志となっている。

「そなた、若くて感受性がよい。わたしが神護寺で『探玄記《たんげんき》』を講じた時も休まず聴講し、なかなか鋭い質問をしたではないか」

「御師《おし》さまのお話が大変に興味深かったものですから」

「そうか。『探玄記』は華厳経を学ぶ上で欠かせぬ注釈書なのだ」

「華厳経について講義を受け、頭が少しすっきりしました。なにしろ漢訳されている華厳経は六十巻本、八十巻本、それに四十巻本と三種類もあり、本文の章（品《ほん》）も前後の脈絡《みゃくらく》がなく、寄せ集めでばらばらの散漫《さんまん》な印象をぬぐえませんでした」

「それは華厳経が初めから一つの経典をめざして編まれてなかったからだよ」

「そう伺《うかが》えば、なるほどと納得できます」

「それにお経は法華経《ほけきょう》のように仏法を説くのがねらいだから、誰にも分かるように言葉を選び、譬《たと》え話も加えて人を教えに引き込む工夫がなされてあるものだ。だいたい、説き方にも一貫性があり、説得力に満ちている」

「ならば華厳経はそうでないと……」

「霊典もそう思わぬか。華厳経は他のお経のように法を説くのでなく、仏自らが仏のありようを説かれたものとなっている。わたしはそこが好きだ。華厳経も仏は分かりやすく説こうとされただろうが、人に合わせて法を説こうとされた経典とは自ずと違う。仏の感覚を大切に説かれてあるから、話の中身は宇宙を包み込むほどたちまち大きく膨《ふく》らみ、時間も無限の永遠にまで広がっていく。それが身の回りの一つ一つに宿って華厳経の不思議な魅力を生み出しているのだ」

「神護寺で御師さまのお話を聞き、そう思って華厳経を誦《とな》えますと、頭に浮かべている仏さまの印象がくっきりして来て、それが楽しくなりました」

「こちらが仏に近づくと、仏さまもこちらへ近づいて来て下さる。華厳経を誦える愉しみは確かに、そこにありそうだな」

二人の話はからまりながらうまく転じて行くのが快《こころよ》い。

ここで明恵は是非、霊典に伝えたいことがある。

「華厳経は、そなたが言ったように編纂の時期と漢訳した人が異なって三種類になったが、もとは釈迦さまが成道《じょうどう》されて十四日目、悟りの世界から毘盧遮那法身《びるしゃなほっしん》となって文殊《もんじゅ》さまや普賢《ふげん》さまらの菩薩を相手に語られたのが華厳経の初めとなったようだ」

「だから華厳経の主役の釈迦さまが登場して説法される土地も、悟りを開かれたマガダ国の寂滅道場《じゃくめつどうじょう》なのですね」

「同じ土地で会場を七度移し、合わせて八、九回、仏の悟りを話されている。そうした悟りを集約し

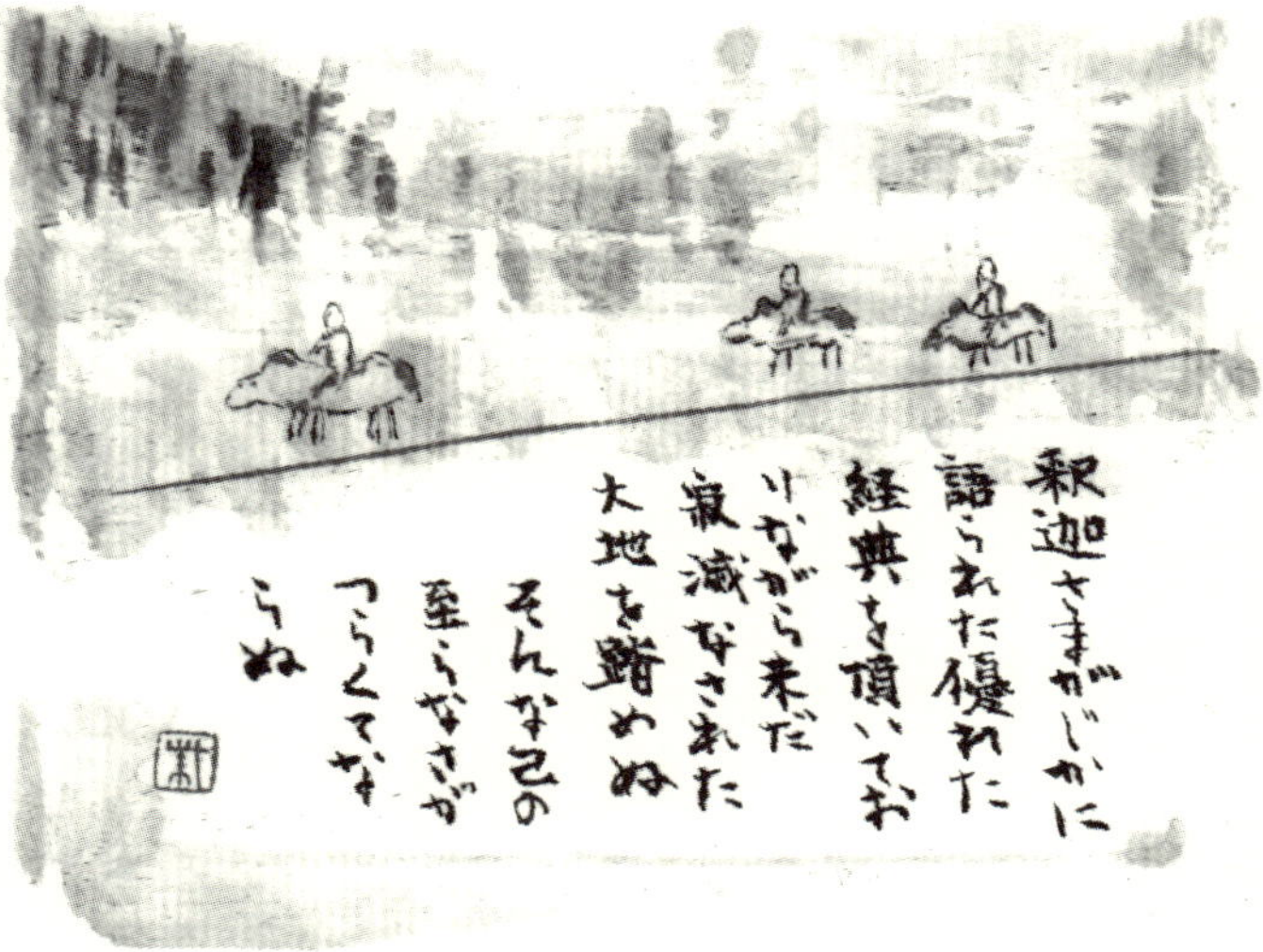
釈迦さまがじかに
語られた優れた
経典を頂いてお
りながら未だ
寂滅なされた
大地を踏めぬ
そんな己の
至らなさが
つらくてな
らぬ

て出来た華厳経だから、序幕に登場される釈迦さまはお経全編の主役でもあられる」

こう語って明恵は目を閉じた。

「その説法が終わったのは祇樹給孤独園《ぎじゅきっこどくおん》だったのですね」

こう霊典が念を押すと明恵は黙って大きく一つ頷《うなず》き、やや顎《あご》を突き上げる。

「釈迦さまがじかに語られた、優れた経典を頂いておりながら、未だ寂滅《じゃくめつ》なされた天竺の大地を踏めぬ、そんな己《おのれ》の至らなさが辛くてならぬ」

「その辛さを越えるには釈迦さまの遺跡がある天竺へ行くしかありませぬか……」

「そうなのだ。華厳経の教えもマガダ国の寂滅道場で悟りを開かれた歓喜から始まっている」

「釈迦さまの説法の場は金剛石《こんごうせき》のように堅《かた》い大地が、宝石や花で清らかに整えられてあると経典にあります」

こんな言葉も明恵の耳に快い。

「その感激を天竺のゆかりの地に立って釈迦さまと共有し、華厳経の深い心をつかみたい気がする。どうだ、霊典。天竺へは二人の弟子を伴いたいと先に言ったが、そなた、その一人となってくれぬか」

「わかりました。お供させて頂きましょう」

こんどは霊典の返事に淀《よど》みは無かった。

建仁《けんにん》三年（一二〇三）、明恵はいつ、どんな形で天竺への巡礼に歩み出すかを細かく練るようになった。

在世の釈迦に会い損《そん》じた者として、なんとか天竺に渡る志《こころざし》を遂《と》げたい。それには母方の湯浅一族に物心両面の支援をもらわねばならない。昨秋、湯浅家当代の叔父宗光に釈迦を讃える長い手紙を届けたのも、天竺巡礼を分かってもらおうとしたからだった。

ところがこの年頭から、星尾の一画ではいつもと違うことが目立った。

新年の吉凶《きっきょう》を占う粥占《かゆうら》の十五日、星尾の庵室へ奈良春日大社《かすがたいしゃ》のお札《ふだ》配りが廻って来た。喜海がわざわざそう明恵に告げて来た。風体《ふうたい》からして高い位の神官らしいので明恵に顔を出してほしいという。

出てみると、なるほど髭《ひげ》を蓄《たくわ》えた高齢の神官が装束《しょうぞく》も整えて立っていた。

「新年を言祝《ことほ》ぎ諸難皆除《しょなんかいじょ》を念じ奉《たてまつ》ります」と唱え、お札を差し出した。明恵は奈良へ出れば、まず大社へ詣《もう》でるほど春日大明神《だいみょうじん》を篤信《とくしん》しているので、それを丁重《ていちょう》に受け取った。

わざわざの大儀《たいぎ》なお札配りは星尾の地に春日大明神が影向《ようごう》したと伝えられるせいかと思い、あまり気にもしなかった。ところが四日後の十九日、近くの屋形《やかた》に住む宗光の妻橘《たちばな》が七日間の断食を春日大明神に誓い、一切の穀物を口にしなくなった。この頃、湯浅家の宗光は有田川流域の荘園を多く管理していたが、そのうち主な荘園二つの地頭職《じとうしき》を取り上げられるなどで今は逆境にあるから、厄払《やくばら》いの断食だろうと明恵は思った。

ところが断食していた宗光の妻が、結願《けちがん》の朝になって明恵を招いた。出掛けてみるとその顔色が水晶《すいしょう》のように透《す》けて見え、馴染《なじ》みのない濃い匂いを全身から発しながら神懸《かみが》かりしている。明恵が前に座ると思いがけないことを口走った。

「明恵か。そなたは知恵に優れ、悟《さと》りも近い。だから多くの衆生《しゅじょう》が奈良の王城《おうじょう》近くに住んでほしいと願《ねご》うておる。にもかかわらず天竺へ行こうとするは大きな嘆きじゃ。明恵はずっと日本に居て、この国の導師《どうし》となれ」

こうひとしきり明恵をかき口説《くど》くと、哀調を帯びた声音に代わり、「必ず春日の社《やしろ》へ来て欲しい。そこでもう一度、会おうぞ」と結んだ。

その場に居合わせた宗光も、妻の口走った言葉が春日大明神のご託宣《たくせん》だったと信じ切っていた。

「明恵よ。天竺への道を断たせるのはわしの本意ではない。が、これまで力になってくれた文覚どのは頼朝どのを失った後、佐渡《さど》だ、対馬《つしま》だと転々と流罪《るざい》を続けておられる。今は湯浅家の非常時だ。明恵には湯浅に留まって一族の心の支えとなってほしいのだ」

いつもの威厳《いげん》が感じられないほど、頼りなげな声で宗光はこう頼んで来た。

確かに頼朝が亡くなると、そのよき懐刀《ふところがたな》だった文覚が翻弄《ほんろう》されはじめた。文覚がぐらつくと平清盛《きよもり》の直系である六代《ろくだい》の身が危うくなり、ついに殺されてしまった。それが無念でならなかったが、逆らうと危害はたちまち明恵に及びそうだった。

それでも明恵は部屋いっぱいに手書きの地図を広げ、天竺までの里程を細かく調べあげ始めた。

「おお。よきところへ来た。先人の旧記をもとに計ると、長安《ちょうあん》から天竺マガタ国の王舎城《おうしゃじょう》まで千日にして着けるぞ」

大変なはしゃぎように、訪れた喜海と霊典は呆気《あっけ》に取られた。

手書きの地図に数字が幾つも重なるようにして書き込まれてある。

「見てみよ」と、明恵がそれを指さす。

「三十六町を一里とする大里《たいり》で計ると長安から王舎城まで八千三百三十里と十二町だ。一日に八里余り歩けば一千日で釈迦さまの法苑《ほうえん》だ。もし元旦に歩き出せば、三年目の十月十日には沙羅双樹《しゃらそうじゅ》の地だ」

「そうは申されても……」と喜海が言葉を挟《はさ》みかけた。

「なに、一日八里は無理というか。ならば一日七里でもよい。四年目の二月二十日、一日五里なら六年目の六月十日の午過《ひるす》ぎになる」

地図を指さし、明恵は憑《つ》かれたように語り続ける。

喜海と霊典は明恵の気迫に言葉も失い、黙って顔を見合わせる。

――もう、御師さまは地図上の仏跡参拝を何百回なされていることか。

――これだけのご熱意を実らせる方途《ほうと》が、せめて万に一つ、無いものだろうか。

二人は黙したまま言葉を行き交わせる。

「まだわたしを引き止めようと策を練っておるのか。出来るのなら止めてみよ。わたしは一人になってもお膝元《ひざもと》へ参りますと釈迦さまと約束したことだ」

こう語る語尾を微《かす》かに震《ふる》わせると、明恵はくるりと二人に背を向けて黙り込んだ。耐《た》えにくい沈黙を先に破ったのは明恵だった。

「心配をかけてすまぬ。こうして地図上で考えるほど、じつは天竺は今生《こんじょう》に至り着ける地でないと知らされる。険山《けんざん》に砂漠、大河ありだ。それでもわたしは行こうと思う」

「ご自身、今生に行き着けぬ地だと申されました……」

「それでも行くことになる」と明恵は喜海と霊典に向き直り、「なぜなら天竺へ行かずとも、わたしの今生は定《さだ》かでないのだ」と呟《つぶや》くように話し始めた。

頼朝を失い、頼りの文覚が獄中の人となり、上覚も老いてゆかりの神護寺は住みにくくなり、この紀伊の地も湯浅一族に手落ちがあったとかで責められ、荘園から撤退《てったい》を余儀《よぎ》なくされている。

「釈迦さまの地をめざすことなく、いずこに今生のわが身を置こうぞ」

「いいえ、文覚さまはあれほど覇気《はき》に富んだお方ですから、必ず再起して明恵さまの世界を広げて下さりましょう」

「正直、それのみが頼みだが、さすが強運の文覚さまも最早《もはや》、術《すべ》はないと見るしかない」

この頃、文覚は佐渡の獄《ごく》にあり、近く対馬へ送られると告げられていた。遠い海路を思うと、それが死出《しで》の旅になるのは誰にも予想される事だった。

四

案じていたことが現《うつつ》ごとになってしまった。

建仁三年（一二〇三）の夏、紀伊星尾の庵にいる明恵は高雄の神護寺を経由で文覚が身罷《みまか》った訃報《ふほう》を受け取った。

「やはり駄目《だめ》であったか。文覚さまが佐渡から新しい配流地《はいるち》の対馬《つしま》へ向かわれる船中で亡くなられたとある。さぞ無念でござったろう」

「いつでございましたのか」

霊典が近寄って問う。

「七月十二日らしい。もう六十五歳、当人に覚悟はあったかもしれぬが、文覚さまでないと果たせぬ仕事がまだいくつもござった」

一見すると無法なほど覇気《はき》にあふれ、大股《おおまた》でわが道を踏み広げて去っていった印象が文覚にある。その勢いで官位の高い権門《けんもん》の家を寺門《じもん》に引き寄せて興隆に結びつけたかと思うと、明恵のように祈りの清浄さに徹する若い僧を手の届くところで育てようとする濃《こま》やかさも持ち合わせていた。

とくに明恵は行き届いた庇護《ひご》を文覚から受けて来ている。

二十三歳の冬から生まれ故郷の紀伊有田郡《ありだのこおり》に留まり、気の向くまま郡内の庵を転々としながら修行を深めてきたが、その間も文覚は隠棲《いんせい》気分の明恵を人づてに励まして神護寺に出仕《しゅっし》させたり、学問の道を深めるよう励まして来た。二十九歳で筏立から丹生池沿いの糸野の庵室に移った明恵は仮名交じり文の『華厳唯心義《けごんゆいしんぎ》』を著し、密教の師となる伝法灌頂《でんぽうかんじょう》を授かって阿闍梨《あじゃり》となっている。このように明恵が何かの新しい取り組みをする時、文覚が見えない手で背を押していることが多かった。それだけに訃報を受け取った明恵は寄るべを無くした喪失感《そうしつかん》に陥《おちい》ってしまう。

そんな明恵の横顔を喜海の目が射して来た。

「無念でしょうが、文覚さまが亡くなられますと、天竺への道がますます遠くなってしまいまするな」

春日の神が天竺行きはまかりならぬと神託《しんたく》しても、明恵がまだ渡天《とてん》の望みを消してないのを喜海は見抜いていた。

「世間に顔の広い文覚さまを失うと、遠のくのは天竺行きだけでなさそうだ」

天竺へ行くのをきっかけに、もう一つ高い境地へ至ろうとしたところで文覚を失ってしまった。その無念さが胸底に張りついて、三十一歳の明恵はこの後しばらく、気持ちの晴れぬ日を過ごすことになる。

不興《ふきょう》ごとも相ついで明恵を襲った。あくる元久《げんきゅう》元年（一二〇四）十二月十日には、こんどは母の姉《あね》婿《むこ》にあたる崎山良貞《さきやまよしさだ》が有田、田殿庄《たどのしょう》の館で亡くなる。

母に伴われて京から有田へ引き上げて来た五歳の明恵を、養父のようにしっかりと育ててくれたのが良貞だった。最近も、明恵が春日大明神《かすがだいみょうじん》の絵像の開眼式《かいげんしき》を崎山館《やかた》で営んだ。その時も良貞は床の中から、かすれた声でしきりにほめてくれた。

「明恵よ。仏道を歩む身でありながら神への敬いも失わぬ。さすがわが甥《おい》っ子だ。ほめてつかわすぞ」

これが崎山良貞の最期《さいご》の言葉となってしまった。

こうして、支えてくれた人が相次いで亡くなると、明恵は何とはなく自分が意に添わない側へ追い立てられていく心もとなさを感じる。

そのせいなのか、明恵は年が明けると毎夜のように天竺へ渡る夢を見た。天竺へ出帆《しゅっぱん》する船に乗り遅れそうになって慌《あわ》てている夢を見たことがある。天竺に来ている夢まで見た。霊典が近くに釈迦の遺跡

こうして
釈迦さまの気配を
身近に感じながら
遺された
言葉のあれこれを
思い返すのも
良きものだろう

があるから行きましょうと盛んに明恵を誘う夢も、その一つだった。ところがその夢の中で明恵は大樹にもたれて動こうとしない。

「遺跡、遺跡といわず、こうして釈迦さまの気配を身近に感じながら、遺《のこ》された言葉のあれこれを思い返すのも良きものだろう」

明恵がこう口にしている。

こんな夢がいくつか重なると、天竺への憧れがまたも明恵の中で熱くなり、ほぼ完成していた天竺への里程表をもっと緻密《ちみつ》に調べ直したりし始めた。

「喜海よ。釈迦さまの地へ五人も六人もで行きたい気になって来た。そなたも加わってくれるね」

またも天竺行きを口にした明恵に、喜海は一瞬、顔を歪《ゆが》めたが何も言わない。口を開けば天竺行きを諦《あきら》めないと責める言葉が明恵に向かって飛び出しそうなのだ。

「賛同してくれぬのなら、構わぬ。わたし一人、一歩でも二歩でも天竺へ近づこう。それがわが祈りだ。いや、釈迦さまへのわが誠《まこと》なのだ」

明恵がこう言うと、喜海は一瞬、辛そうな顔になったが、やはり同行しようとは言い出さない。

しばらくして明恵は高熱で床についてしまい、発熱のせいか、奇妙な夢を見た。

夢の中で明恵が「天竺へ行きたい」と口にすると、姿の見えない一人の男が命を捨てに行くようなものだと涙声で嘆く。ついで明恵が仲間と天竺へ行く打ち合わせを始めると、その男は片手を伸ばして明恵の片腹をつねってきた。天竺行きの話がさらに盛り上がると、男は姿を現さないまま、こんどは両手を伸ばして明恵の左右の脇腹をつよく掴《つか》んで見せた。

天竺行きをやめよということらしい。

それでも夢の中で明恵が天竺行きを諦めようとしないと、男は明恵の上に乗りかかって、両腕で明恵の胸を力まかせに抑えつけて来た。息が止まるかと思うほど明恵は胸苦しいが、男は天竺行をやめるまでこの苦行を続けると脅《おど》して来る。六日目、さすがの明恵も苦しさのあまり、くじ引きによって天竺へ行くか諦めるかを決めたいと申し出たところで目が覚め、やっと苦しい悪夢から解放された。

しかし、無理やりに夢を断ち切ってしまった感じがあって後味がよくない。いっそ、夢の中で明恵が申し出たくじ引きを、夢から覚めたいま実際に行い、それで天竺へ行くか行かぬかのけりをつけようか。

明恵はこう思い始めると、喜海にくじ引きの用意を命じた。

星尾の庵に釈迦、善財童子《ぜんざいどうじ》、春日大明神の画軸《がじく》を掛けさせ、それぞれの前に「（天竺へ）渡るべし」と「渡るべからず」の二種のくじを置かせる。

明恵がこの三カ所でくじを引いて、もしそのうちの一カ所でも「渡るべし」の札《ふだ》が出れば天竺行を決行する。三カ所とも「渡るべからず」のくじを引けば、天竺行はきっぱりと諦めよう。こう決めて明恵はまず釈迦像の前でくじ引きにかかった。すると机上に置かれた二本のくじの一本が指に触《ふ》れて、壇の下に落ちて見つからない。やむなく残ったくじを開くと「渡るべからず」と出た。

善財童子と春日大明神の軸の前で引いたくじも、共に「渡るべからず」だった。

神仏に誓ったことだから、無念な結果でもくじ引きの結果に沿うしかない。明恵は天竺行きをきっぱりと諦めることにした。すると、なかなか治らなかった明恵の発熱が嘘のように下がっていった。

「われながら夢と現《うつつ》をつなぐ奇抜《きばつ》な試みをしたものだ」

すっきりした頭で明恵がこう振り返る。しかしその奇抜な試みに決断をまかせたから、明恵は長い執《とら》われから一気に解き放たれたところがあった。

自室にもどると、明恵は文机《ふづくえ》の上の宝珠型《ほうじゅがた》の小箱を手にとって蓋《ふた》を開け、鷹島石《たかしまいし》が入っているのを確かめた。その上で蓋裏《ふたうら》に蒔絵《まきえ》文字で書かれた和歌の文字を一字一字、丁寧に消していく。

釈迦の遺跡を洗う海水と鷹島の渚《なぎさ》の石を洗う海水が一つに溶け合っているとした歌が消えると、明恵は筆先を整えてその跡に次の歌を金文字で書きつけた。

我なくて後に愛する人なくば
　飛びて帰れね鷹島の石

天竺へのわが夢をかけた石よ、鷹島の石よ。わたしがいなくなり、そなたを愛しく思う人が現れぬなら、もう気づかうことなく鷹島のそなたの浜へ飛び帰ってくれてもいいからね。
こう詠《よ》んだ歌は鷹島の石に託して捧《ささ》げる、天竺の夢への挽歌《ばんか》となった。

第五章

清らかに犯《ぼん》なかるべし

一

天竺《てんじく》行きを諦めた明恵《みょうえ》の身辺にも光彩《こうさい》が戻って来そうな気配が感じられるようになった。

それは突然、星尾《ほしお》の庵を訪ねて来た一人の中年の男によってもたらされた。

同じ建永《けんえい》元年（一二〇六）、その秋である。

「紀伊の海ぞいは、まことに太陽の里のように明るうございまするな」

身なりを整えたその男は後鳥羽院近臣《ごとばいんきんしん》の藤原長房《ながふさ》で、応対に出た明恵にこう世なれた口調を見せた。

この人は上覚《じょうがく》の和歌仲間だから時折、高雄《たかお》の神護寺《じんごじ》へやって来た。明恵も何度か見かけたが言葉を交わしたことはない。叶《かな》わぬことを多く抱えた者に仏の加護《かご》を結ばせたい明恵だから、羽振《はぶ》りのいい貴顕《きけん》の人には、どうにも馴染《なじ》めないところがあった。ところが今日の長房の風情は、どことなく明恵に好ましい。

「あいにくと上覚は、このところずっと神護寺でございますれば、湯浅家に行かれても無駄にございます」

「それはよう承知しておる」

こう言って長房の用向きが明恵にあるようなので部屋へ通した。

長房は有田川《ありだがわ》の風情に歌心を誘われると問わず語りして、その上で「じつはみどもに忘れ難い名歌が一首ござるのじゃ」と威儀《いぎ》を正し、こんな一首を朗詠《ろうえい》した。

糧《かて》絶《た》えて山の東を求むとて

わが里へ行かぬことぞ悲しき

自らが詠んだ旧作を、いきなり耳にして明恵は珍しくうろたえた。

「やめて下さいませ。ずっと昔の幼い作、お恥ずかしい限りです」

「とんでもござらぬ。生まれた里へ托鉢《たくはつ》に行けば十分な喜捨《きしゃ》が得られるが、それでは修行にならぬと足を向けない。この歌の趣意《しゅい》にいたく感銘なされた方がござる。それが後鳥羽院さまなのですわい」

「後鳥羽院さまは歌聖《うたひじり》と讃えられておられましょう。まさか、この歌をほめて下さるとは……」

明恵には信じられない。

「後鳥羽さまはの、公家《くげ》から武家へ政権が移る世にあって配流《はいる》の辛い目にも遭いなさっている。よって大事な者を逆境に見捨てて置けぬのだよ」

こう語る藤原長房は、やはりいつもと違う。明恵が後鳥羽院にとって大事な者であるかのような気にさせる。少なくとも閉塞感《へいそくかん》に陥《おちい》っている者に光を届ける明るさが長房にある。

明恵はかつて宮原光重《みつしげ》の病気平癒の加持をした時の娘朋奈《ともな》の顔を思い出した。父を案じて曇らせていた顔が、快復を信じてみるみる明るくなっていった。あの鮮やかな変わりようが今は明恵に連鎖《れんさ》して来るほどで、身辺を晴れやかに変える何事かが起こりそうな気がし始めた。

「この歌を詠んだ明恵という若い僧は節度をわきまえ、けなげに精進しておるようだが、不如意《ふにょい》なことで苦しんではおるまいか。後鳥羽院さまがみどもにそう問われた」

ありがたいことですと明恵が言葉を挟《はさ》もうとしたが、その間を置かず、長房は話を続ける。

「そこでわしは上覚どのからそなたのことを詳しく訊《き》いてお伝えすると、後鳥羽院さまは大きく頷《うなず》かれた。じつは一つ、お考えがあったのだ」

長房は白い袱紗《ふくさ》を開き、一通の書状を取り出して明恵に示した。

「華厳僧《けごんそう》　明恵殿」と「補任《ほにん》　栂尾高山之寺住僧《とがのおこうざんのてらじゅうそう》」の二つの文言が一枚の辞令に墨書《ぼくしょ》され、後鳥羽院の花押《かおう》が鮮やかである。

「なにやら大儀《たいぎ》なご下命《かめい》のようですが、高山之寺という寺は存じませぬが……」

「いや、そなたもよく知る神護寺の別所《べっしょ》だった十無尽院《じゅうむじんいん》でござる。後鳥羽院さまはそこを高山之寺の名のもとに一院に格上げしようとのお考えじゃ」

「あの辺り、高山《こうざん》というより深山《しんざん》の印象ですが……」

「その通りだが、後鳥羽院さまには高山之寺の寺号でなければならぬわけがおありなのじゃ。仏教はこの国でますます盛んになって裾野《すその》を広げておるが、そうなるほど頂点には仏教の純度の高さ、気品の高さを保たねばならぬと思《おぼ》し召《め》しじゃ」

「それでよく分かりました。釈迦さまの教えの純度の高さを保つ山にしたいから高山之寺となされるのですね」

「そうだ。だから高山之寺の所依《しょえ》の経典も、そなたが帰依《きえ》しておる華厳経《けごんきょう》が最適なのだ。あとは、ただ一つ。そこに住まう僧は堕《お》ちることのない気位《きぐらい》の高さを具《そな》えていてほしいと後鳥羽院さまは願われておる。その人選を考慮なされていて、そなたの歌一首がお目に留まったらしい。どうだ、受けてくれぬか」

「はい、夢のようにございます。至りませぬが、拝受いたします。よろしくご指導を願い上げまする」

明恵はこんな喜びの声をあげたが、本心の嬉しさはこんな言葉で表せる程度のものでなかった。笑みが浮かびそうになるのを懸命に押さえた。

「もう二十年も前になりまするが、神護寺が大改修されていた折、十四歳のわたくしは栂尾へ避難し、十無尽院に住みつき、自然の一切が支え合って映《は》える自然の美しさに感銘しながら過ごしました。その寺を預かるとは夢でないかと思うほどです」

陰《かげ》り気味だった三年近くの歳月の後に、やっと迎えた慶事《けいじ》である。その喜びは陰りの歳月が長かった分だけ何倍もの華やぎを伴って明恵の胸内で弾《はじ》けるのだった。

晴れそうで晴れない三年近い歳月の薄闇《うすやみ》は、いま降るように射《さ》して来る明るい光彩を効果的に引き立てるために取って置かれたもののようだった。

——明恵どのが京の寺を任《まか》されなさったのぞ。

こんな知らせが湾から届く微風に乗って湯浅《ゆあさ》の里を満たしていた。

「仏さまの申し子みたいな明恵どのだから、そのうち京に一寺を構えられると思うておったわい」

「そうじゃ。が、後鳥羽院さまから直々《じきじき》のご沙汰《さた》とは思うてもなかったであろう」

「いかにも。賢所《かしこどころ》の帳《とばり》近くに住まわれても、院のお方はこれという人をきちんと視界に入れてなさるのよ」

村役らはこんな話を交わしながら連れ立って湯浅宗光《むねみつ》の星尾屋形《やかた》へ集まって来る。いつもは里人への触事《ふれごと》を言い付けられる緊張の集会所《しゅうえしょ》も、三十四歳の明恵が高山寺《こうざんじ》の住持《じゅうじ》として自立するのを祝うこの日、誰もがこぼれる笑みを抑えようともしない。

なかでも明恵の叔父宗光が喜びを弾《はじ》けさせた。

「じつは明恵が天竺《てんじく》へ行きたいのを、わしの妻が神懸《かみが》かりして止めてしもうた。以来、沈み込む明恵を見るに忍びなかったが、此度《こたび》の喜びでようやく報われた。明恵は今生《こんじょう》の我らを健《すこ》やかに導いてくれよう。どうか皆も祝うてやってくれ」

「折角ですが、地頭《じとう》さま」と、明恵の祈祷で健やかさを取り戻した宮原光重が立ち上がった。

「これからの明恵さまは現世《げんせ》だけでなく、我らの来世《らいせ》も安らがせて下さるように思いまする」

「そうとも。京の高山寺の住持として我らを現当二世《げんとうにせ》の安らぎに導いてくれよう。確かだの、明恵よ」

「はい、さよう勤めまする。ご一同も入洛《にゅうらく》の機がございますれば、ぜひ栂尾の寺へ足を運んで下されませ」

明恵のこんな嬉しい誘いを耳にして堂内の誰もが一段と和《なご》やかな顔になった。それだけに目を伏せ、明恵が紀伊を去って行く辛《つら》さを露《あらわ》にする二人が際立つ。

一人はまだ幼い、宗光の甥《おい》、行秀《ゆきひで》である。直弟子らの蔭《かげ》に回って目立たないが、洗い物など甥らしい作務《さむ》をせっせとこなす。ただ、明恵が目下、読み進んでいる本を一刻《いっとき》ばかり無断で持ち出して読む癖《くせ》がある。それを明恵から注意されて、行秀はこう答えた。

「今どんなご本を読み、どう考えていなさるのか。叔父上、いえ明恵さまの頭の内の働きをいつも知っていたいのです」

こんな風変わりなことを口走るのも、行秀の明恵への敬いが並でないからだった。

もう一人、明恵の出離《しゅつり》を惜しむのは朋奈である。

明恵の祈祷で父、光重の病む苦しさが治まるのを確かめて、みるみる表情を明るくしていった。あの時から朋奈は光重に連れられてよく法話の座にやって来て、小さく頷《うなず》きながら熱心に明恵の話を聞くようになっている。

この日も早くから朋奈は集会所にやって来て、父の側で明恵の話を一言も聞き漏《も》らすまいとしているが、眉を寄せた辺りに影が濃い。明恵が湯浅を去るのが辛くてならないのだった。

一同が引き揚げても朋奈は父と共に居残って、後片づけをしていく。

「明恵さまに去られるのは、あっしにゃ、命の恩人を失うようなものでしてね」

光重が難病を救われた感謝を重ねて口にしている間も、朋奈は黙々と机を拭《ふ》き清めている。

「あれ、夕日。金色がもうこんなに温かく感じられるのですね」

雲が切れて集会所の奥深くまで射し込んで来た日差しに、やっと朋奈が話の糸口をつかんで声をあげた。

「この集会所をめざし、光が湯浅の平野を駆けて来たみたいだね」

「でも、光の脚《あし》はじきに短こうなっていきます。栂尾の夕日はどうなのですか」

「夕日はすぐ裏の山の端から射すので部屋には届かないが、光の放射が黄金の大扇子《おおせんす》を広げるように山に映《は》えてね、そりゃあ美しいよ」

「見てみたい」と朋奈が思わず口にし、慌《あわ》てて明恵の顔を見た。

「でも高山寺も女人は山門の内へ入れぬのでしょう」

「そうだね。いずれ女人の修行道場も造りたい。でも男僧が修禅《しゅぜん》する諸堂もこれから整えていくのだから」

「高山寺に女人堂が出来れば、あたし、真っ先に入りたい。いいでしょう」

「そりゃ、だめだ。お前のように気随《きずい》で堪《こら》え性《しょう》のない女が、どうして仏道の修行が出来ようぞ」

光重がこう口を挟《はさ》んだ。

「でも明恵さんのお話を聞いていると、わたし気持ちが澄んで来て、別の自分みたいに素直になれるの」

山に入りかかった陽光がその言葉に好感を持ったように朋奈の頭頂《とうちょう》の髪を金色に染め、山向こうに消える最後の光明で父娘を包み込んだ。

「よし。栂尾へ行っても朋奈の望みはよく覚えておこう」

明恵がこう約束した。


京の栂尾はすでに冬の装いをしていた。

同じ建永元年の十一月二十八日、明恵は義林房喜海《ぎりんぼうきかい》を伴い、清滝川《きよたきがわ》沿いをゆっくりした足取りで高山寺に近づいて行く。ようやく定まった栂尾山主の入山を祝福しようと、散り残っていた紅葉が時に明恵の肩に舞う。

清流の瀬音も心持ち華やいで感じられた。

川岸から坊舎《ぼうしゃ》への山道に足をかけたところで、明恵は「ご住持さま――」と呼ばれた気がした。が、瀬音に過ぎなかったと思い直したところで、また「ご住持さま、明恵さま」の声が届く。こんどは喜海が木立の間を指した。そこに杖に寄りかかった古老が居て、明恵に向かって深く頭を下げた。

「おお、元久《もとひさ》でないか。達者《たっしゃ》で何よりだ」

これまで明恵が栂尾の坊舎へ来るたびに元久は食事の世話をし、いまも寺の雑務をこなしてくれている。

「ようお着きになられました。栂尾の寺ではお弟子さまらがお待ち兼ねでございます」

そう言われて明恵の足が早まった。

「おお、よくぞご無事でお帰りでした」

いち早く飛び出して来た人を見て、明恵が「これは長房さま」と驚く。まさか後鳥羽上皇近臣の藤原長房が栂尾の山中まで来ているとは思っても見なかった。続いて義淵房霊典《ぎえんぼうりょうでん》が顔を見せ、神護寺《じんごじ》詰めの空達房定真《くうたつぼうじょうしん》も表へ飛び出し、一様に早く早くと明恵を坊舎の内へ急がせる。

「ご覧頂きたいものがあります」

「さて、かように急いで何を見せようとするのか」

こうつぶやきながら坊舎内本殿の引き戸を開けたところで、明恵は思わず立ち止まって合掌し、深く頭を下げた。後鳥羽上皇から贈られた大きな勅額《ちょくがく》が目に飛び込んで来たのだ。

「日《ひ》出《いでて》先《まず》照《てらす》高山《こうざん》之《の》寺《てら》」の文字が濃緑の地に端正な墨文字で二行に分けて書かれ、それぞれの文字が抑《おさ》えた金色で縁取《ふちど》られてある。

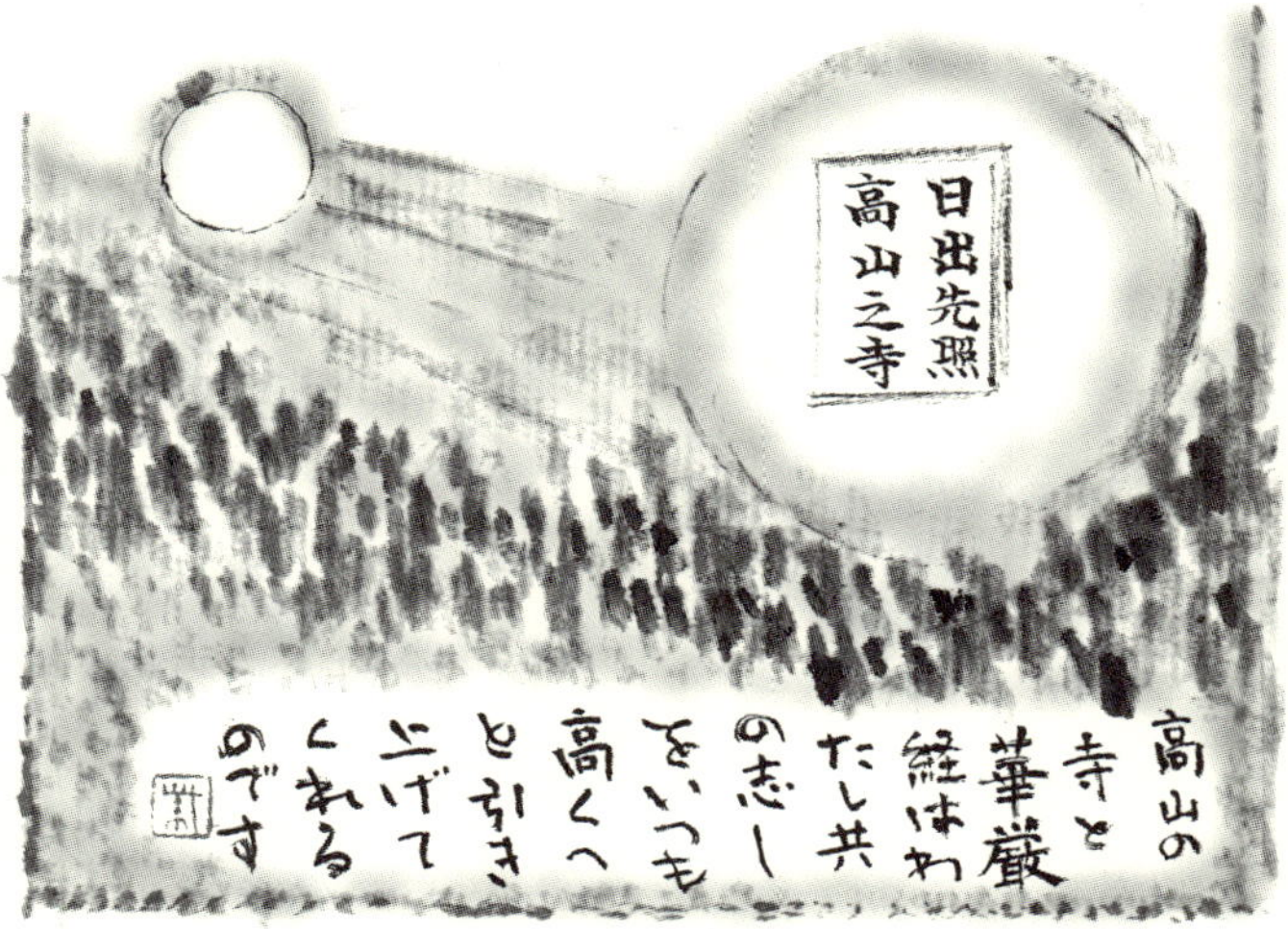

藤原長房は上皇の命を受け、この勅額を運んで来ていたのだった。

「長房さま、まるで愚僧《ぐそう》の心中を察して頂けたような勅額にございます。筆力に力があり、それでいて上皇さまのお心がよく伝わる気品の籠《こ》もった文字にございまする。なんとしても高山寺をこの額にふさわしい寺と致したいと存じまするぞ」

「お上人のそのお言葉と喜びよう、上皇さまにしっかりとお伝えいたしましょう」

長房がこう応じた。

弟子らも加わってひとしきり話の弾《はず》んだところで、明恵が額に書かれた高山の意味を改めて話し始めた。

東の山並みから昇る太陽は、先ず「高山」に陽光を届ける。そのすがすがしさの中で僧の気高い心映《こころば》えが育《はぐく》まれるだけでなく、仏教を広めようとされた釈迦さまの初々《ういうい》しい心が籠《こ》もる高貴な華厳経《けごんきょう》に学ぶ山といった意味を持つ――。

「一つ、戯《たわ》けた問いを発してよろしいでしょうか」

長房が遠慮気味に声を上げ、明恵に許されると身を乗り出し、「華厳経に何ゆえ、とくに釈迦さまの心が籠もるのでございますのか」と問うた。

「それは戯けた問いではございませぬぞ。華厳経が他より勝《すぐ》れていますのは、仏教の教えが広まり始めた頃に編まれた数少ないお経の一つだからなのです。釈迦さま自らの口でじかに説かれた時の熱い気持ちがまだ冷《さ》め切らない時期に、経典として編纂《へんさん》され始めています。だから仏法を広めたい釈迦さまの気持ちが華厳経の中にそのまま息づいているのが、他のお経より勝れて高貴なところなのです」

「さように高く貴いお経に学ぶお山なら、高山の寺の名がふさわしいのですね」

「はい。高山の寺と華厳経はわたし共《ども》の志《こころざ》しをいつも高くへと引き上げてくれるのです」

「よう分かりました。院へ帰りますれば、そのことも含めて、上皇さまの勅額が栂尾の寺にしっくりと納まったと伝えましょう」

「この寺を華厳宗の根本道場の一つとせよとの御意《ぎょい》と承《うけたまわ》りました。微力《びりょく》を尽くしたいとお伝え下さいませ」

「よろしかろう」

長房はこう答え、任を終えた安堵《あんど》の顔になった。

この後、明恵は祝いの客を多く迎えることになった。比較的近い仁和寺《にんなじ》はもちろん醍醐寺《だいごじ》、山科勧修寺《やましなかしゅうじ》なども含め、明恵に学問の手ほどきをした寺の僧が高山寺の誕生を祝って来る。華厳宗の関わりで東大寺からも励ましの使僧《しそう》が見え、明恵はしばらく嬉しい応対に追われた。

一方、藤原長房はすぐにも京へ引き返すと思わせながら、一向に引き上げる気配を見せない。それどころか、朝の勤行《ごんぎょう》で華厳経を誦《とな》える時には後方にすわって、華厳経典の文字を熱心に追っている。夕勤行になると真言《しんごん》の陀羅尼《だらに》に声を合わせてくる。さらに数日して、明恵が坊舎を出て境内を見回り始めると、すかさず同行して来て、

「おお、さすが京洛の北辺、外気は随分と寒いですね」

長房は思わず一つ身震《みぶる》いした。

「はい。やがて大地が凍《い》てついて、来春、小鳥がさえずり始めるまで融《と》けませぬ。それでもか細い小《こ》草《ぐさ》一本、命を断たれることはないのです。そして春、わずか十日でも、白、赤、水色の花を咲かせ、新しい命の準備も整えて散ります」

「この地でそのようなお話を伺うと、命を繋《つな》ぐのが奇跡に思えまする」

「奇跡とまで言えまするかどうか。ただ、どんな小さい花も命の真実を土壌として咲きまする」

「真実の土壌は凍てませぬか」

「いつも生々として凍てつく間がございませぬ」

「人もまた真実を土壌に生きれば、どんなに自分らしく生きられましょうか」

こう念を押して来る長房の横顔を明恵は思わず見つめた。宮廷詰めの名門に生まれて民部卿《みんぶきょう》にまで昇り、一方では和歌を楽しむゆとりを見せながら意に添わぬものを身辺に漂《ただよ》わせている。

二人が進む先で、その日も元久が作業していた。

「もう、いつ雪になるかしれないからね」

「それも、いきなり豪雪になりかねませぬ。来年、茶の種植えに備えて堆肥《たいひ》を施しておきますよ」

こんな二人の話を聞いて、長房が「ここが茶畑になるのですか」と不思議がった。

「来年、栄西《えいさい》どのから茶の実をもらうことになっているので、それを植え付ける床を造ってくれております」

「ほう、臨済《りんざい》の栄西どのともご昵懇《じっこん》であられますか」

「建仁寺《けんにんじ》に天台、密教、禅の三宗を置くというお話を伝え聞いて、どのようなことをお考えかを問いに出かけたのですが、もっぱら茶の話になりましてね」

明恵が苦笑した。

「そういえば、宋《そう》から茶の実を持ち帰られたのは栄西どのでした」

「はい。だから九州の背振山《せぶりやま》などに植えられたようですが、わたしが問われるままにこの寺の地勢を話しまするると、茶の栽培に最適だから植えつけるようにと茶種《ちゃだね》まで下さったのですよ」

「高山之寺のこの境内地がお茶の適地ですか」

「そうなのですよ。程よい寒冷地で、霧が山の傾斜をゆっくり下って来るあたりがお茶の栽培に最もよいと伺いました」

――人にも、それぞれ暮らしの適地があるのかもしれませぬ。

明恵が何げなくこう言葉を重ねようとしたが、長房の横顔を見ると余りに固い感じなので口にするのを控えた。ところがその長房が明恵の思ったような言葉を返して来た。

「じつは、わたしの住まう適地も宮廷の外にあるような気になっております」

「そうした気持ちは誰にもあるでしょう。ここでない何処《どこ》かへ行けば、もっと自分らしく暮らせようと……」

「はい。これまでならそうした気持ちはいずこかへ漂泊したい衝動となって表れ、和歌を詠む上の秘した活力となって来ました」

「そうでしょうとも。真実を求めての漂泊は人の心を弾《はず》ませるものがありまするから」

明恵がこう応じたところで長房は黙り込んだ。歩を運ぶ足元に目を落として何かをためらっているふうだったが、思い切ったように立ち止まって明恵に向き直り、

「お上人さま、どうかわたし奴《め》をお弟子の一人に加えて下さいませ」と一気に言葉を吐いた。

「それはまた唐突《とうとつ》でございますね」

「いえ、どうしてもお弟子になりたく、勅額をお渡しすればわたしの役目は半ば終わっておりますのに、こうして留まっております」

「お役目の半ばをまだ残していなさるとか」

「高山之寺に御師《おし》さまがどのような建物をどうお築きになりたいか。そのことをお聞きして上皇さまにご報告せねばなりませぬ」

「それならいくら待って頂いても無駄でしょう。欲しいままに建物を築く思いがございませぬ」

ここでも明恵は「清浄にして犯なかるべし」の空海の言葉を胸に呼び起こしていた。

「ご遠慮なさらずともよろしいのです。上皇さまは明恵さまのために建物を一つひとつ、形を成すことで仏の心に近づけるとお思いなのです」

「それなら般若心経の一語一語を日々にご写経なさいませとお伝え下され。そのお心に仏が宿り、ご加護《かご》も届きましょう。いくらお志しを頂きましても建物は所詮《しょせん》、入れ物にございますれば、仏心は器《うつわ》に宿りませぬ」

毅然《きぜん》とした明恵の言葉に、長房は思わず一歩引き下がって深く頭を下げた。

「失礼しました。さように清々《せいせい》とした心のお方を師として仏道を歩むのがわたしの願いにございます。用向きが終わりましても、つい長居《ながい》いたしましたのも、心中をお告げする機を探していたからでございます。地位を高め、財をなすのに汲々《きゅうきゅう》としている宮廷勤めはもう耐えられませぬ」

「長房どの。あの社会、この勤めが気に入らぬと言って身を転じて入門するのが仏門にございませぬ」

「そう申されず、どうかお慈悲《じひ》にすがらせて下さいませ」

「なりませぬ。仏道は師の慈悲にすがって歩むものでもございませぬ。長房どのには後鳥羽上皇さまの御意《ぎょい》を伝えて下さり、今回は勅額をお運び下さりありがとう存じました。どうかお引き取り下さいませ」

これだけを言うと、明恵は長房に背を向けて歩きだした。

その背後に長房の声が響いた。

「勘気《かんき》を蒙《こうむ》りましても、お弟子に加えてほしい気持ちに揺らぎはございませぬ。先に申されました凍《こご》えることのない真実の土壌に生きたいわたしの本心が御師さまに届きますまで、宮廷へ帰りましても我ながらに身を改めて参ります」

背後から届いて来る長房の声が潤《うる》んで聞こえる。

こうなると、いつもの明恵なら真意を聞こうとして振り向くところだが、華厳の道に邁進する端緒《たんしょ》にあって、あえて長房の声を振り切った。

京都、栂尾の地に何度か雪が降っては消えていった。

さすが洛北の山地である。その都度《つど》、冬の気候が一段と厳しさを増していく感じで、雪水《ゆきみず》が凍《こお》って軒《のき》に下がる氷柱《つらら》も次第に長くなっていく。

そうして間もなく新しい承元《じょうげん》元年（一二〇七）の春を迎えようとする頃、建物の修理資材が高山寺へ大量に運び込まれ、その後から神護寺の上覚が数人の大工を伴ってやって来た。

上覚はいま六十一歳である。これまで強引にひき回された師の文覚を失って気落ちしたのか、老いの進んだ印象がある。それでも甥《おい》の明恵のために坊舎の応急処置を指図《さしず》する声にはまだ張りがある。

とりあえずの補修が終われば、住持《じゅうじ》を命じられた明恵と弟子らが住み着いて、後鳥羽院から高山寺と名を改められた寺の本格的な復興に取り組むことになる。それを前に明恵はこの寺の祈りの系譜を手繰《たぐ》り寄せてみた。

すると宝亀《ほうき》五年（七七四）、光仁《こうにん》天皇の勅願《ちょくがん》によって、まず神願寺都賀尾坊《とがのおぼう》として開かれ、それが後には都賀尾十無尽院《じゅうむじんいん》と名を改めている。このように法脈《ほうみゃく》は途切れそうになりながらでも、今日までつながってきていた。

明恵がそれを継いで改めて法灯《ほうとう》を輝かせることになった。これまでつながって来た法脈は敬うに値するが、実際には新しく一坊を築くほどの覚悟を明恵は求められている。

朝の作業が一休みとなったところで、明恵は休息している叔父の脇にすわった。

「此度は上覚さまのお歌仲間、藤原長房さまには高山之寺《こうざんのてら》の勅額《ちょくがく》をお届け下さるなど大変なお世話を戴きました。叔父上からもよくお礼を申しておいて下され」

「言葉の礼など要らぬわい。それより明恵は長房どのの気持ちをもう少し汲んで欲しかったぞ」

こう告げる機会を待っていたように、上覚はいきなり鋭い言葉を吐いた。

「十分、ありがたく思っていたのですが、あの時は高山寺を華厳中興《けごんちゅうこう》の道場にせねばという思いが、わたしの肩に重くのしかかっておりました。それでつい建前ばかりを口にして礼を失したかも知れませぬ」

「そうなのだ、明恵よ。そなたはいつもわれに厳しく、人には気づかいや労力をかけさせまいと気を配る。それが美徳となって人の目に映ったのは、そちが一人の修行者だったからぞ。ところが今は栂尾山主《さんしゅ》で高山寺住持であろう。御堂《みどう》を建てる力になろうと申し出てくれる者があれば、素直に好意を汲み、弟子入りを望む者が来れば、その願いも叶《かな》えてやる。そうしてやらないと相手は善意を拒《こば》まれた辛さを味わうではないか」

「申される通りでしょう。しかしどこまでその人の願いを叶えられるか分からぬまま寄進を受けるのも心苦しきものにございます」

明恵なりの節度は叔父の少しばかりの説得では揺るがない。

「寄進というものは高山寺を際立てるために受くるものなるぞ」

上覚の言葉がまた尖った。

「善意を素直に寺に結んでこそ、栂尾の地に華厳の教えが花と開く。そなたのために寄進を受けるのでないから、どうしてためらうことがあろうぞ」

「でも時には自分に都合のよい小堂《しょうどう》が欲しくならぬとも限りませぬ」

明恵が少し言いにくそうに言葉を選んだ。

「そうか、明恵は小堂が欲しいのか」

上覚がこう察した。

「はい、確かに……。残されてある坊舎は弟子らと共に祈り、共に論じる道場でございますれば、その北の平地に一間半《いっけんはん》四方ぐらいの東屋《あずまや》風のお堂が出来ますれば、そこで書き物をし、時には瞑想を試みたいのです」

「それなら住持の執務所だから遠慮はいらぬ。大工らに余材を使って建てさせようぞ。それにしても明恵の望みは相変わらずささやかじゃのう」

上覚がこう言い、さらに続けた。

「明恵よ。ここを華厳の聖地らしく甦《よみがえ》らせるには、その程度の建物じゃすまぬのぞ。後鳥羽院さまから頂戴した勅額を掲げるにふさわしい御堂をまず建てねばならぬ。さらに講堂、書院、写経堂、それに宿坊も欲しくなろう」

高山寺に欲しい建物をこう並べたところで、上覚が突然、口をつむんでしまった。

「どうなされましたのか」と、明恵が案じる。

「考えてみりゃ、そうした建物は神護寺を再建した経験を生かし、わしが先頭に立たねばならぬと思い始めたのよ。とくに明恵にゃ、建物のことで頭を痛めさせとうない。そなたは華厳経による高山寺の教学を建立《こんりゅう》するのが何より似つかわしくあろう」

「はい、教えを築くのなら任せて下さいませ」

間髪《かんぱつ》を入れない明恵の気負《きお》った返事に、上覚は苦笑するしかなかった。

二

承元《じょうげん》元年も二月末になると寒さがゆるみ、朝の雲が暖かい茜色《あかねいろ》に染まり出した。

そんな頃、明恵は建仁寺《けんにんじ》を訪ねた。栄西に会って栂尾に植える茶種《ちゃだね》の実をもらうためである。

「おう、明恵坊高弁《こうべん》どの。よう見えられた」

明恵の来訪を告げられた栄西は自ら玄関まで出迎え、きちんとした僧名で明恵に呼びかけた。

「そろそろ現れなさる頃と思うておりましたぞ」と親しげに語り、方丈《ほうじょう》への長い廊下を先に立った。

「貴重な茶の実を頂戴するのですから、栂尾の畑に肥料となる下草《したくさ》を施し、茶の実を頂戴すればすぐに植えるばかりにしております」

「持ち帰れるよう、いま良質の実を選ばせておる。日本一の銘茶《めいちゃ》は地味のよい栂尾にて摘《つ》まれるやもしれませぬぞ」

方丈の話は穏やかに始まったが、昨年の訪問時と違って茶談義は早々と閉じられた。この月の初めに専修念仏《せんじゅねんぶつ》が禁止され、念仏を勧めていた法然《ほうねん》が土佐、親鸞《しんらん》が越後へと流されたばかりだったから、のどかな話ばかりとはいかない。

「勅命《ちょくめい》によって高山寺の住持に就《つ》かれるなど、明恵どのは恵まれてなさる」

六十歳代半ばを過ぎた栄西は茶をたてる茶筅《ちゃせん》から目を離さず、さりげなくこう切り出した。栄西も比《ひ》叡山《えいざん》で学んでいるから法然と親鸞の配流《はいる》に無関心なはずがない。

それでも栄西は明恵を前にすると自分が比叡山で天台密教を学び、虚空蔵菩薩《こくうぞうぼさつ》を本尊とする求聞持法《ぐもんじほう》も修したことがあると告げ、密教の神護寺で育った明恵に親しげな語り口を見せた。明恵が持ち出す密教体験についても、二人の話は膨《ふく》らんでいった。

栄西は比叡山で修行してから宋《そう》に渡って学び、帰国して禅を広めようとして天台宗徒に反対されている。そんな苦難を乗り越えて、今ようやく禅門《ぜんもん》の建仁寺を興すことが出来ているのだった。

その苦労を振り返って、栂尾の寺を再興しようとしている明恵の気概《きがい》を栄西が盛んに讃える。

「難事だろうが屈するでないぞ。住持のそなたが真なるものを求めていれば、高山寺への道は人が踏み固めて、きっと広がって行くからの」

時流に流されないのを矜持《きょうじ》とする二人である。話が行き着くのは、やはり釈迦への思いの熱さだった。

「そなたほど純に釈迦を思う僧が高山寺を預かりなさって、まことに結構でござった」

栄西から釈迦への帰依が二人に共通するのを確かめた上で高山寺入りを祝福されたのが、明恵には嬉しい。

「ありがとうございます。わたしは釈迦さまに憧れ、ぜひ天竺へ渡りたいと里程《りてい》まで調べ尽くしましたが、願いは叶いませんでした」

「拙僧《せっそう》は大陸仏法の栄えようを学ぶために宋を二度、訪れましての。二度目にゃ、なんとか天竺まで行こうとした。釈迦が大悟《たいご》なされたブッダガヤの菩提樹《ぼだいじゅ》のもとで瞑想し、少しでも悟りの智恵に近づきたかったが、宋朝の許可が得られず、天竺への道を遮《さえぎ》られてしもうた」

栄西がつい先刻のことだったように無念さを露《あらわ》にした。

「でも天台山《てんだいさん》の菩提樹を東大寺などへ送られていましょう。釈迦さまへの敬いの篤《あつ》さがよう伝わります」

「まこと日本が天竺に遠いのを無念に思うばかりでござる。その悔しさ紛《まぎ》れに聞こえるやもしれぬが、明恵どの、釈迦の心は経典からも伝わって来ましょうぞ。拙僧、禅の寺を開いた今も、釈迦の心を尊ぶのを第一と心得てござる」

二人の話はどこまでも釈迦への敬いに貫かれる。

「栄西さまが天台、密教、禅の三宗兼修《けんじゅ》を提唱《ていしょう》なさったのも、一つに結束して釈迦さまの心へ帰るのを願われてのことでしょう」

明恵はようやく栄西の関心事に触れる。

「さようでござる。瞑想を大切にする三つの宗門の僧が、できれば建仁寺を道場に結集し、すべからく僧は貧《ひん》にして、いかなる小さな悪もなすまいとする戒律を同じくし、ともどもに釈迦の心に直参《じきさん》致したい。明恵どのも、是非、力になって下され」

「はい。まず自らその実践に努めようと思います」

栄西は明恵の同調が嬉しく、帰りには良質の茶種を三種三粒、柿のヘタを思わせる蓋《ふた》付きの宋渡来《とらい》小壺に入れて手渡した。

「栂尾でよき茶が育つと信じておりまするぞ」

「その時は是非《ぜひ》、高山寺までお運び下さいませ」

茶種を介《かい》した出会いが豊かなものとなった満足感が、禅と華厳の二人に通い合う。

街は念仏一筋の法然と親鸞が配流された話で持切りの中で、二人はひっそりとながら貧にして小さな悪もなさない戒律の大事さを確かめ合うことができた。


しばらくも席の温まる間がない。それが明恵の三十代半ばの日々だった。

高山寺の工事から目を離せない上に、華厳経について話すようにという要請が明恵に届き始めた。それに応じていると高山寺の工事が進むまい。院の辺りからこう詰問《きつもん》されそうだが、承元元年の秋になると院からも院宣《いんぜん》によって東大寺尊勝院《そんしょういん》で華厳経を講じるように告げられた。

「明恵よ、そなたを学頭《がくとう》に命じる。尊勝院に集《つど》う学徒は、これから華厳の教えを広める布教の先兵《せんぺい》たちだ。そなたの華厳経論によって、この教えを広める意欲を注ぎ込んでやってほしいぞ」

院の使者からこう求められた。講座は翌秋も含めて二年連続となり、明恵は華厳章疏《しょうそ》を綿密に講じることにした。開講の日、明恵が尊勝院の会所《えしょ》へ向かうと担当の僧が耳打ちして来た。

「本日はご苦労さまです。ここでよき講義をなさると華厳宗内きっての学僧と証《しょう》されることになります。ぜひ、頑張ってもらいましょうぞ」

こう言われても明恵の気持ちは揺さぶられないが、この場の講義にはそういった現実的な側面があるのは事実のようだった。明恵はそこで華厳経の教えを密教と関連させながら実践的な話をした。するとそうした論の展開が新鮮だと話題となり、この後、長く注目され続けるようになった。

事実、明恵は華厳経の論者《ろんじゃ》として、五、六十年後に頭角《とうかく》を現してくる凝然《ぎょうねん》（一二四〇～一三二一）と並んで華厳宗論《しゅうろん》の双璧《そうへき》として評価が定まっていく。凝然が八宗《はっしゅう》の広い学識を背景に華厳を説く正統さで東大寺の本寺派《ほんじは》論者の第一人者なら、明恵の華厳経講義は実践的な解釈が高く評価され、こちらは高山寺の末寺派《まつじは》論者の筆頭として定評を得るようになったと伝わる。明恵の異色の論調の端緒《たんしょ》は、あるいはこの時の論座にあったのかもしれない。

およそ百人を前に初年度の講義を終えると、明恵は紀伊国への道をとった。第二の故郷といえる有田《ありだの》郡田殿庄崎山《こおりたどのしょうさきやま》から、どうしても一度、帰って来て地元の皆の前で話をするようにとの依頼が届いていた。

この頃になっても世間は法然と親鸞の配流の衝撃が治まらない。しかも別の個性的な僧が現れて新しい信仰に誘う気配もある。そんな昨今の信仰の風潮を分かりやすく話してほしいということのようだった。届いた案内書状には「ぜひ、顔を見せよ」などと、子供の頃、泥まみれになって遊んだ者の寄せ書きが添えられてあった。

高山寺坊舎の工事は気になるが、脚《あし》に頼るしかない道中である。奈良まで来ているのだから、紀伊まで足を延ばして崎山の頼みに応じることにした。

崎山の里へ着くと、懐かしい顔にとり囲まれた。

「おお、薬師丸よ。いまや人気の学頭さまからお話をたっぷり聞かせてもらえるとは嬉しいぞ」

こんな声に迎えられた。

ずっと昔の幼名と、つい二日前、奈良で講演した時の学頭の肩書を一つに連ねて明恵は呼びかけられた。

そこに住む母の姉詩乃《うたの》の崎山家へ行くと、叔母は夫を亡くして出家し、名を尼の信証《しんしょう》と改めていた。幼くして母を失った明恵を母親代わりになって育ててくれた叔母である。

「おお、よう帰りなさった」と言うなり、叔母は明恵を奥座敷へ招き、一枚の屋敷図を持ち出した。

「うちの人が亡《の》うなったでの、その菩提《ぼだい》のため、この屋敷を三宝《さんぼう》に寄進して寺を建てることにしたのよ。来年の今頃にゃ完成していよう。明恵や、そなたはこの寺も忘れずに構《かも》うて、夫とわたしの弔上《といあ》げまで菩提をずうっと弔《とむろ》うてほしい。ええか、しっかり頼んどくでの」

明恵は思わず、はいと答えてしまったが、思えば生きて果たせそうもない三十三年先まで約束させられたことになる。第二の故郷は明恵に遠い過去と直近《ちょっきん》の過去と、そしてずっと先の未来との間を瞬時《しゅんじ》に行き来させてしまう……。

そんな現実離れした時の感覚に、明恵は此《こ》の世と彼《か》の世の交錯《こうさく》を感じるのだった。

凩のたび、落ち葉が高山寺坊舎《ぼうしゃ》の庭に舞う。

それを朝毎《ごと》に掃き寄せるのが若い僧の勤めとなる。そんな初冬のある朝、一人が庭を掃く箒《ほうき》の手を止め、

「このところの明恵さま、以前と少し変わられたのではあるまいか」

同輩《どうはい》にこう問う。

「わたしもそう思う。東大寺尊勝院で講義して帰られてから、経典の講釈も分かりやすく入念に話して下さるようになった」

相手も白い息を吐《は》きながらこう応じた。

これまでの明恵はわりと早口で大事なところを端的に話すところがあったが、最近、言葉を選んで丁寧に正確に教えて下さるようになったという。

そんな会話を通りがかった喜海が小耳に挟んだ。

――そうか、わしだけの思いでないのかもしれぬ。

似たような感じを持っていた喜海が、じかに明恵に問うてみた。

「どうなのですか。このところ、御師《おし》さまは言葉を熱い気持ちに包んで相手へ届けようと努めておられる、そうではありませぬか」

「そう思ってくれるなら嬉しいね」

明恵の鷹揚《おうよう》に構えた返事が帰って来た。

「何ゆえ、御師さまにさようなゆとりが生じたのでございましょう」

「理由といえば、思い当たるのは一つ。東大寺尊勝院の華厳教が密教の大日如来《だいにちにょらい》の教えを大切にし、普賢《ふげん》さまの救済への願いをくみ取るものと分かったからだ」

たしかに明恵の華厳教は仁和寺の景雅《けいが》らに師事したといっても、半ば独学だったから、神護寺で長く過ごして身についた密教をもとに華厳経を理解しようとするところがあった。だから当人は自分の華厳は我流《がりゅう》で、かなり異端めいていると思い込んでいた。ところが学頭《がくとう》を命じられて華厳教学の元締めである東大寺尊勝院へ出掛けてみると、そこでの華厳教は密教と一体化して学ぶものとされているのだった。

明恵はそれを自分の目と耳でしっかりと確かめることができた。

それならわが華厳教は異端でないどころか、日本の華厳学の正統にきちんと繋《つな》がっていたことになるではないか。そう知って、華厳の本流を進む自負が一気に育っていた。

明恵のゆとりもそこから生じている。このところ、明恵さまが変わられたと高山寺内で噂《うわさ》が立つのも、やはりそこから来ていた。

「尊勝院へ迎えられて、確かにわたしの心に清風《せいふう》が吹き込んだ気がしたね。なにしろ華厳教の本流に位置を占めている自分を見い出せたのだからね。手探りで過ごした狭い自受法楽《じじゅほうらく》の時から、教えの大海へ一気に抜け出たような気になったよ」

明恵自身が親しい者にこう言う通りなのである。

「お釈迦さまでさえ、悟られてしばらくは自らの悟りを内心で楽しまれたと伝わっていますね」

喜海は釈迦でさえ、そんな一時期があったと話して、明恵が自らを振り返って発した厳しい言葉の印象を和らげた。

「過ぎたことより、これからは華厳教正統の旗を誇らかに掲げ、大衆の中へずんずんとわけ入るように努めて下さいよ」

「そうだ。折もおり、高山寺を華厳再興の道場としようとしているのだからね。東大寺尊勝院が華厳教の原理を学ぶ場なら、高山寺はその実践道場でなければならぬ」

「そう、そうですとも」と、喜海が二度、深く頷き、「そのお言葉、待っておりましたぞ。御師さまのほか、誰も華厳道の先端を歩けないのですから」

こう付け加えた。

喜海は先に明恵の厳しすぎる自省心《じせいしん》を和《やわ》らげ、こんどは明恵を大衆教化の側へ押し出そうとする。年齢は明恵より五つ下だが、このあたり、喜海はまるで兄弟子のふるまいを思わせた。明恵はいい弟子に恵まれたという噂が時に広がる。それはこのあたりにも火種《ひだね》があった。

尊勝院の講義はあと一年残しており、二年目はあくる承元二年（一二〇八）の潤《うるう》四月と決められている。

その年が明けて早々、準備にとり掛かろうとしたところで、喜海が一つの頼みを明恵に持ち込んだ。

「初夏のご講義にはわたくし奴《め》も尊勝院へ同行させてもらえると嬉しいのですがねぇ」

断られて元々といった感じが喜海の口ぶりにあった。

「おう、いいとも。よう申し出てくれた」

明恵が二つ返事で了解し、「他にも都合のつく者が居るなら、一緒に出かけようではないか」とまで言う。

「そりゃあ、喜ぶでしょう。御師さまの学頭としての晴れ姿をじかに見たい弟子ばかりですから」

「そのために連れて行くのでないぞ。尊勝院で華厳教の原理がどれほど真面目に論じられているか、それを実地に見せたいのだ」

早速、何人かの弟子が尊勝院行きを望んだが、高山寺の大まかな造営構想を練っている最中だから、霊典ら造営の中軸になる者は寺を空けられない。結局、喜海のほか、古くからの弟子の道忠《どうちゅう》、正達《しょうだつ》が加わり、三人が師に従って奈良の尊勝院へ向かうことになった。

寺院の大きな瓦屋根に初夏の日差しが跳《は》ねている。

三十六歳の明恵は喜海ら随員三人とこの時期、奈良を歩く愉《たの》しみをしっかり味わいながら尊勝院に着いた。

「昨年より受講の者がかなり増えましたよ」

担当僧からこう聞かされる。新鋭らしい明恵の話しぶりが話題になり、それに惹《ひ》かれて新しく受講を申し出る者がいるらしい。

いざ、教堂で語り始めると、前年と同じく明恵の話を了《りょう》としてくれる信頼の頷《うなず》きが多く、教えの内容に懸命に付いて行こうとする目の輝きもそこここに見受けられた。

ただ、最後列の席にすわる高山寺の弟子三人は、口舌《くぜつ》の冴《さ》える学頭がいつもの明恵さまなのか、訝《いぶか》しがっている。が、直弟子たちの目にどう映ろうと、明恵は東大寺で二年にわたる講義を通し、日本の華厳信仰の正統を継ぐ立場になっていた。

「さあ、一刻も早う栂尾へ帰りましょう。御師さまの晴れ姿、ご講義の名調子をみんなに披露せねばなりませぬ」

講義が終わると弟子らはこう言って、明恵の背を押すように北へ急ごうとする。ところが肝心の明恵がまたも南へ行くと言い出した。

「これより紀伊有田へ向かう。三人とも同行致せ」

「なりませぬ」と道忠がその場で明恵に逆らう。

「かくも立派なご講義をされた明恵さまがどうして終わるとすぐ、赤児《あかご》が母御《ははご》の膝《ひざ》に這《は》い寄るように生まれた里へ御身《おんみ》を運ぼうとなさるのですか」

「たしかに、それが分かりませぬ」と正達が承《う》ける。

「母さまと八つで死別なされたので、母子間で喧嘩《けんか》一つもなされておりますまい。だから御師さまはいつまでも乳の匂う温かい母さまの慈《いつく》しみに包まれた頃を懐かしみなさる……」

明恵がこれまでもしばしば生まれた紀伊国へ帰り、しかも長く滞在する。その都度《つど》、弟子らは師の居ないもの足りなさを味わったから、同行している者としては、此度《こたび》は何としても、このまま栂尾へ連れ帰りたい。

「愚かしきぞ」と、明恵がいつになく強い口調を見せた。

「いえ。御師さまが心の傷を癒《いや》すように郷里のまるい風と幼《おさな》なじみの人の情に包まれようとされるのを弟子として、もう見過ごせませせぬ」

「まあ聞け、道忠。それに正達よ」と喜海が仲に立つ。

「そちらの気持ち、分からぬではない。が、御師さまは、此度、愚かしきぞと一喝《いっかつ》された。師が本気で発された言葉に逆らえば絶縁ということになる。さぁ、師弟の絆《きずな》を断つか、師に従うか。道は一つぞ」

選択を迫られて道忠と正達の顔が歪《ゆが》んだ。逆に明恵の顔が一瞬、和《やわ》らぐ。これでともかく紀伊へ向かえると思ったからだった。

「弟子としてご無礼を申しました」

二人の弟子の声を背に聞いた時、明恵はもう南へ向いてしっかりと歩きだしていた。

紀伊国有田郡へ入ると、広い平野が視界を占める。

そこを流れる有田川が大きく蛇行《だこう》する辺《あた》りから明恵の脚が早くなった。やがて崎山（和歌山県有田郡吉備町井ノ口）の岡が目の前に現れ、そこに新造の寺の御堂《みどう》の屋根が見えて来た。寄せ棟《むね》の先端に据《す》えられた金色の宝珠《ほうしゅ》が紀州の明るい日差しにまぶしく輝いている。

「去年の約束を守って、よう来てくれましたのう」

信誠尼《しんせいに》が明恵らを嬉しげに出迎えた。

「お三方も随員を同行されたのなら、ご本尊弥勒《みろく》さまのご開眼《かいげん》も願えようのう」

そう言いながらも、信誠尼はこの日の甥《おい》、明恵の表情がいつになく固いのを見逃さなかった。あるいは何かの決断をして来たのかもしれぬと思う。

「まあ、遠路お疲れでござったろう。何はともあれ、ゆるりと休みなされよ」

信誠尼は一行を檜《ひのき》の香《かおり》が籠《こ》もる新御堂の集会所《しゅうえしょ》へ招くと、白湯《さゆ》と練り菓子を差し入れただけで言葉少なに姿を消した。

明恵は一行を促《うなが》して略法衣《りゃくほうえ》に着替えさせ、自ら壇上にて弥勒菩薩に向き合う。遠い未来にわたって釈迦の救いから漏《も》れた者へ手を差しのべる仏だけに、端麗《たんれい》に刻まれた顔は慈愛にあふれている。

ゆっくりと丁重《ていちょう》に作法して入魂《にゅうこん》すると、有田郡《ごおり》内に関わるようになって初めて、特定の一仏を本尊として安置できた実感が明恵の胸底に湧いて来た。

「此度《こたび》、紀伊有田まで足を延ばして、これでようやく約束を果たした気がするぞ」

壇から下りて、明恵がこう告げた。

「叔母上さまとの約束を果たされたのですね」と道忠が言う。

「いや、紀伊でこうして一仏と結縁《けちえん》するのは自分との約束だった。この弥勒さまに里の人が多く救われてほしいものぞ」

明恵はここで肩を軽く上下させ、一つ、長い息を吐《は》く。やっと張り詰めていた気持ちが安らいだような明恵のようすに、喜海ら三人の弟子もほっと安堵《あんど》した。

四人は輪になって、しばらく白湯《さゆ》を飲む。

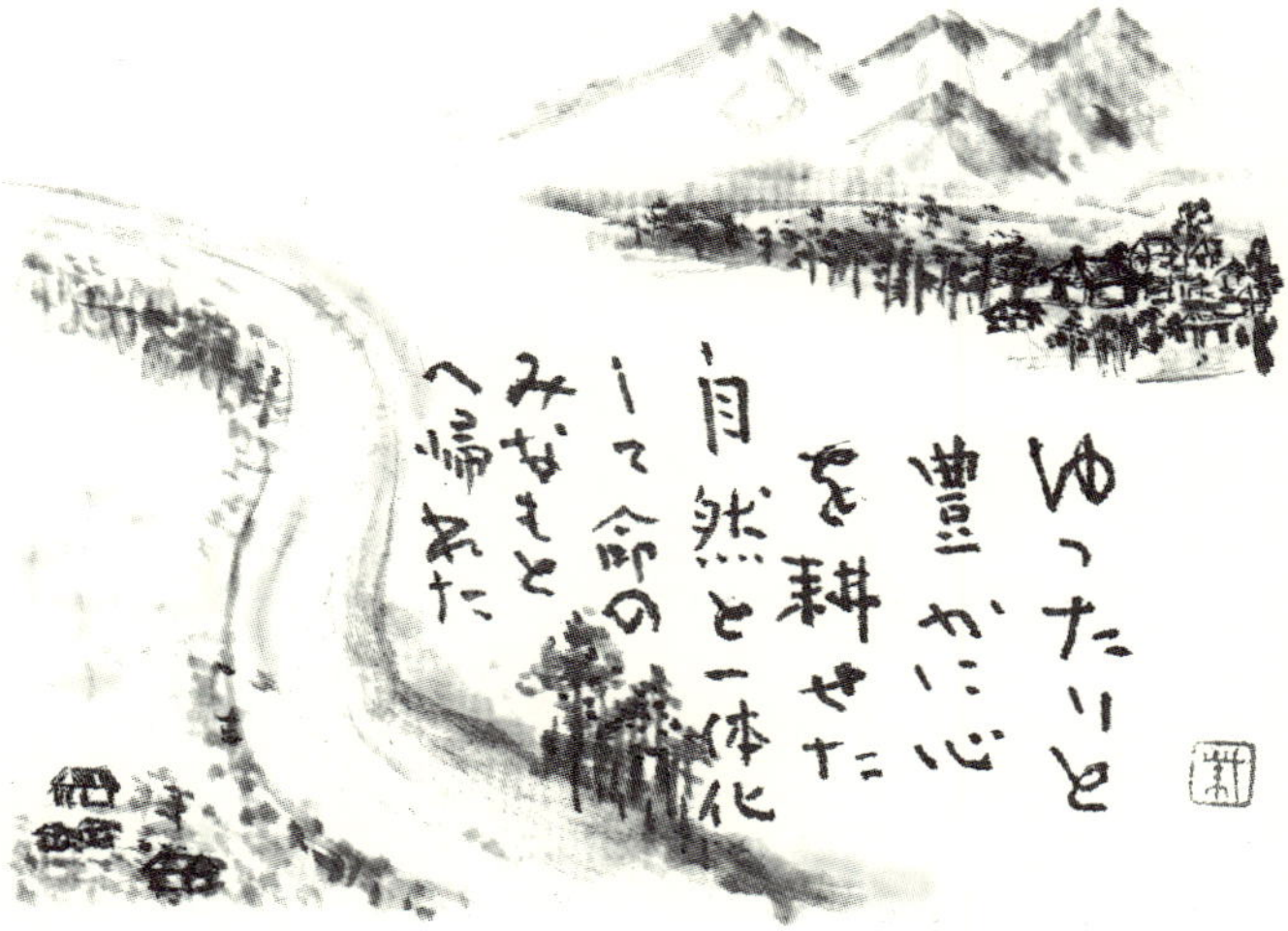
ゆったりと
豊かに心
を耕せた
自然と一体化
して命の
みなもと
へ帰れた

「この有田を何度となく訪ね、長く留まるのが珍しゅうないのは、何より瞑想修行にふさわしい場に恵まれておるからだ」

こう言って明恵は湯浅庄の東西二つの白上峰《しらがみのみね》を始め、これまで瞑想にふけった有田郡内の地点を次々と指折っていく。

「とくに白上への登り口にあたる栖原《すはら》の高台で湯浅湾を前に瞑想すると、そのたびにゆったりと豊かに心を耕せた。自然と一体化して命のみなもとへ帰れたと思うたこともあった。すると自然の造形と整いへの畏《い》敬《けい》と賛美《さんび》の気持ちが湧いて来て心情を豊かにできたものぞ」

「有田のご修行でさように充足なされていたと知らず、尊勝院で有田行きを阻《はば》もうとしたのをお許し下されれ」

正達が深く頭を下げた。

「いや、そなたらが口にしたこともわたしには警告と聞こえた。生まれ郷土なれば、道忠や正達らが察したように母と一体感のあった世界へ帰れそうに思ったことがある。また懐かしい幼《おさな》なじみに囲まれ、世間との軋《き》しみで感じる疎外感《そがいかん》を癒《いや》そうとしたことも無いとは言えぬ」

「いいえ。御師さまがさように心中深くの葛藤《かっとう》を越えなさっているとも知らず、表向《おもてむ》きのことばかりで饒舌《じょうぜつ》をものし、ほんとうに失礼しました」

「いや。わたしが思わず愚かしきぞと声を荒げたのはそのことでない。人はこれまでどうだったにしても、これからも変わらずそうだとは限らぬ。なのに人は新しい自分になろうと努めている人を見直そうともせぬ。そのことをわたしは責めた」

「だから御師さまは叔母上の志しを受け、こうして有田の里に弥勒さまをお迎えなされた……」

喜海がこう言葉を挟《はさ》む。

「そうなのだ。弥勒さまに受け止められて、わたしは瞑想を新しくすることができた。皆もおなじだ。気になることがあれば気持ちを一新する試みをためろうてはならぬ。本尊の弥勒さまに救済の願いをかけてわたしが変われば、仏がわたしの心に入って下さる。さすれば、わたしもまた仏の心に入れる。帰《き》依《え》する仏を持つとは、それまでと異なる新しい自分になることであろうぞ。弥勒さまがわたしを救済へ向かわせて下さることもある」

人を救うことでわたしも救われる。そうなると有田はもう懐かしいだけの地で無くなってくるのだった。明恵はそのことをわが心に問うように一言一言を区切って発し、日々新しく生きよと弟子らに説く。

「御師さま。僧らしくあるとはどういうことか、どうやら覚悟をなさいましたな」

喜海がこう見抜いた。

「おお、そうなのよ。が、仏の世界でいう覚悟とは真理を体験して悟りの知恵を得ることを指す。が、わたしのはせいぜい眠りから覚めた程度の覚悟と思うておるがの」

「いえ、心の動きを大切にされる御師さまでです。これまでのご修行の先によき回心《えしん》の時をつかみなさいましょう。仮に十悪五逆《じゅうあくごぎゃく》を犯しても回心すれば往生《おうじょう》を遂《と》ぐというではありませぬか」

喜海はここでも転心する明恵の求道《ぐどう》の一瞬をくっきりとさせる。

「幸い、叔母の発願《ほつがん》によって、こうして崎山の寺に弥勒さまを迎えられた。きっと、わたしに新たな回心をもたらしてくれよう」

「一体、どのような向きへの回心を願われますするのか」

こう正達が問いかけて来た。

「そう正面切って問われると正道《せいどう》への回心を願うと申すしかない。が、弥勒さまのご縁に絡《から》めてもう少し絞《しぼ》れば利他行《りたぎょう》の徹底へ運気《うんき》を頂きたいね」

「さすれば、これまでにも増して仏者《ぶっしゃ》らしき大道《たいどう》を行かれるのでございますね」

「僧らしくあるのは、そう楽なことにござらぬぞ」

明恵はこう言って、「阿留辺幾夜宇和《あるべきようは》」の七字を表題とする一枚の半截《はんせつ》を示した。

「この表題は明恵さまの部屋に貼《は》られてある墨書《ぼくしょ》の文言《もんごん》と同じではありませぬか」と、喜海が言う。

「そうだ。あれは文覚さまが病を得て神護寺で静養なされている時に書いて下さった。書き終えて、わたしに話されたことが今だに耳について離れぬ」

――人それぞれ、われでなければなせぬ生き方を抱《かか》えているものよ。そうあるべきように生きてこそ得難い命に花が咲くのぞ。

「師の文覚さまからこう聞いて、われとして人らしく阿留辺幾夜宇和を生きようと心掛けて十年が過ぎた。これからのわたしは、いよいよ一人の華厳僧としての阿留辺幾夜宇和を生きる時を迎えたと思い、あえてこれを書いた」

こう言って筆文字で埋まった半截を喜海に手渡した。

それを一瞥《いちべつ》した喜海が思わずのけぞりそうになった。

朝六時から行法《ぎょうぼう》が始まって午前零時《れいじ》まで、当時の一刻《いっとき》二時間を一区切りにして坐禅、修法《しゅほう》、学問と休みなく続く。一日で休みといえば睡眠に充《あ》てる午前零時から朝六時までしかない。

「これでは息の詰まるような毎日ではございませぬか」

「いや、この刻割《こくわ》りを定めてまだ日は浅いが、日々、楽しゅうてならぬわ」

こう言う明恵の顔に華厳を行じて阿留辺幾夜宇和を生きる覚悟がくっきりと浮かんでいた。

三

高山寺の春は遅い目に、しかもゆっくりとやって来る。冬の側へ引き返しそうになるのも珍しくないが、それでいて春色《しゅんしょく》は意外に早く濃くなる。

境内に多く茂るもみじ葉がとくにそう感じさせた。

日毎《ひごと》に温かさを含む風に葉をしっかりと広げ、やはり風に染められるように緑を刻々と濃くしていく。山門《さんもん》を入って正面へ進む先には近く工事の始まる金堂《こんどう》の用地があり、そこでも萌黄《もえぎ》のもみじ葉がさわさわと緑色を加えている。

承元三年（一二〇九）四月半ばのこの朝も、明恵の一門は新緑の萌《も》える庭を通って仮本堂の念誦堂《ねんじゅどう》へ籠《こ》もり、明恵の作った阿留辺幾夜宇和の日程に沿った自主修行が続けられていた。

念誦堂の者らは慣《な》れたようすで、すでに朝から日程をこなし、長い瞑想修行も終えた。あとは理趣《りしゅ》経《きょう》一巻を誦《とな》えて午前の勤めを終えることになっている。

華厳《けごん》を行じて日々を清浄に、しかも膨《ふく》らむ気分で過ごそうと、こうして時を区切りながらの修練に入って一年近くが過ぎていた。それだけにすべては滑《なめ》らかに進んでいく。

ところがこの日に限って、少し様子が違った。

理趣経に掛かろうとしたところで、「申したきことがございます」と堂内に大声が響いた。声の主は正達で、その場で立ち上がって明恵へ身を向けた。

「こうして地道に精進を重ねるのも大切でしょうが、今はわたしども一同、打ち揃って摂津《せっつ》、勝尾寺《かちおでら》に向かい、そこに籠《こ》もる法然どののご本意を問うべきではございませぬか」

正達は緊張からか、心持ち顔を青ざめさせて見える。居合わせた七人の同行《どうぎょう》も、その声を耳にして一様に明恵の反応を注目した。

明恵に唾《つば》を飲む気配があり、心持ち背を突き伸ばして身構えたかに見えた。が、すぐにはどう答えるでもない。

やむなく正達が続ける。

「法然どのはそこに籠もり、まるで書き遺《のこ》すような一文を連《つら》ねているという噂《うわさ》ではありませぬか。しかも伝わるところ、聖道門《しょうどうもん》の祈祷《きとう》をはっきりと攻撃するような文言《もんごん》がそこに含まれてあると言います」

とくに次の個所が許せぬと正達が言う。

――祈祷して病気が治ったり、寿命が延びるなら、病気で死ぬ者など、一人として居ないはずだ。

「時に祈祷を行うわたしどもとしては祈祷が効くか効かぬか、わざと誤った風評《ふうひょう》を流されては一門が挑戦を受けたも同然でしょう。これまでのように黙っていては、心得違いを広げさせることになりませぬか」

こう語る正達は「これまでのように」の個所で、とくに声を高めた。

この件は法然が弥陀《みだ》の本願《ほんがん》を信ずるとして念仏を唱え、『撰択本願念仏集《せんちゃくほんがんねんぶつしゅう》』（撰択集）を纏《まと》めた建久《けんきゅう》九年（一一九八）から、すでに話題になっていた。あらゆる仏の浄土から選び取り、釈迦もそこに至る念仏の行をとくにほめ讃えたとしたものだから、聖道門からその独断ぶりに早くから疑問が出ていた。

そうなっても法然はさらに過激になり、念仏に頼らずには往生できないと決めつけるなどして、騒ぎに油を注ぐことになっていた。

正達の言葉には、明恵一門があえて抗議行動を起こさずに来ていることの悔しさが滲《にじ》んでいる。

これだけあからさまに他宗非難をすると、さすがに法然は念仏停止の処置を受け、土佐へ流されたが、九条兼実《くじょうかねざね》ら法然に帰依《きえ》する貴族の根強い工作に支えられて、早くに釈放され、今は摂津の勝尾寺に籠もり、相変わらず専修《せんじゅ》念仏だけが一切の悪を消し去り、念仏を唱えれば一人残らず救われると説き続ける。

「そう、とくに今回はわれらを狙《ねら》って攻めているようなところがあろう」

霊典も正達に賛同した。神護寺以来の仲間であり、今は明恵一門でも重い立場にある霊典だから、明恵も軽く聞き流すわけに行かない。

それでも明恵は「気持ちにおいて、わたしは正達や霊典に同意しよう」と、穏やかな調子で答えた。

「どう見ても法然どのの言動は仏教の正道から外《はず》れていましょう。勝尾寺なら遠くないから、法然どのに会うて説得することで、華厳の高山寺もその言を許さぬと世に告げるのは大事かもしれぬ」

いよいよ、われらも決起かと、その場が緊張した。

「ただ、問題はそれでどれだけ実効が上るかということでござろう」

明恵は一同の顔を見回す。

「ならば御師《おし》さまは、われらとしてここは静観せよと申されますのか」

いつもは明恵の意図をうまく汲んで、その魅力を際立《きわだ》たせる喜海も、今は逆らい気味である。

「そうだ。静観して、時を待つ」

「法然どのの退《ひ》き下がる時まで手をこまねいて待てと……」

いやと、明恵はその言《げん》も即座に打ち消した。

「わたしの今の気持ちを正直に述べれば怒りというより、むしろ苛立《いらだ》ちでござる」

一体、御師さまは何に苛立っていなさるのか。皆のそんな視線が集まって来るのを外《そら》そうとするかのように、一瞬、明恵は表戸《おもてど》の外へ目を投げる表情になった。

「そうではないか。選択集はまだ上梓《じょうし》されておらぬから、どんな内容か読んで確かめようがない。遺書のような一文にしても正達が言うようにけしからぬ内容らしいが、どんな言い回しになっているか分からぬ。だから知ろうとしても苛立ちを覚えるばかりなのだ。これでは何を言っても影に吠《ほ》えるようなものでしかござらぬ」

「だから、本物の文章を見た上でピシャリと……」

「そう。みんなの意見も聞いてのう」

こう決めつける明恵の口調に自信があふれていたこともあって、

――それも筋道だ。

誰もがようやく明恵に同意した。

「それからもう一つ、よう考えてほしい。今回のことで、わたしどもが本気でやらねばならぬのは、法然の坊へ抗議に押しかけることだろうか」

一体、師は何を言い出したのか、一同が注目する。

「わたしども、誰もが真実を生きられるように膨大《ぼうだい》な華厳の思想を重いほど背負って大衆に向き合っておる。が、法然どのは南無阿弥陀仏《なむあみだぶつ》のたった六文字で大衆を法悦《ほうえつ》に導こうとしていよう。そんな新仏教のしたたかさこそ、われらがこれから立ち向かわねばならぬ相手なのぞ」

内心を吐露《とろ》する明恵の説得に、門弟らがことの大きさを実感した。気がつくと時間が過ぎ、理趣経の読経《どきょう》は初段《しょだん》で抑えないと、正午《ひる》までに食べ終える食時《じきじ》の掟《おきて》に添えそうになかった。

いく分、早い調子の読経も風に乗ると快い音律《おんりつ》となって堂外へ流れ出た。

その読経に敏感な反応をする者が念誦堂の外にいた。

「これが終われば、きっと食時《じきじ》に出て来られようぞ」

表で待つ宮原光重が娘の朋奈を念誦堂の前へ促《うなが》した。

光重は、微熱《びねつ》の下がらぬ難病を祈祷で治してもらってから、すっかり明恵に帰依している。朋奈も明恵のもとで尼僧となるのを願いとしていた。

「おお、光重と朋奈。ようやって来たね」

念誦堂を出た明恵が二人を目ざとく見つけた。

「命の恩人の明恵さまに、何かお役に立ちたいと思うてやって参りました」

「そう、あたしも……」

斎《とき》を共にしながら父と娘は明恵にこう告げる。

父の難病を治してもらった恩返しに、尼僧となって明恵の身辺を世話したい。三年前、高山寺に入るために紀伊を去る明恵に、ぜひ高山寺に女人堂《にょにんどう》を建ててほしいと朋奈がせがんだのも、そのためだった。ところが尼僧の過ごせる建物が境内に見当たらない。

「明恵さま。女人堂がもう出来てるのかと思うてやって来ました……」

「女人《にょにん》の出家希望はにわかに増えぬのでね。ただ、わたしがこうして華厳行《けごんぎょう》に力を入れ始めて来客が増え、正直、対応に難儀しておる。どうだ、手伝ってくれると大変、助かるのだがね」

「嬉しい、お役に立てそうで……。お手伝いしながらお得度《とくど》も受けられるのですね」

十九歳の朋奈が童女のように弾《はず》んだ声を立てた。

「さて、得度はみ仏によう相談してからのことだね」

明恵は答を濁《にご》した。とくに朋奈だから突き放したのではなかった。女の弟子志願者も現れるが、この頃、新しい宗門《しゅうもん》がさかんに女人往生を説き始めていた。そんな風潮に出来れば沿《そ》いたくないのが、この頃の明恵だった。それでも朋奈が光重と一緒に寺の手伝いをして過ごしてくれれば、いずれ尼僧にしてやれるかもしれない。そう思って方丈《ほうじょう》外の小庫裡《こくり》に父と二人寝起きさせて、客の応対や雑務を任せることにした。

やがて風の中に秋を感じるようになる。

「御師さま」と、引き戸の前で改まった霊典の声がした。部屋に入れると、いきなり朋奈の話になった。

「あの女人を得度させたい御師さまの気持ちを、われら弟子どもが遮《さえぎ》っていたようで申し訳ございませんでした」

「いや、そうは思ってないぞ。どうするのがいいか、わたしにもためらいがある。朋奈に問題はないが、高山寺として誰か一人の女人を例外として得度させるわけにはいくまい」

「そこなのです。われを律《りっ》するのに厳しい華厳の寺で、進んで女人の得度を許しては示しがつかない。こう思って、あえて御師さまにも勧めなかったのですが、この頃は寺内の若手の意見も大分、変わって来ています」

「ほう。どう変わったのだね」

「われを律する華厳ですから、朋奈のような風潮に溺《おぼ》れる心配のない女人なら得度を認めてもいいと思い始めております……」

ありのままの朋奈をどう見ているか。明恵が霊典に問うてみた。すると朋奈の意外な評価を聞かされることになった。

このところ大庫裡《おおくり》の用務までこなし、時には内仏《ないぶつ》も掃除をしているが、そんな時でも内仏の間《ま》は父の光重が行い、朋奈はそこには入らず、桶《おけ》の水を替《か》えるだけに留《とど》めている。しかも念誦堂内で霊典らに会うと、朋奈は仏式の礼儀にそって片膝を床に着ける蹲踞《そんきょ》で、丁寧に合掌《がっしょう》して来るという。

だから得度をさせてもいいと霊典が進言する。が、明恵はその理由に賛成しかねた。

「どうだろうか。よかれとする、そなたの思いやりだろうが、それではかえって女人が仏に近づきにくい身と決めつけていることにならぬだろうか」

こう明恵に言われて、霊典ははっと気づくことがあったらしく、いきなり後ずさりして明恵に頭を垂《た》れた。

「浅《あさ》はかにございました。よく考えを改めまする。されどああまで健気《けなげ》に働いてくれる朋奈どのです。よって、まだ洛中《らくちゅう》へ出たこともありますまい。御師さま、あの父娘をせめて慰労に一度、街へ連れ出してやって下さいませぬか」

「おお、そうであったな。よき思いつきじゃ。早速、あの二人に都の見物でもさせてやろうぞ」

どうしてそう思いつかなかったのか、明恵にそんな感じさえあった。だから決行は早かった。


三日後の六月十九日、三人は神護寺で調達してもらった牛車《ぎっしゃ》に揺られて市中へ向かう。しかも牛車は洛中を越え、いきなり洛南《らくなん》の果てまで進んだ。そこの雄徳山護国寺《おとこやまごこくじ》で牛車が停《と》まった。その寺は石清水《いわしみず》八幡宮《はちまんぐう》との神仏習合《しんぶつしゅうごう》でも知られる。折角《せっかく》だから、栂尾と別の京の顔を朋奈らに見せてやりたい。

京都でも南端で、宇治川《うじがわ》と木津川《きずがわ》が一つになって淀川《よどがわ》に流れ込むあたりの雄大な光景に朋奈が無邪気にはしゃぐ。そこからはつづら折れの石段である。上り切ると参道の両脇に宿坊《しゅくぼう》が数限りないほど並んでいた。

そこから参詣人《さんけいにん》の波にもまれながら進む。光重は名の知れた石清水八幡宮へ参りたがった。

「それもよろしかろう」と、明恵が賛成した。

その上で、八幡宮への道に迷った兼好法師《けんこうほうし》が「先達《せんだつ》はあらまほしきものなり」と徒然草《つれづれぐさ》に書いていると教え、

「でも今は人の流れにそって進めば自ずと行き着くから、ゆっくりとお参りして来なされ」

こう言って明恵が光重を送り出した。少し、朋奈と話したいことがあった。

広々とした見晴らしのきく床几《しょうぎ》に二人並んで腰掛けた。

「得度のことだけどね、遅れてしまって悪いと思っているよ」

「いいえ。お気づかい下さるだけで嬉しい。お弟子さまの中にはいろいろ理由をつけて反対する方がありましょう」

「いや、名は伏せるがね。先日、弟子の一人が朋奈に得度してやってほしいと進言して来たよ。そなたの行いの細々《こまごま》をほめ立ててね」

「でも、他のお弟子さんが反対したのでしょう」

「そうではなく、反対してしまったのはわたしだった」

「まさか……」

朋奈が信じられないといった顔をした。

「申し訳ないが、本当なんだよ。何と言えばよいか、わたしは本尊仏の前で素直に朋奈と心を並べられそうにないのだ」

「当然でしょう。お偉い御師さまと、弟子の資格もないようなわたしですから」

「そうではないのだよ。本尊仏の前で得度する女人と向き合って、相手のありのままを心から敬えぬ者には得度の戒師《かいし》を勤《つと》める資格がないのだよ」

こう口にした途端《とたん》、朋奈の意に添《そ》えぬ辛《つら》さが甦《よみがえ》り、明恵が面《おも》を伏せた。

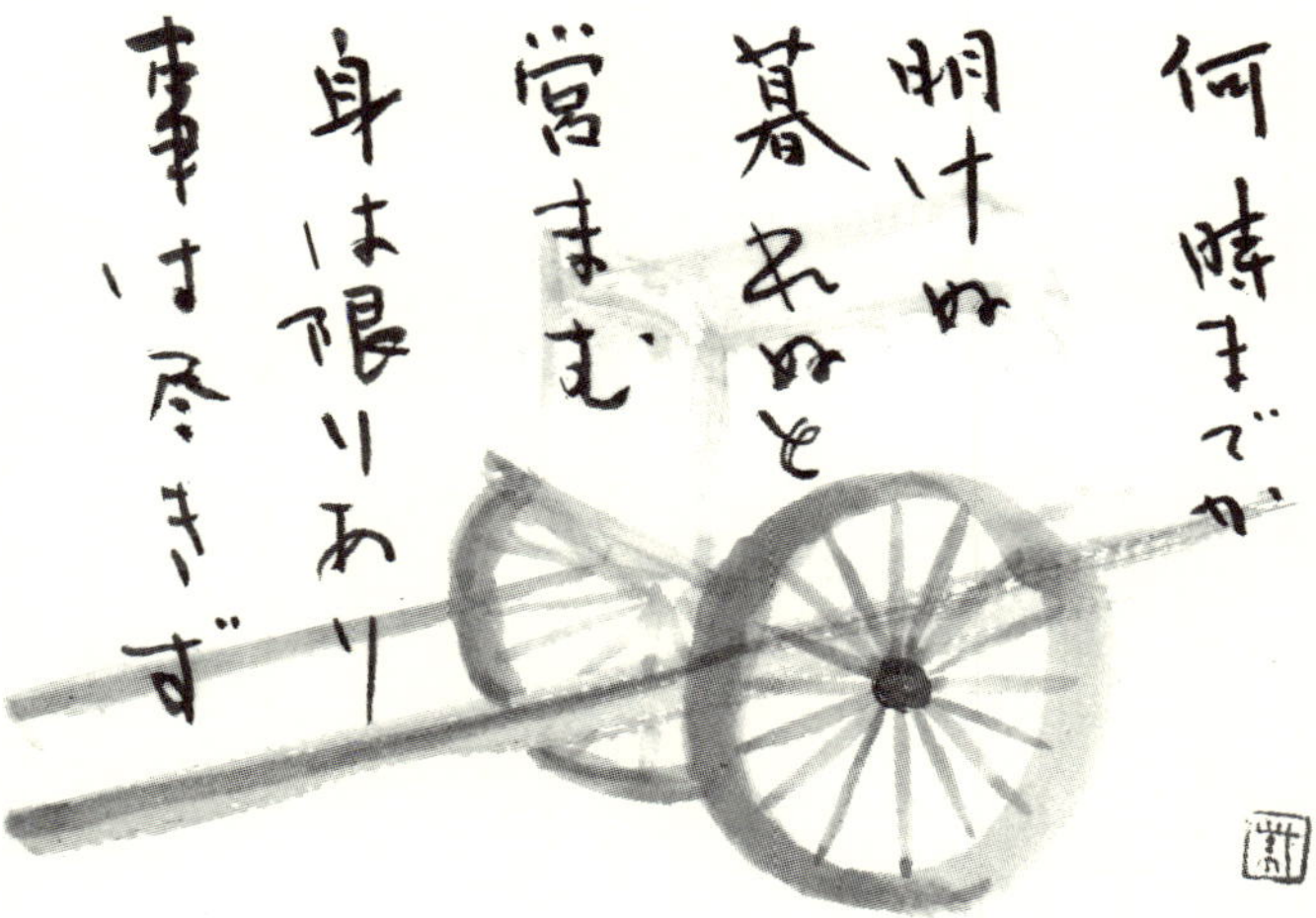
何時までか
明けぬ
暮れぬと
営まむ
身は限りあり
事は尽きず

「そんなに厳しくご自身を責めないで下さいませ、御師さま。長くも生きてないわたしが言えば妙かも知れませんが、今日、初めて殿方《とのがた》から敬われた気になりました」

「朋奈よ、その言葉にわたしも大変、勇気づけられるよ」

「御師さまを勇気づけるなどと……」

「いや。朋奈の言葉を耳にしてね、わたしは自ら葛藤《かっとう》しながらでも、得度させる女人をしっかり敬えそうな気がして来たのだよ。今のように男がすべてに優位な世でも、優しい思いやりなど女らしい特性を敬った上で男も女も仏の前で同じなのだからね」

明恵と朋奈はこんな話をしながら、眼下を滔々《とうとう》と流れる大河を二人で見下ろす。

傾き出した陽の光は小波《さざなみ》を連ねる川面《かわも》を黄金に染め始め、ついで朋奈の心の小波にまで届きそうだった。

そのうち光重が別当《べっとう》の幸清《こうしん》ら石清水の社僧《しゃそう》を三人伴って帰って来た。和歌好きの人らしく、早速、床几の上で即興《そっきょう》の歌会となった。そこで明恵からこんな歌が口をついて出た。

何時《いつ》までか明けぬ暮れぬと営まむ
　　身は限りあり事は尽きず

今日が明ける、はや暮れていくと常に慌《あわ》ただしくしている。が、命には限りがあって成すべきことは限りが無い。それを思うと無為《むい》に日を送りたくない。

明恵の歌から、わが命、わが日々を粗末《そまつ》に過ごすまいとする意思が身に迫って来るのを、朋奈は快く感じとっていた。

四

「おい、誰かいるか。大変なことになりそうだ」

仏書を求めて洛中から帰って来た霊典が高山寺の山門をくぐるなり、大声を弾《はじ》けさせた。承元四年（一二一〇）一月半ば、二日続きの降雪で積んだ参道の雪が、この日、朝からの日差しでほとんど融《と》けている。

「騒々しいぞ、霊典。山門の内で大声を出してはご執筆の御師《おし》さまの気が散るではないか」

十無尽院の屋根から滑り落ちた雪の塊《かたま》りを除いていた喜海が慌《あわ》ててとがめた。

「明恵さまがいよいよ坊舎《ぼうしゃ》に籠《こ》もって法然の選択《せんちゃく》集《しゅう》論破《ろんぱ》の筆を執《と》りなさったのぞ」

弟子らがそれぞれ写し取って来た選択集写本の断片が揃い、ようやく全容《ぜんよう》が見通せるようになった。

「それだ、それ。明恵さまが選択集を非難する摧邪輪《さいじゃりん》を書かれる話が洛中《らくちゅう》に広がっており、念仏の門弟らがそれを書かせまいと高山寺へ抗議に押し寄せるということだ」

仏書揃えの店主が話していたから間違いないと、霊典は力を入れる。

「ならば受けて立って話し合えばよいではないか」

「いや。大挙《たいきょ》して来られると双方《そうほう》ともに気負《きお》って、論議より先に混乱してしまおうぞ。すると明恵さまの身を守るのも難しくなろう」

霊典が弟子らの不安を煽《あお》った。ところが明恵はその話を聞いても一向に動じるふうがない。

「なすに任《まか》せておけばよかろう」の一言である。

「抗議の輩《やから》がやって来ても放っておけと……」

「もし釈迦さまの教えに背《そむ》いて騒ぐのなら、いくら法衣《ほうえ》をつけていても暴徒《ぼうと》でしかない。山内は無抵抗を貫《つらぬ》いて読経三昧《どきょうざんまい》でやり過ごせばよい」

半月ばかり前、じつは明恵は一つの体験をしていた。

洛中の法座《ほうざ》で華厳《けごん》を説いていると、いきなり一人の男が立ち上がって明恵に選択集をどう思うかと問うた。釈迦の教えに照らして、あまり望ましくないと答えたところ、二、三人が口々に非難して来た。が、他の聴衆が揃って帰れと追い立てると姿を消してしまった。

根拠のない抗議《こうぎ》をするのはあの程度と明恵は思っている。

「わたしども、選択集のどこに誤りがあるかを学びたいので、摧邪輪の書き終えられた分を書写させて下さいませぬか」

こう頼んで師から渡された摧邪輪は『一向専修宗選択集《いっこうせんじゅしゅうせんちゃくしゅう》の中において邪《じゃ》を摧《くだ》く輪《りん》』の表題がつけられてある。

仏法を論じても邪念《じゃねん》が含まれていると、それは法輪《ほうりん》ではなくて邪輪《じゃりん》だから、仏に代わってその誤った論を摧《くだ》（砕）くしかない。

「なるほど、並でない摧邪のお気構えだ」と、弟子らが共鳴する。が、摧邪輪の本文に目を移すとふっと身が引き締まるほど文の格調が高い。

――夫《そ》れ仏日没《ぶつじつぼっ》すると雖《いえど》も、余暉未《よきいま》だ隠れず。法水乾《ほうすいかわ》くと雖も、遺潤《いじゅん》なほ存《そん》せり。

いくら仏の光が陰《かげ》ったといっても釈迦の遺徳《いとく》が失われたわけでない。仏法が干《ひ》からびていくといっても、釈迦の教えはまだ十分に人々の心を潤《うるお》わせている。

この一文は明恵が論を張るための、ほんの前置きと思って次へ目を移すと「三印《さんいん》、邪正《じゃせい》を分かち、五《ご》分《ぶん》、内外《ないげ》を別《べつ》す」と本論が続いていた。

——仏の教える諸行無常《しょぎょうむじょう》、諸法無我《しょほうむが》、涅槃寂静《ねはんじゃくじょう》の三印は清《せい》と濁《だく》を区別する。また愛執《あいしゅう》を断《た》ち、苦を離れる四諦《したい》の理想境をめざし、休みなく修行する五分の法は正道《せいどう》と外道《げどう》をはっきりと区別する。

「前置きといった文章上の遊びを省《はぶ》かれるのは、いかにも御師《おし》さまらしい」

「法然どのの選択集を摧く上で、まず〈清らかなものと濁《にご》れるもの〉と〈正道と邪道《じゃどう》〉をはっきり区別せよ、と告げていなさるのも御師さまらしい」

「それからすると、相手方が聖道門《しょうどうもん》を群賊《ぐんぞく》扱いするのは明らかに濁った邪道の業《ごう》だね。比べてわれらの怒りは、きっと正道と見なされようぞ」

「ただ、格調が高すぎて、この文言では押しかけて来た相手方を威嚇《いかく》できない」

「要するにけんかの啖呵《たんか》になりにくいのよな」

「待て。非《ひ》は明恵さまにない。わしらの言葉で摧邪輪を論じ合い、中味をわがものとしてから相手に立ち向かえばよいのだ」

正達がこう声を高めた。

「前置きを省いてまで、御師さまは全力で釈迦さまを称《たた》えていなさるのだ。太陽が西に沈んでも残光《ざんこう》はまだ輝き続け、教えの水は今も変わらず心を潤してくれている、この書き出しにわしらが肚《はら》を据《す》えりゃ、どんな論争をふっかけられても脅《おび》えることは一つもない」

それぞれがまず互いを納得させ合った。


「上覚さまがですね、紀伊《きい》より出て来られております」

神護寺の若い僧が明恵にこう伝えて来たのは、その年、秋が深まってからだった。

「明恵さまにぜひ顔を見せてほしいとのことにございます」

使いの僧はこうも伝言する。

「わざわざ、ご苦労にござった。明朝に伺《うかが》いましょう。もし上覚どのがお疲れでないなら、その時、一緒に高山寺まで来てほしいと前もって伝えておいて下さらぬか」

この頃、明恵は金堂《こんどう》を建立《こんりゅう》しようと、弟子たちに暇《ひま》をみて境内北西の山裾《やますそ》を均《なら》すように命じていた。その整地もあらかた終えている。叔父の上覚が京へ来ているのなら願ってもない機会なので、ぜひ地鎮《じちん》の作法《さほう》を頼みたい。

あくる朝、明恵は長い石段にわが影を刻みつけながら上り、神護寺の山門に近づく。

「よお、明恵や。待っておったぞ」

上覚の元気な声が上から降りかかって来た。明恵が誘いに来るのを山門の敷石《しきいし》に腰掛けて待っていたのだ。

「いよいよ高山寺に金堂を建つるとか」

「とりあえずは仮堂《かりどう》となりますが、立派なお釈迦さまのお木像《もくぞう》を頂いたものですから、ご安座《あんざ》いただける御堂《みどう》をと思いまして」

「よき心映《こころば》えじゃ。さような慶事《けいじ》なら頼まれずとも出掛《でか》けるところだったぞ」

清滝川に沿う道で二人の話は弾《はず》む。

「もう一つ、忘れないで下され。月が変われば同志が遠近からやって来て、聖證《せいしょう》を中心に八十巻ものの華厳経を写経してくれるようになっております。覚舜《かくしゅん》、行弁《ぎょうべん》、聖範《せいはん》、それに成忍《じょうにん》ら、修行先で親しくなった懐かしい顔ぶれが揃ってくれますする」

「そうか。加えて、よき同志ありだな。華厳の教えを外へ押し出すのに欠けたるものは無しじゃな」

「よき仲間の和の力に望みをかけるだけです」

気分も弾んだところで、高山寺への上り坂にかかる。この時、上覚がまったく唐突《とうとつ》に一つの問いを発した。

「ところで明恵や。例の夢の記述はまだ続けておるかの」

明恵がえっという表情で叔父の横顔を見つめた。一体、何を聞き出したいのか。

「ここ三年ばかり途切れていますが……」

「やはり、そうか。文覚さまが亡くなられて以来ということになるな」

「いえ。その翌年、気がかりだった法然どのの選択集の写本を手に入れた夢を見まして、その様子は詳しく書き留《と》めています」

いまは書きそびれているが、明恵は十九歳から続けている夢之記《ゆめのき》である。

「文覚どののつよい説得力でぎゅうぎゅうと密教を詰め込まれたでの。亡くなられると何かの変化が明恵に現れると思うておった通りじゃ」

筆を持てる限り、夢之記を続けたい明恵には、文覚の名をここで持ち出す上覚の思いが計《はか》れない。夢というのは、明恵にとって心の深まり具合を他の人の目で見るように自らしっかりと確かめられる貴《とおと》いものなのだ。夢は明恵のわが生の深まりの証《あか》しでもある。

まだ何か言いたげな上覚だったが、高山寺の山門をくぐった途端《とたん》、話の続きを忘れたように境内の光景にとらわれてしまった。

「神護寺時代の十無尽院はそのままだが、栂尾の山号《さんごう》がよう似合うようになったのう。いや、感心だぞ、明恵よ。小さいとはいえ、郷里にちなんで春日社《かすがしゃ》まで建てておるではないか」

「はい。わたしの天竺行きをご神託《しんたく》で阻《はば》まれました春日の神ですが、民部卿《みんぶきょう》の藤原長房さまが鎮守《ちんじゅ》として祀《まつ》るよう勧《すす》めて下さいました」

「人の繋《つな》がりもずい分、広まっておるようだな」

「小さい社殿なのに藤原ご一門にとっては京にある、たった一つの祖神《そじん》ということで篤《あつ》く崇《あが》めて下さいます。新しく藤原家の長者《ちょうじゃ》に就《つ》かれると、まずこの春日社に詣《もう》でて奉告《ほうこく》なさるのが常となっています」

「ほう、藤氏一門といえば朝廷の重鎮《じゅうちん》として日本を代表する名族《めいぞく》なのぞ」

「そのようですが、わたしはご一門の神仏への謙虚さだけでつながり、そのお役に立てるのを喜んでいます」

「長房どのも栂尾へ詣でて明恵と会うのが楽しみだと申されておったぞ」

「本堂が出来れば頂戴《ちょうだい》している『日出《ひいで》てまず高山《こうざん》を照らすの寺』のお額《がく》をまっ先に掲《かか》げさせてもらおうと思っています」

明恵も上覚になら貴顕《きけん》との繋がりも、こうしてごく自然に語り合える。

「二年前の秋、関白基通《かんぱくもとみち》さまのお得度《とくど》の戒師《かいし》を勤めさせて頂き、行理《ぎょうり》との法名《ほうみょう》を喜んで受けて頂きました」

「ほう、藤原北家《ほっけ》の流れで、その基通さまから近衛《このえ》氏を名乗られているのぞ」

「そのようでございますね」

「どこまで明恵は欲が薄いのぞ。それほどのお方の帰依《きえ》を得ておれば、一声かければ本堂などたちどころに建立《こんりゅう》してもらえように」

「いえ。御堂を建てるのは、わが祈りの証《あか》しにございますれば」

平然《へいぜん》とした明恵の答えである。

こんな話をしながら境内を進むと、日差しに恵まれる草原を横切ることになる。

「おお、この季節ならではの野の小花の群れよ。程よい木陰《こかげ》で朝露《あさつゆ》を長く消さず、山水《やまみず》のせせらぎを楽しんで瑞々《みずみず》しく咲いておるのう」

上覚はそこに咲く色とりどりの小花の群生《ぐんせい》にすっかり気を奪われた。

すると後ろから駆けてくる足音が近づく。振り向くと小庫裡《こくり》に住む朋奈である。

「御師さま。このところ少し暖かいので、見て下さい。はや小花《こばな》がこんなに沢山《たくさん》開き始めました」

「ほう」と、上覚は現れた朋奈に驚いたふうだ。「若いのに寺を手伝ってくれておるのか」

「はい」と、朋奈が恥ずかしげに頷《うなず》く。

「父御《ちちご》と一緒に小庫裡に住んで厨房《ちゅうぼう》を賄《まかな》ってくれており、助かっています」

上覚は明恵の説明に納得し、朋奈に語りかける。

「この明恵はの、十三、四歳の頃、ここで寝起きして神護寺まで学びに通っていてね。この時期、神護寺へ来るとの、ここに咲くさまざまの花がまるで華厳の世界を目にするようだと口にしておったもの

だ」

「それを雑華厳飾《ぞうげごんじき》というのですね」

「ほう、難しいことをよう知っておるね」

「はい、明恵さまに教わりましたから」

朋奈はそう答え、小走りで去っていった。

「あれは二十年も昔のことでしたから、わたしはまだ教えの入口にも立っていませんでしたよ」

明恵が上覚が持ち出した旧《ふる》い話に逆《さか》らった。

「小花《こばな》の群れに雑華厳飾を見たのは未熟だったと申すか」

「はい。修行の成果で得たそれぞれの雑華をその人らしく生かして飾っているのが雑華厳飾と思えるようになって、やっと華厳経《けごんきょう》に近づけた気になれました」

「うまく言い得たではないか」

「よして下さいよ。子どもをほめるような言い方は朋奈だけにして下さい」

明恵が叔父に小さく逆らった。

「ならば、そちの言《げん》に足りぬことを補ってやろう」

「いえ、それもわたしに言わせて下さい。修行の成果が花となってわたしを飾り、それが出会う人を照らし、その人の生き方を飾る花となって、やっとわたしという雑華も華厳の輝きを確かなものとできるのですから」

「そう、それを一即一切《いちそくいっさい》、一切即一《いっさいそくいち》という」

「この頃、やっとそう実感できるようにもなりました。他の命を惹《ひ》き寄せ、その人の命を仏弟子らしく内から輝かせる手助けを果たすと、わが身も雑華の輝きを始める。一人が一切になり、一切がわれ一人に帰《き》すという華厳の極致《きょくち》は、あるいはこういうことかと思うのです」

こんな雑華厳飾の内実をくぐると叔父と甥《おい》の間に法悦境《ほうえつきょう》への足がかりが生じ、明恵の中の華厳が一段と息づいてくるのだった。

翌朝、山裾《やますそ》の金堂予定地で上覚による地鎮の作法が営まれることになり、夜明けから壇《だん》が組まれ、壇上の飾り付けが行われた。

やがて高山寺に詰《つ》める若手僧が法衣《ほうえ》姿で壇の前に揃う。緋《ひ》の装束《しょうぞく》を着けた上覚がそこで一同に語りかけた。

「この地を浄らかな仏の地とするため、ご一同も一緒に地鎮の作法を行うつもりになって、わたしの告げるままに仏の姿を次々と頭に思い浮かべ、その真言《しんごん》を唱えてほしい」

上覚は儀式の経験が少ない若手僧らに、仏の姿を思う観想《かんそう》の仕方を丁寧に告げてから作法に入った。

壇上の水を清浄な滝水《たきみず》によって山裾の地が洗われると見なし、その水色が輝く瑠璃色《るりいろ》のように映《は》える浄地となし、そこに梵字《ぼんじ》の一字を思い描くと、悟りを得たい気持ちを花のように咲かせる――。

こう伝えてから上覚が作法に移る。地《ち》、水《すい》、火《か》、風《ふう》、空《くう》の神々をおごそかに招き、地の神、天の神に眷属《けんぞく》と共に本堂地を清浄化するよう願い、まわりを囲む一切の善神《ぜんじん》にこの地の守りを願う。ついで大日《だいにち》如来《にょらい》、釈迦如来、不動明王《ふどうみょうおう》らの着座を確かなものとしていく――。

これを終えると明恵は坊舎へ引き揚げ、上覚らは十無尽院で着衣を改めながらこんなことを口にした。

「今日みたいに神や仏の姿を次々と頭に描いて観想しておると、なんとなく明恵どのの夢の世界に付き合わされているような気になってしもうたぞ」

すると奥から上覚までが話に加わった。

「わしも明恵から夢の話を聞かされるたび、仏の姿を限りなく呼び出す瞑想作法をしているような気にさせられるのだ」

こう大きな声を発して、着替えの場に笑いが渦巻《うずま》いた。

「まこと明恵の夢には神や仏の姿が次々と現れる。あれは文覚どのという強烈な密教僧を師にもったからでの、明恵は夢の中でも密教の観想をやっているのよ」

「ところが、上覚さま。このところ明恵さまから夢の話を聞いておりませぬ」

「そこじゃ。明恵は華厳僧として多忙を極《きわ》めておるが、文覚さまが亡くなられて四年、がみがみ言われぬから、つい密教が疎《おろそ》かになっておるまいか。これが叔父としての取り越し苦労ならよいのだがの」

上覚は昨日、神護寺からの道で明恵に言いそびれたことを、みんなの前でこうはっきり告げようとしている。

「華厳一筋を深めるのなら東大寺尊勝院がありましょう。この高山寺は申されるように華厳と密教を溶け合わせた厳密《ごんみつ》の寺として人の心を癒《いや》し育《はぐく》む場とすべきでしょう」

喜海が高山寺の教学のあり方にまで話を広げた。


法然どのが亡くなられたらしい。

こんな噂《うわさ》が人の口づてに高山寺へ届いた。確かに建暦《けんりゃく》二年（一二一二）一月二十五日、法然は京都大谷《おおたに》の住房《じゅうぼう》で遷化《せんげ》している。

「聖道門《しょうどうもん》を不当に責めた非礼《ひれい》、せめて生前に悔い改めてほしかったものよ」

それを知って上覚が無念さをもらした。

「されど、叔父上」と、明恵が口をはさむ。

「法然どのが楽土《らくど》へ往生《おうじょう》するのに菩提心《ぼだいしん》のある無しを問わぬと選択集《せんちゃくしゅう》に書いてなさるのがわたしに納得できないのです。それでは釈迦さまへの敬いに欠けましょう」

「悟りを得たいと願う気持ち、生類《しょうるい》の一切を苦しみから救おうとする心が菩提心だからの。宗門を問わず、仏道を歩む誰にとっても初めの一歩であろうぞ」

上覚は今も信じられぬ顔である。

「真《まこと》なのですか」と、脇から正達も念を押す。

「そうよ、念仏さえ唱えておれば菩提心がのうても往生できるという。どこに誤りがあって、発心《ほっしん》なくして仏の道を深められるとするのか。皆で話し合うてほしい」

明恵が弟子らにこう促《うなが》す。

この半年ばかり後、やっと選択集が開版《かいはん》された。

「やはり伝わっていた通りの中身だ。われら聖道門がこれに異議を申すは新興勢力を嫌ってのことでないぞ」

「はい。以前、御師《おし》さまは浄土門《じょうどもん》が南無阿弥陀仏《なむあみだぶつ》の六文字で人を法悦《ほうえつ》に導こうとするのに関心を持たれたのをよう覚えています」

「そこに新時代らしい活力を見ようとしたが、その足場が釈迦さまの本意から逸《そ》れていては話にならぬ」

ようやく市中に出まわった選択集を読んで、反論したいことが雲のように明恵の頭に巻き起こってい
た。

蛇《へび》は水を飲んで毒と成し、牛は水を飲んで乳とする。このように邪《よこしま》な人は仏法を聞いて煩悩《ぼんのう》とし、正しい人は仏法を聞けば悟りと成す。

こんな得意の対句《ついく》を散りばめ、いつものように正と邪をくっきりさせた摧邪輪《さいじゃりん》三巻が、その晩秋、ようやく書き上げられた。

それでも明恵はまだ筆を措《お》こうとしない。

高山寺の金堂《こんどう》がしだいに姿を現すように、高山寺の教学の構えもしっかりと築き上げたいと、引き続いて摧邪輪荘厳記《さいじゃりんしょうごんき》を書き起こし、あくる建保《けんぽう》元年（一二一三）六月、それも脱稿《だっこう》する。

これまで三年半を費やし、明恵は四十一歳になっている。これほど長い歳月を注ぎ込んだ摧邪輪を一日も早く新しい金堂の釈迦像の前に納めたい。

「金堂が竣工《しゅんこう》するまで、あと一息だ。手のすいている者は工事場の片づけを助けるよう。一人がひと抱《かか》えの木っ端《こば》を除けば、その分、ご本尊の開眼《かいげん》を早められるのぞ」

明恵自らが木屑《きくず》にまみれながら片づけに汗を流した。

こんな頃、川越えの朝霧《あさぎり》を割って蹄《ひづめ》の音が高山寺に響き、一頭の馬が駆けて来た。乗り手は洛中建仁寺《らくちゅうけんにんじ》の使者だった。

天万像を造る
人を造ってもって貴しとす
人は一期を保ち
命を守ること
をもって
尊しと
なす
栄西禅師の言葉

「此度《こたび》の金堂ご落慶《らっけい》、栄西さまはわが事のように喜んでなさる。祝意の一端として、まだ珍しい宇治の新茶を格別に摘《つ》ませて献《けん》ぜよと命じられ、持参しました」

栄西が宋から持ち帰った茶種《ちゃだね》を京洛《きょうらく》でいち早く、明恵が高山寺の庭に植えてよき茶に育てている。それが栄西には嬉しい。とくに近年、明恵が高山寺の茶種を宇治《うじ》へ贈ったのがきっかけで、そこでも茶の栽培が盛んになりかかっている。

栄西はそのことも謝し、高山寺の金堂落慶《らっけい》の祝いに新茶を献じて来た。

「これは忝《かたじけ》ない」と、明恵は乾燥孟宗竹《もうそうちく》の筒切り三本に詰めた茶を慈《いつく》しむように受け取った。

「こちらは夏が遅いゆえ、まだ新茶を煎《い》るまでに至っておりませぬ。開眼《かいげん》の際、ご本尊に献じさせて頂きましょうぞ」

「まこと高山寺さまのお茶の味わい、他はとても及びませぬ」

「さて。それは明け方、山肌を駆け降りて茶畑を包む朝靄《あさもや》に恵まれているせいかもしれませぬの」

茶をほめられ、明恵はそれを自然の恩恵のせいにした。明恵自らが茶に思いをかけていることも、寺《てら》男《おとこ》の元久が命を注ぐように茶の木を育てていることも口にしない。

「なにしろ京の宮家《みやけ》では闘茶《とうちゃ》といって茶を飲み比べる会が催されまするが、いつも高山寺のお茶がずば抜けて、本茶《ほんちゃ》の栄誉をずっと独占されとります。他所《よそ》はどう頑張ってもまだ非茶《ひちゃ》でしかござりませぬ……」

「茶の道にまで本茶だ、非茶だと分けるのをわたしは好みませぬぞ」

「これは失礼申しました」

「それより栄西さまが近年、お書きなさった喫茶養生記《きっさようじょうき》はまこと含蓄《がんちく》に富んでござる」

こう言って、明恵はその中の一文を口にした。


天、万像《ばんぞう》を造る。人を造ってもって貴《たっと》しとす。人は一期《いちご》を保ち、命を守ることをもって尊《たっと》しとなす。

「茶の飲み方とその効用を説かれた書でありながら、仏書《ぶっしょ》のように人の貴さと、それぞれの命にふさわしく生き通すことの大切さを説いてなさる」

栄西はこの二年後、七十五歳で入滅《にゅうめつ》する。深くは関わらなかったが、明恵が出会った貴い師の一人だった。


その年の盛夏、高山寺金堂の落慶法会《ほうえ》が営まれる。

境内のもみじの緑葉《みどりば》に跳《は》ねる光が朝からまぶしいばかりだった。

「派手《はで》嫌いの山主《さんしゅ》さまも今日ばかりは許されようと、夏陽が真新しい金堂を晴れやかに照らしているではないか」

「そればかりではありませぬ。夕日に映《は》える寺は珍しくござらぬが、枝越しに散る朝日がお釈迦さまの瞬《まばた》きみたいにきらきらと庭の苔《こけ》に光るのは、まずもって高山寺だけでござるの」

法会に招かれてやって来た僧らが苔庭《こけにわ》の冴《さ》えを口々にほめた。

「いや、境内へ引き寄せられるはお日さまの光だけでござらぬ。薄紫《うすむらさき》の召《め》し物の似合う妙齢《みょうれい》の夫人が一人、山門《さんもん》前で人待ち顔に立ってござった。山主たるもの、山門まで出てさような参詣《さんけい》の客を内へ迎えてやってほしいものよ」

「いや。さような世間流でないのが明恵どのの魅力での。それもよいではござらぬか」

仮とはいえ金堂が落慶し、華厳宗《けごんしゅう》を盛んにする根本の道場がいよいよ始動するよき日である。僧らはこんな話を楽しげに交わし、法会の控《ひかえ》の間《ま》は大声と哄笑《こうしょう》のたまり場となった。

やがて釈迦像の開眼と金堂落慶の儀である。

明恵が式衆《しきしゅう》に続いて木の香《か》の新しい金堂へ入っていく。信徒席にはゆかりの神護寺や仁和寺《にんなじ》、勧修寺《かしゅうじ》などの信徒ら数十人が法会の始まりを待っている。その前列まん中に高山寺の勅額《ちょくがく》を寄進した後鳥羽上皇の近臣《きんしん》、民部卿《みんぶきょう》の藤原長房がどっかと座り、本尊釈迦彫像の願主《がんしゅ》となった隣の督三位局《とくさんみのつぼね》に盛んに語りかける。

「ここが後鳥羽院さまの院宣《いんぜん》で高山寺となって七年、あの時、わしが預かって来た勅額も新金堂によくなじんでござる」

「まこと高山寺の近年の整いは目を見張るばかり。明恵さまのお徳の高さを改めて思いまする」

「お局《つぼね》さまがこうしてご本尊の彫仏《ちょうぶつ》を発願《ほつがん》下さった。まさに華厳の根本道場にお眼が入った感じでござる」

「それは過分のお言葉……」と、恐縮する督三位局の脇に朝方《あさがた》の話題となった薄紫着の女人が並ぶ。二人は知人同士だった。話題の本尊仏を彫った仏師の快慶《かいけい》も緊張の面持ちで座している。運慶《うんけい》の父康慶《こうけい》の弟子で、明恵が東大寺に出入りしていた頃に親しくなっていたので、此度《こたび》、彫刻の鑿《のみ》をふるうことになった。後方の出入り口近くに光重と朋奈がいつ用を命じられても応じられるように控えている。

法会の始まりを告げる鐘に合わせ、半丈六《はんじょうろく》釈迦像を包む白布《しらぬの》がはがされた。堂内の目がおっと釈迦像の顔に向けられ、慈愛の表情にそれぞれ納得したふうである。明恵も開眼の作法をしながら折々に、灯明《とうみょう》に揺らぐ釈迦の顔を見上げる。慈悲の慈しみから一歩先へ進んで救済へ転じる、悲《ひ》の表情の深さに感じ入っている。面立《おもだ》ちだけでなく、その悲に突き動かされて救済に立ち上がる瞬間の、そんな釈迦の動的な気配に明恵はつい身を正すほど、つよい感銘を受けていた。

なにしろ千日余り、一途《いちず》に法然の誤りを指弾《しだん》し続けてきた明恵である。一年、二年と経つうち、明恵の心情に微《かす》かな変化が生じていた。釈迦の説く菩提心を素通りする法然の説をくだきたい初心は変わらないが、それよりも今は菩提心を軽く見なされた釈迦の無念さのほうに思いが至り、そのために胸苦しさを覚えるほどなのだ。

だから、ゆらぐ灯火《ともしび》に照らされる釈迦の顔を拝しても、ふっと悲の表情が浮き立って見える。自らが辛さを知るから、辛さを覚える心を思い、その人の辛さを和《やわ》らげるために尽くさずにおれない——。

明恵は目の前の半丈六の釈迦の表情にそれを読んでいた。静謐《せいひつ》な慈しみよりも、まず心を悲に染めて始動せよ。

祈り続けていると、目の前の釈迦からこう促《うなが》される気になっていく。そうだ、この釈迦に押し開けられるように日々を新しく出来れば、気持ちにどれほどの張りが生じようか。

明恵の釈迦への祈りに新しい潮《うしお》が寄せて来ていた。

なむ釈迦牟尼世尊《しゃかむにせそん》さま——。

こう胸内で唱える祈りの言葉に、帰依《きえ》するのに一途な明恵らしい熱さがこもる。華厳経《けごんきょう》を誦《とな》えながら、改めて釈迦と正面から向き合う新しい季節がやって来たのを明恵自身も感じていた。

法会が終わると有縁《うえん》の人が残って茶を楽しむ。

「いつか、すばらしいご法会に会えると信じておりました。本日、それが正夢《まさゆめ》となりましてございます」

督三位局がこう実感をもらした。

「わしも今日は思わぬ法悦に浸《ひた》らせてもろうた」と長房も同調する。

「じつはわしと同じ上皇さまの近臣、賀茂社《かもしゃ》の能久《よしひさ》どのが同族の鴨長明《かものちょうめい》と連れ立って参詣して来られるところ、にわかに拙者《せっしゃ》が代参することになりましての」

「ほう、鴨長明さまが――」と、明恵がすぐに反応した。「この春、方丈記《ほうじょうき》なる名稿《めいこう》を書き終えられたとか。ぜひお会いして、せめて草稿《そうこう》の拝読でもお願いしたいところでした」

「長明どのも明恵さまに会いたかったようでござるが……」と長房が口ごもった。

「それが、どうなされた」

「じつはこの春、開版されたばかりの法然どのの選択集を長明どのが手に入れなさって、ひどく感銘して二度、三度と読み返しておられるようでしてな。その身で明恵さまの寺に詣《もう》でるのは失礼と思われたようでしての」

「それは過剰なお気づかい。才筆《さいひつ》にお目にかかりたかったのはわたしでござったのに惜しいこと」

「明恵さまのお言葉、よう伝えておきましょう。長明どのは賀茂社の一坊《いちぼう》に逗留《とうりゅう》しておりますれば、おついでの折に立ち寄って下さりゃ、どんなに喜びまするこことか」

こんな言葉のやりとりを黙って聞いていた薄紫着の女人が、話が終わるのを待ち兼ねていたように口を開いた。

「わたし、芙紀《ふき》と申しまする。さるお公家《くげ》さまのもとに身を置いておりましたご縁で、督《とく》の局《つぼね》さまと親しゅうさせて頂いております」

こう身分を明かし、意外なことを明恵に告げた。

「至らぬ者にございますが、御師さま。なにとぞお弟子の末に交え、尼の修行に励ませて下さいませ」

訴えるような芙紀にまず驚いたのは督三位局だった。

「さようなお話、妾《わらわ》は聞いておりませぬ。余りに唐突《とうとつ》で明恵さまがお困りではありませぬか」

あわてて芙紀を引き留める。まわりの者が明恵の返事に注目した。

「芙紀どの、仏の教えに学びながら清々《せいせい》と暮らしたいのなら、寺に入らずとも道は開かれておりましょうぞ」

「いえ、御師さまのお導きを得たいのでございます」

その言を聞いて、しばらく瞑目《めいもく》していた明恵が静かに口を開いた。

「芙紀どの、それは拙僧《せっそう》の決められることにござらぬ」

「願いは叶《かな》わぬ、さようなことにございますのか」

「いや。寺は清々として過ごすだけの場にござらぬ。尼僧らしい感性で辛い境遇の者を釈迦さまにつなぐよう勤《つと》めてもらわねばなりませぬ。もし、その思いを固めて下さるなら、どうして拙僧に拒む理由がございましょう」

「勝手が分かりませぬが、お導きを得て勤めて参ろうと存じます」

芙紀が深く頭を下げる。

「よろしかろう。じつはもう一人、なじみの寺を介して沙羽《さわ》なる女人が出家を求めておる。いまは何もかも激しく変わる時世《じせい》でござる。悩む女人が釈迦さまの教えで生き直せるよう、よう勤めて下されいよ」

「感謝に絶えませぬ」と督三位局も声を弾《はず》ませた。

その時、後方から「御師さま」と女の声が聞こえた。

「おお、朋奈か。長う待たせたが、よき女人の法友《ほうゆう》を得ることになった。そなたにも得度《とくど》を受けさせようぞ。釈迦さまに誓《ちこ》うて共々に精進《しょうじん》いたすのぞ」

明恵がこう言い終える前に、朋奈の「ありがとうございます、御師さま」の声が弾《はじ》け、満面に笑みを浮かべて喜びを表した。

「これを仏縁と申しますのか。金堂落慶のめでたい日に、三人もの尼僧さまが高山寺に誕生なさることになった。結構なことでござる」

藤原長房が感銘の面持《おもも》ちである。

「お見かけしたころ、芙紀どのも督三位局さまと同様、なに不自由なきお立場にあられたでござろうに。武家の世になるには、それなりの必然がござったにしても、大事を振り向きもせず先へ先へと進み過ぎまする」

「そうした世にあって、まず苦しむのは女人にございます」と、督三位局が言葉を添えた。

「明恵さまが申されたように、今は心身の救済に尼僧ならの濃《こま》やかないたわりがいる時でしょう。清《せい》浄《じょう》の地と師僧《しそう》に恵まれた高山寺でよく勤めて下されいよ」

言葉を向けられた芙紀が深く頷《うなず》く。

「勅額に頂いたお言葉通り、高山寺にもお釈迦さまの気高い心映《こころば》えを思うて世に向き合う時がやって参ったと心しております。この心、上皇さまにお伝え下さいませ」

明恵が長房に頼む。この落慶を機に釈迦に祈る明恵の日々が新しくなる。何より本尊の釈迦像が明恵の進む道をはっきり示してくれた感じである。半丈六といっても仏像づくりの常道にそい、安置する場にふさわしい大きさに快慶が彫《ほ》ってくれているから、向き合って思念を込めやすい。

釈迦の遺跡を求めて天竺《てんじく》へ行こうと行程表《こうていひょう》まで作った明恵である。天竺からすると遥《はる》かに遠い国の一《いち》隅《ぐう》だが、ここに釈迦像を前にして座る礼盤《らいばん》を得たのが嬉しい。礼盤は畳《たたみ》半分もなく、座ると法衣《ほうえ》がはみ出すほどだが、明恵には心ゆくまで釈迦の内奥《ないおう》へ近づける特別の座の広がりを感じさせてくれるのだった。

第六章

遠く祈りの地平へ

一

高山寺《こうざんじ》の小庫裡《こくり》で改造の工事が進んでいる。

そこで起居していた宮原光重《みつしげ》は十無尽院《じゅうむじんいん》へ移り、出家する娘の朋奈《ともな》と外から入ってくる尼志願二人が修道する女人堂《にょにんどう》に改めるためである。

「お経に慣れたり、写経したり、それぞれが勤めねばならぬことも多かろう。狭うても部屋を区切ってやってもらおうぞ」

朋奈の母弥須《やす》が大声でてきぱきと指揮している。

紀伊星尾《きいほしお》にいた頃から明恵《みょうえ》と知り合いで、少々の勝手は許されると思っている。その弥須は自らを祈《き》祷師《とうし》と言い触らして尼御前《あまごぜ》と名乗るが、祈祷を頼んで来る者はまずいなかった。それだけに娘を本式の尼にするのが嬉しくてならない。

「明恵さまは、ほんに信頼できる。夫光重の病いを治して下さり、娘の朋奈にはいずれ高山寺で尼にしてやろうと約束下さった。それから八年、約束通り娘が尼僧として高山寺に住まわせてもらえるようになった。夢のようじゃ」

弥須は大工相手にかん高い声でしゃべり詰める。

一方、明恵は金堂《こんどう》の完成を機に読《ど》経《きょう》三昧《ざんまい》で過ごすようになる。といって、いきなり釈迦の悟りに直《じき》参《さん》しようとしない。それよりも煩悩を抑えて真理に迫ろうとした釈迦の静かで、力のある祈りに少しでも近づきたい。それには型通りの祈りでなく、自らが納得できる祈りをつくり上げるしかない。こう思うあたり、明恵らしい。実際、工夫を重ねて三宝礼讃法《さんぼうらいさんほう》という自分なりの祈りを練り上げていく。仏《ぶつ》、法《ほう》、僧《そう》の三宝と仏に近づく慈《じ》、悲《ひ》、喜《き》、捨《しゃ》の四つの広い心を梵字《ぼんじ》で表す曼荼羅《まんだら》風の三宝礼讃の軸を独創し、その前で読経し、短い誦文《じゅもん》をくり返し唱える祈りである。金堂の朝の勤行《ごんぎょう》でも明恵一人、この祈りに熱中していた。師が何を祈っているのか。うしろで華厳経《けごんきょう》を誦《とな》える弟子らは気になるが問いにくい。

「御師《おし》さま。一つ、問うてもよろしいですか」

朝の勤めを終えた霊典《りょうでん》が遠慮気味に明恵にこう問いかけたのは、金堂が落慶《らっけい》して三月余りも過ぎていた。

「朝のお勤めで、御師さまだけは見なれぬ掛け軸に向かって盛んに祈ってなさいます。さような祈りを、まだ知りませぬが……」

「そうであろうとも。わたしが創った祈りだからね」

明恵が苦笑して見せた。

「仏前のお勤め作法は唐から伝わったり、奈良の頃に編み出されたりしたのを継いでおりましょう」

「古きを踏襲《とうしゅう》するは大事だが、時には自分で納得できる祈りを捧《ささ》げとうなる。法然どのを責めたわたしの祈りに、もしもの弛《たる》みが生じてはならぬ。この三宝礼讃の祈りは菩提心《ぼだいしん》を鍛《きた》えようとするわたしの誓いの祈りなのだよ」

こう話す口ぶりは静かだが、明恵なりの決意が宿った。

三人の女人が高山寺でそろって得度《とくど》を受けたのは、こんな頃である。女人堂が整った建保《けんぽう》二年（一二一四）の晩秋だったから、金堂で得度が行われた朝も落葉が激しく、朝の冷えもなかなか和《やわ》らがない。

休みなく読経する男僧らと金屏風《きんびょうぶ》で仕切られた金堂で、まず芙紀《ふき》がお髪そりの儀式を受けて浄親《じょうしん》の尼僧名を授かる。ついで沙羽《さわ》が粛々《しゅくしゅく》として得度の場に臨んで妙環尼《みょうかんに》となり、明恵が示す尼僧としての掟《おきて》に「よく保つ」とはっきりした口調で答えた。

ところがこの頃、控えの間がにわかに慌《あわ》ただしくなる。つぎに得度を受ける朋奈の姿が見えないのだ。

「さて。今さっきまでわしの側にいたんじゃが……」

父の光重が慌てて探しに出かける。朋奈は女人堂の自室に引きこもっていたから、すぐに控えの間へ連れ戻された。が、その表情は固く引きつっている。

「あれほど願《ねご》うてきた尼さまに、いよいよなれるではないか。つぎはお前の番じゃで、まずその長い髪を切っておかねばならぬ」

それにうなずいた朋奈だったが、母の鋏《はさみ》が髪に触れた途端《とたん》、うぉっと声をあげて泣いた。その声が金堂内に異様に響く。浄親、妙環は共に三十歳代の半ばだが、朋奈はまだ二十四歳である。いざとなると踏み切りがつかず、嗚咽《おえつ》もなかなか途切れない。やがて先の二人が剃髪《ていはつ》した青い頭を白布《はくふ》で覆って表へ出てくると、ついで朋奈の名が呼ばれた。

「十六の時から長く待たせたの」

明恵がやさしく声をかける。

「ようやく願いが叶《かの》うたから、そなたには成就《じょうじゅ》の尼僧名を授ける。よう励《はげ》むのぞ」

新尼の成就は反射的に大きく頷《うなず》き、深く頭を下げる。

が、得度を終えて内陣《ないじん》から出て来た時も、泣きはらした成就の目がひどく赤い。いつもは勝ち気な成就尼の涙の跡に、読経役の若い男僧らが珍しいものを見るような目を向ける。とくに断髪《だんぱつ》時の号泣《ごうきゅう》は強い印象を残していた。

得度から数日たって、男僧らが成就尼の動揺ぶりをまた話題にした。

「成就尼のあの泣きよう。院内の誰かに思いを寄せているからとしか思えなかったぞ」

六、七人が本堂玄関の段に腰を掛け、この話題に花を咲かせた。

「得度すると好きな人と一緒になれぬと思うと、こらえ切れずに声を上げて泣いてしもうた。そういう訳か」

そうか、意中《いちゅう》の相手が院内の男僧の中にいるのか。それなら誰なのか。

あれこれと詮索《せんさく》が始まり、若い研紹《けんしょう》の名が飛び出した。華厳経《けごんきょう》八十巻物《もの》の写経《しゃきょう》を頼まれてやって来て、それが終わってもまだ高山寺に留まっている。

「あんな地味なのが好みか。いい加減なものだ。どう見ても朋奈、いや成就尼とあの男は似合いとは言えぬ」

「いや、男女の仲は思案《しあん》の外《ほか》と言うではないか」

そんな噂《うわさ》が弾《はず》んでいる後ろを定真《じょうしん》が通りかかった。

「これっ。成就尼と誰が親しいとか、世間風の話を院内で交《か》わすでないぞ」

ひどい剣幕《けんまく》で叱《しか》りつけた。

その翌朝、金堂の勤行後、明恵も「改めて申しておきたい」と弟子らに向き直った。

「われらは御前《おんまえ》に身を投げて悔《く》いなきと、釈迦さまの教えの子となる誓いを立てたであろう」

こう口を開くと、一瞬、弟子らの顔がこわばった。

昨日、得度の際に見せた成就尼の涙を面白がって噂したのを定真が師の耳に入れたとしか思えない。

「わたしどもは精進《しょうじん》し、釈迦さまから与えられるご加護《かご》と教えに感謝するだけではすまぬ教えを選んでおる。釈迦さまに身をもって向かい、ついで御身《おんみ》をわれに迎える。仏とわれとの入我我入《にゅうがががにゅう》の祈りの道を選んだ者らしく、われらは精進によって心身を清めに清めねばなるまい。それが出来ぬ者は、さあ、今すぐに立ち去るがよい」

追い立てるようにせっぱ詰まった口調でこう言い、弟子らの顔を順に見まわした。

われらは
御前に身を
投げて悔い
なきと、
釈迦さまの
教えの子と
なる誓いを
立てたで
あろう

その時、若い一人が這《は》い進むようにして明恵の前へ出て、「昨日の一件、わたくし奴《め》が始めたことにございます」と詫《わ》びると、次つぎと合わせて六人の修行僧が「わたしもその場に加わりました」と詫びて出る。明恵の前で一様に頭を床《ゆか》に擦《す》りつけ、剃髪《ていはつ》時の成就尼の涙が好きな人を諦《あきら》める辛《つら》さのせいだとはやし立てたのを悔いた。

しばらくして尼僧の噂話を楽しんだ六人を明恵が方《ほう》丈《じょう》に呼んで処分に触れた。

「それぞれ自ら名乗り出たことでもある。重い罪は避けるが、不謹慎《ふきんしん》な過《あやま》ちの償《つぐな》いだけはしてもらおう」

「ありがとうございます」

「何なりとお命じ下され。寒さ厳しくなりましても、毎朝、真水《まみず》にて金堂の板の間を磨《みが》くことでも勤《つと》めまする」

追われなかった嬉しさに、師の明恵に自ら苦行《くぎょう》を買って出る者もいた。

明恵が求めた償《つぐな》いはそんなことでなかった。

「来春二月十五日、当寺でも金堂に仏舎利《ぶっしゃり》を奉じ、釈迦さまをしのぶ涅槃会《ねはんえ》を営みたい。不埒《ふらち》な騒ぎの償いとしてよく協力致すように」

「お釈迦さまのお骨なら、仏舎利塔に納められてあるのを遥《はる》かに拝むものにございませぬか」

「それではわたしの思いが満たされぬ」と明恵が言う。

「ならば、御師さま」と、居合わせた定真が言葉を挟《はさ》んだ。「三宝礼讃の祈りのように、涅槃会も御師さまらしい祈りとして新しくお創《つく》りなさるおつもりですね」

こう問う定真に、「結果として、そうなれば嬉しいね」と答え、明恵らしい涅槃会に思いを寄せた。

「お舎利を敬うのはいいが、このところ荼毘《だび》に付したご身骨《しんこつ》そのものを尊ぶようになっておらぬだろうか」

「そうではのうて、釈迦さまが悟られた正法《しょうぼう》の象徴として、つまり法頌《ほうじゅ》のお舎利として敬《うやま》う涅槃会をここで営みたいと……」

「その通りなのだよ、定真よ」

明恵が満足げに頷《うなず》く。

「それより、どこかでお舎利を頂戴《ちょうだい》できましょうか」

定真がにわかに現実的な不安を漏《も》らした。すると明恵は筆をとって手元の紙片に歌一首を書きつけた。

遺跡《ゆいせき》を洗へる水も入《い》る海の石と思へば
むつまじきかな

この歌にけげんそうな弟子に、明恵は机上に置く二つの小石の一つを敷台《しきだい》ごと手のひらにのせて差し示した。

「昨秋、わたしは紀伊湯浅湾《ゆあさわん》の鷹島《たかしま》で数日、修行した。その折、波打ち際で拾って来たもので、蘇婆《そば》石《いし》と名づけて大切にしている」

明恵はこう言って手のひらの蘇婆石を見ながら、その時の印象を語る。

釈迦思いの明恵には鷹島のずっと西方に霞《かす》む島が天竺《てんじく》の一画に思えた。それなら北天竺を流れる蘇婆河の水は数多い釈迦の遺跡地を洗いながら海へ流れ出て海水と一つになり、それが日本へ寄せる波となって、この鷹島の浜辺にも届いている——。

「そう思うて鷹島の浜の海水に手を浸《ひた》すと、釈迦さまの教えの清冽《せいれつ》さが実感できてね。嬉しくて思わず手に触れた水中の小石二つを拾い上げ、持ち帰って来た」

こう言って手のひらの石を示した。

天竺の河の名にちなんで蘇婆石と呼び、もう一つのやや大きめの目を鷹島石と呼ぶ。

「それなら、御師さまにとって蘇婆石がお釈迦さまのお舎利そのものではありませぬか」

若い弟子がこう言うと明恵の顔がにわかに和《なご》む。

「そうなのだ。わたしにはお釈迦さまの形見《かたみ》の石でね」

「そのお舎利は御師さまにとってお釈迦さまの教えの象徴でもあるのですね」

もう一人の弟子がこう言う。それを聞いた明恵の顔に会心《かいしん》の笑《え》みが浮かんだ。

この二人には鷹島へ渡って、波打ち際《ぎわ》の汚れのない白砂を三宝《さんぽう》一杯分、大事に持ち帰るよう命じ、残る四人の弟子には涅槃会に参詣《さんけい》して来る人が不便を感じないように境内の整備を命じる。成就尼をからかって課された咎《とが》は、このように明恵らしいものだった。

そのうち、明恵の営む涅槃会に期待する声が高山寺に届いて来る。

「あれほど篤《あつ》くお釈迦さまに帰依《きえ》なさる明恵どのだ。どのような涅槃会を営みなさるか、楽しみですのう」

寺院筋から届くこんな声を背に、明恵は釈迦とその教えに敬いを込めて、四つの法座《ほうざ》からなる涅槃会の儀式を創りあげていく。

釈迦の入滅《にゅうめつ》を悼《いた》み、最後の供養《くよう》を捧《ささ》げる「涅槃」、仏弟子の羅漢《らかん》らが遺法《ゆいほう》を守るのをたたえる「十六羅漢」、釈迦が成道《じょうどう》した遺跡《ゆいせき》を敬う「如来遺跡」、仏舎利の功徳《くどく》をたたえる「舎利」。この四つの法会《ほうえ》は四座講式《しざこうしき》と呼ばれ、後々、各地で営まれる多くの涅槃会、常楽会《じょうらくえ》の定番法会となっていく。

涅槃会の当日、まだ残寒《ざんかん》がつよい中を釈迦を敬う者らが高山寺へ押し寄せて来た。

お釈迦さまの心に直参《じきさん》できる法要《ほうよう》が営まれるらしい。

こんな噂が広まって、涅槃会の日には夜通しで歩いて来た者、御室辺《おむろあた》りの宿坊《しゅくぼう》で一泊した者らで高山寺の金堂は早々《はやばや》と埋まった。壇上《だんじょう》真ん中の三宝には弟子二人が鷹島の浜から持ち帰った白砂が盛り上げられ、その上に乗せられた蘇婆石と鷹島石の二つの石が灯火《ともしび》に照らされている。

金堂に入り切れぬ者は外で堂内から届く釈迦を讃える読経に心を引き寄せられていく。その読経に尼僧三人の声が混《ま》ざるのも高山寺初めての涅槃会らしい清々《すがすが》しさを感じさせた。

この涅槃会の時、明恵は四十三歳である。

九歳で得度してから、身辺《しんぺん》に起こる小さい出来事の一つ一つの意味を自らの内に問いながら祈りを深めて来た明恵が、今ようやく釈迦への帰依《きえ》を軸《じく》にして世間と結ばれる予感を生んでいた。

まず、参詣の人らがそう感じている。

「精進一筋《しょうじんひとすじ》の明恵さんも、やっとわしらに溶け込んで法悦《ほうえつ》を与えて下さるようになられた」

「そう、衆生縁《しゅじょうえん》を生かそうとなさる、これからの明恵さんが楽しみじゃな」

涅槃会に押し寄せた人らは残寒の厳しさを忘れ、こう語り合った。

初めて高山寺で営まれた涅槃会は、しばらく洛中《らくちゅう》の話題をさらった。

「澄みわたる大気が清滝川《きよたきがわ》上流の水の如くでの。寒うはあったが、心の隅々まで洗われる気分になりましたのぞ」

参詣者《さんけいしゃ》らが洛中へ戻り、興奮の余韻《よいん》を留《とど》めてこう伝えたからである。

だから寒さがゆるみ始めると、高山寺の幽邃《ゆうすい》さに浸ろうとする者が足を運び始めた。ほとんどは金堂《こんどう》で釈迦像に礼拝すると、境内を走る清流の瀬音《せおと》を楽しみながら、ゆっくりと散策し、咲き初めた山地の草花を愛《め》でる。

明恵の清僧ぶりも聞かされているので、ぜひ一目、会うてみたい。こう思う者が坊舎《ぼうしゃ》の表口あたりまで近づくが、思い切って申し出ることもせずに引きあげていく。余寒の中を高山寺まで来る人には明恵の祈りを乱すまいとする慎《つつし》みがあった。

そんな頃、明恵は一人、高山寺裏の山へ入るのが珍しくなかった。

背丈《せたけ》ほどもある長い板塔婆《いたとうば》一枚を抱え、新芽が萌《も》えるころの一種、甘く匂《にお》う山中を西ノ峰《にしのみね》近くまで進む。そこでころ合いの平地を見つけると、石を拾い集めて積み上げ、釈迦のすわる金剛座《こんごうざ》を作った。ついで打ち落とした常緑樹の大枝五、六本を金剛座を囲むように一本、一本、丁寧に突き立てていく。

そうして持参の板塔婆を金剛座の後方に立てかける。

塔婆には、マガダ国ガヤ城あたりの菩提樹下《ぼだいじゅげ》で仏となった釈迦に帰依《きえ》する文が、明恵の筆でくっきり書かれてある。

これで山中に祈りの道場が整う。今まさに釈迦が金剛座にすわっているように、明恵はそこに向かって身を投げ、両肘《りょうひじ》、両膝《りょうひざ》、頭を地に着けて最上の礼拝をささげる。明恵たった一人の釈迦供養《くよう》の始まりである。

ついで金剛座の前で目を閉じて瞑想《めいそう》すると、明恵にはこの地が出家した釈迦の辿《たど》り着いたガヤ城の一角となる。まわりを囲む枝は菩提樹と化し、悟りをひらいた釈迦を包んでいた清風が明恵にまでそよそよと届いてくるようだった。それは真実の風となって明恵の胸を吹き過ぎ、また吹き戻してくる。その風に乗って近づく釈迦の気配まで背に覚えた。風の釈迦は山地のいのちが生々《せいせい》と調《ととの》うのを明恵に確かめさせ、いのちを支え合う真実のありようをしっかりと見るように告げて吹き過ぎていく。

明恵はそこで舎利《しゃり》供養らしく如意宝珠《にょいほうしゅ》の秘法を行う。

やがて木漏《こも》れ日が金色に散る頃になると、明恵のたった一人の舎利会《しゃりえ》は法悦境《ほうえつきょう》に入っていく。これが明恵四十歳半ばにして得た、釈迦と共に生きる至福の時なのだった。

音などないはずなのに、目を閉じているといくつもの音が明恵の耳を打つ。風の音、リスなどの小動物の走る音、落ち葉が吹き寄せられる音……。それらが明恵の耳底で混ざり合い、まさに説法する釈迦の声に似て、ときに優しく、ときに力づよく明恵の胸に響く。

明恵はこの頃、高山寺住持《じゅうじ》で華厳学《けごんがく》の学頭《がくとう》であり、世の救済者でもある。それにふさわしい思索《しさく》を、こうした山中でたった一人、釈迦に気持ちをつなげる祈りによって深めていくのだった。

春が盛りになると、高山寺への参詣者が増えはじめた。

そうなると小川沿いを溯《さかのぼ》って来る山菜摘《さんさいつ》みの人に、明恵は山中の祈りを遮《さえぎ》られる。人が増えると無理やり明恵に会いたがる者も含まれた。

山桜のつぼみが膨《ふく》らみ始めた日も、そんな人に閉口《へいこう》した。

「明恵さま、居りなさいましょうや」

金堂前でこう大声を響《ひび》かせる。弟子が急いで応対に出るが、中年の男は明恵でないと相手にしない。

「おお、辛《つら》いことよ。慈悲深い明恵さまにまで突き放されちゃ、もう生きて行けぬわ」

大げさにこう騒ぎ、弟子の前で死場所を探すそぶりまで見せた。明恵も放って置けず、表へ出てみると男はいきなり明恵の法衣《ほうえ》の袂《たもと》に取りすがってきた。

「おお、ありがたいですの。なんとか病ぬけしてあと十年、わしが生き延びられるよう、ご祈祷《きとう》下されいよ」

こう無理じいして来た。

「まず、心をこめてご本尊にご挨拶《あいさつ》なされよ」

明恵がこう告げても、それはご加護《かご》を受けてからだと応じない。懺悔《さんげ》も精進《しょうじん》もする気がなく、ただ果《か》報《ほう》だけを求めようとする。こんな横暴さに揺さぶられると、明恵はますます山中の静けさに惹《ひ》かれて行く。

「すまぬが、金堂裏の西ノ峰山上に三間四面《さんげんしめん》の草庵《そうあん》を建てたい。雨風を避けられる簡易《かんい》なものでよいからのう」

明恵は寺男《てらおとこ》の元久《もとひさ》を呼んで、こう頼んだ。

二

山上の庵《いおり》は建保三年（一二一五）初秋に完成した。

明恵は「閑寂《かんじゃく》」の意味を込めて練若台《れんにゃだい》と名づけ、日中、そこに籠《こ》もることが多くなる。山上の庵がひどく気に入っていた。野ざらしの山中と違って、ここなら風雨にかかわりなく、釈迦を金剛座に迎えて供養ができる。菜たね油と綿糸《めんし》も運び上げたので、夕暮れても灯心明かりで読経も続けられた。

一人居て、心が賑《にぎ》わう。

こんな感じが練若台の明恵にあった。取り組んでいる「三時三宝礼釈《さんじさんぼうらいしゃく》」の執筆もはかどって行く。

昼を過ぎると、弟子が登って来て問う。

「今夜は庵にて泊られましょうか」と問い、そうだと答えると、夕刻、簡素な食事を運んで来る。考えをまとめる時など、必要な経典、書籍などを弟子に運ばせ、四日、五日と山上の庵に籠もり続けることもあった。

瞑想に入っていると弟子らが食膳《しょくぜん》を運んで来るのも煩《わずら》わしく、空腹を軽く抑えるだけの食糧をまとめて運ばせておくことも多くなる。こうして誰も姿を見せない時間が長くなると、それだけ明恵の内心は満たされていく。

やがて山上の風が冷気を含むようになっても、明恵はなかなか山を下ろうとしない。案じた弟子二人が夜道をたどって練若台まで登ってみると、庵に灯明一本の明かりもなく、内は真っ暗なのだ。

この時、明恵はまったく現世離れの体験をしていた。

気味悪そうに戸を細く開けた一人の弟子が、暗闇の内を覗《のぞ》いて思わず後ろへ身を引いた。庵室《あんしつ》の真ん中あたりに四つの青白い光が、花火のようにちかちかと小さく散って見えたのだ。

「御師《おし》さまぁ」と、抑《おさ》えた声で呼ぶと、その都度《つど》、四つの光が左右に揺れた。そのわずかな光の動きで、それが明恵の体から発されていると見当がつく。

「御師さま――」

「大丈夫ですか、明恵さま……」

二人は交互にこう呼びかけて庵の内へ忍び入ると、もう発光は認められない。明恵は結跏趺坐《けっかふざ》を解き、自ら灯芯《とうしん》に明かりを点じ、怯《おび》える弟子らに顔を向けた。

「なに、わたしの両肘《りょうひじ》、両膝《りょうひざ》の四カ所から発光していたというか。確かに食も水も断って二日半ばかり、ずっとこうして坐り続け、両肘を張って印《いん》を結ぶ姿勢を続けて来た。肘と膝に熱さを覚えたが、よもやそこが発光しているとは思うてもみなかったぞ」

明恵はそう言いながらも、さほど奇異に思っているふうもない。

「そう驚くでないわ。さように常ならぬことが脳裏《のうり》に現れるのは、わたしにとって珍しきことでない。これまでも護法天《ごほうてん》がやって来られ、わたしにあれこれと語られた。弁財天《べんざいてん》さまが来臨《らいりん》してわたしを励まして下さったこともある」

何事でもないように、明恵は超常《ちょうじょう》の体験を語る。

「これまでご無事で何よりでした。でも御師さま、こうした厳しい行をなさる時はご用心のため、弟子らを側《そば》に付けるようにして下さいませ」

弟子がこう進言する。

「よし。その言《げん》は聞いておこう。が、わたしの体験する奇跡を見聞きしても口軽《くちがる》に他言《たごん》するでないぞ。わたしは奇跡の伝説に包まれて往生《おうじょう》したくないからのう」

明恵の頬《ほお》に、また笑《え》みが浮かんだ。

明恵の山上籠《ご》もりを耳にして、それを納得できぬ男が牛車《ぎっしゃ》で高山寺へやって来た。藤原長房《ながふさ》である。呼ばれてわざわざ練若台から下って来た明恵に向ける、民部卿《みんぶきょう》長房の目がいつになく険《けわ》しい。

「どうなってござるのか、明恵どの」と、いきなり問い詰《つ》める口調になった。

「牡丹《ぼたん》の大輪の花はの、暖かい日差しに会うとぽんと喜びの音を立てて開くと申しましょう。先の涅槃会で、明恵さまがまさにそう見えましたのぞ。永年、蓄《たくわ》えられた仏法の教えの花が悩みの尽きぬ大衆に向けて喜びの開花をしたと、みどもは、嬉しゅうござった。

ところが、教えの花はまた閉ざされてしもうたではござらぬか。

山上の高くに築いた庵に一人籠もり、信者が近づかぬように番人まで置いていると都に噂《うわさ》が立ってござる」

こう告げる長房の表情が怒りからしだいに落胆《らくたん》へと変わっていく。

「なにぶん、お釈迦さまの心の域に未だ届かぬわたしです。静かなる場で、なお瞑想して学ばねばならぬことが多くございますれば」

「まこと明恵さまらしき心映《こころば》え。が、世の者はお釈迦さまの言葉よりも、お釈迦さまに学んで修行なさる、明恵どののお言葉をじかに求めておるのですぞ」

こう言うと長房は有無を言わせず明恵を牛車に誘い、一気に洛中へと向かった。

「もしや、どなたかに会えと……」

「はい。涅槃会の日にお話し申した鴨長明《かものちょうめい》どのです。京の大原《おおはら》からの帰り、しばらく賀茂社《かもしゃ》（上賀茂《かみが》も）で過ごしておられたが、病を得るとやはり生まれた鴨社《かもしゃ》（下鴨社《しもがもしゃ》）の森で療養いたしたいと……」

「その長明さまに会わせて下さるのですね」

明恵はしだいに心急《せ》いて、こう念を押した。

やがて牛車は鴨社の深い茂みに吸い込まれ、末社《まっしゃ》の河間社《こばさましゃ》の前で止まる。鴨長明は境内の一画に一間半四方の庵を組んで、やや窮屈《きゅうくつ》そうに横になっていた。長明の歌と随筆に心酔している賀茂社の宮司《ぐうじ》能久《よしひさ》も心配げに枕辺《まくらべ》に控えている。

「おお、明恵さまか……」

身を起こそうとする鴨長明を明恵がなだめる。

「どうか、そのままに。先だっては方丈記《ほうじょうき》の草稿《そうこう》をわざわざお貸し下さり、無常の真実をかくも美しく描き出されたのに改めて感服いたしました」

「お読み下さったか。方丈記の続編《ぞくへん》はそなたに書いてほしいものですぞ」

「いえ、愚僧《ぐそう》の及ぶところにございませぬ」

思いがけぬ長明の言葉に、明恵が大げさな身振りで断った。

「だが、明恵どの。無常を超えて命を弾《はず》ませるには、釈迦の教えに身を託《たく》すしかございますまい」

白髭《しらひげ》に包まれた長明の口から、意外に明瞭《めいりょう》な言葉が発される。

「さようではございますが……」

明恵の言葉の語尾が、思わず揺らいだ。名筆《めいひつ》の人で歌人の鴨長明はそれを見逃さない。

「そう、人を釈迦へ向かわせようとなさる、熱い思いの明恵どのでも、時に無力を感じられましょう。あいにくと世の者は呼びかけられても釈迦の心に参じ切れませぬ」

一体、長明は何を言い出したのか。明恵が注目すると、鴨長明の口から和歌の一首が飛び出した。

朝夕に西そむかじと思へども
　　月待つほどはえこそむかはね

鴨長明は推敲《すいこう》を重ねていた歌らしく、すらっと口をついて出た。枕辺に控えていた従者があわてて筆を執り、その歌を手控え帳に書きつけた。後に『鴨長明集』の巻尾《かんび》を飾る名歌である。

朝は日の出の光に照らされ、夕刻にも落日に映えるのが西方である。人はそこに浄土があると信じ、西方に往生《おうじょう》したいと憧《あこが》れる。が、いざ夕刻に月が東の空に昇り始めると現世の風情《ふぜい》も捨て難く、つい逆の東方へ心惹《ひ》かれてしまう。

「西方浄土に憧れるといっても、かようにご都合次第《つごうしだい》でござる。明恵どの、さような者まで仏の世界へ導きたいのなら、そなた、釈迦になる他ござるまい」

明恵は長明の唐突《とうとつ》さに戸惑《とまど》い、一瞬、言葉に詰まった。

「気に召されるな」と能久がなだめて来た。

「いえ、長明さまのご真意、よう伝わって参りました。釈迦さまの足元にも及ばずとも、祈るだけでなく釈迦の心で行いをなせと……」

「いかにも」と、大声を発したのは藤原長房だった。

「明恵どの、いま長明どのの話を聞いてわしも間違いに気づいた。そなたが山上の庵に籠もられたと聞き、またもや悪い隠棲癖《いんせいへき》が出たと早合点して責め申したが、西ノ峰の庵も高山寺金堂も、共に栂尾《とがのお》の内じゃ。共に釈迦さまに祈るよき道場でござるのよの」

「が、長明さまは釈迦さまになれと……」

「そうなのじゃ、明恵どの。いくら精進なさろうと、釈迦さまとの距離を詰められはせぬ。だから残された道はいっそわれが釈迦になってしまうことでござるのよ」

鴨長明はさらに何かを告げようとしたが、その時、また苦しげな顔になった。薬師《くすし》が呼ばれ、加療《かりょう》を加えられる。しばらく座を外《はず》そうと明恵が表へ出ると、賀茂能久があとをついて出て来た。

「長明どのはあれで苦労されておっての。鴨社正禰宜《しょうねぎ》の家に生まれながら和歌や琵琶《びわ》にふけるのを口実に跡を継がせてもらえず、出家して大原に隠棲されたりしての」

「が、正道から外されなさったから、神仏への帰依《きえ》にかえって純になられたと申せませぬか」

明恵がこう応じる。その時、後方から藤原長房が声をかけて来た。

「明恵どの。長明どのとよきお話しが出来たではござらぬか」

「はい。信じ切れずに揺らぐ気持ちをご自作の歌にからめ、見事に抉《えぐ》られました」

「だから、あとは明恵どのが釈迦になるしかないなどと励まされた……」

「あれが励ましでしょうか」

明恵が疑問をもらした。

「そりゃあ、大いなる励ましでございましたのぞ、明恵さま」

能久が藤原長房の話に重なるような言葉を口にした。

明恵は思わず足を止め、二人の顔を黙って見交《みか》わした。今では二人とも後鳥羽上皇《ごとばじょうこう》の側近《そっきん》としてゆるぎない地位を占めている。二人が願って実らないことはないとまで思わせる。

その一人、賀茂能久が足を止めて明恵に向き直った。

「明恵さまのために、わが賀茂社に一宇《いちう》の寺を建てさせて頂こうかと思うておりまするが……」

――いよいよ、さよう告げて来なさったか。

明恵は口をつむんで、しっかりと能久の目を見返した。

明恵どの、そなたが釈迦になるしかなかろう。

洛中鴨社に訪ねた鴨長明の印象は、こんな言葉を引きずったまま明恵の脳裏《のうり》からしばらく離れなかった。高山寺に帰ってからも朝の勤行《ごんぎょう》の際など、時として長明の言葉が頭によみがえる。

それまでの明恵は金堂《こんどう》の半丈六《はんじょうろく》の釈迦像に額《ぬか》づくと、教えの温《ぬく》もりが波頭《はとう》のように胸へ満ちて来た。それを信心の証《あか》しとして自ら快く受け入れてきた。こうして自分が満たされる体験を重ねていれば、いずれ多くの人を釈迦の祈りへと導けるに違いない。

そんな気が漠《ばく》としてあったから、明恵はまずわれの祈りを少しでも高い境地へ押し上げようとずっと努めて来た。ところが鴨社で鴨長明から、それに否《いな》を突きつけられてしまった。

――この濁《にご》った世に生きて、どうしてやすやすと人が仏になど近づけよう。だから、さように甲斐《かい》のないあがきを重ねずとも、自分が釈迦となって人を仏につなごうと努めりゃ、その功徳《くどく》でそなたはすぐにも悟りの境地へ入れましょうぞ。

こう語った鴨長明が詭弁《きべん》をもてあそんでいたとは思えない。

「洛中で、何か楽しきことがおありでしたね」

朝の勤行を終え、明恵がくるりと身をまわして弟子らに向き合うと、三人の尼僧がすかさず明恵のすぐ前へ座を移して来た。そこで浄親尼が、早速、こう明恵に話しかけた。

ふだんは明恵との間に節度を保たねばならないが、この場だけは屈託なく師と話し合える。とくにこの朝、明恵はどことなく晴れやかさを身につけて鴨社から帰って来ている。尼僧らが洛中での話を引き出さないはずがなかった。

「浄親よ、楽しかったとは言い切れぬのよ。そこで会うて、さまざまの事を教わった鴨長明さまが、現に重い病に伏せられているからだ」

明恵はこう応じて、鴨社の庵《あん》で聞いた鴨長明の歌と、それにからんで長明が語ったことを弟子らに伝える。

「お釈迦さまを拝むのでなく自らがお釈迦さまになれと言われなさって、御師《おし》さま、どんなお気持ちでしたのか」

妙環尼がすかさずこう問う。

「仏道を歩んで受ける恩恵のすべてを他にまわし、それぞれの者に幸いをもたらせと、長明どのは盛んに申された。それが釈迦さまへの一歩だと告げられたのぞ」

「仏さまより頂く静かな喜びを人々に分かつのなら、明恵さまも常々、申されていることではありませぬか」

定真が冷めた言葉を吐《は》いても、明恵の気持ちの高ぶりはまだ治まらない。

「そうではあるが、鴨長明どのはお立場にとらわれがないから先へ先へと話を進められた。人を教えに導き、その人が教えに会って喜ぶ中にこそ、われの喜びを見い出せと申されたのが、わたしの印象につよう残った」

こう熱く語る明恵だが、そのうち言葉の切れ目の間《ま》がしだいに長くなる。

祈りの場に人を導き、その人の喜びの中にわれわれの喜びを見い出せという才人《さいじん》鴨長明の言葉に、明恵はなるほどと思う。が、祈りの場でどうそれを実践すればよいのだろうか。ひどく至難《しなん》のことに思えてくるのだった。だから、さすがの明恵も自分の熱い言葉がつい間のびし、とぎれがちになっていく。

「ところで御師さま。鴨長明さまからお歌を贈られなさって、返歌《へんか》をなされたのですか……」

成就尼が明恵の目を見つめる。

「おう、返すにふさわしい歌が出来たのはこちらへ帰ってからで、まだ先方へは返しておらぬ」

「そのお歌、ぜひお聞かせ下さいませ」

成就尼にせがまれ、明恵は背を伸ばして一首吟《ぎん》じる。

いつまでか明けぬ暮れぬといとなまむ
　身は限りありことは尽《つき》せず

鴨長明に会って感じたことを、明恵はごく率直に詠んだ。

釈迦の教えにそって人を真実へ導き、生死の不安を超えさせ、大きな安心へと導いていきたい。それなのに、いつまでも日々の暮らしにあくせくし、折角《せっかく》のこの命を生かせないままである。

この歌に明恵の弟子らが怪訝《けげん》な顔になった。

「これが御師さまのお歌と思えませぬ」と、まず成就尼がもの足りなさを表明した。「釈迦さまのお悟りとの距《へだた》りを少しでも縮めなさるのが明恵さまの明け暮れのご修行と思うております。でも、そのお歌では大事なことがなかなかうまく果たせないと……」

こう疑問をもらした成就尼が、思わず両手で口をふさいだ。

母の弥須が紀伊へ帰る際、娘の成就尼にこんこんと言い置いたことがある。

——お前はでしゃばり癖《ぐせ》がある。よって明恵さまの前では口にしっかり閂《かんぬき》かけて過ごすのぞ。

母のこの言いつけに早々と背《そむ》いてしまった。うなだれる成就尼がふと顔を上げると明恵の顔があり、成就尼と目が合うと、これまで自分に向けられたことのないような柔らかい笑みを見せ、ゆっくりと一つ大きく頷《うなず》いた。

——お慕い申しております、御師さま。

つい、この言葉が成就尼の心《しん》ノ臓《ぞう》の壁を破って飛び出しそうになった。あわてて面《おもて》を伏せると両の膝に乗せたこぶしに汗が滲《にじ》んだ。

「成就尼よ、わたしが何をなすべきかをよう分かってくれたのう。釈迦さまの悟《さと》りに近づこうと祈るのがまず大切で、それが日々の勤めなのは言うまでもない。が、鴨長明さまは自らの安らいだ祈りに籠《こ》もらず、そこへ安心《あんじん》を求める者を招き入れる努めが要るのではないか、こう申された。それが新鮮に聞こえたので、わたしもそう尽くしたいが、なかなかうまく行きそうにない。その真意をこの歌に込めたまでよ」

「でも、御師さま」と、定真が声をあげた。

「鴨長明さまに会われる前から、すでに利他《りた》の行《ぎょう》を心掛《が》けておられるではありませぬか」

確かに明恵の中で自利《じり》の祈りを利他行へ転じようとする気持ちは高まっていた。

「ですから、わたしが他の者に仏の喜びを与えた時など、御師さまはわが事のように喜んで下さったではありませぬか」

「定真よ。そう言ってくれると嬉しい。ならば言い直そう、これから会う者もわが弟子と同じように釈迦さまの教えを喜ぶ仲間に加わえようと……」

人を仏に結び合わせ、その人が仏との出会いを喜ぶさまが、このわたしの喜びを膨《ふく》らませていく。そうあるように努めようではないか。

明恵は静かに弟子らに告げた。

鴨長明は建保四年（一二一六）潤《うるう》六月十日、亡くなった。

そのことを遅れて知らされた明恵は、弔問《ちょうもん》に出かけねばと思いながら、このところしばしば発熱した。昨秋、西《にし》ノ峰《みね》の練若台《れんにゃだい》で初雪を見るまで籠《こ》もって発熱したのがきっかけで、よく床に伏せる。この春、一旦《いったん》、治ったものだから、弟子らが引き留めるのも聞かず、また練若台に登った。そこで長雨に会い、下山しそこねているうち、また発熱癖がぶり返してしまった。いま病はほとんど癒《い》えているが、まだ身に力が入らないから、結局、鴨長明の弔問は欠礼するしかなかった。代わりに、明恵は金堂で一巻の経を亡き長明に捧げて追福《ついふく》した。

――ほんとうの自利心《じりしん》は利他行《りたぎょう》の中に潜《ひそ》むのぞ。

思い返すと、鴨長明は気づかいなく話せるよき相手を得たというように、明恵にはあまり言葉を選ぶでもなく、持論をさらりと告げた。だから明恵もわりと気楽に鴨長明の弁《べん》を受け止められた。長明は出家もしているが、むしろ才人が直感のようにして語ることに真実が宿るのを感じた。明恵としてはそれを日々の祈りと教説の上にどう生かして行けばよいのだろうか。

鴨長明の死を聞いて、まず明恵が思ったことだった。

というのも、利他の中に自利の喜びを見つけるのは、いざとなると難しく思えてしまう。そんな時はともかく早く練若台へ籠もりたい。そこで瞑想《めいそう》すれば、これまでも至難と思う事にも光明が射《さ》して来たのだった。

ところが西ノ峰の山上はからだに悪いと、弟子らが明恵の行く先を塞《ふさ》いで登らせない。確かにそこはしばしば雨雲が垂れ込めて頭痛を覚える。その上、山上の冷えはからだに良くない。

「この分では練若台に板を打ち付けて閉ざさぬと、いくら引き留めても御師さまはお一人で登って引き籠もられてしまおうぞ」

弟子らはこんどばかりは師の意向に背《そむ》くのを承知《しょうち》で西ノ峰の建物を閉ざし、その代わりの建築資材を高山寺境内へ運び込ませ、腕扱《こ》きの工人を集めて金堂横の広場に手の込んだ本格的な建物を築かせ始めた。明恵が気に入って落ち着けるように、弟子らは洛中の建物を見て回る熱の入れようだった。建物も着工から風雅《ふうが》な建築の端緒《たんしょ》を開くとして注目されるほど、瀟洒《しょうしゃ》に築き上げられていく。その建物につけられた石水院《せきすいいん》の名にも清滝川《きよたきがわ》の岩盤を透《す》けて走る白布《しらぬの》のような清流の印象を秘めることになる。

「いまの仮のご住房より広くなりますから、資料の類《たぐい》も存分に持ち込んで、ゆったりしたご気分で書き物をして頂けまする」

定真が明恵に期待を持たせようとする。

「その気持ちは嬉しい。来客を迎えるなど時を選んで大切に使うように致そうぞ」

「来客をもてなす間も用意いたしまするが、まず御師さまに書院として使って頂かぬと練若台を閉ざした償《つぐな》いが出来ませぬ」

「折角《せっかく》だが、定真よ。練若台の代わりはやはり山中に求めるしかないのよ」

明恵もこんな時は頑《かたく》なである。

弟子らが明恵の身を案じて練若台を閉ざしたのはよく分かっていても、志《こころざし》を阻《はば》まれた感じが明恵から抜けない。とくに亡き鴨長明が遺《のこ》してくれた言葉が、明恵自らを新しくする力となって胸に生きようとしている。それがどのような形をとるのか、明恵自身もはっきりしないが、その予兆《よちょう》は今もさわとした風となって思念を洗うのを明恵はしっかりと感じ取っていた。

こんな時は山の庵に籠もれば、思念はきっとこの斬新《ざんしん》な構想となっていくのだが——。

こう思うと明恵の足は、もうほぼ完成に近い石水院の建築現場へと向かっていた。

「板とか角材のどんな端切《はぎ》れも燃すでないぞ」

師の言葉とは思えぬ厳しさに、弟子らが縮《ちぢ》み上がった。明恵は石水院の余材《よざい》で山中に第二の練若台を作れという厳命《げんめい》を下したつもりだが、若い弟子らはこんな風雅な建物が師の気に入らぬはずがないと思い込んでいるから、明恵の真意が汲《く》めない。

やむなく明恵は古参《こさん》の霊典を住房《じゅうぼう》に呼んだ。

「名を楞伽山《りょうがせん》と決めた」

「はぁ、石水庵でなく、楞伽庵の名にせよと……」

「いや、楞伽山はわたしが次に庵を築きたい山の名をそう決めたまでだ。石水庵しか頭にないのなら、そちがそこに住め」

こうまで言われると、霊典は明恵には今も山中の庵《あん》しか頭にないと思うしかない。

「そうまで申されるのなら、今の金堂から三丁と離れぬ山中でよければ、そこを楞伽山と呼んで御師さまの新しい庵を設けましょうぞ」

「おう、そうしてくれ。もう少し深い山がよいが、やむを得ぬ。その代わり、小さい庵を二つばかり建てるかもしれぬぞ」

明恵はもうすっかり機嫌《きげん》を直していた。

三

この頃、明恵は自分の祈りが変容していく向きをほぼつかんでいた。

釈迦をわが胸に迎え、われが釈迦の胸に入る。そんな釈迦への絶対帰依《きえ》を貫《つらぬ》いた、これまでの自利に傾いた祈りが熟《じゅく》して利他に転じ、人を釈迦の信仰へ招き入れることへ傾いていく。それはこの時期、明恵の書き続けている夢之記《ゆめのき》が長く途切れるのと微妙に絡《から》む。

夢之記が途切れるのは建暦《けんりゃく》二年（一二一二）、明恵が四十歳で法然の選択集《せんちゃくしゅう》に反論していた頃の九月十九日夜、仁和寺《にんなじ》あたりの灌頂道場《かんじょうどうじょう》で仏の五つの知恵と五鈷《ごこ》、独鈷《とっこ》の二つの印《いん》を授かる夢を見たと記してから、四十六歳の建保六年（一二一八）八月半ばまでの六年、明恵の夢之記はずっと開かれることがない。明恵の弟子仁真《じんしん》が師の没後間もなく表した夢記目録でも、この間、一片の夢見《ゆめみ》も含まれてない。この長い中断を探ると、明恵にとって夢之記が何だったかがほの見えてくる。

釈迦への帰依が生半可《なまはんか》でない明恵は、夢にさえ釈迦の意志を感じ、釈迦から真実を示唆《しさ》されたと受けとめることが少なくなかった。勝手に操作できない夢だから、明恵は夢見があると釈迦をどれほど身近に感じているか、そういった自分と釈迦との距離感を読み取り、それを祈りに励む一つの目安《めやす》としていた。

それが明恵にとっての夢之記なのだった。だからその種の夢を見ると欠かさず夢之記に書き込む。ところが夢之記に長い空白が生じた。その期間は明恵が自利から利他へと祈りを転じた時期と重なっている。利他へ傾くと自分の内面の祈りに向き合うより、信仰へ導く相方《あいかた》のことが先に意識に上ってくる。夢も当然、それを反映して相方との関わりが目立ったのだろう。その結果として、明恵に釈迦と自分との距離感を計れるような夢が少なくなった。

この期に途切れたことで、夢之記が明恵の釈迦を思い、釈迦に一途《いちず》に帰依する熱《あつ》さから書かれてきたことが、かえって明らかとなった。夢之記は釈迦に鋭く感応《かんのう》する自利の祈りであってこそ、多彩に、しかも細かく書き表せるものなのだった。

そうした自利の祈りから利他行への明恵の変容《へんよう》は、当然、金堂での勤行にも変化をもたらした。華厳経《けごんきょう》を誦《とな》え終わると、明恵は壇を下りて弟子らに向き合い、それぞれに渡しておいた鉦鼓《しょうご》を撞木《しもく》で打ちながら、一同、声に合わせて南無釈迦牟尼如来《なむしゃかむににょらい》、南無日輪大日尊《なむにちりんだいにちそん》などと、ゆかりの仏の名に「南無」を冠して何度となくくり返して帰依を誓い、加護《かご》に感謝を捧《ささ》げるように弟子らを導いていく。

弟子らも明恵の先導で唱え始めるが、ほどなく声と鉦鼓の音がしだいに小さくなり、やがて声も鉦鼓の音も聞こえなくなった。

「御師さま。折角《せっかく》ですが、高山寺の金堂でお唱《とな》えする名号《みょうごう》のような気が致しませぬ」

「そうですよ。これではあれほどつよく責めなさった法然門《もん》の南無阿弥陀仏《なむあみだぶつ》の念仏と同じになりましょう」

こんな声が明恵の古い同志から上がった。そうなると明恵は説得する側にまわるしかない。

「これが浄土門と同じと思う者は唱えずともよろしかろう。強制するものでないが、わたしは唱え続けようぞ。念仏門《ねんぶつもん》では弥陀《みだ》一仏に頼って救われたい願い一心だが、高山寺は違いまするのぞ。み仏より授かるご加護に感謝する宝号《ほうごう》なのだから、念仏と一見、似ているようでも、はっきりと異なりまするのぞ」

「では、こちらの願い事を表さずにお唱えするわけですね。そんなことでご加護を頂けるのでしょうか。ご利益《りやく》が確かでないと華厳の信者を増やすのが難しゅうになりませぬか」

後方から若い声が上がった。

「念じるに値するか、しないか。ご利益のあるなしを先に計り、おかげが確かでないと礼心《れいごころ》も表さぬ……、それでは目先の利《り》を追う世間の営みと同じになろう」

われらは世間を出ている。ひたすらに念じ、祈り、まずもって礼心を出すことで信仰を貫いて行こうではござらぬか。

はっきりと利他行をめざす明恵は、この頃、宝号までも工夫を加えながら、大衆が加わって来る利他の法会《ほうえ》をめざしていく。

石水院の暮らしは明恵に高山寺の時を深めてくれた。

栂尾《とがのお》を居にして十年、ようやく落ち着ける住房《じゅうぼう》を得た感じである。

この時の石水院は金堂《こんどう》の東に築かれ、手の込んだ造りがやや際立って感じられたが、住みつくと明恵によくなじんだ。どんな暮らし方も黙って許容《きょよう》してくれる奥行きの深さがある。ゆったりした板張り、木組みの細《こま》やかさ、緑の植え込みからの仄《ほの》かな照り返し。そのどれもが明恵を柔らかく包んでくれる。

当然、思索も深まって行く。

それでも明恵は修行の人である。

建保六年（一二一八）の夏になると、早くも石水院裏から三町ばかり登ったところに傾斜のゆるい場所を見つけ、そこを楞伽山《りょうがせん》と名づけ、二つの坐禅瞑想の小庵《しょうあん》を建てようと地ならしを始めた。幸い、督《とく》三位局《さんみのつぼね》がその建物の寄進を申し出てくれている。

藤の花わが来ぬ
先に咲きにけり
松久しくて
末は栄えむ

明恵はその進みぐあいが気になって、しばしば現地に立ってみる。この日も弟子の照実《しょうじつ》を伴って登った。

「楞伽山と名づけられたのはお釈迦さまが楞伽経《りょうがきょう》を説かれたお山にちなむのですね」

伴っている照実が問う。

「そうだ、南海《なんかい》の島にある山の名でね。そこで釈迦さまは楞伽経を説かれ、後の南天竺《みなみてんじく》に龍樹《りゅうじゅ》という僧が現れて仏法《ぶっぽう》を広めるだろうと予告された」

「すばらしいことでしたね。実際、予告された通りになったのでしょう」

「そうだ。この山はそんな釈迦さまのお声がわたしにも聞き取れそうなのだよ」

山の中腹なので工事は楽でないが、すでに華宮殿《けぐうでん》の資材が運び込まれていた。羅婆房《らばぼう》を築く用地もほぼ地ならしを終えている。

楞伽山には松の緑が濃く、その上、明恵ら二人を歓迎するように藤が薄紫の花房《はなぶさ》をいくつも連ねている。そうなると明恵は歌心を揺さぶられた。

藤の花わが来ぬ先に咲きにけり
　松久《ひさ》しくて末《すえ》は栄えむ

「御師《おし》さまが詠《よ》まれるお歌はどれも祈りに通じるように思えます。森羅万象《しんらばんしょう》の調《ととの》いを美しく感じ取る心と祈りは重なるものでしょうか」

十六歳の照実が目を輝かせる。

高山寺へ参詣《さんけい》して来た中年夫婦が境内の風情と明恵の澄んだ気配に惹《ひ》かれ、息子の一人を弟子にしてほしいと頼み込んで来た。それが照実である。何ごとにも関心があり、思いがけない角度からものを見る鋭さも持ち合わせているから、このところ明恵は身近に置いて雑務を手伝わせている。

「よきことを申す。祈りとは尊きものを見逃さぬ感性に支えられて、初めて人の心を豊かにできるのだからね」

わが和歌をいきなり祈りにつなげた照実に、明恵は頼もしげな目を向けた。

「末は栄えむと御師さまが詠まれた松は、その変形の木ですね」

照実が指さした華宮殿用地西の谷にある松は、まさに変形だった。

根方近くで二本に分かれた幹《みき》は、若木《わかぎ》の頃に風倒木《ふうとうぼく》に押さえられて伸びるのを妨げられたらしく、二《ふた》重《え》に揃ったまま横へ傾き、人の腰掛け台にふさわしい形を作ると、そこから先は二本の幹が離れ気味にそれぞれの太陽を探し、思い思いに天空へ伸びていった、そんな感じである。

「そうだ。奇形に折れ曲がっている個所に縄《なわ》を巻いて、その上に坐ると風情のある樹上《じゅじょう》坐禅ができそうだよ」

こう答えた明恵はのちにそれを縄床樹《じょうしょうじゅ》と呼んで実際にそこに坐して瞑想を試みることになる。

ちなみにそんな明恵の姿を描いた樹上坐禅像が知られる。絵の中で明恵が瞑想する松は根方《ねかた》近くから二股《ふたまた》に分かれるが、江戸時代半ば過ぎの『梅（栂）尾明恵上人伝記』（巻上）は、その松の木をこう書く。

一株《ひとかぶ》の松あり、縄床樹と名づく。その松の本二重《もとふたえ》にして、坐するに便あり。常に其《そ》の上にして坐禅す。

松の木を「二股」ではなく、こう「二重」と書いている。二重の松を思うと、逆境を越えて思索を太らせた明恵の孤影《こえい》がふっと浮かぶ。

明恵は近くにある平らな石も照実に指さした。

「いずれその石もそこに坐るわたしに、いい坐禅をさせてくれそうだな」

この地で瞑想する時の冴《さ》えざえした気分のよさを明恵は早くも予感できた。

四

建保六年八月十三日、明恵は一つの夢を見た。

夢の中で栂尾から歩き出した明恵が上賀茂社《かみがもしゃ》の宿坊《しゅくぼう》に着いた。すると上賀茂社の背後にある山の裾《すそ》あたりに一堂が建っていたので、そこへ普賢菩薩《ふげんぼさつ》を安置したところ、その堂内へ七、八人の女房《にょうぼう》が連れ立って訪れて来た……。

夢にしてはかなり鮮明だったので、明恵は目覚めて身を起こした。不思議な夢でもあったので、急いで夢之記《ゆめのき》をとり出し、いま見たばかりの夢を書き留《と》めていく。

建保六年八月十一日、栂尾の旧居を出づ。(中略) 同十三日、賀茂の宿所《しゅくしょ》に遷《うつ》り、その後、円覚山(神山《こうやま》)の地に向かう。その夜、夢の中でこう云われる。ここに一堂を起して建てるべしと。そこに普賢菩薩を安《あん》じ奉《たてまつ》る。その堂の内に女房七、八人有りと云々。(『明恵上人夢之記』)

夢之記を書くのは六年ぶりだった。

こうして夢を書き留めながら、以前、鴨長明を見舞った際に上賀茂社の宮司《ぐうじ》賀茂能久と親しくなり、同社の背後地に明恵の精舎《しょうじゃ》を建てようと告げてくれていたのを思い出した。

——さように結構な申し出を受ける時ではないか。

その時、こんな声を耳にした気がした。声の主ははっきりしないが、夢之記の筆を執《と》ろうとする時には不思議と釈迦の姿が明恵の頭に浮かぶことが多い。この場でも釈迦が鮮明に浮かんでいた。

「おお、ようお越し下された。それにしても、どうして今なのですか」

高山寺の施餓鬼会《せがきえ》をすませた明恵が、照実一人を伴って上賀茂社を訪れると宮司の賀茂能久が驚いた。

「わたしの不調により、鴨長明さまの弔《とむら》いにも欠礼致しました。せめて宮司さまとお話して、秀でた歌人さまをいささかなりと偲《しの》ばせて頂こうと……」

「さようでござったか。それにしてもよき時にお越し下さった。じつは当宮《とうぐう》も近くお上人をお招きする使者を立てようとしていたところでした」

賀茂能久は約束の精舎がおおよその形をとって来たので、明恵を招こうとしていた。そこへ都合よく明恵が訪れたのだった。

これから迎える洛北《らくほく》の秋の風情を、能久は楽しげに話しながら明恵を境内《けいだい》裏手へ導いていく。神山《こうやま》の裾《すそ》近くまで進むと塔尾《とうのお》と呼ばれる地に檜皮葺《ひわだぶ》きの真新しい建物が三つ、四つ見えてきた。

「もしかすれば、お申し出て下された精舎にございましょうか」

「はい。お気に入り下さいまするか、どうか」

能久が明恵の横顔を見つめる。

疎《まば》らな木立ちの間に檜皮葺き、寄せ棟《むね》の本堂が築かれ、まわりに経堂《きょうどう》、庫裡《くり》らしき建物が整っている。

「気に入るも入らぬも、精舎どころか、もったいなき伽藍《がらん》にございます」

人里から遠く離れてないわりに静寂さがある。

「明恵さまの隠棲地《いんせいち》らしい堂舎《どうしゃ》を築くよう、後鳥羽院さまより院宣《いんぜん》も頂戴《ちょうだい》いたしておりますれば、心を込めずにどう致しましょうぞ。御師さまの御殿《ごてん》としての禅堂院《ぜんどういん》はとくに入念に築かせて頂きましたぞ」

能久は白々と光る檜《ひのき》造りの一字《いちう》を指し、心持ち胸を張って見せた。木の香も新しい禅堂院へ入ると、能久がまずこの寺の名をどうするかと問う。

「結構な伽藍に加え、仏の国より射して来るような日差しの尊さにも胸打たれまする。よってこの聖地を仏光山《ぶっこうさん》と呼ばせて頂きましょう」

明恵がこう告げた。

「ならば仏光山神宮寺《じんぐうじ》ということにございますな」

能久としては上賀茂社に付属して営まれる寺らしい名にしたい。

「いえ、この建物を寺院らしくどう活《い》かしていくかが大切でございましょう」

明恵はこう言って能久の案を拒み、とっさに賀茂別所仏光山寺《かもべっしょぶっこうさんじ》の名称を持ちだし、高山寺の賀茂にある別所としての位置づけを明らかにした。そこへ能久の姉と妹の二人が茶菓《さか》を運んで来た。

「御師さまの仏光山寺となりますと、ご本尊はやはり大日《だいにち》さまか薬師《やくし》さまになさいますのか」

「いえ、夢のお告げを得ておりますれば、出来れば仏師に普賢菩薩さまを彫らせてもらおうと思いまする」

「普賢さまと申されますか。もう一つ、馴染《なじ》みが薄うございませぬか……」

「いえ。文殊《もんじゅ》さまと共に釈迦さまの両脇をしっかりと守る役割を果たし、頼って来る者への思いやりの深い慈悲の仏さまなのです。じつはこうして参上いたしましたのも、夢の中にて釈迦さまより賀茂の宿所に行って一堂を建て、普賢さまを祀《まつ》るよう命じられたからにございます」

「ほう、夢見《ゆめみ》によって、ここをお釈迦さまの寺となさいますか」

能久はまだ普賢菩薩像に納得しきれない顔である。

「よろしいではありませぬか、普賢さまで。お名前の響きからしておやさしくありそうで……」

姉がこう言葉を挟《はさ》んで来た。

「お不動さまのような怖いお顔でないのでしょう」

妹も気兼ねなく話しかけて来た。

「はい。白象《びゃくぞう》に乗られておやさしく、掌《て》を合わさずにおれないお姿にございます」

こんな明恵の言葉を聞くと、能久も異論を口にしにくい。それを見届けて姉が明恵の側へ膝を進め、

「お願いがございます」と床に両手先をついた。

「明恵さまがここに落ち着きなされば、一番にわたくしのお得度《とくど》を願えませぬか」

「ついでわたくしもぜひ願い上げます……」

妹もこう願い出て、「御師さまのお剃刀《かみそ》りを頂戴したい女房がまだ五、六人おりまする」と付け加えた。

「よろしいですとも。普賢さまのお像が納まりましたら、ぜひお引き受けいたしましょう。が、それにしてもあと五、六人も貴人《きじん》に仕える女人が得度を望まれていると申されまするか」

こう念を押しながら、先だって明恵が見た「堂内に女房七、八人有り」の夢が正夢《まさゆめ》となりそうな気配に、明恵当人が不思議さを覚えていた。

明恵が高山寺へ帰ると、待ち兼ねていたように古くからの高弟の喜海《きかい》、定真《じょうしん》、霊典《りょうでん》の三人が速足《はやあし》で石水院へやって来た。

「御師さま、上賀茂社の仏光山寺へ移られると耳にしましたが真《まこと》にございますのか」

「ほう、上賀茂のことか。えらく早耳だな」

「はい。仏光山寺の本尊さまを彫ることになった仏師がやって来まして、普賢さまの詳細な絵像《えぞう》を拝見したいと……」

「唐突なので訳を問いましたところ、明恵さまがそこの住持《じゅうじ》になられるというではありませぬか」

「その言いようは奇妙ではないか。そなたらは一見《いちげん》の仏師を信じ、わたしを疑うておるではござらぬか」

こう言って、明恵は怒り顔を作ろうとしたが、三人があまりに深刻な顔つきなので、「さようなことがあるはずが無かろう」と穏やかになって事情の説明に及んだ。

仏光山寺は高山寺の賀茂別所なので専属の住持は置かず、高山寺の住持が代々、そこを兼任《けんにん》すると告げると、三人はたちまち疑念《ぎねん》を解き、ほっとした顔つきになって仏光山寺のようすをそれぞれに問う。

ややあって明恵が「一つ、三人に頼みたきことがある」と、身を迫《せ》り出した。

「さて、どのような大役にございましょうか」

こう問われて、明恵は三人の前で改まった。

「高山寺一同の尽力《じんりょく》で石水院も完成し、そのうち楞伽山の瞑想道場も整いましょう。いずれもわたしの思いを叶《かな》えてもろうた。ところが釈迦さまを安置する当山の金堂が工事を急いで完成したままにござろう」

「ならば金堂の大修理を……」

「そう、足らざるを補い、改めるべき個所《かしょ》は入念《にゅうねん》に改め、一新するほどの力を注ぎたい。その工事を現場で指揮する重い役を三人に任せたい」

明恵のこの言葉にその場の三人が弾《はじ》かれたように身を正して師に向き直った。それでいて言葉を発しない。

やはり御師さまは上賀茂へ移られるのだ——。

三人はこう思って顔を蒼白《そうはく》にして黙り込んだ。

「案じることは何もないのぞ。わたしはどこへ出かけようと高山寺の住持でござる」

「御師さま」とやっと声を上げたのは定真だった。「なんとのう感じるのですが、これから先、御師さまは大変ご苦労をなされるようで痛《いた》ましゅうに思えます。一体、なぜ栂尾を去られるのですか」

わが事のように案じる定真の顔が明恵の前にあった。

五

賀茂別所仏光山寺の暮らしは、明恵が四十六歳の建保六年（一二一八）に始まった。

「ご入用の品がござれば何なりと申し出て下されいよ」

宮司《ぐうじ》の賀茂能久が気づかいを見せてくれる。

「さて、近くに経論《きょうろん》の本を手に出来る場がありましょうか。他に欲しいものは何一つござりませぬ」

「おお。それならこちらにも学問好きが控えておりますれば、ご入用の本は手を尽くして探させましょうぞ」

これも明恵には嬉しい申し出だった。

能久の姉妹に約束していた得度《とくど》もすませ、円浄《えんじょう》、浄恵《じょうけい》の戒名《かいみょう》を授け、いまは弟子の照実から観音経《かんのんぎょう》を習わせている。

ときに高山寺へ帰り、金堂《こんどう》を改める作業の進みぐあいを確かめ、楞伽山で瞑想の時を過ごす。定真の思いつきで華宮殿《けぐうでん》、羅婆房《らばぼう》の二つの庵《あん》ともに草葺《くさぶ》きされた、その風情も明恵の気に入っていた。

静かに仏の恩寵《おんちょう》が心へ寄せて来る気配がある。だからこの時期、気に添わぬことが見当たらぬぐらいである。

――わたしの行く末に労苦が重なりそうだと、定真が予言したが、あれは杞憂《きゆう》に終わりそうだな。

明恵はつい楽観するが、そんなのどかさの中に事態を急変させる芽が育ち始めていた。

「この大雪の中、賀茂宮司さまの家に人の出入りがやたら多く、なぜか慌《あわ》ただしそうでございます」

平穏に明けた承久《じょうきゅう》元年(一二一九)一月末、外出先から賀茂別所へ帰った照実がこう明恵に告げた。

鎌倉の三代将軍実朝《さねとも》が雪の鶴岡八幡宮《つるがおかはちまんぐう》で暗殺されて四日後である。

大乱にならねばよいが……。この事件が乱世を開くことにならぬかと案じる声がしきりだった。そんな時、宮司能久の姉、円浄尼が賀茂別所へ明恵を訪ねて来た。

「わたしども社家《しゃけ》が騒々しくしており、申し訳ございませぬ」

賀茂家が騒々しいのをこう詫び、その上で意外なことを口にした。

「弟の能久(宮司)は後鳥羽上皇さまから、幸いお気に入られておりまする。でも、上皇さまの好まれるお方を新将軍に迎える工作など断じてしておりませぬ」

これを聞いて明恵がかえって一つの真相に気づいた。

じつは言葉とは逆に能久が実朝の後継者に後鳥羽上皇の望む者を立てようと動いており、しかもそれが実現すれば朝廷に逆らう幕府の力を弱めることもできると目論んでいた。

事実、能久はそうした工作を手際よくできるのだった。しかも言葉を尽くし、丁寧に相手を説得するのでなく、懸案をいつの間にか思うような結果へと導く阿吽《あうん》の呼吸を心得ている。だから実朝の暗殺とその後の賀茂家の慌ただしさは、政務と表裏一体なのだった。

これでは賀茂別所仏光山寺で始まった明恵の暮らしも、いつ揺さぶられるかしれない。

こう見きわめると、明恵は仏光山寺からも能久からもしだいに距離を置くようになる。とくにそう意図したというより、時流に乗って騒々しい場は、いくらそちらへ向かおうとしても明恵の足がまずすくんでしまう。

こうして明恵は時流に背を向けることで二つの成果を上げていく。一つは弟子の高信《こうしん》に手伝わせた『華厳仏光三昧観秘宝蔵《けごんぶっこうざんまいかんひほうぞう》』の大著を脱稿したことで、もう一つは途切れがちだった明恵の夢之記が承久と元号が変わった途端、記入が増え始めたことである。なにしろ戦乱含みの二年ほどの間にじつに六十件余もの夢が書き込まれていく。

夢といえば仏典に没入したせいなのか、この頃、仏が生身《しょうじん》で表れる夢をよく見た。承久二年の十月には一途《いちず》に拝していた木造の不空羂索観音《ふくうけんざくかんのん》がいきなり生きた身に変じた夢を見る。しかも観音の手から大《だい》般若《はんにゃ》の巻物が授けられ、それを自分が頭上にかざして涙を流して喜ぶところまではっきりと夢に見たのだった。

なかには一丈六尺《いちじょうろくしゃく》もの特大の生身の釈迦像に向き合った夢もあった。心中穏やかと言い切れないこの時期、いつもは明恵を包むようにしてくれる釈迦の思いやりの深さが、突如、姿の大きさに転じたように巨大な釈迦が夢の中に現れたのだった。

――たじろぐことは何もないのぞ。

瞑想に呼び出された巨大な釈迦は、明恵に身をもってこう告げてくれる。

母の汀子《みぎわこ》が夢の中で尼姿で現れ、妹の桂《かつら》も常円房《じょうえんぼう》の尼僧名でつき添って来たりする。この頃の明恵は、かなり気負って時流に逆らって見せるが、亡き母や妹が夢に現れるあたり、無意識ながらわが身の行方にやや不安を覚えていたのかもしれない。

大修理をすませた高山寺の金堂で、明恵は弟子らに光明真言法《こうみょうしんごんほう》などを授けながら、いつもの穏やかさを取り戻そうとした。が、承久三年（一二二一）五月十五日、にわかに世情が不穏になった。

後鳥羽上皇が執権《しっけん》の北条義時《ほうじょうよしとき》を討てと諸国へ院宣《いんぜん》を発した。承久《じょうきゅう》の乱《らん》である。鎌倉方《がた》はそれを予想していたらしく、院宣が出ると執権義時の子泰時《やすとき》らを大将とする十九万人もの幕府軍を東海、東山《とうざん》、北陸の三つの道から京へ攻め上らせた。

「上賀茂の宮司、能久さまは上皇さまと特にお近いから、仏光山寺も鎌倉方に壊されるかもしれぬ」

明恵は主だった弟子を集め、上賀茂の寺を切実に案じた。

ところが戦いの影響は高山寺に直接のしかかって来る。初めのうちは合戦《かっせん》で負うた傷を癒そうとする武者《むしゃ》が清滝川沿いを溯《さかのぼ》って来た。が、戦いは収まらず、洛中《らくちゅう》へ攻め込んだ軍勢はしだいに北上し、やがて栂尾にまで騒々しさが伝わって来る。栂尾の谷で密《ひそ》かに隊を編成し直そうとする胴丸《どうまる》、腹巻き姿の武者が三々五々と集まって来るようになった。今のところ朝廷側の武者が目立つが、京洛の決戦が激しくなると幕府軍の兵も交じるだろう。

それに備えて明恵は弟子らに武者との接し方を教える。

「いいか、われらは仏に仕える身ぞ。朝廷方なら迎え入れ、幕府方なら引き取りを願うといった差異をつけるでないぞ。どの武者団であれ水と薪《たきぎ》だけは快く提供し、それ以上の余計な関わりを持たぬことぞ」

こう告げて、夕刻には弟子らに争乱の終息を祈る護摩《ごま》を焚かせた。

ところが京へ攻め込んだ幕府側は大軍であり、京は一カ月後、早くも鎌倉方に圧えられてしまった。泰時の率《ひき》いる幕府勢《ぜい》は勝ちを収めると、早々と洛中の六波羅《ろくはら》に出先機関を置いて戦後の処理を始めた。

そんな頃になると、こんどは高山寺をめざして清滝川を溯って逃れて来る者が目立った。幕府方に占領された不穏さから逃れて来る者もいたが、戦乱によって家を焼かれた者、家族を失った女人らが明恵を頼って高山寺へ逃れて来た。

——栂尾に逃れると明恵さまが庇《かば》って下さろう。

こんな漠《ばく》とした期待がある。清楚な明恵さまの寺なら、幕府方も高山寺の内にまで入って狼藉《ろうぜき》を働かぬだろうと逃れて来る。いつもは静かな境内の近くに野宿する者が目立ってくる。

こうして逃げ込む者が増えると、栂尾の地も六波羅の監視の目にさらされてしまった。

「見なれぬお客人が表に見えまして、御師《おし》さまにお会いしたいと申しておりまする」

弟子は客の様子が違うのでうろたえながら、こう内へ取り次いだ。

その日、山内にも夏の日差しが強かった。明恵が玄関へ出てみると確かに身のこなしに威風をたたえた男が、徒士《かち》数人を控えさせて突っ立っている。一見して六波羅の者と察し、明恵は「お上がりなさいますか」と丁寧に呼びかた。

「さように悠長《ゆうちょう》な身にござらぬ。この栂尾山中に朝廷方の者を多くかくまいし高山寺の罪は重い。すぐに同行なさるべし」

秋田城介景盛《あきたじょうのすけかげもり》と名のる男がこう告げ、逆らうなら捕縛《ほばく》するぞと荒縄を振りまわして見せた。

「今日まで僧の立場を守り、負傷者や飢えた武者を敵味方を問わず、いささか救いの手を差し伸べて参りました。それがなぜにお縄《なわ》でございますのか」

「言い分があるなら、探題《たんだい》泰時さまの前にて言い開きするがよろしかろう」

薄墨色《うすずみいろ》の法衣《ほうえ》に五条袈裟《ごじょうげさ》の明恵は表へ引き出された。さすが縛られることはないが、罪人の扱いで荒縄を振り回して威嚇《いかく》されながら引き立てられて行く。

「仏をめざす者を裁こうとも、仏の心は裁けぬ。一同、くじけることなく無礙《むげ》の一道を歩むのぞ」

もしかすれば当分、帰れないかもしれぬ。こう告げて、明恵一人、金堂の釈迦像に深々と一つ頭を下げて洛中へ引かれて行く。そんな師を山門まで見送りに出た弟子らは涙をこらえ切れなかった。

六波羅は旧京都守護《しゅご》の庁舎を活かしたもので、館内の中段上段と競り上がる座席に幕府方の武者がぎっしり詰めかけて裁きを待っている。

正面の高座には六波羅探題の北条泰時がどっかと身を沈め、そのまわりを評定《ひょうじょう》らが並んでいる。こうして探題自らが顔を出して裁くなら、どんな悪辣《あくらつ》な者が裁かれるのか。どの顔も息をつめているところへ明恵が荒縄で追われるようにして入って来た。

薄墨色の清楚な略衣《りゃくえ》姿でとぼとぼした足取りで進む姿に館内がざわついた。むしろ、胸を反らせて明恵を追い立てる若造《わかぞう》、景盛が悪辣に映るのはやむを得なかった。

「寺が山峡《さんきょう》深くにあるのを幸いに朝廷側の兵をかくまい、鍛練《たんれん》の場を与え、いまは敗残の者らに保養を与えるが仏の教えでござるか。いや、すべて幕府にたて突く所業《しょぎょう》なり。どうしてさようなことが許されようぞ。いま探題さまより大罪悪にふさわしい沙汰《さた》が下されよう」

景盛がこう罪状を述べ、さらに一段と大声を張り上げる。

「罪人、高山寺明恵。まずもって探題さまにお詫びを言上《ごんじょう》いたすべし」

こう名指された明恵の名が館内に響いたとたん、正面の高座から探題泰時の声が飛んだ。

「おお、これは明恵さまにございましたか」

わが過ちを知れば、それが逆縁と
なってその人の命を一段、また一段と
高みへ押し上げ、それまでにない新しい
視界をつぎつぎ
と目の前に開
けてくれましょ
うぞ。

泰時は驚いて明恵のもとへ駆け寄ると片膝をついて衣帯《えたい》の乱れを正し、自分が座っていた正面の高座《こうざ》へ明恵を座らせ深々と頭を床に着けて礼拝《らいはい》した。

「ここ数年、鎌倉にて明恵さまのお徳の高さを重ねて耳にし、ぜひ栂尾にて拝顔の栄を賜《たまわ》ろうと願うておりました。はからずも、かようにご無礼な場にお迎えしたるは、身ども生涯の不覚、慚愧《ざんき》にたえませぬ。お許し下さいませよ」

泰時は身を縮め、明恵の前で深く頭を下げた。

重い裁きを見ようと集まった者らは、事の意外な展開にあぜんとして静まり返っている。

「命を奪われる覚悟でまかり越しましたところ、探題さまの菩薩のようなお心に会うて命を新しゅうにさせてもらいましたぞ」

明恵が淡々と応じる。

「さても御師さま、命を新しゅうにするとは如何《いか》なることにございましょうや」

泰時が控え気味に問いを発した。

「人はとかく過ちを呼吸して命を保っておるところがございましょう。よって過ちを無くそうとしても果たせませぬ。それでもわれの犯した過ちを知ることはできましょう。わが過ちを知れば、それが逆《ぎゃく》縁《えん》となってその人の命を一段、また一段と高みへ押し上げ、それまでにない人としての新しい視界をつぎつぎと目の前に開けさせてくれましょうぞ」

「なるほど。心の視界を遠くへ広めながら生きるのが命を新しゅうにすることでございまするか」

「まことに不肖《ふしょう》ながら、愚僧も此度《こたび》の合戦で敵味方を分かたぬ祈りの光景を遠く地平にまで広めるよう、高山寺でいちずに努めて参りました」

「おお、さような聖域を無粋《ぶすい》な武者が汚してまで御師さまをお連れ申したこと、ひらにお許し下さいませ」

こう重ねて頭を下げる北条泰時が気の毒で見ておれぬとばかり、明恵はせかせかと一人、出口へ急ぐ。見せしめの縄を振り回されながら入って来た裁きの場を、明恵は堂内一同の合掌に見送られて去るのだった。

高山寺へ帰ると、賀茂別所の仏光山寺から使いを立て、ぜひにと明恵の来山を求めて来ていた。

「さすがでございますな。罹災《りさい》の者を敵味方なく迎え入れなさった明恵さまです。鬼の如き六波羅も捕らえようがなかったのでございましょう」

待ち兼ねていた円浄尼が明恵に敬いの目を向けた。

「いまは合戦の被害を受けた女人が多く、栂尾の山内へ救いを求めて来ていると伺うております」

「はい。夫をいくさで失うた女人、住む家を焼かれた者らが朝から山門前に押しかけ、弟子らは炊き出しに追われておりまする」

こう答え、明恵が被災者の悲惨なさまをひとしきり話していると久継《ひさつぐ》が駆けつけて来た。

「御師さま、父能久が鎮西《ちんぜい》へ配流《はいる》と決せられました。なんとか温情を願えぬでしょうか」

六波羅の探題から明恵にほめ言葉がかけられたのは上賀茂にも伝わっていたから、久継が真剣に頼んできた。

「折角《せっかく》ですが、さようなことにわたしは不慣れにございます。此度《こたび》のいくさで身寄りを失い、食に窮する者を救うのが、せめてもの愚僧の勤めと心得ておりまする。お父上が一日も早く刑を終えられるように祈り、その時には能久さまのお力も借りて貧しき者への利他《りた》の行を一層、盛んになして頂きたいと願ごうのみにございます」

それを聞いていた円浄と浄恵、二人の尼僧が口をそろえる。

「能久がお役に立てるまで、どうかわたくしどもに避難の民を助けるお手伝いをさせて下さいませぬか」

「おお、それは願うてもない。いまは軽い負傷の者が重傷の者を支えておりまするが、手はいくらあっても足りぬ。食せるものを整えてくれる女人も少ない。嬉しいですぞ、仏の娘御《むすめご》よ」

「お間違いです、御師さま。いまは仏に近うなった娘御にございます」

「ほう、仏に待たれてござるか。それは羨《うらや》ましい」

合戦の被害を受けた者を救う同志を得て、明恵は気持ちを浮き立たせている。

が、その明恵の頭に一つの厄介《やっかい》ごとが浮かんだ。

女人が参詣《さんけい》のために山門をくぐるのは自在でも、山内に女人を留めるのはご法度《はっと》である。現に助けを求めて高山寺に来る多くの女人は、やむなく清滝川向こうの茶畑を均《なら》して建てた小屋で仮住まいさせている。ところがそこは陽の当たる間が短く、その分、冬は寒さがなお厳しい。

「さて、どうしたものか」と、思案の声が明恵の口から飛び出した。

「どうなさいましたのか。わたくしどもが参上《さんじょう》しては騒々しくてお庭の風情が壊れましょうか」

「いや、いくら賀茂家のご息女でも山門の内にお住まい頂けぬのが難点でござる」

「頭を丸めて御師さまのお古《ふる》の作務衣《さむえ》をまとって過ごせばよろしいでしょう」

「ならば、その美しい顔に日々、白粉《おしろい》代わりに木炭粉《もくたんこな》を塗って過ごしてもらいましょうかの」

「それは困ります。なにより御師さまに嫌われそうですから」

「そこじゃな。仏に待たれる齢《とし》になっても、まだ男と女、厄介じゃわい」

思わず頭を抱え込んだ明恵の前で、艶《つや》のある笑いが二つはじけた。

第七章

いのちあるべきようは

承久《じょうきゅう》の乱《らん》はわずか一カ月で終わった。

後鳥羽上皇《ごとばじょうこう》が幕府を倒そうと挙兵《きょへい》したものの、いざ対戦になるとたちまち総崩《そうくず》れとなっていく。やがて洛中《らくちゅう》でも幕府軍による放火や殺戮《さつりく》などが目立つようになる。こうなるとこれまで何不自由なく過ごしていた公家筋《くげすじ》の女人《にょにん》らが、夫や子息《しそく》をいくさで失い、家まで焼かれて大きな痛手《いたで》を受けることになっていく。

承久三年（一二二一）の六月十五日に乱は終わっても、その戦後の処置が勝った幕府方の思うままに進められるから、公家方にはそれが追い打ちとなった。後鳥羽上皇らが流罪《るざい》に処《しょ》せられたのを始め、公家側の力を骨抜きにする処置が執拗《しつよう》にくり返されていく。それだけに乱が短い期間で終わったわりに、公家方の受けた被害は深刻だった。

だから、この時も敗れた側の女人が高山寺《こうざんじ》へ多く避難して来た。

「ここの明恵《みょうえ》さま、六波羅《ろくはら》で探題《たんだい》さまを土下座《どげざ》させなさったのでしょう」

「そう、弱い者を気づかうように説法なさったようですから」

こんな噂《うわさ》が洛中を駆けていたから、この時に頼れるのは明恵しかないと思い込んでやって来た人も少なくなかった。

ところがそうした避難の者も以前とは様子が違った。一時の避難を望むのでなく、何もかもを一気に失って世の無常《むじょう》を覚《おぼ》えると、いっそこの機《き》に出家して尼《あま》になりたいと願う女人が目立つ。

権中納言土御門宗行《ごんちゅうなごんつちみかどむねゆき》の妻もその一人だった。夫の宗行が戦わずにすむところを、わざと合戦《かっせん》に持ち込んだと幕府側から一方的に責められ、いくさが終わるとすぐに収監《しゅうかん》され、そのまま処刑《しょけい》されてしまった。宗行の妻は高山寺へ詣《もう》でるとまず明恵に、その無念さを聞いてもらいたい。

「いくさに敗れ、その上に一方的に開戦したなどと責任を問われて処刑された夫のやりきれなさ、それを思うだに胸を締《し》め付けられまする。どうか、御師《おし》さま。さような夫の無念をいささかなりと和《やわ》らげてやりとう存じます。どうかお導き下さいませ」

こう頼んだ宗行の妻も夫の追善《ついぜん》をすませると、ようやく気を取り直して、こんどは自らの得度《とくど》を望んだ。明恵はそれにも快《こころよ》く応じて得度を受けさせ、戒光《かいこう》の尼僧名《にそうな》を与える。

「御師さま、このように取り返しのつかぬ犠牲を生む合戦は勝っても負けても、つくづく嫌《いや》でございます」

「まこと、申される通りでござる」

「被災《ひさい》した者を敵味方の別なく救って下さる御師さまのことを知れば、どれほど多くの女人がここで心を安らがせることでございましょう」

「はい、そのことはよう分かっておりまする。されど非力《ひりき》にして被災の方を受け入れる施設が十分でなく、頼《たよ》って来なさる女人方に引き返してもらわねばならぬのが辛《つろ》うございまする」

明恵はありのままを話すしかない。

しかし戒光を通して高山寺へ避難したい人のことを耳にすると、なんとか高山寺の尼僧らのように、日々、明恵自らが説いて聞かせる場をつくれないものかと思う。

とくにこの頃のように政変やいくさが目立つと、真っ先に犠牲になるのは女人である。それを救い、尼僧として生きたい者に心おきなく修行できる尼僧庵《あん》の一つも設《もう》けてやりたい。

これは無益《むえき》ないくさをくぐり抜けた明恵が、四十九歳にして思うことだった。

夏の日差しが少し和らいだころ、明恵は高雄山神護寺《たかおさんじんごじ》への道を急いだ。

穏やかな気候を好んで、ずっと郷里、紀伊国湯浅《ゆあさ》で過ごしている叔父《おじ》の上覚《じょうがく》が、珍しく神護寺へ来ているという。承久の乱が終わって、まだ間のない頃である。

「長旅、お疲れだったことでしょう」

すでに八十歳に近い上覚である。明恵は叔父の顔を見るなり、こういたわった。

「疲れてなどおれようか。そちが六波羅へ曳《ひ》かれた噂《うわさ》が湯浅へ届いてから、一族の宗弘《むねひろ》らがひどく案じよっての。早よう湯浅へ連れ戻せとわしを急《せ》かせてならぬのよ」

上覚が目を細め、明恵の顔をのぞき込むようにしてくる。

「ご案じ下さいまするな、叔父上。六波羅に曳かれたのが機縁で、わたしを荒縄《あらなわ》で追った秋田《あきた》城介《じょうのすけ》景盛《かげもり》は出家して、大蓮房覚知《だいれんぼうかくち》の僧名で仏道を歩み始めております。執権《しっけん》の泰時《やすとき》さまも、時にわたしの身を案ずる和歌を届けて下さっておりまする」

「ほう、そりゃ、善きことじゃ。明恵には不思議と人の心を清める力があるのよのう」

「じつは叔父上。お力をお借りしたいことがございまする。いえ、先ほどの承久の乱で寡婦《かふ》となった者らが出家して質素に過ごしたいと切実《せつじつ》に望んでおります」

明恵は目下の気がかりである尼僧庵の構想を持ち出した。

「それを建てる場所をわしに探せというか。いざとなると、そりゃ、至難《しなん》のことでござろう。いかにさような尼寺《あまでら》が求められているとしてもだぞ」

「弱い立場の女人に心の休まる精舎《しょうじゃ》を与えることが出来ますなら、そこでわたしなりの利他行《りたぎょう》が尽くせるのです」

こう促《うなが》しても上覚は机上《きじょう》に両肘《りょうひじ》を突いたまま思案するばかり。明恵の頼みごとを持て余しているようだったが、「おお、そうじゃ」と、いきなり片膝《かたひざ》を打った。

上覚に閃《ひらめ》いたのは神護寺の登り口、平岡《ひらおか》の地にある廃寺《はいじ》を改めて尼僧庵とすることだった。早速、明恵は現地に立ってみた。そこは清滝川《きよたきがわ》が近いので水の便に恵まれ、炊事《すいじ》の薪《まき》もまわりの山で拾《ひろ》える。すべてを尼僧らの力の範囲内でやっていけそうなのが何よりである。

が、肝心《かんじん》の建物は半ば崩れて使いものにならない。精舎《しょうじゃ》を新造するのは大儀《たいぎ》なことだが、この恵まれた立地に尼僧庵が出来れば、時代の苦しみを背負った女人らをいかほどか安らがせられよう。

そう思うと、もう明恵はじっとしておれない。弟子らにも趣旨を話して力を集める体勢をとっていく。中御門宗行《むねゆき》の屋敷に戒光を訪ね、そこでも協力を頼む。

「いくさの無残さの前に勝つも負けるもあったものでない。いみじくもこう申された戒光どのです。その達観《たっかん》のすばらしさに、拙僧《せっそう》、いまも感服《かんぷく》致しておりますれば、此度《こたび》のいくさで苦境に投げ出された女人のため、尼僧庵を築く力となって下さらぬか……」

「被災の女人が出家し、安らかに過ごせる寺を建てる資金を助けよと申されるのですね」

「世が落ち着くまで、仏のもとで過ごす幸せを生きさせたい。そのために雨露《あめつゆ》と冬の寒気《かんき》が避けられる建物を築いてやりたいのです」

「折角《せっかく》ですから、力になってくれそうな向きにも当たってみましょう。ただしですね、御師さま。もし事が成りましても、このわたしがそこへ入るのを許されぬことはございますまいね」

戒光が明恵の目をしっかりと見つめてこう念を押した。

「何を案じなさる。もし望まれるなら、戒光どのには、いの一番に入寺して、若い尼僧らを導いてもらいましょうぞ」

「おお、嬉しきお言葉じゃ。御師さまのもとで過ごせるなど、夢のようにございまする」

このように平岡の地に尼僧庵を築くことに確かな手ごたえを得ることができた。これに留《とど》まらず、明恵は意外なところにも協力を求めていく。その一つが上賀茂《かみがも》の仏光山寺《ぶっこうさんじ》だった。

早速、明恵は照実《しょうじつ》を伴ってそこへ出向いて行く。

「御師さま。一体、何ごとにございまするのか」

浄恵尼《じょうえに》が近づいて来る明恵の姿を目ざとく認め、上賀茂社の客殿《きゃくでん》に招き入れた。すぐに姉の円浄尼《えんじょうに》と弟の久継も寄って来た。

「かように早くお会いできるなど、夢のようです。いえ、本当に夢でないのでしょうね」

浄恵は冗談を交えながら先に別れた時の楽しい気分に返り、大げさにはしゃぐが、姉の円浄と久継は明恵が何か特別な意図でやって来たと察し、固い表情を崩さない。

「明恵さま、何かにわかなご用向きでお越し下さっておりますね。ご遠慮なくお申し下さいませ」

「そう言ってもらうと話しやすくなりまする。じつは旧来《きゅうらい》からお話していることに絡《から》むのですが、姉妹お二人に避難して来る女人の世話を願う時が早まりそうなのです」

「嬉しい。まことなのですね」

浄恵が声を弾《はず》ませたので、明恵は急いで付け加えた。

「いえ。お二人だけでなく、できますればこの仏光山寺の経堂《きょうどう》と庫裡《くり》を伴って栂尾《とがのお》へお越し頂ければ幸いでございまする」

「建物を従えて来いなどと……、申される意味がよう分かりませぬ」

円浄がやはり固い声を発した。

「じつは承久の乱で夫や息子を失って生きる気力をなくした多くの女人が、いまは出家して新しく生き直そうと高山寺を訪ねて参ります。そうした女人がみ仏に祈りながら過ごせる尼僧庵を、神護寺ふもとの廃寺跡に築くことにしました。つきましては、できますなら仏光山寺の二つの建物を解体して当方へ運び、尼僧のための御堂《みどう》として使わせてもらえぬものか。お父上にご相談するすべを求めて参上いたしました。いえ、解体し移築するのは当方にて行いまするが……」

政変の責任を問われて鎮西《ちんぜい》に流されている宮司《ぐうじ》賀茂能久《かものよしひさ》の意向を、明恵はぜひ問うてもらいたい。

「いえ」と久継が明瞭に反応した。

「此度《こたび》の一件がありましてから、父はこの神社からさえ身をひく気でおります。まして仏光山寺のことは、そちらで解体、移築なさるのでしたら、きっと了解いたすことでしょう」

この言葉に明恵は勇気づけられた。円浄もこの日初めての笑みで次の言葉を包んだ。

「父の快諾《かいだく》はわたしが保証いたしましょう。どうか、そのおつもりで尼僧庵の作業をお始め下され」

「それはありがたい。そこがお二方にとっても、なじみの尼僧院となるのを願っておりまするぞ」

これで平岡の地に女人救済の寺が出来る。その見通しがついて明恵の顔に安堵感《あんどかん》が浮かんだ。

大事なことを待つ身には半《なか》ばの期待と半ばの不安が入り混じる。尼僧庵を移築する内諾《ないだく》は得たが、確かな返事が戒光から届いて来ない。

明恵はやむなく高山寺の書庫から『宋高僧伝《そうこうそうでん》』を取り出した。それを読みながら早く返事がほしい気持ちを紛《まぎ》らわせることにする。

全三十巻のこの書は唐代の高僧を正伝《せいでん》五三一人、付伝《ふでん》一二五人を取り上げて論じている。それを無造《むぞう》作《さ》に開いても巻第四の義湘《ぎしょう》と元暁《がんぎょう》の伝記が自ずと目に飛び込んでくる。これまで何度かこの個所を開いて読んでいるからで、この時もまたそこを読み返してしまう。


二人の若者は唐で盛んな仏教を学ぶために郷里の新羅《しらぎ》を旅立ったが、一つの塚穴《つかあな》に雨宿りした時、元暁はそこで不快《ふかい》な鬼神《きしん》に出会って前途に不吉《ふきつ》さを覚え、唐行きをあきらめた。が、一方の義湘は初志《しょし》を貫いて船で唐へ渡り、首都の長安《ちょうあん》で仏教信仰の篤《あつ》い家に宿をとった。するとその夜、当家の美しい唐娘《とうむすめ》の善妙《ぜんみょう》が義湘を誘惑《ゆうわく》しようとして来た。ところが義湘は修行の身である。仏道を求める気持ちがつよいために誘惑に乗せられない。そう知った娘の善妙は一転して義湘を敬い、帰依《きえ》するようになっていく。

長安で華厳《けごん》の教えを学び終えた義湘は帰国を前にして、かつて宿した家に立ち寄って礼を述べ、新羅へ帰る船に乗り込んだ。それを知った善妙は義湘を慕うあまり、龍《りゅう》と化《か》して海へ入り、義湘の船をしっかりと守りながら海を渡って行く。

『宋高僧伝』のなかで元暁と義湘の伝記は大略《たいりゃく》このように書かれてある。明恵がこの物語を読みながら義湘と善妙の奇遇《きぐう》ぶりに魅《み》せられていると、弟子の照実が客人だと呼びに来た。

急いで表へ出ると戒光の文《ふみ》を使いの者が持参していた。

文には、あと二人の賛同者を得たので、上賀茂仏光山寺の経堂《きょうどう》と庫裡《くり》の解体移築の費用は確かに引き受けましたとある。これで念願の尼僧庵が平岡に築けることになった。明恵は自室に戻り、また『宋高僧伝』の字面《じづら》を追って行く。するとその場面に登場する善妙が、明恵にはいよいよ魅力的に思えて来た。

――菩薩か、女人か。そんな感じの文章が、明恵をつよく引きつける。

とくに善妙が一人の女人としての煩悩をてこにして仏に身を転じ、ついには龍体《りゅうたい》となって仏道を歩む人を守り、仏道そのものを守ろうとするあたりに、明恵はうっとりさせられてしまう。善妙は懺悔《さんげ》するのを厭《いと》わず、心のやさしさと豊かさで祈りを深めていく。そうして人としての難題《なんだい》を越えていくところに、人と仏の境が淡《あわ》くなっていくのだ。

そうした『宋高僧伝』の物語を読み進んでいると、明恵は自分もいつかわが身を仏の側へ転じて行けそうな気になれる。

――せめて、この善妙と義湘の出会う場面だけでも絵にできぬだろうか。

神護寺山麓の平岡に尼僧庵が建てば、この場面を絵伝として壁の一画を飾りたい。

「恵日房《えにちぼう》成忍《じょうにん》を呼んでくれぬか」

明恵は絵師の成忍にそれを相談してみようとした。

成忍は折から高山寺に住み込んで、主に襖絵《ふすまえ》を描いているが、一方では明恵から華厳を学んでおり、当人は明恵の弟子と心得ている。成忍は明恵に請《こ》われるまま、早くも『宋高僧伝』から浮かび上がる善妙と義湘の出会いの場を素描《そびょう》し始めた。

「このところ、絵師、成忍さまのお部屋の灯《ひ》が、ずっと深夜まで消されぬようです」

弟子の照実がこう明恵に告げたのは貞応《じょうおう》元年（一二二二）の秋もかなり深まっていた。

「それなら『宋高僧伝』を貸してあるので、きっと読みふけっているのだろう」

こう平静に答えた明恵も、成忍について不審に思うことがあった。義湘と善妙の恋情《れんじょう》を巧《たく》みに描いて世の話題をさらってから、かなりの時が過ぎている。が、その後、新しい絵にとり掛かっているようすがないのだ。

明恵はこの機にそのあたりのことを確かめようと、夕勤行《ゆうごんぎょう》の後で成忍を自室へ呼んだ。

「何度も言うようだが、そなた、元暁さまと義湘さまの障壁画《しょうへきが》も巧みに描いてくれた。だから五百年もの歳月を一気に飛び越え、目の前に現れて下さったほど嬉しい思いをしたものだ。どうだね、その後、新しい絵の試みはあるのかね」

「お気づかい、恐縮にございます。御師《おし》さまは新しい尼僧庵《にそうあん》を着工なされたばかり。なにかとご多忙なところに繁雑《はんざつ》な話を持ち込むまいと、あえて申し上げずにいることがございます」

たしかに明恵の身辺はしばらく慌《あわ》ただしかった。上賀茂社の仏光山寺から経堂と庫裡を解体した資材が平岡《ひらおか》の地に運び込まれたからだが、いまは戒光尼が送り込んでくれた大工に寺を建てる心得があって順調に進んでいる。

「あちこちの好意でね、尼僧庵を建てる上の気づかいは少のうなった。ゆっくり成忍の話を聞こうではないか」

「それがですね」と、いざとなると成忍の口が重くなった。「なんとか元暁さまと義湘さまの行状《ぎょうじょう》を絵巻物にできぬものか、少々、不埒《ふらち》な望みを抱いておりまする。はい、身のほど知らずとお思いでしょう……」

言葉は控えめだが、成忍の顔にはなまなかでない自負《じふ》の色が浮かんでいる。

「ほう。その意欲、結構ではござらぬか」

「されど、あっし一人じゃ、とてもできませぬ。『宋高僧伝』をなんど読み返しても、絵巻物に欠かせぬ物語がつくれませせぬ。そこをぜひ御師さまに補《おぎな》ってもらいたいのです」

「はじめに物語があり、それをいくつかの場面にくぎり、それぞれの場面を面白く弾《はず》ませねばならぬだろう」

「その作業が手に負《お》えないのですよ」

「そうよな。宋の高僧伝はそれぞれをほめるのに性急《せいきゅう》だから、高僧方一人ひとりの行状はつかみにくいかもしれぬ」

「そこをお頼みしたいのです。しかも御師さまなら、短い話にも深い意味が込められてあるのを引き出して下さることでしょう。ぜひ、それも教わって絵面《えづら》に描き出したいのですよ」

「よかろう。頼《たよ》るとか、頼られるとかでなく、そなたと二人、絵伝《えでん》のつくりを楽しみながら練《ね》ってみようではないか」

「お願い申します。でも、御師さま。尼僧庵の建物が、これからますますお忙しくなられるでしょう」

「成忍よ。そなた、そこまで気づかわずともよいのぞ。築き始めた尼僧庵は出家した女人が精進《しょうじん》し、祈りを深める道場だ。それには精進する心を固めさせることも劣らず大切になる」

「その役をあっしがこれから描こうとしている、元暁さま、義湘さまの絵巻物に与えようと申して下さるのですか」

「そうとも。そなたの描く絵と物語が大勢《おおぜい》の目にふれ、女人らの自ら精進しようとする心をきっと揺《ゆ》さぶり起こしてくれるだろうよ」

「形のある道場と精進の心を固めさせる絵巻物と、そのどちらが欠けても願いは果たせないのですね」

明恵が伝えたいことを成忍はしっかり受け止めた。

形と心は別物のようだが、じつは一つなのである。が、一つと思い込むとそれぞれのよさを引き出せない。だから異なるところを保《たも》ちながら和《わ》し、和しながらそれぞれの特性を失わぬ……。

「はい、義湘と元暁のお二人も、一面からだけで見ないようにしましょう。たとえば豪邸《ごうてい》の侍女《じじょ》であられた善妙さまが、乞食《こつじき》のため門をくぐられた義湘さまを目ざとく見つけて近づかれた。そのあたりに宿《やど》る機縁《きえん》の不思議さも、見逃《みのが》さずに描いていくように努めましょう」

やっと絵巻物を完成させる見通しがついたとばかり、成忍は言葉を弾《はず》ませた。が、明恵は「さあ、どうかな」と、それに同意するのを渋《しぶ》った。

「善妙さまが異国人の言動に魅《み》せられたのは事実だが、その恋心を仏に帰依《きえ》される義湘さまへの静かで深い敬《うやま》いに転じなされた。そこで初めて本当の出会いの喜びを得られている。その辺《あた》りをどう描くか、そこが肝心《かんじん》であろうぞ」

「御師さまが築かれてなさる尼僧庵でも、善妙さまへの帰依を大切にされるのですね……」

「その通りだ。来春に庵《あん》が落成《らくせい》すれば、尼僧らが善妙さまを敬えるよう、寺号も善妙寺《ぜんみょうじ》として披露《ひろう》するつもりだ」

新しい寺は飾りつけも含めて、明恵の頭の中で早々と形を整えている感じである。

二

洛北《らくほく》の冬の厳しさを前に、叔父の上覚が紀伊《きい》へ帰ることになった。その上覚を長い道中、背負ってでも連れ帰れるよう、郷里から屈強《くっきょう》な若者が三人も迎えに来ている。

「叔父上には尼僧庵の用地を提供下さるなど、いつもながら過分《かぶん》なお力を頂戴《ちょうだい》して参りました」

叔父への言葉に、明恵がこう謝意《しゃい》を込める。

「おお、できれば落慶《らっけい》の法会《ほうえ》も勤《つと》めさせてもらおうかと思うたが、もう老僧の出る幕でもあるまい。万事《ばんじ》、首尾《しゅび》よく進むのを念じておるぞ」

叔父は明恵の顔をじっと見すえてこう言い、小さく二度、三度、自ら頷く。これが今生《こんじょう》の別れかもしれぬという叔父の思いは明恵に伝わり、胸を突き上げて来るものを感じ、返す言葉も出て来ない。明恵は黙って一つ深く頭を垂《た》れた。

「わしの力など知れたものじゃった。そなたのように願いの純なる所に、神仏はご加護《かご》を惜しまれぬ。が、くれぐれも無理をするでないぞ。それともう一つ、わしの了解を得ていると告げて、いま築いておる尼寺を高山寺の別所《べっしょ》とするのぞ」

　磊落な叔父にしては、この時、細々とした気づかいを見せた。

　上覚を見送ると、栂尾の里に早々と雪がちらつく。長い冬の始まりである。建築中の尼僧庵の建物も台地を固め、柱を組んで屋根を載《の》せ、床を張ったところで来春の工事再開を待つことになった。寺に籠《こ》もって修行する僧尼《そうに》らにも、望む者は郷《さと》へ帰るのを許した。

「栂尾の冬は慣《な》れておいでなのでしょうが、どうかお山の冷えにお気をつけ下さいませ」

尼僧らは明恵にこう声をかけ、春先の再会を楽しみに、一人、二人と去って行く。尼僧ではただ一人、郷里が明恵と同じ紀伊の成就尼《じょうじゅに》だけが居残ることになった。この機に明恵の側にいて、山籠《ご》もりする僧の台所を賄《まかな》おうと気負《きお》っている。

「随分《ずいぶん》と各地をお回りでしたが、この季節、雪も深く、そうは出掛けられませぬ。久しぶりに成就尼の料理を召し上がって頂けましょう」

「ほう、故郷の味も楽しませてくれるというか」

「はい。でもこの雪ですから材料に事欠きます。せいぜい、心を込めさせて頂きましょう」

ほかにも明恵の冬籠《ご》もりを歓迎する者がいた。古くからの同志、喜海《きかい》である。

「もう何年ぶりですかの。御師さまのお側《そば》で読経三昧《どきょうざんまい》に過ごせまする」

「歳月《さいげつ》は人を待たぬというが、わたしも同じ心ぞ。喜海よ」

「もう、昔になりましたな。ここに居ては先が無いとあっしがうろたえても、御師さまは微動《びどう》だにならなかったもので……」

「わが宿《やど》りはここぞと決めた心に引き寄せられ、そなたら人が集い、み仏の屋形《やかた》も整うて来た気がするぞ」

過ぎた頃の話を弾《はず》ませていると、やや遅れて、定真《じょうしん》と霊典《りょうでん》も籠もりの用意を整えてやって来た。それぞれ近郊に構《かま》えている寺を留守にしてでも、明恵と過ごせる機を逃したくないのだった。

何から話そうか、しばらくは夜の更《ふ》けるのも忘れて話が弾む。なにしろ明恵が初めてこの地に仮住まいしたのは、もう三十六年も前だった。神護寺《じんごじ》本堂が改められていた頃の二年間、ここの坊舎で寝起きして寺へ通った。その頃の話になると、この場の三人の古株《ふるかぶ》でさえ推《お》しはかりにくい。

この時期、雪を踏んでまで訪ねて来る人は少ない。静かになった高山寺の、炭火が赫々《かくかく》と燃える部屋で明恵と成忍の絵巻物の構想《こうそう》が練《ね》られていく。

「どうでしょうか。まず元暁さまの絵巻物を二巻もので描きたいのですが」

遠慮がちに成忍が切り出した。

「おお、よきことぞ」と、即座《そくざ》に明恵が賛同《さんどう》した。

「ただ、元暁さまをどう見るか、そこは成忍もよう考えるのぞ」

「はい、義湘さまと異なるところをどう表すか、そこですね……」

「そうだ。元暁さまは義湘さまのように唐《とう》から新しい教えを持ち帰られることはなかった。が、仏法を誤りなく受け止めるには己《おのれ》の心を鍛《きた》えるほかにないと、はっきり告げて下さっていよう」

義湘と入唐《にっとう》を志《こころざ》した元暁だが、一夜の夢の中で鬼物《きもつ》に惑《まど》わされて目的を果たせなかった。それでも明恵は元暁が新しい教えを得るのに挫折《ざせつ》したとは、少しも思っていない。

「だからですね、元暁さまは仏法に生きようとする自分の心のありようが大事で、あえて海を渡って師を求めるまでもないと申されています」

「そう、そこだよ。遠く海を渡って得られる尊いものと……」

「海を渡らなくても自分の内に見つけられる尊いものがある、そういうことですね」

それに明恵が頷《うなず》き、成忍はそこに元暁と義湘を描《えが》き分ける一つの分岐点《ぶんきてん》を得た思いになった。そうなると成忍の筆の運びはなめらかである。

貞応《じょうおう》三年（一二二四）、さすがの山中も初夏を思わせる四月二十一日、尼僧庵の善妙寺に善妙神像《しんぞう》など、祭祀《さいし》の神仏が揃《そろ》ったところで、その開眼《かいげん》にあわせて善妙寺の開創《かいそう》を祝う法会《ほうえ》が営まれた。

この時には移築された本堂の屋根も新しい檜皮《ひわだ》で高々と葺《ふ》き上げられ、尼僧らの庫裡《くり》のほかに集会所《しゅうえしょ》、収納蔵《しゅうのうぐら》などの小堂も三つ、四つ、つけ加えられ、すっかり寺らしく整っている。折から晴れ間が続き、すぐ前を流れる清滝川も、この日の法会を祝うように澄《す》み切ったうねりを連ねている。

そんな朝の日差しの中、いち早く姿を見せたのは上賀茂社の賀茂能久《かものよしひさ》の姉円浄、妹浄恵である。

「さぞ、早朝にお発《た》ちになったのでしょう」と明恵が迎えて、こうねぎらい、早速、戒光を呼び寄せて二人に会わせる。

「かように晴れやかな日があるのも建物を寄進《きしん》下さった上賀茂社の皆さまと、ここに移築する工事をそっくり負担下さった戒光さまのお力が揃ってこそにございます」

明恵が改めて謝意を伝える。

「さような深いご縁がございますのなら、ぜひ、この尼寺に入る尼志願《あましがん》の女人《にょにん》をご紹介下さいませよ」

戒光は早くも善妙寺の道場長になりきって、こう頼む。

「いえ、人さまどころか、尼の名だけを頂戴していますわたくしどもこそ一番に、ここで学び直さねばなりませぬ」

「何を申されます。生まれながら聖域《せいいき》にお育ちで、産湯《うぶゆ》の頃から日々、神仏の薫陶《くんとう》を戴《いただ》かれておられましょうぞ」

互いにふるくからの知己《ちき》のように話が弾《はず》みだした。やがて出家を願うらしい初顔《はつがお》の女人も含め、遠近から多くの男女が参詣《さんけい》して来る。

そのうち、客らはまだ開式に間があるのに急ぎ足で新しく飾りつけた本堂へ吸い寄せられて行く。この人の流れは何ごとなのか。本堂内陣《ないじん》のようすを確かめに出た明恵の足が思わず止まった。本堂正面の壇上《だんじょう》には、以前、高山寺の金堂《こんどう》にあった釈迦坐像《しゃかざぞう》を本尊として安置《あんち》しているが、落慶《らっけい》の客はその前に安置された善妙神像を見ようと何重《なんじゅう》もの半円をつくっているのだ。見る者を安堵《あんど》させる。

小ぶりにもかかわらず小筥《こばこ》を捧《ささ》げ持って立つ、泰然《たいぜん》とした姿は華厳《けごん》の教えを守る確かさを感じさせ、見る者を安堵させる。ところが、その前で声を張り上げて説明している男がいる。成忍なのである。

「華厳の教えの守り神であられる善妙さまを、ご一同様の心のよりどころとして頂こうと、明恵さまが湛慶《たんけい》どのに彫りを頼まれました。未《いま》だよう知られてござらぬ善妙さまですが、皆さんのお口からお知り合いへ、そのお方から、さらにもうお一人の胸へ。そうです、心から心へと伝えられて広まるのにふさわしい美しい心の持ち主であられます、よろしくご帰依《きえ》のほど頼みまするぞ」

思いがけない成忍の説法《せっぽう》で、読経の始まる頃には、参詣の誰もがもうすっかり新しい場になじみ、早々と法会の法悦《ほうえつ》に溶《と》け込んでいった。

やがて法会を終えると導師《どうし》の明恵は座を立ち、堂内をぎっしりと埋めた参拝《さんぱい》の者の間をゆっくりとした足取りで進んでいく。

「ありがとうございました、御師さま」「この地に新しいお寺を、嬉しく存じます」といった声が次々とかけられる。「どうか、よき尼さまをお育て下さいませよ」といった頼みもかけられる。

時代の苦難に悩む者に和《なご》みを与える尼僧がここから、誕生してほしいと願う声である。そうした声にも明恵は笑《え》みで応じ、承知《しょうち》しましたぞとばかり大きく頷く。

やがて信徒の最後列へ近づいて行くと、その時、信徒の中に一つの声が際立《きわだ》った。

「明恵さま、いつまでも栂尾に居て下さいませよ」

急いで、明恵はその声の側へ頭を下げる。すると、また別に「どこへも行かないで下さいませよ」の声もはっきりと届いて来た。それがきっかけで、堂内のあちこちで同じ声が発され、それが重なりあって明恵を包《つつ》むように響《ひび》く。明恵は両頬《りょうほほ》が引き締まる思いで、一瞬、棒立《ぼうだ》ちになった。が、つぎの瞬間には、もうにこやかな顔に戻って、「ご一同も、いつまでも揃ってお参り下されいよ」と言葉をかけていく。そのうち参拝者の中から誰が先導《せんどう》するでもなく、光明真言《こうみょうしんごん》が唱え始められ、その大唱和《だいしょうわ》の中を明恵らは退座《たいざ》して来たのだった。

月が替わって明恵は高山寺の石水院《せきすいいん》裏を登って楞伽山《りょうがせん》に籠もる。ここに華宮殿《けぐうでん》と羅婆房《らばぼう》、二つの瞑想《めいそう》の小庵《しょうあん》を建てたのは六年前だった。花が匂《にお》うと思うと、やはりあの時も盛んだった藤の花で、この時も薄紫《うすむらさき》の房《ふさ》を艶《つや》やかに咲かせている。

その頃と変わったのは照実である。あの時は入山《にゅうざん》して間もなくで寺の何もかもが珍しく、明恵のあとを付きまとうだけだったが、はや二十二歳。楞伽山に籠もると伝えておくだけで道中《どうちゅう》の草を刈《か》り、二つの瞑想庵を開けて風を通してくれていた。

華宮殿でひとしきり読経し、ついで長い瞑想に入る。

いつものように心のさざ波がゆったりとして来ると、やがて気持ちが定まり、明恵に静謐《せいひつ》の時が深まる。この時、明恵は五十二歳。晩年《ばんねん》への傾斜《けいしゃ》が始まる中で、自らの祈りを衆生《しゅじょう》の中に生かしたい気持ちが改めて起こっていた。

春らしい兆《きざ》しが表れると、明恵はつい高山寺裏の楞伽山に籠《こ》もるようになる。

嘉禄《かろく》二年（一二二六）の春もそうだった。数珠《じゅず》一つを手に山道を登ると、明恵は暖かみを加える陽光にしばらく身を照らされて過ごす。降りそそぐ光に冬の間、地中で過ごした命が一斉《いっせい》に芽生え、揺らぎ立つ気配がある。仏の白毫《びゃくごう》から放たれる光の渦《うず》に包まれた雑華厳飾《ぞうげごんじき》の命の歓びはこのようなものかと思うほど、澄み切った明るさの中に命の脈動感が繋《つな》がりながら広まっていく。そうした自然の息吹の中にゆったりと身を浸して瞑想に時を過ごす。明恵自身、それだけでもう仏の気配をまわりに察することができた。

この時、明恵は定真を楞伽山へ伴っていた。冬の間、明恵の古い弟子三人と高山寺で過ごし、喜海と霊典が帰った後も、急ぐ用のない定真一人を明恵が高山寺に引き留めている。

「ここに息づく自然はまさにありのままで、聖《せい》と俗《ぞく》をあえて区別させまいとする力を感じさせられまする」

「それが定真だ、よきところに気づいたぞ。仏の光の渦の中では区別も格差も越えて一つの蓮華蔵世《れんげぞうせ》界《かい》の調《ととの》いを見せながら脈動《みゃくどう》しておる。そのせいもあるのだろう、ここで毎日のように瞑想をして過ごしても、その日その日が新しいのだよ」

こう話していると、定真が一つのこと思い出して愉快《ゆかい》そうに伝える。

「御師《おし》さまはやはりここがお似合いなのでしょう。だからですよ、明恵さまは山が濃く匂《にお》うところから離れられまいと街の僧らが敬意を込めて噂《うわさ》するのですよ」

そんな噂は当の明恵には初耳だったが、返す言葉もなく苦笑するしかなかった。

たしかに法然《ほうねん》の後も名の知れた仏者の多くが京洛《きょうらく》の道場で修行し、そのまま街を伝道の場とするようになっている。そうなると山地に住み続ける明恵が目立ち、結果として話題の的《まと》になることがあった。

「噂というのは当人からどんどん離れ、やがて一人歩きしていくものでね」

こう口にするぐらいだから、明恵がとくに気負って栂尾に住むというものでなかった。

「御師さまにとってのお山は草木と一切の生き物が命を通わせ合っている曼荼羅《まんだら》の世界なのですよね」

「そうだね。栂尾は曼荼羅の世界であり、み仏の智慧の光明《こうみょう》にあふれた法門《ほうもん》に住まう安らぎがある。

定真もそれを見ぬく慧眼《けいがん》を備えて来たとほめたいのだが、山地の自然が暗示して来る教えはもっと奥深くてね。わたしにしても命の真相を見極めるみ仏の眼力《がんりき》を頂戴《ちょうだい》したくなることがある」

「御師さまがそう謙遜なされると困るのですよ。喜海どのはお弟子でありながら、冬籠《ご》もりの間にも仏眼《ぶつげん》を得てなさるような話ぶりだったでしょう」

定真が雪にくるまって過ごしたこの冬を思い返した。

「喜海のさばけた弁舌《べんぜつ》ぶりも悪うなかったぞ。案外、いち早く仏の光を浴びるかもしれぬ。それに霊典が話した自らの求道《ぐどう》ぶりもなかなかだったではないか。世の一切は善なりといった境地にわりと近い気がしたね」

世俗寄りと見られがちな喜海を明恵が意外に高く買ったかと思うと、霊典の修行ぶりもほめた。じつはこの冬、年齢の違わない弟子三人と屈託《くったく》ない言葉を交わしながら高山寺で過ごしている間、明恵は自分が高山寺から身を退《ひ》く時、跡《あと》を誰に任《まか》せるかをふっと思ったことがある。といって、誰とはっきり決めたわけではない。

「御師さま。旧《ふる》い弟子三人の中でわたしの評価だけを避けられたのは、まだ修行が足りぬせいでございますね」

定真が控えめにこう問うたのは、明恵の部屋へ戻って粥《かゆ》をすすっている時だった。

「そうではないのぞ、定真よ。そなた、わたしより一歳だけ下だから身近でもある」と、定真にまず親近感を伝える。喜海は五歳、霊典が八歳、それぞれ明恵より若い。

「目の前にいる者はほめにくいものだ。今日、そなたの事に触れなかったのはそのせいでね。定真なら我がことを置いても人を仏の座へ押し上げてくれそうに思うておるぞ」

「それでは逆にほめられ過ぎになります……」

こう応じながら、定真が師の顔をじっと見返す。

「いや、人を押し上げる者は、きっと次には己《おのれ》が仏の座へ引き上げられようぞ」

「さような徳がわたしにありましょうか」

「あるとも。いずれ誰かによって、定真にふさわしい座が与えられよう。だから精進《しょうじん》を怠《おこた》るでないぞ」

明恵はわざと他人ごとのように話しながら、定真に真意を伝えたつもりである。進んで人の中へ入って行ける特性を生かし、定真に華厳の教えを軸とする高山寺の祈りを継いでほしい気が明恵に育っていた。

――定真をそろそろ身辺に留《とど》めるようにしても早すぎまい。

こう思う明恵自身、内心ではわが老いの早まるのを悟っていた。

三

高山寺を取り巻く山桜が葉桜《はざくら》に代わった頃、山門のあたりがにわかに騒々しくなった。馬を駆《か》る一群がやって来たらしい。山内の者は誰なのかと緊張気味だが、明恵は落ち着いて石水院の戸を開いて風を通すよう、弟子に命じた。その上で自ら玄関戸を引き開けると、思った通り、北条泰時がゆったりした歩調で近づいて来ていた。

「このところ明恵さまは栂尾にお籠もりと承《うけたまわ》り、いきなり参上《さんじょう》仕《つかまつ》りましたる非礼《ひれい》、お許し下され」

泰時は背を深く倒し、丁重《ていちょう》な礼拝《れいはい》ぶりを見せた。

「なにを申されます。執権《しっけん》さまにおかれましては、お父上義時《よしとき》さまのご逝去《せいきょ》、改めてお悔《く》やみ申します」

「ようやく忌《き》も明《あ》けましたので、何はともあれ御師さまにご挨拶をと罷《まか》り越しましてございます」

承久の乱の際に明恵が不当に捕らえられたのが逆縁《ぎゃくえん》となり、その後、行き来の道すがら立ち寄って明恵と話を弾《はず》ませる間柄《あいだがら》になっている。

「御師さまより承《うけたまわ》りまするお話が、事を決する上でどれほど役に立っておりまするこことか。御礼申しまする」

この日、泰時は執権として鎌倉詰《づ》めに決まったのを告げに訪れていた。ひとしきり話が弾むと、泰時は持参の折紙《おりがみ》を開いて明恵に指し示した。そこに墨黒《すみくろ》ぐろと「寄進　丹波国一庄《たんばのくにいっしょう》」と大書されてある。

「かようなことで償《つぐな》えぬご恩を頂戴《ちょうだい》して参りました。数々のご教示の御礼にございますれば、何卒《なにとぞ》、これを御寺の寺領《じりょう》となさり、年々の斎料《ときりょう》になりとお使い下され」

こう泰時が言い終わるのを待たず、明恵はもう後《あと》ずさりしていた。

「どうして、さようなものを頂けましょうぞ。言葉が生きるも死ぬるも聞き手次第にございます。もし、わたしのとりとめない話が映《は》えましたのなら、執権さまによって言葉に命が吹き込まれたからにございましょう」

こうしたやり取りを何度か繰り返したところで、明恵が毅然《きぜん》としてこう告げる。

「執権さま。僧と申すは人々より恭敬《くぎょう》されまするとこのみを衣食となせばよろしきものにございます。さような寺領を頂戴すれば、住僧《じゅうそう》に怠け癖《なまぐせ》がつき、道を求める心を失うてしまいまする」
いくら断っても、泰時がまだ引き下がらないので、明恵は歌一首を手元の紙に書きつけて示した。

契《ちぎり》あらば生々《しょうじょう》世々《せせ》も生《む》まれあはむ
紙継《かみつ》ぐやうに続飯《そくひ》には依《よ》らじ　　明恵

執権さまとはご縁があれば何度でも生まれ合わせたいと願う間柄《あいだがら》にございます。だからこそ、紙を貼り合わせるだけのわずかな続飯（飯粒《めしつぶ》の糊《のり》）ほどの寺領を頂戴しなくても、二人の緊密さに変わりもございませぬ。

この歌を手にして、泰時は「続飯並みとは、こりゃ参りましたな」ともらしたが、すぐに返歌を詠《よ》む。

清ければ着《き》じ食《く》はじとは思ふべし
紙続ぐ続飯何厭《いと》ふらむ　　泰時

清い心の貴僧は俗世の衣食は欲しくもございますまい。でも紙を貼り継ぐ糊ほどわずかな寺領まで、なぜお受け下さらぬか。

さらに明恵が応《こた》え、わずかな飯粒糊さえ欲しがらない、清く澄める空《くう》なる心に真実は宿るのにございますと歌を返すと、泰時がついに引き下がった。

「初めて明恵さまにお会いしました時、欲心《よくしん》を捨てれば天下はわたしの徳に心を揺さぶられてなびいて来ようとお諭《さと》し下さった。自らが物に頼らぬ暮らしをなさっておられるから、あのように適切なお言葉がお口から出たのでございますね」

それには明恵も無言のまま、頷《うなず》いて見せた。

まどろっこしいまでに、こうして和歌に気持ちを込めながら、何一つ欲しがらない気持ちを泰時に明《めい》瞭《りょう》に伝え得た満足が明恵にあった。

「わたしどもと違って、短い言葉を交わし、それで互いに分かった気になりながら、じつは山ほど欲しい物の一つも受け取れぬ世がやって来るやもしれませぬ」

「いえ、御師さま。それは先のことでございませぬ。高山寺さまの御門の外は、もうそうした餓鬼《がき》の跳梁《ちょうりょう》にございまする」

こう語りながら泰時はややばつが悪そうに、明恵に差し出した折紙を引き戻した。

定真が高山寺の勤めができるよう、自坊を信じられる者に任《まか》せて来るという。その定真を、明恵はもう一度、裏の楞伽山へ誘った。

すると最近、明恵の郷里《きょうり》、紀伊湯浅から修行にやって来たばかりの明浄坊慈弁《めいじょうぼうじべん》と尊順房尊弁《そんじゅんぼうそんべん》の二人がすかさず同行したいと申し出て来た。

——役には立つまいが、しばらく手元に置いて鍛《きた》え直してやってほしい。

湯浅にいる明恵の母方の従兄弟《いとこ》、景基《かげもと》のこんな文《ふみ》を持参した二人がいきなりやって来て三月になる。共に二十歳前で、まだ気ままさが目立つ二人だが、景基が書いて寄越《よこ》したような行跡《ぎょうせき》の悪さは感じられない。

ふだんは善妙寺《ぜんみょうじ》に置いて成忍の手伝いをさせているのだが、二人は何かと理由をつけて高山寺へやって来ると明恵に付きまとう。そうして院内の作業ぶりから言葉づかいまでを身に付けようとする真面目《まじめ》さがある。

しかしこの時、明恵の関心は定真にあった。

「わたしが無理を言うことになったが、そなたは華厳経を読んでも一方的に論《ろん》を挑《いど》んで来ることがない。といって読経三昧《どきょうざんまい》にふけって自ら満足するでもない。そのあたりを見込んで、そなたに期待をかけておるのぞ」

明恵は定真にこう話しながら山の道を登る。

楞伽山に登り着くと、明恵はそこにある大きな岩に金槌《かなづち》を当て、わずかな破片を得た。それをさらに砕《くだ》いて細かくなった岩粉《いわこな》を片方の手のひらに載せて華宮殿へ入り、大日如来画像《だいにちにょらいがぞう》の前の小さい金仏器《かなぶっき》の底に入れ、清水《しみず》を加えた。

「叔父の上覚さまからこのお加持《かじ》を習うたのだが、その時は川砂《かわすな》を使われた。わたしはここの岩粉が気に入って使うことが多いのだよ」

こう一言つけ加えると、明恵は右手の加持棒《かじぼう》で金仏器の内をゆっくりと回《まわ》しながら真言呪《しんごんじゅ》を唱え、道場を清め、一切の汚《けが》れと煩悩《ぼんのう》を払う。

「片手にのる小さい仏器ですが、御師さまが作法《さほう》なさると、宇宙の一端《いったん》ほどに大きく思えましたよ」

慈弁がこう言った。

「ほう、さすが御師さまのお血筋《ちすじ》、口になさる言葉が違いまするな」

こう感嘆した定真も、明恵の加持の作法に珍しいものを見たような驚きを隠さない。

「御師さまのお側に長く居りまするが、お加持なさるのを拝見したのは、これが二度目です。一度目は善妙寺の落慶法要《らっけいほうよう》で、いきなりお数珠を参拝者の肩に当てて健《すこ》やかに過ごしなされよとお加持して回《まわ》られたのには驚きました。御師さまも変わられましたね」

「いや、あの時は変わろうとするわたしの気持ちを、逆に善妙寺の参詣者《さんけいしゃ》に引き留められたものでね」

明恵が慎重《しんちょう》に言葉を選んだ。

「定真も口にしたように、いまは街で仏法を広める流れができておる。だから落慶の日、集《つど》った信者の中には、わたしも栂尾を去って街へ出るのでないかと案じる顔があってね」

「そうでしたか。一人一人にお加持をして回られたのは、高山寺に留まる気持を伝えるためでもあったのですね」

「人のからだの調いは壊れやすい。わたしを思うてくれる者らが健やかであってほしいと願うて、一人ひとりに祈らせてもろうた」

寺と僧の役割を定真にこう語って聞かせた。

このところ尼僧が増えている善妙寺も明恵の気懸かりだった。承久の乱で家を焼かれたり、夫を失った女人《にょにん》を救うのが先立っていたが、これからは修行を終えて尼僧院を出れば、それぞれ一人の尼僧として教えを広め、救済《きゅうさい》を始めることになる。しかもその時が近づいている尼僧が少なくない。それを思うと、心の救済に向かえる、しっかりした信仰を養わせねばならない。

そう思って善妙寺を訪れた明恵を道場長の戒光がいち早く見つけて駆け寄り、「今日はどうなさいました」と声をかけてから、「いえ、このところ、お越しいただけるのはお朔日《ついたち》のお説法の時だけなものですから」と、急いで言葉を改めた。

「そなたが尼僧の誰かれを伴《ともな》って高山寺の朝夕の勤行《ごんぎょう》によく詣《もう》でてくれているから、いつも皆と会っている気でいるのぞ」

「でも月に二度でも三度でもここへお越し下されば、尼僧らがどれほど喜びますることか。それと申し遅れておりましたが、お喜び下され」と、戒光は何から話してよいかと戸惑《とまど》っているふうがある。

「あの頼朝《よりとも》さまとご姻戚《いんせき》にあられました西園寺公経《さいおんじきんつね》さまがですね、御師さまのお徳の高さに感服され、お堂を一つご寄進下さることになりまして」

「それはありがたい。そこへ仏さまに移ってもらえば、女人らが少しはゆるりと休む広さが庫裡《くり》に生まれようぞ」

「お気づかいありがとうございます。でも、そのお堂に御師さまのお部屋をお造り下されば、毎日、お話が伺《うかが》えて、もっと嬉しく思います」

明恵の足では高山寺と善妙寺を結ぶ道がしだいに遠くなると戒光が案じている。

「それから御師さま。按察使《あぜち》藤原光親《みつちか》の奥方も御師さまを慕うて入寺なされております。ぜひ、お得度《とくど》を受けさせて上げて下さいませ」

「よいとも。順徳《じゅんとく》天皇さまの乳母《うば》であられたお方じゃな」

「はい、お気の毒に順徳さまは佐渡へ移られ、夫の光親さまは殺されなされ、お子さまも流罪《るざい》となられました」

「さように不運な女人が絶えぬとは、よき世は未だ遠いままでござるな。これよりは月々、日を決めて欠かさず、お話に参りましょうぞ」

「まことでございますか」と戒光が驚く。

「そう、いわば祈りに生きる肚《はら》の坐りをしっかりさせるよう、八斎戒《はっさいかい》を説かせてもらいましょうぞ」

「尼僧らがどれほど喜びましょうか」と、戒光が応じた。

その初めての朝、明恵が善妙寺へ着くと、もう三十人近い尼僧がそろって本堂で待ち受けていた。

明恵が座につくと、すぐ前に光親の妻が今は禅恵《ぜんね》の尼僧名をもらい、にこにことして明恵の話を待ち構え、その横に座る明達《みようたつ》も顔を輝かせている。同じく承久の乱で夫を失って出家した性明《しょうみょう》も、明恵の話に生き直す力を授かろうとして来ている。

その前で明恵がゆっくりとした口調で語っていく。

「戒というは並《なみ》に生きていれば、自《おの》ずと守られておるものでござろう。よって守らねばとわれに大儀《たいぎ》に課するのは、本来、戒律でござらぬ。一つひとつの戒律を心得ていると、まずわが命が生きいきしてこよう。そういった人は出会う相手にも快さを感じさせる。そこが戒律の大事さでござるのぞ」

人との関わりにからめ、明恵が戒律をこう説いていく。


高山寺の内縁《うちえん》を慌ただしく駆《か》け出す、二人の足音が明恵の部屋にまで響いて来た。

紀伊から来ている慈弁と尊弁である。

――何をあわてることがあるのぞ。

明恵が不審に思って玄関へ出てみると、珍しい客人が立っていた。

「いきなり、招かれもせぬ者の訪れにございまする」

客は紀伊の森九郎《もりくろう》景基で、玄関で明恵の顔を見るなり、ひょうきんな口調でこう挨拶した。

「これは紀伊の地頭職《じとうしき》さま、ご用向《ようむ》きが多いでしょうに、ようお越し下されました」

明恵がわざわざの来訪に謝意《しゃい》を述べる。

「かように無作法《ぶさほう》な若者をお預けし、申し訳ござらぬ。今もわたしの姿を見つけて内縁を駆けて来ましたようで……」

景基はわが身の陰に隠れようとする修行の二人に頭を下げさせた。

「そう他人行儀《ぎょうぎ》なことを申されまするな。景基さまと愚僧《ぐそう》はいとこ同士でございませぬか」

明恵はこう親しげに言いながら景基を奥の間へ迎え入れた。安貞《あんてい》二年（一二二八）早春である。

たしかに景基は紀伊国有田郡の湯浅庄で威勢を張った湯浅権守宗重《ごんのかみむねしげ》の長男宗景《むねかげ》を父としていれば、明恵は同じ宗重の娘汀子を母としている。

景基は明恵にも、なじみのある郷里の者の消息をひとしきり話すと、さてと改まって坐り直した。

「御師さまのように高潔な僧を生みましたるは湯浅一族に留まらず、紀伊一国の誇りにございまする」

「さような世辞《せじ》、出家には通じませぬぞ」

「世辞でございまするとか。拙者ら湯浅の一族で、明恵さまにふさわしい寺をご郷里、紀伊湯浅に建立《こんりゅう》させて頂けぬかと、こう願うてお訪ねした次第にございます」

「それはまた唐突《とうとつ》にございますね」

「幸い、手前《てまえ》が地頭職として領《りょう》します湯浅庄内に、御師《おし》さまがお若い頃に修行なされた白上山麓《しらがみさんろく》の栖《す》原《はら》一帯を含んでございます。その地を寄進し、湯浅一族が力を合わせて明恵さまの寺を建立させてもらおうという話が進んでおりまする」

「折角《せっかく》ですが、愚僧は今や無一物《むいちぶつ》の中に法悦《ほうえつ》を得るのを唯一《ゆいいつ》の愉《たの》しみとしておりまする」

「身どもらも欲しいのは、その法悦にございます。ただ、仏法に縁なき衆生《しゅじょう》は御師さまの懇切《こんせつ》なお導きを得ないと法悦の味わいようがございませぬ」

景基の話はすべて湯浅の地に明恵の寺を建てることに絡《から》んでいく。それに答えるでもなく、明恵は一人、瞑目《めいもく》して長く考えにふけっている。その上で、やっと整理のついた心中を景基に漏《も》らし始めた。

「景基どの。湯浅の寺のため、広い用地を寄進なさるのは結構なご見識にございましょう。が、その用地を多少、減じても、後方の白上山と前面の栖原湾を新しい寺の境内地《けいだいち》にお加え下さらぬか」

「おお、白上山と栖原湾なら、寺の用地を減らさずとも、そっくり境内地に含めましょうぞ」

即座《そくざ》にこう答えた景基だが、明恵の考えをまだはかり兼ねていた。

「で、御師さま。背後の山と前の湾を境内地に加えたいのは、いかなるご思慮《しりょ》があってのことにございますのか」

「よう問うて下された、景基どの」と、明恵が身を乗り出した。「寺を挟《はさ》む海と山の自然を生かして仏の教えを伝えられるなら、どんなにすばらしきことかと考えておりました」

こう話し出すと、明恵の脳裏《のうり》にふるさとの自然が甦《よみがえ》る。

「梢《こずえ》にさえずる小鳥、季節ごとにすだく虫は法音《ほうおん》のように命の尊さを讃《たた》えており、海面に銀鱗《ぎんりん》をうねらせる魚の命の艶《つや》やかさ……。それぞれが仏の声、仏の姿に他なりませぬ。そうした生類《しょうるい》一切の命を哀れむ心が祈りであり、菩提《ぼだい》につながるものでございましょうぞ」

「そう伺《うかが》えば、新しい寺を包む山と海は早速《さっそく》、鳥獣魚類の捕獲《ほかく》を禁じねばなりませぬな」

景基もすかさず乗って来る。

「ぜひ、そうして下され。畏《おそ》れるもののない命の栄えが、すでに仏の世界なのです。湯浅の寺をとり巻く自然が、そのことを告げてくれましょう。仮に愚僧がその寺に住めなくとも、誰もが伽藍《がらん》の仏を敬い、さらに境内の山と海に命の輝きを見て、そこに自らの命の尊さを重ねて見ることになりましょうぞ」

「なるほど、それを新しい寺の特色になさりたい……」

「はい。湯浅の山と海の自然の整いが仏法の心を写し出し、それが寺を訪れる者の生き方に示唆《しさ》を与えてくれますなら、高山寺の教えを広める前線の寺ともなりましょう」

こうした二人の話は弾《はず》んで熱を帯《お》び、東大寺の覚厳《かくごん》に工事の一切を頼むところまで話が進んだ。覚厳は明恵と華厳《けごん》を論じる同志なのだが、意外にも伽藍建立の現場を仕切って、いくつもの御堂《みどう》を築いていた。

数日、留まった景基が湯浅へ帰ることになり、慈弁一人を伴う。寺の造作《ぞうさく》の進み具合を湯浅から栂尾へ、逐一《ちくいち》、告げさせるためである。その景基は門前まで見送りに出た明恵に一つの約束を求めた。

「明恵さま。御身《おんみ》を大切になされ、湯浅の寺の落慶《らっけい》にはぜひ導師《どうし》を勤《つと》めて下されいよ」

「そりゃ、誰かの背に担《かつ》がれてでも出かけましょうぞ」

こんな返事を明恵から得ると景基は深く一礼し、帰途につく。それを見送っていた明恵が、突然、

「お待ちあれ」と景基の背に呼びかけた。

「なにか、まだ御用でしょうか」

「そう、新しく築く寺の名を考えていながら伝え忘れるところでした。施無畏寺《せむいじ》の名はいかがですかな」

「人はもちろん、海と山に生きとし生けるものすべてに、命を奪われる畏れの無い安堵《あんど》を与える……、さような寺といった意にございますね。御師さまのお心がそのままに表れた、よき寺号《じごう》をありがとうございました」

景基と慈弁は足取りを速めて坂の道を下っていった。

四

その年七月二十日、前日から小止《こや》みなく降り続いた烈《はげ》しい雨で高山寺裏山の一部が崩れ、明恵が書きものに使っていた禅堂院《ぜんどういん》が半ば壊されてしまった。

その時、明恵は本坊《ほんぼう》で寝ていたから無事で、書物の類にも被害はなかった。ところがこの件をめぐって、意外な話が洛中に流れているのを、弟子の高信《こうしん》が聞きつけ、わざわざ高山寺へ伝えにやって来た。

「先の大雨では、明恵さま。ご無事でなによりでした。ところが、御師さまがこの機に郷里湯浅へ引き揚《あ》げられる噂《うわさ》が洛中《らくちゅう》に流れておりますようで……」

「紀伊湯浅に寺を建てる話が伝わって、さような噂になっているのだろう。が、わたしはまだ高山寺を離れられぬ。それどころか、来春から月に二回、日を定めて、説戒会《せっかいえ》を始めようかと思うておる。わたしから戒律の話を聞きたいと言ってくれる人が多いものでね」

「御師さまの戒律のお話を高山寺で聞けるのなら、洛中の高貴な向きも、誘い合って来てくれましょう」

「高信よ。そなた関心がありそうだから、ここに留まって、その世話役を勤めてくれぬか」

「はい、喜んで。じつは御師さまが悟りに入る境地をご講義なさったのを書き留めており、それを清書したいと思うております。ぜひご助言をお願いいします」

こうして高信も高山寺に起居《ききょ》して明恵から話を聞き書きし、後には講義録を『解脱門義聴集記《げだつもんぎちょうしゅうき》』として刊行《かんこう》する。それだけでなく明恵の和歌を集めた『明恵上人和歌集《みょうえしょうにんわかしゅう》』も世に出すようになっていく。

高山寺の説戒会は寛喜《かんぎ》元年（一二二九）春から毎月十五日と晦日《みそか》の二度、金堂《こんどう》で行われることになると、初回から予測を上回る聴衆が洛中から押し寄せて来た。

戒律を語り始めると、明恵の口調《くちょう》にいささかの衰えもない。気候がよくなると、噂を聞きつけた都の貴顕《きけん》も聴聞《ちょうもん》に来るようになった。とくに五月十五日の説戒会には貴族が多数、押し寄せて騒々《そうぞう》しく、さすがの明恵も十分に話ができないままに終わった。この日、じつは藤原定家《ふじわらのていか》も聴聞するつもりだったが、混雑の場が苦手とあってやむなく諦《あきら》め、明恵の説法の中身は参加した妻子から伝え聞くしかなかった。

回を追って会場が落ち着くと、明恵は講義の合間にさりげなく人生訓を加え、聴衆の気持ちを和《なご》ませて行く。

そんな話を高信がしっかり書き留め、脈絡をつけて書き連ねたのが後に刊行される『栂尾明恵上人《とがのおみょうえしょうにん》遺訓《ゆいくん》』である。祈りによって心の襞《ひだ》に宿《やど》す微細《びさい》な情感のたゆたいを活《い》かして構成し、人の思考をふっと立ち止まらせ、それぞれなりに深めさせる奥行きのあるものとなっていく。それはこんな一行から始まっていく。

——人は阿留辺幾夜宇和《あるべきようは》と云《い》う七文字を持つべきなり。

僧も俗も、また帝王も臣下《しんか》もそれぞれのあるべきようを生きるのが望ましく、これに背《そむ》けば一切が悪となろう。

こう書いて明恵のすすめる「あるべきようは」の元を辿《たど》ると、明恵が二十六歳の頃、高雄山神護寺に文覚を訪ねた時に始まっている。まだ、明恵が釈迦の心に近づけない自分をもどかしく思っていた頃、神護寺に文覚《もんがく》を訪ねたところ、珍しく体調を壊《こわ》して休養していた。

「人はの、われでないとなせぬ生き方を抱《かか》えておる。そうあるべきように生きてこそ得難《えがた》い命に華《はな》が咲くのぞ」

明恵の話を聞いた上で、こう励ましてきた。

以後、この時の「あるべきように」がずっと明恵の頭から離れず、人生の大事な時にさまざまに発酵《はっこう》し、明恵の内で微細にして、しだいに深みを保《たも》つ「あるべきようは」の七文字に行き着いていた。それが高信というよき聞き役を得てまとめられる。

――我は後世《ごせ》たすからんと云う者に非《あら》ず。ただ、現世《げんぜ》に、まずあるべきやうにてあらんと云う者なり。

この「あるべきようにてあらん」が「あるべきようは」として定着し、明恵なりの生き方の主軸となっていく。

こうまで変容《へんよう》すると、文覚の徳目《とくもく》めいた言葉の響きはもう跡を留《とど》めない。

時代は現世利益《げんぜりやく》の果報《かほう》を願う仏教から、しだいに念仏による往生《おうじょう》の祈りへ移っていく。それでも明恵は法然の撰択集《せんちゃくしゅう》につよく逆《さか》らったように、時流に巻き込まれない。何より一つの方向に頑《かたく》なな流れは明恵に息苦しい。

だから明恵が拠《よ》り所にする華厳経《けごんきょう》の教えでさえ、あえてそこに固執《こしゅう》するのを避けようとした気配《けはい》がある。明恵が密教の世界観と瞑想行《めいそうぎょう》という、華厳に似ていながら、実はかなり異質な教えを、自らの内なる華厳にぶっつけ続けるのもその表れの一つだった。

そうすることで華厳の動的な静謐《せいひつ》さを明恵一人の華厳の教えとして生きるようになり、その生き方が「あるべきようは」の魅力を実証《じっしょう》していく。

一見すると、理想の生き方を指す徳目のように受け取られがちな「あるべきようは」の言葉から、明恵はまず頑迷《がんめい》さを取り壊していく。そうして固定した先入観が崩された先にぽっと一つ光る、明かりに照らされた、清々《せいせい》とした命の栄《は》えを大切にしようとした。

こうして、明恵は同じ方向をいつまでも同じように照らす光の制約から逃れ、「あるべきようは」の柔軟な光を身と心に照らし続ける。そうして息づいてくるもので胸内《むなうち》を満たし続け、ついには命の息《いき》づきそのものを生々《せいせい》と映《は》えさせていく。

明恵の語る言葉の瑞々《みずみず》しさは、そのまま明恵の深奥《しんおう》を表し、しかもつねに新しく変容《へんよう》させ続ける。そこから生まれる明恵の柔らかく豊かな心の軌跡を、高信はしっかりと受けとめ、文字化していった。ただ、この『栂尾明恵上人遺訓』がようやく刊行されるのは、明恵が寂《じゃく》して六年後のことになる。

半月に一度の説戒会はすぐ巡ってくる。それだけに高山寺はいつも張《は》り詰《つ》めた雰囲気に包まれる。が、明恵の気持ちは紀伊湯浅へも向かう。着工された施無畏寺の工事の進みぐあいが気になるからである。なにしろ工事が新しい展開を見せるたび、図入りで説明する報告書が慈弁に託されて高山寺へ届けられた。

「御師さまが望まれたように、背後の白上山と前の栖原湾の全域は施無畏寺に施入《せにゅう》され、すでに殺生《せっしょう》禁断《きんだん》の地になされております」

「よかったぞ。これで境内に接する山と湾の生類《しょうるい》すべてが捕らえられる畏《おそ》れなく、それぞれ生をまっとうできるようになったではないか」

「それに御師さま、本堂の用材も切り出され、木造りが始まっていますから、来春には起工となりましょう」

こんな報告を慈弁から聞くと、明恵はもうじっとしておれない。境内地が整備されていくのを、この目で確かめたい。何より、本堂の起工には住持《じゅうじ》たる者が工事の無魔《むま》完遂《かんすい》を祈るのが本来なのだ——。

こう思い始めると落慶《らっけい》を待たず、今すぐにも施無畏寺の建築場へ出かけたい。そう思い詰める明恵に一案が浮かび、主な弟子を呼び集めた。

「少し暖かくなった頃に亡き両親の墓参に湯浅へ行きたい。わたしが八歳のときに父重國《しげくに》は戦死し、母は病没しているから、五十回忌《き》が近い。幼い間は供養《くよう》を他にまかせたこともあった。せめて弔《とむら》い明《あ》けの供養はわれわれから参じて供養を尽くしたい」

師には柔順《じゅうじゅん》な弟子らも、これだけは簡単に了解できない。

「お気持ちはよう分かりますが、御師さま」と、定真がやや間を置いて口を開いた。「折角《せっかく》、軌道に乗って来たお説戒を、御師さまから休まれては示しがつきませぬ」

説戒会の間の半月で紀伊湯浅を行き来するのは明恵の身では無理だと言い張った。

「そうですよ。正当の五十回忌は来年でしょう。施無畏寺の落慶に出掛けられた際、墓前にてご両親に落慶も併せてご報告なされば、よき供養となりましょう」

喜海までがこう言う。

「それほどものが分からぬなら、構《かま》わぬ。わたし一人でも墓参に出掛けることにしようぞ」

この時、明恵は珍しくわが意を貫こうとした。それがどう伝わったのか、善妙寺の戒光が成就尼と禅恵尼を伴って駆けつけて来た。

「御師さまのお説戒を都の方々がどれほど愉《たの》しみにされていますことか。それを中断して紀伊の郷里へ向かわれますなど、御師さまらしくありませぬ。余りに非情《ひじょう》ではございませぬか」

「戒光さまの申される通りです。どうしてもお聞き入れ下さらぬなら、あたし、前の清滝川に身を投げまする」

入門して間もない禅恵は言葉に気づかいを見せない。

「さような無体《むたい》を申すものでござらぬ」と、明恵が顔を顰《しか》めた。

「そうです。戒光さまも禅恵さまも、御師さまを苦しめなさる言葉をお控え下さいませ」と、成就尼がこう切り出して仲《なか》に立った。「御師さまはしだいに受講の方が増えるのを喜んでおられます。ですから仮に湯浅に行かれても、お説戒を休まれることはないでしょう」

同じ紀伊湯浅出の成就尼は明恵の心中を思い、一瞬、言葉を詰《つ》まらせた。

「潮風《しおかぜ》にそよぐ木の葉、草々《くさぐさ》の音に経文《きょうもん》を感じながら長く瞑想なされた、お若い時の郷里湯浅の地が、御師さまにはたまらなくお懐《なつ》かしいのです。だから御師さまとしては、いま一度、白上山を背に栖原の海に向かって思うままに瞑想をなさりたい……」

「いま、成就尼さまが申されたのは、御師さまのお心をよく代弁なさっていますのですか」

戒光が重ねて問うが、明恵はあえて答えようとしない。それに代わって定真がこう応じる。

「自然に包まれた、この栂尾山中にあっても、御師さまはさらに深い山中の楞伽山《りょうがせん》へせかせかと籠《こ》もられます。そのご心中は弟子でさえ容易に量《はか》れませぬ」

「そうでござる」と、喜海が定真に同意する。「そりゃ、御師さまの心中は、誰にも及ばぬ境地ぞ。胸の内でさわさわと揺《ゆ》れる木々《きぎ》の枝と呼吸を合わせながら瞑想なさっている時、それが御師さまのあるべきようだからのう」

喜海のもの言い分は強引で、やや雑ぱくに響いたが、誰もが返す言葉を失った。短いもの言いの中に明恵が生き方のより所としている「あるべきようは」の心を巧みにすべり込ませていたからである。


新しい寛喜《かんぎ》二年（一二三〇）の年が明ける。

この年、明恵がこれまで整えて来た華厳《けごん》の教えが、将来へ伝えられていく保証が二つばかり実っていく。

一つは高山寺の東西南北の境界が実測され、一月二十三日に境内地としてはっきり公認され、高山寺絵図も作られたことである。これで高山寺の四至《しいし》は太政官符《だじょうかんふ》によって護《まも》られ、一方的に木材が伐採《ばっさい》されたり、猟《りょう》で荒らされたりせず、後のちまで聖域らしさを保つことになった。

もう一つは華厳僧として明恵の名が高まったのを郷里の者が誇りに思い、ゆかりの白上山西峰のふもとに明恵の施無畏寺が築かれることだった。こうして明恵が望んだ二つが、五十八歳にしてようやく実現する。それだけに感慨をもって立春を迎えた。

「今日あたり、湯浅では施無畏寺を建てる工事が始まることだろう」

朝の膳《ぜん》を前にして、明恵が成就尼に話しかける。

「そこには多宝塔《たほうとう》も建てることになっているから、そのせいだろうか。昨夜、わたしは施無畏寺の新しい塔の内で宗重さまの追善《ついぜん》を営んでいる夢を見たよ」

「湯浅のご祖父宗重さまは、明恵さまが京へ出なさるきっかけを作り下さった大切なお方ですものね」

「さすがわたしと産湯《うぶゆ》の地を同じゅうにする成就尼だ。よう分かっておる」

こう言って明恵は笑みを浮かべた。が、成就尼は明恵の今朝の笑《え》みの軽さが気になる。

「さぁ、御師《おし》さま。よき夢を見られた朝です、冷めぬうちにお粥《かゆ》を召し上がり下さいませ」

成就尼がこう促したが、明恵は箸《はし》をとろうとしない。

食思が不振で、すすめられても首を横へ振り、膳を一瞥《いちべつ》しただけで目を力なく障子《しょうじ》へ逸《そ》らした。その視線は雪明かりに映《は》える障子の淡い白さの向こうにまで届かせているように、成就尼に思えた。

――御師さま。今日、どうしてさように遠くへ目を投げられますのか。

明恵の横顔にも、まるで意識をこの世の外へ投げているような漠《ばく》とした頼りなさがある。いま自分が引き留めて差し上げないと、御師さまはこのまま遠くへ行っておしまいになる……。成就尼はこんな気持ちにまでなった。が、やがてこんな悲しいことを思ってしまったのに戸惑《とまど》い、あわてて拳《こぶし》でわが胸を二つ、三つ軽く打ち、それを追い立てようとした。

「お粥にございます。少しでも召し上がって下さいませ」

成就尼はもう一度、こうすすめながら、胸元《むなもと》から引き戻した拳で自分の目頭《めがしら》に滲《にじ》んだ涙をさりげなく拭《ぬぐ》った。

明恵の心身に今までにない何かの異変が起こっていると思うだけで、成就尼に悲しみがあふれて来る。

「ふるさと湯浅に、念願の施無畏寺が築かれるではありませぬか。それには御師さまにすべて関わってもらいませぬと。だから、しっかりお食事を摂《と》って下さいませ」

成就尼につよく勧《すす》められ、明恵は箸《はし》を取ったが、椀《わん》の粥を半ば減らすのがやっとである。この時、明恵は病んでいた。だから二月十五日の涅槃会《ねはんえ》も夜の釈迦供養《くよう》の作法《さほう》を取りやめるしかなかった。月が改まっても食事は以前のように進まず、したがって語り口調にも勢いが戻らない。弟子らの大かたは胃弱のせいと思っているが、喜海は痔疾《じしつ》でわざと食事を抑《おさ》えていなさると見る。が、どちらの見立てが正しいのか、明らかでない。ただ、五十八歳にして進んだ老いが、明恵のからだを弱めているのは明らかだった。そうなると、待っていても健《すこ》やかさを取り戻すのは難しくなる。

施無畏寺の工事の進みようを報告するため、湯浅から帰って来た慈弁に、こんどは明恵の身にまつわる不安を湯浅へ伝えさせるしかなかった。

——とりあえず施無畏寺本堂の完成を急ぎ、明恵さまを一日も早く本堂落慶法会《らっけいほうえ》の導師に迎えられたし。


こんな高山寺からの伝言を受け取って、湯浅もひと騒ぎになった。

「ならばこの際、大工らを二倍に増やし、本堂以外の建物も一気に完工させ、明恵さまにはすべての御堂《みどう》とみ仏の開眼《かいげん》をお願いしましょうぞ」

景基が地元の領主宗光《むねみつ》、湯浅本家の当主宗弘《むねひろ》らにこう諮《はか》った。

「いや。さように大工を増やせるのなら、その力をまず本堂の建立だけに振り向けて一日も早う完成し、明恵さまがお元気なうちに本堂落慶の導師《どうし》としてお迎え致そう」

こう宗光が話すと他の者も同調し、景基がそのことを湯浅側の意見として高山寺へ告げにやって来た。

それを聞いた明恵の口調《くちょう》にようやく勢いが戻った。

「大儀《たいぎ》ではあろうが、景基どの。施無畏寺は百年、二百年と歳月をかけて縁者の信心を醸《かも》していく道場です。急ぐとはいえ、拙速《せっそく》はなりませぬぞ」

明恵が床の中から景基に告げる声は、しばらくぶりに力の籠《こ》もったものとなった。

「さような御師さまのお心を察し、念入りに施無畏寺本堂の建立を進めておりまする。つきましては来春四月半ば、栖原湾の波頭《はとう》が和《やわ》らぎ、白上の山の緑が鮮やかになる頃、明恵さまにお越しを願い、本堂の開眼供養を修して頂きとうございまする」

こう聞くと、明恵は半身を起こして「よろしかろう」と、大きく頷く。「湯浅の地が最も映える季節に愚僧を招き、落慶の鐘を打たせてくれるとか。嬉しゅうござるぞ。この命、それまで無理にも引き延ばさねばなるまいの」

こう冗談を交える明恵の頬《ほほ》に、ここしばらく蔭《かげ》っていた光輝《こうき》が甦《よみがえ》った。食事もしだいに通常近くにまでもどって行く感じになった。

明恵さまが郷里に寺を建立なさるらしい。その話は一気に京の街を駆けた。仁和寺《にんなじ》を始め、ふだんから関わりの深い寺の僧が次つぎと高山寺へ祝いに駆けつけて来る。秋が深まる頃になると執権《しっけん》の北条泰時まで高山寺の門をくぐって来たが、祝いにしては一風変わっていた。

「承《うけたまわ》りまするると、御師さま。ご郷里、湯浅に建立《こんりゅう》なされています施無畏寺が、来春にはご落慶のごようす。そのお導師は明恵さまのほかにございますまい」

時候のあいさつがすむと、泰時は早々と新寺の話に及んだ。

「はい、その気持ちは重々ありますれど、老いた身には道中も大儀でございますれば……」

「されど誰が明恵さまの代りを果たせましょうぞ」

こう語る泰時の顔がしだいに得意《とくい》げになり、ついには満面《まんめん》を誇らかに飾って坐り直した。

「これまで御師さまより頂戴しました数々のご示唆《しさ》に、ようやく最後の御礼の気持ちを表せる時を迎えたようにございます」

湯浅までの長い道中を案ずる明恵を助けようと、泰時は一案を胸に温めて来ていた。

「改まって、なにを申されますのか」

「明恵さまがこの高山寺から、さしてお歩きにならずとも施無畏寺まで行き着かれますよう、お図《はか》りさせて頂きましょう。よってご案じなきようにと申し上げたく、かく参じております」

「さようなことが出来ましょうか……」

「はい。牛車《ぎっしゃ》を仕立てまするので、まずそれにて栂尾《とがのお》から鳥羽《とば》の船着き場へお出で下され。そこより難波《なにわ》の窪野津《くぼのつ》まで川舟《かわぶね》に頼り、そうして海辺へ出ましたところで落慶法会《ほうえ》に向かわれるにふさわしく、晴れやかに紀伊《きい》湯浅の浜まで進んで頂きましょうぞ」

「執権さま。晴れやかにと申されても、朱と緑に染め分けた龍の跳《は》ねるような船だけはご容赦《ようしゃ》下さいませよ」

「御師さま。これまで何度、手前の供養を辞退なされましたことか。されど此度《こたび》だけは受けて頂きましょうぞ。お徳の高い僧を龍象大徳《りゅうぞうだいとく》と讃えますは、明恵さまを指しておりましょう。まして行く先が落

もろともに
哀れと思せ
み仏よ
南無母御前
なむ母ごぜ……

慶を祝する場ではございませぬか。真新しい施無畏寺本堂の庭先の栖原湾まで、ぜひ龍頭船《りゅうとうせん》にて晴れやかにお乗り込み下さいませ」

こう聞いただけで、明恵はもう法衣《ほうえ》の袂《たもと》で頭を包み込むようにして身を縮《ちぢ》めた。

「さような恥を曝《さら》すため、生き延びて来たのにございませぬ」

頭を覆《おお》う法衣の袂越《たもとご》しに明恵の声が細々と漏《も》れて来た。

年が替わって寛喜三年（一二三一）四月十三日朝、北条泰時が約束通り仕立てた龍頭船は明恵一行を乗せて難波の海を滑《すべ》り出した。同行するのは施無畏寺に田一枚を寄進した喜海と、郷里が懐かしく、進んで同行を申し出た成就尼である。さらに落慶奉賛《ほうさん》の法会を勤める高山寺の僧ら数人も加わる。泰時の龍頭船を拒《こば》み切れなかったのを明恵はしばらく無念がったが、いざ船が進みだすと幸いにも病弱の身をゆっくり横たえ、楽々として栖原湾の光る海へと滑り込むことができた。

船が湯浅の浜へ近づくと、船内の明恵は刻々と迫って来る懐かしい白上山に目を奪われていく。まず、浜から突き上がった白上山西峰の頂上をしばらく見やり、そこから東峰の方角へ目を移したところで、明恵の脳裏《のうり》にはっと仏眼仏母像《ぶつげんぶつもぞう》の画軸《がじく》が甦《よみがえ》った。すると、もう三十年余りも口にしたことのない祈りの言葉が、思わず明恵の口をついて出た。

「もろともに哀《あわ》れと思《おぼ》せ、み仏よ。南無母御前《なむははごぜ》、なむ母ごぜ……」

二十四歳だった明恵は白上山西峰から移った東峰の小堂で、母とも慕っている仏眼仏母像の軸に向かい、この祈りを唱えながら、思わず右耳に剃刀《かみそり》を当て血が飛び散った。あの一瞬の烈《はげ》しい思いが明恵に鮮やかに甦《よみがえ》り、つい瞑目《めいもく》し、母の菩提《ぼだい》を祈るのだった。

さらに船が岸辺へ近づくと、押しかけた人のざわめきが明恵の耳にも次第に大きくなって伝わって来た。

下船し、歓迎の人垣《ひとがき》を分けて本堂に近づきながら、明恵はからだの不調を忘れ、懐かしい顔を見つけては声を掛け、和《なご》やかに言葉を交《か》わした。

本堂を中心にして諸堂の揃《そろ》い始めた施無畏寺の境内は浜からやや高台にあって、八町歩《はっちょうぶ》に及ぶ白上山の深い山容を背後に、前には洋々とした海に苅藻島《かるもじま》、鷹島《たかしま》が浮かぶのを見る。明恵はここに寺を築こうと思い立ち、山と海に棲《す》む生きものに畏《おそ》れのない命の栄《は》えを与えようと説法した時の気持ちのまま、いま、施無畏寺の境内をゆっくりと歩いていく。

落慶する本堂は広い境内の真ん中に建って、檜皮《ひわだ》の屋根を緩《ゆる》やかに反《そ》らせている。このように寺院らしい気品を付け加えるのは、なにより覚厳の指揮のたまものだった。

「おお、見事な出来栄《できば》えぞ。格調のなかに和の尊さを感じさせるあたり、そなたのよき指図《さしず》があってこそだろう。これから境内に増える建物も、かように頼みまするぞ」

明恵の覚厳への言葉もやさしい。

「いえ、御師さま。どしどし注文をつけて下さいませ」

まだ堂塔《どうとう》のほか、上之坊《かみのぼう》、向之坊《むこのぼう》といった庫裡《くり》や宿坊《しゅくぼう》などを建てる覚厳は、頬《ほほ》のあたりにまだ緊張を留《とど》め、この機に師の意見を聞いて置こうとした。

四月十七日、明恵が疲れた身を休める間もなく落慶の朝を迎えた。

檜材《ひのきざい》の真新しい香りが堂内に満ちるなか、明恵が導師として入堂《にゅうどう》する。この建立を支えた湯浅一族の顔が並ぶ前を通り、明恵が導師の座に着くと、法会の始まりを告げる鐘が打たれた。

弟子と近隣の僧らが声高らかに慶《よろこ》びの日を讃嘆《さんたん》し、釈迦の遺跡をめぐる功徳《くどく》を朗々《ろうろう》と唱えていく。この法要の次第は明恵自らが、いつも心に満たせている釈迦への熱い思いを手繰《たぐ》り寄せながら順序立てた、釈迦を讃える四座講式《しざこうしき》の一つである。釈迦遺跡をめぐる功徳文《くどくもん》が晴れやかに唱和《しょうわ》され、堂内の法悦《ほうえつ》の風《ふ》情《ぜい》を高めて行く。

　華厳の教えを空海の密教になじませることで理《り》を含んで理《ち》に走らず、功徳を確かなものとする高山寺の前線拠点らしい教えの寺が、こうして開かれた。

　その喜びが参集《さんしゅう》した人らの顔を晴れればれとさせている。

　読経が終わると、明恵は用意の杖に身を支えて立ち上がった。

「執権さまがの、是非にと申されたもので、大仰《おおぎょう》な船でふるさとへ帰って来ました。だが心はの、栖原の浜から昆布《こんぶ》採《と》りの舟に乗せてもろうて鷹島へ渡った時とちっとも変わっておりませぬ。ほれ、これがいつもわたしの机上《きじょう》にある鷹島の石でございまするぞ」

　波に洗われて丸くなった小石を、明恵は頭陀袋《ずだぶくろ》から取り出して示す。

「お釈迦さまのふるさとの岸を洗うた大海の水は紀伊湯浅の鷹島にも届き、石がかように丸うなるまで長年、洗い続けて来たのです。だからの、この石にはお釈迦さまのふるさとと、わたしのふるさとが一つになってござる」

　和やかな明恵の語りかけに、堂内の一人ひとりが深く頷《うなず》く。

「落慶のこのよき日を照らすお陽《ひ》さまも同じなのぞ。お釈迦さまの大地を照らし、また施無畏寺のお庭を照らす。どうぞ、この幸せを長う大事にして下されいよ」

　これは明恵が郷里の人に残す最後の言葉となった。

五

帰りも泰時手配の龍頭船で病身の疲れを嘆くこともなく海路を引き返し、川船と牛車を乗り継いで懐かしい山の光景を目にすると、もう高山寺下だった。待ち兼ねていた尊弁と慈弁が坂道をかけ下って来て、明恵の前へ飛び出して迎える。

「ご無事のお帰り、なによりでございました」

聞き耳を立てて牛車の音を待っていたような、時宜《じぎ》のよさである。善妙寺の道場長の戒光をはじめ、何人かの尼僧らも、高山寺まで来て明恵を待ち構《かま》えていた。

「御師さま、長旅、まことにご苦労さまにございました……」と、戒光は帰って来た明恵を迎えて胸が詰まり、言葉がすぐには続かない。

「尼僧らにも変わりはなかったか」

明恵は疲れを見せながらも、こう問う。

「一同、元気に頑張《がんば》っておりますが、御師さまの御身《おんみ》にはご無理な道程でなかったかと、皆はそればかり案じ通しておりました」

「心配をかけたようだが、施無畏寺の本堂落慶では懐かしい顔にたくさん出会い、久しぶりに郷里の空気を胸いっぱい吸って来ましたで、当分はくたばりますまい」

こう笑わせるほど明恵の心が軽いのは、此度《こたび》、父母の墓参を済《す》ませて心が晴れていたせいでもあった。

「ご無事で何よりでした。でも、少しお痩《や》せになって痛ましゅうございます」

禅恵が病んだ身に長旅の疲れが加わったのを気づかう。

「いや、痩せて身が軽うなるのも悪うないものでの。近く善妙寺へ出掛けて戒《かい》の話の続きをいたしましょうぞ」

「いえ、わたしどもからこちらへ参ります。八斎戒《はっさいかい》のお話がまだ緒《ちょ》についたばかりなので、少しずつでも先長くお続け下さいませ」

尼僧らは一刻でも長く明恵の側《そば》にいたい。

しかし明恵が尼僧らを前に八斎戒を説き始めたのは、もう境内にひぐらし蝉《ぜみ》の声が際立《きわだ》つ初秋だった。にいにい蝉の控えめな声に始まった高山寺の夏は、焼けつくような油蝉《あぶらぜみ》の声の中で施餓鬼《せがき》を勤《つと》め、やがて暮れ方を選んで急《せ》き立てるようなひぐらし蝉の声に早い目の秋を知る。

何十回となく明恵が重ねた高山寺の夏が、また一つ、逝《い》こうしている。明恵は何とはなく、し残していることをせかされる気になって、尼僧らに戒の話を再開した。

人との関わりにからめ、明恵が八斎戒を一つひとつ丁寧《ていねい》に説いて行く。殺生《せっしょう》しない、盗《ぬす》みをしない、性《せい》を交えない、嘘《うそ》を言わない、酒を飲まない、化粧せず歌舞《かぶ》を見聞きしない、安楽に寝ない、午後に食事しない。

この八斎戒は在俗の人が、一日でもこれを守ればよいとされる。明恵はそれを、あえて出家した尼僧らに説く。

「戒というは、厳しいのが尊いのではありませぬ。一つひとつの戒を自ら選び、自らに課するから尊いのですぞ」

華厳の教えが長く息づくように高山寺に四至《しいし》を定め、弘教《ぐきょう》の施無畏寺を建立した明恵が、いま僧尼の一人ひとりの心に、早咲きの華《はな》のような、りんとして厳しい、華厳《けごん》の系譜をしっかりと深く育てようとし始めた。

帰山した明恵がそのために、もう一つ、修行の僧尼らに約束を求めたことがある。説戒《せっかい》の座を欠かさない、やむなく山門《さんもん》を出る時は寺主《じしゅ》に用向きを告げる、単独で二日以上、俗界に身を留《とど》めぬ。この四つの約束も厳しいと言い切れないのは八斎戒と同じだった。厳し過ぎず、しかし命の呼吸がしだいに調《ととの》っていくような、本然《ほんねん》の規律といった印象を与える。

高山寺に何を大切に遺《のこ》すか。明恵はそれを見定《みさだ》め、命のある間にそれをしっかり定着させようとし始めた。

「御師《おし》さま、朝餉《あさげ》が冷めまするから、こちらへお運びしましょうか」

寛喜三年（一二三一）十月一日の朝、成就尼が明恵の部屋へ顔を出し、こう声をかけた。

「いや、今朝は何も食《しょく》しとうない」

明恵が答える。食が進まないだけでなく、立ち上がって歩く力も衰《な》えていく。これまで欠かさなかった朝ごとの御堂巡拝《みどうじゅんぱい》も、きのう今日、部屋から金堂《こんどう》に向かって読経《どきょう》して終えた。

当人もいよいよ現世《げんぜ》を退《ひ》く時が来たと判断し、この月十日、僧尼を高山寺庫裡《くり》の広間に集めた。明恵の衰えようは、もう弟子らの目にもはっきりと読み取れる。

「これまで皆はよう精進《しょうじん》してくれた。まずもって、そのことを謝《しゃ》したい。ありがたくござったぞ」

こう弟子らに礼を言い、その上で明恵は懐中《かいちゅう》から置文《おきぶみ》を取り出し、おもむろに広げていく。


――弟子ら相和《あいわ》し相扶《あいたす》けて高山寺に精進し、華厳《けごん》の光を遍《あまね》く及ぼす道に懈怠《けたい》あるべからず。


ゆっくりとした口調で弟子らに読み聞かせる。寺の維持や主な人事、職務のあり方などの実務を伝える置文だが、明恵が読むと遺語《ゆいご》の響きを持った。

ついで古参《こさん》弟子の四人を名指《なざ》して前へ招き、一同の方へ向き直らせると、明恵がそれぞれに役割を与えた。

定真を高山寺の寺主《じしゅ》とし、喜海は教学の学頭《がくとう》に、霊典は院内の庶務を司《つかさど》る知事《ちじ》にそれぞれ命じ、覚厳には主事《しゅじ》として主に伽藍《がらん》の保持《ほじ》、改修に努めるように告げた。

「僧院にあっては、本来、人に上下の別はない。が、わたしの余命に限りがある。よって四人に高山寺の将来を託すことにした。皆も、よう従《した》ごうてやってほしい」

ここでひと呼吸入れ、明恵はわが事に及ぶ。

「この機にわたしは境内の禅堂院《ぜんどういん》へ隠棲《いんせい》いたす。そこに籠《こ》もり、ご本尊の弥勒《みろく》さまにこの命をお預けし、誠をつくすことで、わが仏道の仕上げを成したい」

仏と一つになって浄土へ向かう決意をこう聞かされ、弟子らの背が一瞬に凍《こお》った。

「早々とお籠もりなさるより、どうか療《りょう》を加え、お薬を服用なさいますように……」

やっと沈黙を破った明達尼の声は涙まじりである。すでに死を達観《たっかん》したような明恵の風情《ふぜい》が悲しくてならない。

「さような時はもう過ぎた。老いたる者が臨終の心得をためらうは醜《みにく》い。これよりわたしは心静かにその日に向かうのを一義《いちぎ》となす。皆もよう分かっていてほしい」

明恵はこう語ると、穏やかな顔を弟子らに向け、それぞれが宿す不安を和《やわ》らげようとした。

すぐにも禅堂院に籠もりたい明恵だが、病を知った見舞い客が目立つ。遠路わざわざの見舞いなので、明恵は努めて自ら玄関板の間に出て丁重《ていちょう》に受ける。見舞客らは明恵に掌《て》を合わせ、煩悩をそぎ落とし、死を達観した風情に誰もが胸を打たれる。

洛中から三日がかりで高山寺に辿《たど》り着いた老婆も、明恵の顔を見るなり、もう目に涙をあふれさせた。

「どないに辛《つろ》うても、明恵さまが祈っていて下さると思い、高山寺さんの方角へ向こうて拝み、拝んでは頑張《がんば》り直し、ようようにこれまで生き通して来ました。なのに御師《おし》さま、禅定《ぜんじょう》に入られまするとか……」

身を乗り出し、消え入りそうな声を明恵に届ける。

「なにも変わりませぬのぞ。わたしが居なくなりましょうと、このお山にはお釈迦さまを始め、諸仏がいて下さる。これからも高山寺の方へ向こうて祈って下され。辛《つら》いことがあっても、きっと溶《と》かして下さりましょうぞ」

このように明恵は見舞いの客にやさしい言葉をかけ続け、十一月一日の朝、いつもの質素な黄法衣《きほうえ》で禅堂院の人となった。

「せめて法衣《ほうえ》だけは新調致しましょう」

この日を前に霊典が勧めても明恵は首を横に振り、

「いくら見栄《みば》えが美しかろうと、仏者が着衣にこだわるは、もともと不浄なるのぞ」と厳しく退けた。

先年の水害で半壊した禅堂院だが、いまは新しく築き直されている。堂内の真ん中に明恵の修法《しゅほう》に備えて大壇《だいだん》が組まれ、弟子らはその下手に席を得て明恵の最期の祈りに縁を結び、時には師の発音《ほっとん》で経を誦えることになる。

入堂した明恵が大壇へ向かおうとすると、尼僧らの席で早くもすすり泣きが起こる。それを耳にして、

阿留辺幾夜
わが死なんずること
今日を明日に
われ戒を
守る中
より来る
継ぐに異ならず
精進なされよ
宇和
明恵上人

明恵はわざと向きを変えて弟子らの前へ歩み寄った。

「各々《おのおの》、わたしのもとで長く仏の道を学んで来たではないか。導きに恵まれてみ仏のもとへ往生《おうじょう》するわたしを、なぜ、さような悲しみの目で見送ろうとするのぞ」

明恵は弟子らに最期の説得を始めた。

「今日が終われば、また明日が始まっていく。さようにわたしどもの今生《こんじょう》の命はなんの無理もなく、自ずから来世へ受け継がれていくものにござる」

低い声ながら、しっかりした口調で告げていく。

「されば、仏道を修《おさ》めたい気持ちもまた来世へ持ち込めよう。かように命はつながり、仏道修行も続けられていく。嬉しきことではないかの」

明恵は晴れやかな顔で、弟子の一人ひとりにやさしい眼を向けながらこう語っていく。

――わが死なんずること、今日を明日に継《つ》ぐに異ならず。精進なされよ。

仏の心を生きようとして来た明恵が、粛然《しゅくぜん》と口にした真実の言葉は弟子らの耳底にしっかりと残った。

やがて明恵が大壇の座に着くと、明恵の左脇後方に慈弁、尊弁の二人が黒衣《こくえ》姿で控え、灯明《とうみょう》を点《てん》じ、香を絶やさぬように気を配る。

修法の始まりを告げて、明恵の打つ磬《けい》の澄んだ音が一つ、二つ。その音色が堂内の冷気に凍《し》み渡り、弟子らそれぞれの胸内《むねうち》に無性《むしょう》に辛い残響を留めた。いま修行の始まりを告げた音色が、やがて師の命の終わりを告げる確かさを秘めているからである。

弟子としては、ただ、別離の時を一刻でも先へ押しやりたい。が、明恵はそんな思惑《おもわく》に関わりなく、心静かに瞑想を始め、禅堂院内にたちまち静寂が際立《きわだ》つ。そうなると今度はその静けさが堂内の弟子らを苦しめる。師を失った後の寄る辺《よべ》ない空漠《くうばく》さを予感させられるからで、静けさそのものがしだいに重く、辛《つら》いものとなっていく。

そんな弟子らの困惑に関わりなく、明恵の衰弱は日を追って寿命を左右するまでになり、朝だけ食する重湯《おもゆ》も、ごく薄いものとなっていく。

「もう少し、食《しょく》して下さいませ。多くの方から功徳《くどく》のお品も届いておりますれば……」

こう勧める慈弁と尊弁の顔は蒼白《そうはく》で、今にも泣き出しそうである。入寺当初は腕白《わんぱく》だった二人も、明恵の身辺に仕えて、今ではすっかり師に心酔《しんすい》している。

「いや、命は引き延ばそうにも限りがある。食材にゆとりがあれば困窮《こんきゅう》の者に供養するがよかろうぞ」

死を覚悟している明恵のこんな声を耳にすると、二人とも思わず拳《こぶし》で目頭を押し拭《ふ》いた。

寛喜四年（一二三二）の元旦、高山寺は深い雪の中で明けた。明恵は六十歳を迎えたが、山内に新年を賀《が》す空気は生じない。

――おんまいたれいやそわか。

初日の昇る前から、禅堂院では明恵が低い声で弥勒《みろく》の徳の高さを讃《たた》え続ける。それが読経に変わると、夜を徹している弟子らは誰からともなく前へ進み、明恵を後方から囲むようにして読経に声を合わせる。こうして師と読経を共にする至福《しふく》の時は、もういつ断《た》たれるかしれないのだ。

明恵は瞑想座《めいそうず》り《わ》した背を伸ばし、重ねた両掌を臍下丹田《せいかたんでん》に押し当て、背筋を伸ばして読経を続ける。その声は弟子らの読経にかき消されても、明恵の両肩がかすかに上下し、読経の声が発されているのを証《あか》していた。

やがて正月七日粥《かゆ》が過ぎると、明恵は大日如来《だいにちにょらい》の働きをわが身に表そうと地水火風空《ちすいかふうくう》を指す梵語《ぼんご》のそれぞれを自らの胸、眉間《みけん》、頭頂《とうちょう》などの五カ所に宿した。五字厳身観《ごじごんしんかん》の深い祈りである。この瞑想に入ると、明恵の突き伸ばした背はもう宝塔《ほうとう》と化したようにわずかの揺《ゆ》らぎも見せない。弟子らにとって師の姿はすでに仏と一体になって心に映え、重苦しく明けた高山寺に、一時《いっとき》、新年らしい清々《すがすが》しさが漂《ただよ》う。

が、もう明恵に復調《ふくちょう》はあり得ない。逆に少量の白湯《さゆ》を日に数度、口にするだけになり、弟子らにとって師との永訣《えいけつ》が刻々と迫って来る。禅堂院には暖《だん》を取る火桶《ひおけ》一つで、栂尾《とがのお》の冬の寒気を和ませるには足りないが、明恵は仏となる静かな闘いを一途《いちず》に深めていく。

その厳しさを思うと僧尼らも極寒《ごくかん》をなんなく凌《しの》げた。

「御師さま、おからだを少し楽になさいまするか」

見かねた喜海がこう声をかけたのは一月十一日の早暁《そうぎょう》だった。それに明恵が微《かす》かに頷き、まわりを囲む弟子の側へ向き直り、不安げな顔を見まわして遺《のこ》す言葉を口にした。

「皆の者よ、案ずることは何もない。これまでわたしが学び、思惟《しゆい》し、観察《かんざつ》せし法門《ほうもん》のことごとくを皆に伝え終えた。常に心に浮かべ、一事《いちじ》も忘れるでないぞ」

この言葉を涙で受けとめた弟子らは禅堂院の大壇を取り除き、その跡に真新しい白布に覆《おお》われた床《とこ》を粛々《しゅくしゅく》と敷《し》き延べていく。明恵は喜海と霊典に両脇を支えられながらも、自らの足でしっかりと歩いて弥勒像の前に立つと深く頭を垂《た》れ、おもむろに口を開いた。

「弥勒さま。この世、未来まで悪世《あくせ》とは申せ、幸いに弥勒さまを始め、多くの如来さま、菩薩さまのよきご縁に預《あず》かりました。よって身ども、これより向かう来世への行路《こうろ》に、いささかの不安もございませぬ」

ありがとうございましたと深々、頭を下げる明恵の心はすでに臨終《りんじゅう》を覚悟して澄み切っている。

その身を喜海らに託すと禅堂院内の床に頭を北へ向け、身は上向きに、静かに横たえさせられた。明恵は右脚《あし》を自ら真っすぐに伸ばし、そこに膝《ひざ》をやや屈《くっ》した左脚をのせる。蓮華拳《れんげけん》を結ぶ右手と念珠《ねんじゅ》を持つ左手を胸のあたりに置き、もうはっきりと自ら往生《おうじょう》の姿勢をとった。

弟子らにすると師を一刻でも長くこの世に引き留めて置きたい。が、終《つい》の刻《こく》は早々と駆《か》け寄って来た。

一月十八日夕刻、臨終が迫ったと察した僧尼らが明恵を三重四重に囲んで通夜《つや》し、読経を続けた。明けて十九日辰《たつ》の刻《こく》（午前八時頃）、明恵は霊典を手招きして自らの両の掌《て》を香で清めさせ、袈裟《けさ》を身に着けさせた。

ついで明恵は喜海の手を借り、右脇を下にするとその身は仏の西方《さいほう》を向いた。明恵はやや首をねじて壇上の弥勒像を見上げ、一段と安らいだ表情になる。次いでその視線を取り囲む弟子らの顔に移し、順にゆっくりと一人ひとりに巡らせ終わると、自ら入滅《にゅうめつ》の刻《こく》を口にした。

「いま、その期《ご》（いのちを転じる時）に至れり」

低いが、やはり明瞭な明恵の声だった。

「御師さま、お言葉を頂戴《ちょうだい》できましょうか」と、定真が急ぎ師の枕辺《まくらべ》に近づいて遺偈《ゆいげ》を求めると、明恵はおもむろに口を開く。

「われ、戒を守る中より来《きた》る……」

弟子らはこの後に続く言葉を息をつめて待ったが、明恵の口はもう開かない。尼僧らの目が一斉《いっせい》に学頭の喜海に集まり、師の最期《さいご》の言葉の意味を問う。

拙僧《せっそう》が思うには、と喜海が控え目に答え始めた。

「戒は破るまいとして守るのでなく、それぞれが息するごとく戒を守れば、戒から真のわれが生まれ、われが育ち、われの清切《せいせつ》の日々が弾《はず》み出して来よう。御師さまはこう告げようとなされた」

これを聞いて戒光尼が納得して明恵の前へにじり出た。

「御師さま。長くながく、さまざまにご教導《きょうどう》ありがとうございました……」

一気に述べ、あとは言葉を涙に途切《とぎ》れさせた。

その時、誰からともなく南無弥勒菩薩《なむみろくぼさつ》と唱える声が起こり、それに唱和《しょうわ》する僧尼《そうに》の声は途絶《とだ》えることなく長く続いた。その声に包《つつ》まれ、明恵は同じ十九日の午過《ひるす》ぎ、澄んだ目を永久《とわ》に閉ざした。

「御師さまの御いのち、いま仏界《ぶっかい》に転じ給《たま》えり」

定真が両腕を床に突《つ》っ立て、こう弟子らに重く伝える。その時、明恵の口元がわずかにゆるみ、かすかに笑みを含《ふく》んで見える。それが臨終《りんじゅう》となった。

定真は両腕を床に突いたまま深く頭を垂《た》れた。が、明恵を囲む者は誰もが定真に従って頭を下げるのさえ忘失《ぼうしつ》している。尼僧らは目を真っ赤に泣き腫《は》らしながら、明恵の眼がいま一度開くのを信じ、じっと息をつめて待つ。

その沈黙の重さに耐えられず、成就尼が「御師さま」と明恵ににじり寄った。

「後に残されたわたしども、これから何にすがって生きればよろしいのですか」

教えて下さいとばかり、明恵の顔を覗《のぞ》き込んで返事を待つ。成就尼の声に明恵を囲む尼僧らの輪が一段と狭《せば》まり、その目を一斉《いっせい》に明恵の顔に向けた。実の父のように慕《した》い、細々《こまごま》と世話し続けた成就尼の声なら、師はいま一度、目を開かれるのではあるまいか。

こう思ったからだが、もうどんな反応も師は返せない。

ここに至って、師がもう地上には帰って来ない魂《たましい》になられたと弟子らは覚《さと》るしかない。抑《おさ》えていた嗚《お》咽《えつ》が尼僧らの口から漏《も》れ、弟子の誰かれも掌を合わせて明恵の名を呼び、謝恩《しゃおん》の言葉を口にし、さらなる加護《かご》を求める。

やがて弟子らが不動明王《ふどうみょうおう》の慈救呪《じくじゅ》を唱え始めると、それぞれの悲嘆《ひたん》の声はますます高まった。だから、その場から明達尼一人が抜け出したのに誰も気づかなかった。

——お待ち下さいませ、明恵さま。

明達尼はまるで目の前の明恵の背を追うように師の名を叫びながら高山寺の参道を一気に駆け下り、清滝川の岸辺に立った。そこで黒法衣を脱ぎ、丁寧《ていねい》にたたんで念珠《ねんじゅ》と共に大岩の上に置くと、白衣《びゃくえ》姿の明達尼は流れに向かって瞑目《めいもく》し合掌した。

「明恵さま。仏の説かれなさった教えは入るに難しく、しかも正しく悟《さと》って導く人の少なさをよう耳にしました。それを思いますと御師さまに出会い、仏法の真実を身近に聴くことができましたる幸せ、何にも代えようがございませぬ……」

川面《かわも》に向かってこう言葉を発し、「……明恵さま、どうかわたしを伴《ともな》って下さいませ」と一声高く叫んで、明達尼は合掌したままの身を清滝川へ投じた。川の流れは明達尼を呑《の》んで渦巻《うずま》き、一瞬、その身を押し返すようにしたが、折からの烈《はげ》しい流れはたちまちに押し流し、師に追いつきたい明達尼の意を汲《く》むように下流へと急がせて行った。

その頃、禅恵尼は明恵を囲む中に明達尼の姿がないのに気づいた。胸騒《むなさわ》ぎがして院内を捜《さが》すが、その姿は見つからない。つい外へ眼を転じると杉木立《すぎこだち》の道を二つの黒い塊《かたまり》が転がるように急ぎ下っていくのが目に入った。

――あれは慈弁と尊弁。あるいは明恵さまを追って入水《じゅすい》するのではなかろうか。

禅恵尼がこう気づかい、急ぎ参道を下る。死ぬるでないぞ、死ぬるは御師さまを裏切ることなのぞ。こう心で叫びながら追うが、若い足は先へ先へと下り、禅恵尼が清滝川沿いの道まで下った頃、二人の姿はもうどこにもない。代わって川岸の大きな岩の上にきちんと折り畳まれた黒法衣と念珠が禅恵尼の目に入った。近づくと見慣《みな》れた念珠はまぎれもなく明達尼のものだった。

「明達尼さま、勇気の足りぬわたしをなぜ誘うて下さらなかった……」

禅恵尼は明達尼の黒法衣をしっかりと胸に抱きしめ、川面を見つめてひとしきり悔やんだ。

その頃、高山寺を駆け下った慈弁と尊弁は南の海浜《かいひん》をめざして道を急いでいた。この世を離れた魂は南の海上にある普陀落浄土《ふだらくじょうど》へ至ると教わったのを信じ、二人は明恵の魂を追って駆け続け、のちの三月二日、高山寺から遥《はる》かに離れた和泉《いずみ》の海へ若い二つの身を投げるのだった。

明恵を失った高山寺の上空は得難い師の他界を悼《いた》むように重い雲に覆《おお》われ、やがて新雪が間断《かんだん》なく舞い降る。

その雪も明恵を弔《とむら》う二月二十一日の明け方には止《や》み、弔いの始まりを告げる鐘が打たれる頃、空は雲一つなく晴れ渡った。雪除《ゆきの》けされた参道を登って来た訃音《ふいん》の僧、弔問《ちょうもん》の客らは新雪を照り返す光の澄明《ちょうめい》さに、明恵の生きようの清冽《せいれつ》さを思い重ね、口々に明恵を惜しむ。

長く続いた弔いの式が終わると、明恵の柩《ひつぎ》は山側の埋葬地《まいそうち》へ向かう。すでに夕刻近く、西に傾いた陽光が明恵の柩を照らし、葬列《そうれつ》を染《そ》めた。

ところが先導する弟子らの歩みがしだいに遅くなっていく。暮れなずむ今の光を、師と共にわが身に一刻も長く浴びていたいのだ。

「明恵さまのお命は、書き残された文《ふみ》の中にこれからも脈打って生き続けられるではないか」

後方から喜海が柩に近づき、弟子らをこう説得した。それを聞いて弟子らもようやく思いを改め、葬列は浄土さながらに夕映《ゆうば》える栂尾《とがのお》の地を滞《とどこお》りなく進み始めた。

（完）

明恵を知る本には『明恵上人集』（久保田淳、山口明穂校注／岩波文庫）、『明恵』（田中久夫著／吉川弘文館人物叢書）、『明恵　遍歴と夢』（東京大学出版会）、『明恵上人思想の研究』（柴崎照和著／大蔵出版）、『明恵上人の研究』（野村卓美著／和泉書院）などがある。

寺林　峻（てらばやし・しゅん）
1939年、兵庫県姫路市生まれ。慶応義塾大文学部卒。兵庫県文化賞受賞。日本文芸家協会、日本ペンクラブ会員。高野山真言宗僧侶。歴史小説・読物を幅広く手掛け、特に空海伝執筆をライフワークとする。主な著書に『幻の寺』（春秋社）、『神々のさすらい』（角川選書）、『たたら師鎮魂』（三省堂）、『空海　高野開山』（講談社）、『空海秘伝』（東洋経済新報社）、『空海更衣』（日本放送出版協会）、『救済の人　小説・忍性』（東洋経済新報社）、『盤珪』（神戸新聞出版センター）、『吉田茂　怒濤の人』（学陽書房人物文庫）、『富士の強力』（東京新聞出版局）、『双剣の客人宮本武蔵』（アールズ出版）、『服部半蔵』（PHP文庫）、『往生の書』（NHKブックス）など。
住所：東京都世田谷区池尻3－1－1－806

小説 明　恵

平成18年9月10日　第1刷発行 ©

著　者　寺　林　峻
発行人　石　原　大　道
印刷所　三協美術印刷株式会社
製　本　株式会社　若林製本工場
発行所　有限会社　大　法　輪　閣
東京都渋谷区東2－5－36　大泉ビル2F
TEL　(03) 5466-1401（代表）
振替　00130-8-19番

ISBN4-8046-1239-4　C0015